W0375385

Harper
Collins

Zum Buch:

Ein Kodex, dessen Inhalt ein streng gehütetes Geheimnis ist, wartet in den Katakomben der Bienenvilla: Lauras Neugier ist geweckt. Als Linguistin und Übersetzerin hat sie ihr Leben der Erforschung alter Sprachen gewidmet. Doch schon bald wird ihr klar, dass das Dokument, das sie für Wynona Guinness de Figueras übersetzen und verifizieren soll, bahnbrechende Erkenntnisse enthält, die nicht nur ihr Leben auf den Kopf stellen könnten. Um Wynona und sich selbst zu schützen, hält sie ihre Recherchen geheim und teilt die Ergebnisse nur mit Wynona und deren Sohn James. Doch manche Geheimnisse sind zu groß, um sie wirklich unter Verschluss zu halten …

Zur Autorin:

Aubrey Rhodes ist in Cornwall aufgewachsen und lebt mittlerweile abwechselnd in Dublin, Paris und in einer Kleinstadt im Nordosten der USA. Außer für Literatur kann sie sich für Weißwein, schwarze Möpse und Pferde begeistern. *Das Geheimnis der Bienenvilla* ist ihr Debütroman.

Aubrey Rhodes

Das Geheimnis der Bienenvilla

Roman

Aus dem Englischen von
Barbara Imgrund

HarperCollins

HarperCollins®

Der Abdruck aus William Blake, »Jerusalem« erfolgt mit freundlicher Genehmigung von Bertram Kottmann.

1. Auflage: März 2021
Deutsche Erstausgabe
Copyright © 2021 für die deutsche Ausgabe by HarperCollins in der HarperCollins Germany GmbH, Hamburg

© 2020 by Aubrey Rhodes
Originaltitel: »The Secret of Provence House«
Erschienen bei: One more Chapter

Umschlaggestaltung: Zero Werbeagentur, München
Umschlagabbildung: David Lichtneker / arcangel, severjn, ajdebre, nednapa / Shutterstock
Lektorat: Anna Koliska
Satz: GGP Media GmbH, Pößneck
Printed in Germany
Dieses Buch wurde auf FSC®-zertifiziertem Papier gedruckt.
ISBN 978-3-7499-0001-5

www.harpercollins.de

Werden Sie Fan von HarperCollins Germany auf Facebook!

Klimaneutral
Druckprodukt
ClimatePartner.com/15109-2009-1001

Dieses Buch wurde klimaneutral auf FSC®-zertifiziertem Papier gedruckt.

Für Piqui

Und schritten jene Füße einst
auf Englands grünen Bergeshöhn?

William Blake, *Jerusalem*

»Lass Traurigkeit und Melancholie beiseite.
Das Leben währt nur ein paar Tage,
und wir haben allein das Hier und Jetzt,
um sie zu genießen.«
»Aber eines Tages werden alle Sterne verschwinden.«
»Denk nicht daran, lieber Freund.
Genieße, was die Morgendämmerung uns bringt.«

Federico Garcia Lorca, *Der Fluch des Schmetterlings*

»Auf niemanden wartet so etwas wie eine finstere Höllengrube. Der Geist kann nicht allein für sich, ohne den Körper, sein, ganz ohne Sehnen und Blut. Ihr müsst deshalb zugeben, dass, wenn der Körper gestorben ist, auch das Ende der Seele gekommen ist, die sich aus ihm heraus verströmt. Es ist gewiss aberwitzig, etwas Sterbliches mit etwas Ewigem zu paaren.«

Lukrez, *Über die Natur der Dinge*

1

Es war genau so, wie sie es sich erhofft hatte. Herbstwinde wehten von der Keltischen See herein. Beim Herunterschalten vor einer Kurve konnte sie sehen, wie graue Wellen unter der elfenbeinfarbenen Mähne der Gischt gegen einen Sandstrand anbrandeten, an dem Treibholz verstreut lag. Die Küstenlinie war vielerorts von zerklüfteten Klippen unterbrochen, die, durchsetzt von Erzadern und Moos, steil aufragten. Als sie einige Kilometer zuvor auf diese Straße abgebogen war, hatte ein Schild sie als Stichstraße ausgewiesen, ohne einen Hinweis darauf, dass dort, wo das schmale Asphaltband endete, ein eleganter, geschotterter Vorplatz begann, der zu einem Anwesen von gewaltigen Ausmaßen gehörte. Das Tor stand offen, und Laura fuhr hindurch, um anschließend seitwärts zu parken. Sie stieg aus und atmete tief diese Luft ein, die nach Salzwasser und Klee roch. Dabei staunte sie über die Tatsache, dass sie noch vor zwei Tagen um den Washington Square in New York gejoggt war, um anschließend Bialy und Kaffee zu sich zu nehmen. Gestern Abend hatte sie mit Fiona in London ordentlich gebechert, und nun war sie hier, offenbar am Ende der Welt.

Sie hatte sich das Anwesen auf der Website der Liste der national wertvollen Kulturgüter Englands angesehen. Das Landgut mit seinen sechsundzwanzig Zimmern, das offiziell den Namen Provence House trug, aber seit jeher Bienenvilla genannt wurde, war im 15. Jahrhundert erbaut worden und seither stets im Besitz derselben Familie geblieben. Es war im

Tudorstil aus grauem Granit errichtet und wurde von strengen elisabethanischen Parkanlagen flankiert. Seine über 240 Hektar gehörten zu den Weltkulturerbestätten der Bergbaulandschaft in Cornwall.

Sie holte ihren Koffer aus dem Auto, und während sie auf die wuchtige Eingangstür zuging, kam sie sich wie die Hauptfigur in einem Roman von Daphne du Maurier vor. Als sie mit dem schweren Messingring an die Tür klopfte, fragte sie sich, wer ihr wohl öffnen würde. Ein mürrisches Hausmädchen, möglicherweise mit einer gestärkten weißen Schürze, oder ein hochnäsiger Butler in Frack und Weste. Oder vielleicht ein Verwandter der Frau, die zu treffen sie so weit gereist war – ein attraktiver Junggeselle in Twillhose und mit Ascotkrawatte womöglich. Doch an die Tür kam die Eigentümerin höchstpersönlich, eine schlanke, elegante Frau, die Laura als fast siebzigjährig einschätzte und die den fremdartigen Namen Wynona Guinness de Figueras trug.

»Sie müssen Laura sein«, sagte die Frau.

»Mrs. Figueras?«

Eine schmale Hand ganz und gar ohne Juwelen streckte sich ihr entgegen, während sich die Tür vollends öffnete. »Nennen Sie mich Winnie.«

Laura hatte ein angemessen dunkles Interieur erwartet. Aber die Eingangshalle war luftig und weiß. Sie stellte ihren Koffer neben einer großen chinesischen Bodenvase ab, in der rustikale Regenschirme und Gehstöcke mit silbernen Griffen steckten.

»Es tut mir leid, dass ich so spät komme«, sagte sie. »Ich habe den Zug nach Truro genommen und dort einen Wagen gemietet – ich bin nur das Linksfahren nicht gewöhnt.«

»Es ist nicht sehr komfortabel, hierherzureisen, fürchte ich.«

»Ich bin erst gestern in London angekommen und habe die Nacht bei Fiona verbracht.«

»Sie müssen todmüde sein.«

»Ein wenig.«

»Sie kommen gerade rechtzeitig zum Tee.«

»Das wäre wunderbar.«

»Oder vielleicht ziehen Sie Kaffee vor?«

»Tee ist absolut perfekt. Kann ich mich irgendwo frisch machen?«

»Unter der Treppe da drüben befindet sich eine Gästetoilette.«

Die fragliche Treppe war breit und wirkte herrschaftlich. In der Mitte lag ein orientalischer Läufer; er wurde von Beschlägen aus Messing, die wieder einmal eine Politur nötig gehabt hätten, an Ort und Stelle gehalten. Die Gästetoilette entpuppte sich als fensterloses, aber hübsches Örtchen, das nach Feuchtigkeit roch, in die sich der Duft eines großen, noch unbenutzten Stücks Vetiverseife in einer Porzellanschale mischte. Es gab bestickte Handtücher, ein Waschbecken und einen Spiegel sowie ein altmodisches Wasserklosett mit hölzerner Sitzbrille und einem Kettenabzug. Beim Blick in den Spiegel stellte sie fest, dass ihre Augen gerötet waren, und bemerkte den Fingernagel, der eingerissen war, als sie versucht hatte, den Sicherheitsgurt des Mietwagens zu schließen. Sie ließ sich auf dem Toilettensitz nieder und gab, während sie sich erleichterte, Tropfen in ihre Augen und machte sich mit einer Nagelfeile ans Werk.

Sie fühlte sich noch immer ein wenig benebelt von dem Gelage gestern Abend in London – ein Abendessen nach Fionas Vorstellung war hauptsächlich flüssiger Natur. Sie waren in den *Groucho Club* gegangen, und Laura war es leider nicht gelungen, hilfreiche Informationen über dieses sonderbare Vorstellungsgespräch, das Fiona für sie arrangiert hatte, aus ihr herauszubekommen. Laura sah sich in der Gästetoilette um, doch sie konnte nicht einen Fetzen Klopapier entdecken. Sie erforschte die Tiefen ihrer Handtasche, die ihr immer so unerklärlich schwer vorkam, und stieß erleichtert auf das kleine Päckchen Papiertaschentücher, das sie einem zerlumpten Kerl am Bahnhof abgekauft hatte.

Den beiden Frauen wurde veritabler Tee serviert, wie er in Großbritannien üblich ist: mit Scones, Konfitüre und dicker Sahne. Sie nahmen ihn in einem gelbweißen Frühstücksalkoven ein, der von einem Kristalllüster ein wenig zu grell beleuchtet wurde. Um dorthin zu gelangen, durchquerten sie eine große Bibliothek, an deren Wänden ringsum über zwei Ebenen Regale voller ledergebundener Bücher standen. Von dem runden Tisch, an dem sie sich niederließen, blickte man auf einen der Gärten hinaus, den ein lang gezogener, spiegelnder Teich, der von Buchsbäumen eingefasst war, in der Mitte teilte. Eine Steinbank stand am anderen Ende des Teichs; in der Mauer, die den Garten von der Straße trennte, war in einer eigens angelegten Nische ein kunstvoller Bienenkorb aufgestellt. Wohl als Reminiszenz an die Imkerei, die hier seit Jahrhunderten betrieben wurde und der das Haus seinen Spitznamen verdankte.

»Ich habe einige Frühstückspensionen recherchiert und mir eine Liste gemacht«, sagte Laura. »Können Sie mir eine davon empfehlen?«

»Ob ich Sie am Ende nun einstelle oder nicht«, erwiderte Wynona, »ich habe nicht die Absicht, Sie in irgendeinem trostlosen Inn unterzubringen. Wenn Sie nichts dagegen haben, werden Sie mein Gast sein. Hier ist niemand, der uns stören könnte, einmal abgesehen von dem irischen Ehepaar, das für mich arbeitet, aber ganz ruhig und harmlos ist.«

»Das wäre wunderbar«, antwortete Laura und schwor sich, während ihres Aufenthalts hier nie wieder das Wort »wunderbar« zu gebrauchen.

»Fantastisch.«

Sie versuchte, Wynonas Akzent einzuordnen. Obwohl sie Freunde in verschiedenen Schichten der britischen Gesellschaft hatte, zwei Jahre als Gaststudentin in Oxford verbracht und ein Jahr mit ihrem damaligen Freund in London gelebt hatte, war Laura kein Henry Higgins und bestenfalls dazu imstande, den Tonfall der reichen, gebildeten Tatler-Elite von der Stimme des gemeinen Volkes zu unterscheiden. Zudem hatte Fiona erzählt, sie habe Wynona – die eine alte Freundin der Familie war – gegoogelt und wisse nun, dass sie der Upperclass angehörte, und mehr als das – sie sei von altem Adel. Aber in ihrer Stimme war noch etwas anderes, ein ganz bestimmtes Timbre, das sie unverwechselbar machte, fast, als stammte Wynona aus einem anderen Land. Womöglich war es der Einfluss Spaniens – Fiona hatte erwähnt, dass Wynona dort viele Jahre lang gelebt hatte. Oder vielleicht war es auch nur ein lokaler Zungenschlag, eine Reminiszenz daran, wie das gute alte Englisch, das Milton oder Tennyson gesprochen hatten, geklungen haben mochte.

»Ich bin Ihnen dankbar, dass Sie mir diese Möglichkeit geben.«

»Das müssen Sie nicht«, entgegnete Wynona und trank ihren Tee aus. »Trotz der Zuneigung, die ich zu Fiona und vor allem ihrer Mutter hege, hätte ich Sie nicht hergebeten, wenn ich Sie nicht für geeignet halten würde. Ihr Lebenslauf ist beeindruckend.«

»Danke schön.«

»Ich spreche noch mit einigen anderen Leuten. Zwei Herren aus Oxford, um genau zu sein.«

»Natürlich«, sagte Laura und versuchte, es auch so zu meinen. »Darf ich fragen, um wen es sich handelt?«

»Das möchte ich lieber nicht sagen.«

»Es ist nur so, dass einige meiner ersten Übersetzungen dort veröffentlicht wurden. In Oxford habe ich mich auch in die französische Literatur des 13. Jahrhunderts verliebt, dort und an der Sorbonne. Jedenfalls ist es ziemlich gut möglich, dass ich die Herren kenne.«

»Ja, all das weiß ich. Und dennoch ...«

Laura blickte auf den Teppich hinunter; er war senffarben, in einem Blumenmuster gehalten und von einer breiten königsblauen Bordüre eingefasst. Wynona sprach weiter.

»Wie mir scheint, sprechen Sie fließend Italienisch, Spanisch, Hebräisch, Arabisch, Aramäisch, Altgriechisch, Latein und Alt- wie Neufranzösisch – das ist, wie ich sagen muss, recht außergewöhnlich.«

»Das ist sehr freundlich von Ihnen.«

»Ich habe mit Interesse Ihren Lebenslauf gelesen, und mein Sohn hat Sie sich online angesehen und so weiter. Sie wirken sehr kompetent. Obwohl es so aussieht, als würden Sie nicht mehr an der New Yorker Universität unterrichten.«

Laura spürte, wie ihr Herz sich zusammenkrampfte.

»Das stimmt. Ich bin wegen meines Lebensgefährten dorthin gezogen. Man hatte ihm eine wichtige Position angeboten, und um ihm die Zusage noch leichter zu machen, haben sie auch mir einen Posten in meinem Fachbereich gegeben. Aber es war eine auf drei Jahre befristete Dozentur, die nicht verlängerbar war und im Mai ausgelaufen ist. Deshalb bin ich derzeit frei, und deshalb kommt auch Ihr Angebot für diesen Job zum genau richtigen Zeitpunkt.«

»Verstehe.«

»Von welcher Art ist das Dokument, das Sie übersetzen lassen möchten? Fiona schien nicht viel darüber zu wissen.«

»Das liegt daran, dass ich es ihr nicht gesagt habe.«

»Tatsächlich wusste sie nicht einmal, dass es sich um ein Dokument handelt.«

»Es ist etwas, das schon seit sehr langer Zeit im Besitz meiner Familie ist. Um ehrlich zu sein, bin ich mir keineswegs sicher, worum es sich dabei eigentlich handelt oder was es enthält. Aber mir wurde gesagt, dass es sehr alt ist und – möglicherweise sehr wertvoll.«

»Das klingt faszinierend, ich würde es mir sehr gern anschauen!«

Wynona sah weg, als hätte sie etwas abgelenkt. Ihr Haar war in einem satten Kastanienbraun gefärbt und im Nacken zu einem einzelnen Zopf geflochten. Dann blickte sie ihre Besucherin wieder an und fand sie ungewöhnlich hübsch. Sie wusste, dass Fotografien trügen konnten, und war besorgt gewesen, dass die junge Frau von Angesicht zu Angesicht anders aussehen oder so überdreht sein könnte wie so viele Amerikaner. Doch zu ihrem ansehnlichen Äußeren kam noch hinzu, dass sie stilsicher gekleidet war und erfrischend zurückhaltend wirkte.

»Wenn Sie so viel Zeit erübrigen können«, sagte sie, »zumal Sie die lange Reise bis hierher gemacht haben, hätte ich gern einen Tag oder zwei, bevor ich mich entscheide – bevor ich mehr ins Detail gehe. Ist das in Ordnung? Wir könnten hier heute Abend zusammen essen und uns besser kennenlernen und dann sehen, wohin uns das bringt.«

Nach oben wurde Laura von Bidelia gebracht, der recht robusten, rotwangigen Irin, die ihnen den Tee serviert hatte. Das Zimmer, das für sie hergerichtet worden war, lag am Ende des ersten Stockwerks, war groß und herrschaftlich und mit Fenstern versehen, die vom Boden bis zur Decke reichten und auf die Küste von Cornwall hinausgingen. Die grauen Wände schmückten alte Familienporträts, die weiße Zimmerdecke war mit kunstvollen Stuckarbeiten verziert. Zwei Sessel standen vor dem Kamin, in dem sie aufrecht hätte stehen können, und das wuchtige Himmelbett mit vier Pfosten und Blick auf den Ozean hatte eine so dicke Matratze, dass ein kleiner Tritt aus Mahagoniholz nötig war, um hinaufzuklettern. Ihre Garderobe beanspruchte nur einen Bruchteil des begehbaren Schranks; dieser war mit einem riesigen Spiegel und einem eingebauten Sekretär ausgestattet, in dessen sämtlichen Schubladen jeweils ein Säckchen mit getrocknetem Lavendel lag. In dem angrenzenden Badezimmer – ebenfalls mit Blick auf die See – gab es zwei Waschbecken unter einem großen alten Spiegel voller blinder Flecken, eine gusseiserne Badewanne aus weißem Emaille und hinter einer dicken Glastür eine separate, geräumige Dusche mit diversen Wasserhähnen.

Begeistert von alldem, erlaubte Laura sich zum ersten Mal an diesem Tag, sich zu entspannen. Sie stand an einem der Fenster und war im Großen und Ganzen eigentlich zufrieden, auch wenn Wynonas Hinhaltetaktik sie enttäuschte und obwohl mit jeder Minute ihre Überzeugung wuchs, dass sich Nathans Einschätzung, dieser Trip sei sinnlos und beruflich idiotisch, als ärgerlich zutreffend erweisen würde. Aber selbst wenn sich herausstellen sollte, dass alles, was als Ergebnis für den ganzen Aufwand heraussprang, ein paar Übernachtungen fern von New York in diesem Raum waren, würde es das schon wert sein.

Sie tauschte die Stiefel gegen ein Paar Espadrilles, ging ins Badezimmer und ließ Wasser in die Wanne einlaufen. Eine kaum berührte Flasche mit einem teuren italienischen

Duschgel lag in einem Behälter – sie gab etwas davon hinein. Dann zog sie sich aus; und nachdem sie das Licht wieder ausgeschaltet hatte, um den tosenden Ozean in all seiner Schönheit bewundern zu können, glitt sie in das dampfende Wasser und genoss den magischen Wechsel des Lichts, der sich vollzog, während die Sonne langsam unter die Wolkenlinie sank. Einerseits bedauerte sie es, dass Nathan nicht hier war, um all das gemeinsam mit ihr zu erleben, aber andererseits freute sie sich auch unglaublich darüber, allein zu sein. Sie waren einander im vergangenen Jahr zunehmend überdrüssig geworden, besonders als sich Lauras Dozentur dem Ende zuneigte und es klar wurde, dass die Universität ihr keine Weiterbeschäftigung anbieten würde. Es war demütigend und doppelt beschämend für sie, weil Nathan beschlossen hatte, sich ebenfalls dafür zu schämen. Er machte sich Sorgen, diese Entwicklung könnte Ausdruck seines möglicherweise schwindenden Einflusses an der Uni sein.

Bevor sie ihn besser kennengelernt hatte, war sie wie verzaubert von ihm gewesen, von seiner Intelligenz, seinem Draufgängertum, seinen Verbindungen in die besten Kreise der politikwissenschaftlichen Arena, seinen gelegentlichen Auftritten in Nachrichtensendungen und in der BBC und von seiner Ladung in den Rat für auswärtige Beziehungen. Sie war sehr offen dafür gewesen, London zu verlassen und mit ihm nach New York zu gehen, wo ihr Stiefvater ihr ein Apartment geschenkt hatte – ein Apartment, das sie liebte, ein Apartment, in das Nathan nur zu gern einzog.

Aber sie hatte sich im Mikrokosmos der New Yorker Universität nie heimisch gefühlt und auch nicht in der amerikanischen akademischen Welt im Allgemeinen. Oft hatte sie den Eindruck, sie sei eine Generation zu spät auf der Bildfläche erschienen. Die wenigen verbliebenen Stars und Rebellen auf ihrem Fachgebiet hatte man vergrault, und eine von der Modern Language Association abgenickte, zugeknöpfte, poststrukturalistische Mannschaft war an ihre Stelle getreten – politisch korrekte Kämpfer, deren geschicktes Spiel nach den Regeln des Systems sie wahnsinnig machte. Nathan hatte in dieser Welt mit dem Strom zu schwimmen gelernt, und ihre Kritik daran beschwor so manchen Streit herauf. Als man ihren Lehrauftrag nicht verlängerte, machte er dafür ihre Einstellung verantwortlich, die seiner Meinung nach nicht mit den derzeitigen akademischen Realitäten in Übereinstimmung zu bringen war. Sie wusste, dass er sich Sorgen machte, sie könnte für ihn zur Belastung geworden sein.

Andererseits schenkte ihm das Zusammenleben mit ihr eine begehrte Adresse und – zu Anfang jedenfalls – eine ergebene Bewunderin. Er verachtete das Leben, das sie in London als Single geführt hatte, und hasste es, wenn sie Zeit mit Fiona verbrachte oder auch nur mit ihr telefonierte. Er hielt sie für frivol, oberflächlich und antisemitisch, was alles durchaus zutraf, das musste Laura zugeben. Nathan mochte es nicht, dass sich seine Partnerin mit solch einer Sorte Mensch öffentlich blicken ließ. Das war doch die Welt, aus der er sie »gerettet« hatte. Mehr, als dass dieses neue Jobangebot durch Fionas Vermittlung zustande gekommen war, musste er gar nicht darüber wissen.

Sie ließ das Wasser ablaufen, blieb dabei in der Wanne liegen und fragte sich, warum sie überhaupt noch mit Nathan zusammen war. Zum Teil war sicherlich ihr eigener Dickkopf schuld daran, den sie von ihrer verstorbenen Mutter geerbt hatte: die Abneigung, sich eine Niederlage einzugestehen und anzuerkennen, dass diese Beziehung genauso zu Ende gehen würde, wie so viele von ihren Freunden es ihr prophezeit hatten. Zuerst hatte die Chemie zwischen ihnen beiden gestimmt. Der Altersunterschied mit all seinen ödipalen Implikationen, die sie in ihrer Therapie durchaus zur Kenntnis genommen hatte, sowie die Fallhöhe in Karrierebelangen hatten Hand in Hand gearbeitet, um die geeigneten Endorphine auszuschütten. Aber mit der Zeit trübte sich das Glück. Was hatte Fionas süßer schwuler Freund gestern Abend gesagt? »Jemanden jede Nacht im Bett zu haben kann ziemlich herrlich sein, aber es muss nicht zwingend Liebe dahinterstecken.« – »Und was ist Liebe?«, hatte sie ihn aus dem Auge eines Wodka-Lemon-Orkans heraus gefragt. »Es ist das Ding, das dein Herz packt und nicht mehr loslassen will«, antwortete der Bursche – aufrichtig und ebenso abgedroschen wie auch unstreitig wahr. »Na ja, nicht jeder hat dieses Glück«, gab sie zurück. Ihre Eltern hatten es nicht gehabt. Ihre Mutter und ihr Stiefvater nicht. Auch keiner ihrer Freunde. Wer wollte heutzutage überhaupt noch zugeben, dass er sich so etwas wünschte?

2

Finn, Bidelias schmallippiger Ehemann, servierte das Abendessen. Er war groß und schlank und trug sein Haar über eine kahle Stelle gekämmt, was sie fast unsichtbar machte, und er hatte ein spitzes, aber nicht unfreundliches Gesicht mit einer von roten Äderchen marmorierten Habichtsnase. Während der Mahlzeit – Brathähnchen mit Fingerlingkartoffeln und gekühltem Rotwein – vermied Wynona es wie angekündigt, auf das Projekt einzugehen, für das sie Laura möglicherweise engagieren wollte. Anfangs steuerte sie kaum etwas zum Tischgespräch bei, was Laura nervös machte und dazu brachte, zu viel über sich selbst zu sprechen.

»Als ich Doktorandin an der Columbia in New York war, bin ich mit einem Dichter ausgegangen.« Wynonas gezwungenes Lächeln ließ ihr Selbstvertrauen schwinden. Doch sie redete weiter. »Sehr zum Leidwesen meiner Mutter bin ich mit ihm in Greenwich Village kurz vor meinem Abschluss zusammengezogen, und nachdem wir ein Jahr lang darauf gespart hatten, flogen wir nach Europa und blieben schließlich fast drei Monate bei meinem Onkel Manolo hängen – er ist das schwarze Schaf in der Familie meiner Mutter und lebte wie ein Pascha in den Hügeln um Málaga.«

Ihre Gastgeberin begann an ihrer Serviette herumzunesteln – ein deutliches Zeichen dafür, dass Laura rasch zum Ende kommen sollte. Doch wie ein Lemming rannte sie mit Höchstgeschwindigkeit immer weiter auf die Klippe zu. »Er hatte dieses herrliche Haus voller Bücher, Katzen und

Hunde, das inmitten von Zitronenplantagen lag, und er unterhielt eine *ménage à trois* mit zwei finnischen Schwestern. Es waren immerzu Gäste im Haus, von kalifornischen Drogenschmugglern bis hin zu halbseidenen Europäern – unter anderem ein ausgemergelter, nicht gerade begnadeter Maler mit Neigung zur Glatze, der ein Nachfahre des Marquis de Sade war.«

Dieses letzte Detail erwähnte sie bewusst in der Hoffnung, dass wenigstens jetzt eine von Wynonas Augenbrauen in die Höhe schießen würde. Doch die Frau, die die Selbstbeherrschung eines Zen-Mönchs besaß, zuckte nicht einmal mit der Wimper. »Jeder wusste Manolos Wein und Whiskey und die politisch nicht gerade korrekten Gespräche mit ihm zu schätzen. So wenig es mir auch manchmal gefällt, aber ehrlich gesagt hatte er großen Einfluss auf mich. Einmal abgesehen davon, dass er ein Mensch war, der sich ganz offen über die geltenden Moralvorstellungen hinwegsetzte, dabei aber durchaus einen katholischen, von Gewissensbissen zerfressenen Kern besaß, war er ein Polemiker erster Güte. Seine Spezialität war es, angriffslustig selbst die glühendsten Überzeugungen zu zerpflücken, ob sie nun politischer oder religiöser Natur waren. Und sobald jemand Anstalten machte, ihm zuzustimmen, konnte er besonders unausstehlich werden – dann wechselte er einfach die Seiten, nur um den anderen zu ärgern. Fiona hat in jenem Sommer mit mir einige Zeit dort verbracht und es geliebt. In Manolos Haus begann ich auch, Literatur tonnenweise zu verschlingen. Er besaß eine herrliche Bibliothek, und dort fiel mir eine Bibel in die Hände, eine großartige alte King-James-Ausgabe.«

Letzteres schien wieder etwas Leben in Wynonas Gesicht zu bringen. »Ich merkte ihm an, wie sehr er sich darüber freute, dass ich mich mit einem Buch beschäftigte, das so wenig zu meinem Alter passte. Er zeigte mir seine Zustimmung mit kleinen Sticheleien und erklärte mir, warum der Text, den ich da las, fehlerhaft und meilenweit von den Originaltexten entfernt war. Das Ganze fiel mit einer Reise zusammen, die Saul – der Poet – und ich nach Paris unternahmen, wo ich einige alte Manuskripte in Augenschein nehmen durfte. Kurz nach unserer Rückkehr nach New York trennten wir uns allerdings. Er war entsetzt über mein Interesse an Hebräisch, einer Sprache, die untrennbar mit seiner Kindheit verbunden war, die er als Albtraum erlebt hatte. Ich wurde an der Columbia promoviert und nahm meine Th.D.-Promotion in Harvard in Angriff. Dort begann ich mit einem Professor auszugehen, der Kurator der Abteilung für griechische und römische Antiken am British Museum war, aber gerade beurlaubt. Wir lebten eine Zeit lang in London zusammen, bis ich mir eingestehen musste, dass er eigentlich schwul war – aber mir wurde auch klar, dass mich Themen faszinierten, die mit seinem Fach zu tun hatten. Schließlich wurde ich als Gaststudentin nach Oxford eingeladen und ging anschließend an die Sorbonne, wie ich Ihnen ja gestern schon erzählte.«

Sie hielt inne, atemlos und von einer Woge des Selbstekels überrollt, und griff nach ihrem Weinglas in der Hoffnung, dass sie nicht rot geworden war. Was mache ich hier eigentlich? fragte sie sich. Bei einem gewöhnlichen Vorstellungsgespräch hätte sie das niemals getan. Dann bestätigte Wynona ihre schlimmsten Befürchtungen, indem sie nämlich nicht auf all das einging, was Laura soeben von sich gegeben hatte.

»Woran werden Sie als Nächstes arbeiten?«, fragte sie.

»Ich habe mich auf eine ganze Reihe von Stellen beworben«, antwortete Laura. »Aber ich habe noch andere Einkünfte, genug, um davon leben zu können, sodass ich noch nicht völlig verzweifelt bin.«

Sie trank erneut einen Schluck Wein – einen großen.

»Und wann genau haben Sie Fiona kennengelernt?«

»Fiona kam auf meine Highschool, nachdem ihre Mutter sich hatte scheiden lassen und für eine Weile nach New York gezogen war. Eine private Mädchenschule namens Chapin. Wir waren in derselben Klasse. Sie hat oft ihre Hausaufgaben bei uns gemacht – unser Apartment lag praktisch gegenüber der Schule.«

»Ah ja. Ich habe sie in dieser Zeit einmal besucht.«

»Und dann, als ich in London lebte, wurden wir gute Freundinnen.«

»Sie haben Ihren derzeitigen Freund erwähnt, glaube ich. Ich möchte nicht vorgreifen, aber würde sich diese Beziehung womöglich als problematisch erweisen im Hinblick darauf, wie lange Sie hierbleiben können?«

Dies war das erste Anzeichen dafür, dass man ihr die ungefragten Enthüllungen über ihr Privatleben vielleicht doch nicht übel nahm.

»Ja, ich habe einen Freund, jemanden, mit dem ich zusammenlebe. Aber das ist kein Problem – keineswegs.«

»Keineswegs.«

»Sagen wir einfach, dass ich im Moment froh bin, hier zu sein und nicht bei ihm.«

»Wie alt sind Sie, Laura?«

»Fünfunddreißig.«

»Und Sie waren noch nie verheiratet?«

»Nein.«

Das Gespräch nahm eine Richtung, die ihr nicht behagte. Hatte sie doch geglaubt, Wynona wären derlei Dinge vollkommen gleichgültig. »Und warum?«

»Vielleicht bin ich zu romantisch?«

»Inwiefern?«

»Ich habe eine feste Vorstellung davon, welche Gefühle ich jemandem gern entgegenbringen würde, bevor ich daran denke, ihn zu heiraten – und das ist mir eben bisher nicht passiert.«

»Noch nicht.«

»Noch nicht. Ja. Genauso ist es.«

»Und wie steht's mit Kindern?«

»Ich wünsche sie mir nicht dringend genug, als dass ich sie allein großziehen oder mit jemandem bekommen wollte, auf den ich nicht wirklich stehe.«

»Nein. Sehr richtig. Nun, ich wünschte, ich wäre mehr wie Sie gewesen. Vielleicht bin ich ja ein wenig zu früh geboren oder im falschen Umfeld.«

Laura spürte, wie sich ein kleiner Riss in der eleganten Fassade dieser Frau auftat. »Wie hat es Sie eigentlich nach Spanien verschlagen, Winnie? Darf ich Sie tatsächlich so nennen?«

»Ja.«

»Fiona hat erzählt, dass Sie dort viel Zeit verbracht haben.«

»Zunächst einmal bin ich dort geboren.«

»Nun, das reicht ja schon.«

»Ich bin mir sicher, sie hat Ihnen auch den ganzen Rest erzählt. Dass sich meine Mutter mit siebzehn in einen irischen Jungen verliebt hat – einen irisch-englischen, um genau zu sein – und mit mir schwanger wurde, kurz bevor er in den Zweiten Weltkrieg zog. Und noch ehe er etwas Anständiges deswegen unternehmen konnte, hat er sich in Belgien bei der Explosion einer V2-Rakete umbringen lassen.«

»Wie schrecklich.«

Was sie von Fiona wusste, war, dass es nicht irgendein irisch-englischer Junge gewesen war. Sie bewunderte den Stil dieser Frau.

»Und in jenen Tagen waren derlei Dinge viel dramatischer – in sozialer Hinsicht, meine ich –, als sie es heute sind. Jedenfalls ließ mein Großvater meine Mutter per Schiff nach Mallorca bringen. Haben Sie schon einmal von Robert Graves gehört?«

»Ja, natürlich.«

»Sein Vater kannte meinen Großvater, und das Haus der Graves' auf Mallorca stand zu jener Zeit noch leer. Graves hatte es mit der einen Ehefrau verlassen, als der Spanische Bürgerkrieg begann, und es sollte noch einige Monate dauern, bis er mit einer neuen Ehefrau zurückkehrte. Und so mieteten meine Mutter und eine Tante, die wir alle liebten, das Haus von ihm, und dort kam ich mit Unterstützung einer Hebamme zur Welt, wie bei Chaucer. Als Robert und Beryl eintrafen, bezogen wir unser eigenes Heim gleich gegenüber und verbrachten dort den größten Teil meiner Kindheit. Ich bin in Deià ziemlich wild aufgewachsen, aber von Büchern umgeben, wie Sie bei Ihrem Onkel Manolo. Graves nahm großen Anteil an meiner Erziehung, und so ist also alles recht gut gegangen.«

»Das kann ich mir vorstellen!« Laura fehlten die Worte.

»Dann bin ich auf die Universität von Cambridge gegangen. Eines Sommers traf ich in der Nähe von Cádiz einen Mann, einen Katalanen, der dort im Urlaub war und ein ziemlich guter Kerl zu sein schien, und wir heirateten – ich konnte es wirklich kaum erwarten, dem Dunstkreis meiner Mutter zu entfliehen. Er und ich lebten die meiste Zeit über in Barcelona, wo meine Kinder geboren wurden, mein Sohn und meine Tochter, die starb, als sie noch klein war. Danach begann ich, mehr Zeit hier zu verbringen.«

»Es tut mir leid, das zu hören.«

»Dass ich begann, hier mehr Zeit zu verbringen?«

»Nein. O nein. Was Ihre Tochter betrifft, meinte ich.«

»Es war ... sehr traurig.«

Wynona sah weg, und Laura wurde klar, dass es höchste Zeit für einen Themenwechsel war.

»Die Geschichte meiner Mutter ähnelt ein wenig der Ihren.«

»Wie das?«

»Sie stammte aus einer sehr konservativen Familie aus Granada. Ihr Vater war ein ultrakatholischer Franco-Anhänger und ein wichtiger Professor an der medizinischen Fakultät, an der meine Mutter studierte. Aber sie hatte nichts Besseres zu tun, als sich in einen Kommilitonen zu vergucken, der aus Palästina kam. Und das einfach nur, um ihre Eltern vor den Kopf zu stoßen. Ich meine, das hat sie mir jedenfalls erzählt. Sie ist sogar zum Islam übergetreten, hat ihn in einer Moschee geheiratet, und nachdem sie ihre Abschlüsse gemacht hatten, ging sie mit ihm nach Hebron im Westjordanland, wo ich geboren wurde.«

»Davon hatte ich keine Ahnung. Ich dachte, Sie kämen aus New York.«

»Das ist eine lange Geschichte. Na ja, so lang nun auch wieder nicht.«

»Erzählen Sie weiter.«

»In Hebron stellte sie fest, dass ihre Schwiegereltern noch konservativer als ihre eigene Familie waren. ›Das habe ich dir doch gesagt‹, meinte mein Vater offenbar zu ihr. ›Wir hätten in Spanien bleiben sollen. Als dein Mann hätte ich mich einbürgern lassen und dort praktizieren können. Wir hätten dort ein gutes Leben haben können. Das können wir immer noch.‹ Aber meine Mutter war nicht in der Lage, einen Misserfolg vor sich selbst oder gegenüber ihrer Familie zuzugeben, deshalb ließ sie sich von meinem Vater scheiden, nahm mich und zog nach Madrid. Sie fand eine Anstellung als Gynäkologin in der Praxis eines Arztes, die vor allem auf amerikanische Patienten ausgerichtet war. Dort traf sie meinen Stiefvater, einen Staatsbeamten, der in der Botschaft beschäftigt war. Er kam aus einer reichen protestantischen Familie aus New York, Neuengland. Als seine Zeit in der Botschaft um war, bat er meine Mutter, ihn zu heiraten. Sie sagte Ja, wurde natürlich Presbyterianerin, und wir siedelten nach Manhattan über. Ich nahm den Nachnamen meines Stiefvaters an. Als meine Mutter vor fünfzehn Jahren ganz plötzlich starb, wurde sie auf dem protestantischen Friedhof von Southampton auf Long Island begraben, fern des römisch-katholischen *campo santo* hinter der Alhambra, auf dem ihre Eltern, meine Großeltern, begraben liegen.«

»Das ist ja eine Geschichte! Und ja, ich sehe die Ähnlichkeiten auch. Was ist aus Ihrem Vater geworden?«

»Er starb, als ich noch klein war, nachdem wir Palästina wieder den Rücken gekehrt hatten.«

»Oje.«

»Er wurde während der ersten Intifada von einer verirrten Kugel getroffen, als er einem Verletzten helfen wollte.«

Wynona wollte schon etwas erwidern, aber da kam Bidelia herein, um die Teller abzuräumen, und gleich danach servierte Finn den Nachtisch und schenkte Wein nach. Als sie wieder allein waren, war die Gelegenheit anzuknüpfen vorüber.

Nachdem sie einander Gute Nacht gesagt hatten, ging Laura noch ein wenig spazieren. Vom Meer her wehte ihr eine feuchte Brise ins Gesicht. Sie mochte das leise Knirschen, das ihre Stiefel auf dem Kies der Einfahrt verursachten. Ihr mittlerweile von Tau benetzter Mietwagen stand immer noch an eine große Hecke geschmiegt, die neben einer Backsteinmauer wuchs. Daneben parkte jetzt jedoch ein alter Land Rover, der bei ihrer Ankunft noch nicht da gewesen war.

Das Gespräch über ihre Familie und Vergangenheit hatte sie aufgewühlt. Obwohl sie früher durchaus überlegt hatte, den Nachnamen ihres Vaters wieder anzunehmen – Hourani –, dachte sie eigentlich selten an ihn, geschweige denn, dass sie über ihn redete. Dieser Teil ihres Genpools kam nur auf Dinnerpartys zur Sprache – Nathan prahlte um seiner eigenen kulturellen Glaubwürdigkeit willen gern damit. Plötzlich hatte Laura Lust auf eine Zigarette und wühlte in ihrer Handtasche nach einem Kaugummi, um sich abzulenken. Dabei fühlte sie sich besonders tugendhaft, weil sie der Verlockung widerstand, ohne dass Nathan sie ermahnen musste.

Als sie sich jenseits des Tors auf die Straße wagte, war es bereits sehr dunkel. Es fiel ihr schwer, auf der gegenüberliegenden Seite der schmalen Straße die niedrige Mauer aus unregelmäßigen Steinen auszumachen, die ein brachliegendes Feld begrenzte, auf dem noch am Nachmittag Schafe gegrast hatten. Das Areal war abschüssig und endete, wo Dünen, Strand und Meer begannen. Beim Geräusch der sich brechenden Wellen durchströmte sie ein Glücksgefühl.

Ihr Telefon läutete. Sie hatte vergessen, es vor dem Abendessen lautlos zu stellen, und dankte den Sternen, dass der Klingelton – ein Rap – nicht während der Mahlzeit ertönt war. Es war Nathan. Sie zögerte ranzugehen, doch dann biss sie die Zähne zusammen und tat es doch.

Unterdessen hatte Wynona schon ihr Flanellnachthemd angezogen und war in ihr gondolaförmiges Renaissancebett gestiegen, in dem, wie sie zuweilen erwähnte, »zwei Könige geboren wurden und zweifellos alle möglichen wüsten Umtriebe stattgefunden haben«. Sie war mit dem Verlauf des Abends zufrieden und ganz allgemein mit Laura. Die Vorstellung, Bewerbungsgespräche mit zwei Oxford-Professoren führen zu müssen, hatte sie nie begeistert. Vermutlich hätte sie es nicht lange ausgehalten, mit einem wunderlichen Mann in Tweedhose und mit einer Pfeife und schlechten Zähnen im Mund über ihr Anwesen zu laufen.

Sie beglückwünschte sich einmal mehr zu der Entscheidung, die Kodizes fachgerecht übersetzen zu lassen, bevor sie sie Sotheby's anbot. Obwohl die schlecht erhaltene Schriftrolle und die Kodizes innerhalb der Familie ihrer Mutter nahezu tausend Jahre lang weitergereicht worden waren, manchmal über hundert Jahre lang verloren gingen, bevor sie wiedergefunden wurden, nur um erneut verloren zu gehen und wiedergefunden zu werden, besaß sie keine emotionale Verbindung zu ihnen. Wenn es sich um ein Gemälde oder ein Haus oder auch ein Schmuckstück gehandelt hätte, wäre es vielleicht anders gewesen, aber für drei so fremdartige und rätselhafte Gegenstände konnte sie sich nicht wirklich erwärmen. Sie war nur dankbar dafür, dass sie existierten – und dass ihre Katastrophenmutter sich gerade noch rechtzeitig daran erinnert hatte, wo sie sich befanden, bevor der Alzheimer sie dahinraffte. Mit etwas Glück würde der Verkauf Wynona zu einem ordentlichen Notgroschen für ihren Sohn und seine Mädchen verhelfen – für den Fall der Fälle.

Nachdem sie die Leselampe ausgeschaltet hatte, lag sie noch eine Weile wach und dachte an ihre Mutter, die in genau diesem Bett geschlafen und ihre Affären beglückt hatte und die hier auch gestorben war. Sie dachte daran, wie oft sie in diesen Raum gekommen war, um Gute Nacht zu sagen – vor gar nicht allzu langer Zeit, wie ihr schien –, und dass ihre Mutter, das Gesicht mit Nachtcreme bedeckt, dann öfter betrunken als nüchtern gewesen war. Ihre Mutter, die nie müde geworden war, zu klagen, Wynona sei die erste Frau in der Familiengeschichte, die nicht reich heiratete. Ihre Mutter, die sich ständig darüber beschwerte, dass Wynona stattdessen mit jemandem aus der spanischen Mittelklasse durchgebrannt war, einem attraktiven, aber provinziellen Geschäftsmann ohne Titel. Und immer wenn Wynona mit der Feststellung gekontert hatte, dass ihre Mutter kein einziges Mal verheiratet gewesen sei, trank diese noch einen Schluck Wein, bevor sie erwiderte: »Aber dein Vater, meine Liebe, war der Viscount Elveden, Arthur Onslow Edward Guinness, der Multimillionär geworden ist, und wenn du ein Junge geworden wärst anstelle eines dummen Mädchens, hätte dein Großvater väterlicherseits mehr Interesse gezeigt und uns eine Menge mehr Schweigegeld hinterlassen, als er es getan hat.«

3

Laura ging um kurz vor halb neun nach unten und hörte von Bidelia, dass Wynona bereits gefrühstückt hatte und aufgebrochen war, um sich den Großteil des Tages über um ein Pferd zu kümmern. Laura fragte sich, ob ihre Gastgeberin das ohnehin vorgehabt hatte, und beschloss, den letzten Abend nicht zu erwähnen.

»Ich wusste nicht, dass sie ein Pferd hat.«

»Aber ja, Miss. Einen ganzen Stall davon. Eines der Mädchen hat ihr heute Morgen Bericht über das Pferd erstattet, das krank ist, und sie haben das arme Tier in einen Anhänger verladen und sind weggefahren. Sie hat mir aufgetragen, sie bei Ihnen zu entschuldigen.«

»Kein Problem«, erwiderte Laura. »Um welche Zeit frühstückt sie für gewöhnlich, Bidelia?«

»Um sieben Uhr, wenn sie auf ihrem Zimmer bleibt, und um sieben Uhr dreißig, wenn sie herunterkommt, Miss.«

Und doch hatte sie Laura dazu ermuntert, so lange zu schlafen, wie sie wollte. War dies vielleicht eine Art Prüfung gewesen, die sie nicht bestanden hatte?

Zwei auf den Punkt gekochte Eier mit Toaststreifen und eine Tasse irischen Frühstückstees beruhigten sie wieder. Sie beschloss, sich zu entspannen und zu amüsieren, und sei es auch nur, um Nathans Unkerei gestern Abend zu trotzen: Sie verschwende nur ihre Zeit und solle lieber an Konferenzen teilnehmen und Veröffentlichungen auf den Weg bringen, wenn sie es ernst mit ihrer Karriere meinte. »Du wirst schon sehen«, hatte er gesagt. »Sie wird dich ein paar Tage auf ihrem Wuthering-Heights-Verschnitt gefangen setzen und zappeln lassen, wenn sie überhaupt im Besitz eines so einzigartigen Schatzes ist. Am Ende sind es wahrscheinlich bestenfalls ein paar schlechte Verse auf Mittelfranzösisch.« In dem, was er sagte, schwang immer auch die unausgesprochene Anspielung mit, dass sie irgendwie faul sei, dass ihr die notwendige Disziplin oder das Feuer im Bauch fehle, kurzum, dass sie ein verzogenes Gör sei, das sich zu leicht von der Art von Herausforderungen abschrecken ließ, die echte Akademiker wie er selbst natürlich spielend leicht bewältigten. Er hatte sie aus dem Apartment an der West Tenth Street angerufen und auf ihre Nachfrage zugegeben, dass er einmal mehr vergessen hatte, die Pflanzen auf der Terrasse zu wässern. Er besaß doch tatsächlich die Frechheit, ärgerlich zu werden, als sie ihn deswegen sanft rügte.

Sie stöberte in der Bibliothek herum und dachte darüber nach, Fiona anzurufen, die darauf brennen würde, von Lauras ersten Eindrücken zu erfahren; doch sie wusste, dass Fiona erst in einigen Stunden aufstehen würde. Stattdessen schickte sie ihr eine Textnachricht: *Winnie ist heute den ganzen Tag weg! Tolles Anwesen – gehe jetzt spazieren – Mr. Darcy suchen.* Aber anders als angekündigt kehrte sie auf ihr Zimmer zurück, um die Zähne zu putzen und ein Buch zu holen, das sie gerade las. Dann erkundete sie das Haus, warf einen Blick in jedes der zwölf riesigen Schlafzimmer, auch in das von Wynona mit seinem bizarren, einer Barke nachempfundenen Bett, das sie ein bisschen kitschig fand.

Unten im Erdgeschoss machte sie es sich auf einem tiefen und gemütlichen Sofa in einem Raum bequem, der wohl als Salon gedacht und von jener Art war, wie man sie in vielen herrschaftlichen Häusern fand und die nur selten genutzt wurde. Sie sah sich ein Album mit Familienfotos an, das groß und braun war und zwischen dessen Seiten Blätter aus Zwiebelschalenpapier eingearbeitet waren. Obwohl nichts auf Blaublütigkeit hindeutete, zeigten die Bilder ein Jahrhundert Familienleben, das zumindest dem Anschein nach privilegiert gewesen war. Lange Tafeln unter Bäumen und Weinreben, vermutlich auf Mallorca, an deren Kopfende Robert Graves thronte, eine muntere Wynona im Teenageralter neben einer Frau, die sicherlich ihre Mutter war – einer Frau mit einem aristokratisch wirkenden Kopf, aber breiten Handgelenken und Händen, die Wynona glücklicherweise nicht geerbt hatte. Lebhaftes Treiben im Patio einer Villa am Ufer eines Gewässers, welches ganz nach dem Comer See aussah. Reit- und Jagdgesellschaften hier auf dem Anwesen in Cornwall – viel Fliegenfischen –, ein dunkelhaariger Junge, wahrscheinlich Wynonas Sohn, dem ein Schluck aus einem silbernen Flachmann angeboten wurde. Zwei ältere Männer, die grinsend danebenstanden. Bilder von Wynona mit einem kleinen Mädchen, wahrscheinlich dem, das gestorben war.

Schließlich nahm sie sich ihr Buch vor und schlief beim Lesen ein; eine Stunde später wachte sie wieder auf und brach zu einem langen Spaziergang auf. Am frühen Vormittag war das Wetter noch ruhig und sonnig gewesen, aber nun wälzten sich Wolken von der See heran, und einmal mehr wehte eine steife Brise. Die Landschaft rechts und links der Zufahrtsstraße zum Landhaus war prachtvoll und hatte nichts mit der Heide von Wuthering Heights zu tun. Lauter Hügelchen und grüne Weiden, rasch fließende Bäche, kleine Waldstücke, die von sanften Lichtungen unterbrochen wurden, und dann der Strand und die Klippen, die sich gewunden gen Norden zogen. Sie wanderte über weite Flächen mit Gras und Erika und rastete hin und wieder auf Granitfindlingen. Als sie den Rand eines sumpfigen Tals erreichte, sah sie hinunter auf Haine aus knorrigen alten Eichen. Der Gesang von Schwarzkehlchen und Steinschmätzern begleitete sie, und über den Klippen segelten Möwen im Aufwind, ohne auch nur einmal mit den Flügeln schlagen zu müssen.

Als sie um die Mittagszeit heimkehrte, war sie fast am Verhungern, genierte sich allerdings, das irische Ehepaar um etwas zu essen zu bitten. Daher nahm sie das Auto und fuhr ins nächste Dorf, kaufte einige Zeitungen, setzte sich in einen Gastropub und bestellte sich ein Glas Bier und ein Croque Monsieur. Die Dorfbewohner, wie viele Briten teigig und blass, hielten sich ihr gegenüber im Großen und Ganzen zurück, aber sie freute sich trotzdem, hier zu sein. Die unerwartete Auszeit von New York wirkte immer noch belebend, und bevor sie wieder dorthin zurückkehrte, würde sie noch London die Ehre erweisen – zum Shoppen und um alte Freunde zu besuchen.

Zurück im Auto, rief sie Fiona an und erreichte sie auch.

»Ich habe dir ja gesagt, dass sie ein bisschen wunderlich ist«, sagte Fiona lachend. »Aber Mutter liebt sie – sie sagt, es kann sehr lustig mit ihr werden, sobald man sie besser kennt.«

»Lustig?«

»Nicht in geselliger Hinsicht. Ich glaube, sie ist eine kleine Einsiedlerin. Aber auf ihre eigene Art.«

»Ich wünschte einfach, sie würde endlich zur Sache kommen.«

»Du bist eben erst angekommen. Es ist doch herrlich, oder?«

»Aber hallo.«

»Ein bisschen einsam vermutlich.«

»Einsam ist gar nicht so übel nach den letzten fünf Monaten mit Nathan.«

»Stoß ihn ab. Tu dir den Gefallen.«

»Du meinst dir.«

»Tu uns beiden den Gefallen. Es wäre schön, dich ohne Kerkermeister hier zu haben.«

Laura wollte sich nicht weiter über Nathan streiten, denn das hatte oft den Effekt, dass es ihn ihr wieder näher brachte.

Der Jetlag und das Bier taten schließlich ihr Werk, und als Wynona am Nachmittag heimkehrte, schlief Laura tief und fest – was ihr womöglich ein weiteres Häkchen auf der Negativliste eintrug, wie sie beim Aufwachen befürchtete. Doch Wynona zeigte keine Spur von Missbilligung, und vor dem Abendessen tranken sie gemeinsam einen angenehmen Aperitif, bei dem Laura alles über Wynonas Leidenschaft für Pferde erfuhr.

Heute Abend gab es Lammkarree, Spinatcreme und Kartoffelpüree sowie einen zwanzig Jahre alten Burgunder von der Sorte, die Nathan sie niemals hätte bestellen lassen, sogar wenn sie die Rechnung selbst übernommen hätte.

»Sie erwähnten, dass Sie einen Th.D. haben«, sagte Wynona beim Essen. »Was ist das genau?«

»So kürzt man in den USA den Doktortitel in Theologie ab.«

»Dann müssen Sie gläubig sein.«

»Nicht wirklich, nein.«

»Sie sind nicht spirituell?«

»Ja und nein.« Sie wollte sich lieber behutsam vorwärtstasten. »Ich weiß, wie Religion, ganz allgemein gesprochen, entstanden ist. Ich meine: Das war einer meiner Forschungsbereiche. Und ich kann nachempfinden, dass Menschen darin Trost suchen, und finde viele religiöse Bilder und Texte ausnehmend schön. Ich verehre Kirchen und Tempel und Moscheen, indem ich einfach nur dort sitze, um des Friedens willen, den sie bieten, aber ich finde es auch … nun, seltsam, dass in einem Zeitalter, in dem wir so viel wissen, die Religion noch so viel Macht in so vielen Teilen der Welt besitzt. Das erstaunt mich wirklich.«

»Sie glauben an keine wie auch immer geartete Gottheit.«

Laura beschloss, alle Vorsicht fahren zu lassen.

»Wie könnte man das heute noch?«

Wynona lächelte, und diesmal war es ein echtes Lächeln. »Ich weiß Ihre Ehrlichkeit zu schätzen.«

»Habe ich gerade eine falsche Antwort gegeben? Ich möchte nicht respektlos erscheinen, niemandem gegenüber.«

»Nein. Ich verstehe Ihren Standpunkt durchaus. Was ich glauben kann oder glauben möchte, wird wahrscheinlich von meinem Hintergrund bestimmt.«

»Bei Robert Graves sind Sie sicherlich mit den großen Mythologien in Berührung gekommen, oder?«

»Mit mehr davon, als ich zählen konnte.«

»Im College habe ich *Der goldene Zweig* verschlungen.«

»Es freut mich, das zu hören«, gab Wynona zurück.

Sie tranken ihren Wein aus.

»Ich habe den Eindruck, dass die religiösen Überzeugungen der meisten Leute in tiefen Gefühlen ihren Ursprung haben«, fuhr Laura fort. »Dass sie kulturellen Ursprungs sind – und dass die Leute nicht sehr viel Zeit damit verbringen, darüber nachzudenken, was das ist, an das zu glauben sie behaupten.«

»Dem entnehme ich, dass Sie an die Wissenschaft glauben.«

»Nein, das trifft es nicht. Ich glaube nicht an die Wissenschaft – ich meine, das, woran ich glaube, ist eher die wissenschaftliche Methodik.«

»Aber viele der Texte, die Sie übersetzt haben, waren doch religiöser Natur, oder?«

»Es klingt paradox, das gebe ich zu. Aber was ich am meisten an dem liebe, was ich tue, ist, Gedanken, die gewissermaßen codiert niedergeschrieben wurden, aufzudecken, zurückzuholen. Echte Empfindung, die notiert und dann verloren wurde, zu entschlüsseln.«

Wynona schenkte ihnen nach, ohne auf Finn zu warten.

»Haben Sie jemals eine Vertraulichkeitserklärung unterzeichnet?«

»Einmal bisher, ja.«

»Gut.«

»Warum? Wird das notwendig sein?«

»Ich fürchte, ja. Aber es wäre nur eine Formalität. Nun – wir sprechen morgen weiter darüber.«

Wynona läutete ein Glöckchen neben ihrem Teller und erhob sich vom Tisch. Laura tat es ihr gleich.

»Könnten Sie mir nur eines sagen?«, fragte Laura und biss sich fast auf die Zunge dabei.

»Ja?«

»Woher stammt das … was auch immer es ist?«

»Ich bin mir nicht ganz sicher«, entgegnete Wynona, während sie verstohlen in einem Spiegel einen Blick auf sich selbst warf. »Ich hoffe, dass das etwas ist, das sich enträtseln lässt. Ich meine: Ich kenne die Geschichte, die mir über die Jahre erzählt wurde. Aber erstaunlicherweise war nie jemand in meiner Familie, mich selbst eingeschlossen, neugierig genug herauszufinden, was daran wahr ist.«

4

Obwohl sie bis Mittag hätte schlafen können, legte Laura großen Wert darauf, pünktlich um sieben Uhr dreißig am Frühstückstisch zu erscheinen. Wynona kam eine Minute später, begrüßte sie und legte eine Mappe neben Lauras Teller. Es war die Vertraulichkeitserklärung.

»Wenn Sie sie lesen und unterschreiben könnten, bin ich bereit, Ihnen die Stelle anzubieten.«

»Wirklich! Und was ist mit den Oxford-Professoren?«

»Ich habe gestern Abend noch mit meinem Sohn telefoniert, und wir beide sind uns einig, dass wir uns lieber für Sie entscheiden. Um ganz offen zu sein: Ich bin nicht so wahnsinnig gut in diesen Dingen, und die Vorstellung, zwei weitere Kandidaten treffen zu müssen – vollkommen Fremde –, schreckt mich.«

Es war nicht gerade eine flammende Lobrede auf ihre Fähigkeiten, doch Laura beließ es dabei. Sie begann, das Dokument durchzusehen.

»Sie sollten es sorgfältig lesen«, gab Wynona zu bedenken.

Das tat sie, sah aber nichts, was sie nicht schon vorher gesehen hatte. Sie versicherte sich, dass es eine Klausel gab, der zufolge sie ihre Ergebnisse publizieren durfte, sobald eine Auktion der Papiere stattgefunden hatte. Sie unterschrieb mit einem Stift, den sie zum Lösen eines Kreuzworträtsels verwendet hatte.

»Hier«, sagte sie und reichte Wynona die Mappe.

»Großartig. Oh, und wir müssen über die Konditionen sprechen, die Vergütung.«

»In Ordnung.«

»Was verdienen Sie normalerweise – sagen wir: im Laufe eines Jahres?«

»Schwer zu sagen, vielleicht, äh, etwa fünfundsechzigtausend Dollar – für ein ganzes Jahr.«

»Ich bin bereit, Ihnen den Gegenwert von hunderttausend Dollar in Pfund zu zahlen, solange Sie brauchen, was nicht mehr als etwa ein Monat sein sollte, denke ich – mit der Option, neu zu verhandeln, wenn es doch länger dauern sollte. Wie klingt das?«

»Sehr großzügig«, erwiderte Laura, obwohl ihr das Wort »extrem« durch den Kopf schoss. Das wäre mehr, als Nathan verdiente.

»Gut.«

»Ich muss sagen, ich dachte schon, ich hätte das Vorstellungsgespräch verpatzt.«

»Warum?«

»Unsicherheit, nehme ich an – nicht in Bezug auf meine Fähigkeiten, in Bezug darauf, mich gut zu verkaufen. Ich hasse das und kann es nicht. Und dann die Tatsache, dass ich durch eine Freundin auf Sie gekommen bin und nicht über offizielle Kanäle. Etwas in der Art.«

»Für mich ist das einfach eine erfreuliche Fügung«, sagte Wynona. »Wir werden das natürlich noch sehen müssen, aber mein Eindruck ist, dass Sie beste Arbeit leisten werden.«

Während Laura versuchte, ihr Frohlocken über das üppige Honorar zu verbergen, schenkte Wynona sich Tee nach und sah hinaus in den Garten, in den sie schon fast ihr ganzes Leben lang blickte. Sie spürte eine plötzliche Sehnsucht nach dem einzigen Haus, das sie wirklich als ihr Eigentum empfand, weit weg von der windgepeitschten See am Fuße des Hügels – ihr Refugium inmitten der Pinien Mallorcas. Laura verlangte es wieder einmal nach einer Zigarette, also nahm sie sich noch eine Toastscheibe. Wynona läutete mit dem Glöckchen und erhob sich.

»Wollen wir es uns ansehen?«

»Unbedingt.«

In der Bibliothek ging Wynona auf ein Regal zu, griff nach einem Band in Schulterhöhe am hinteren Ende und zog ihn heraus. »Sie werden das amüsant finden – genau wie im Film.« Sie steckte die Hand in die Lücke, und Laura hörte ein deutliches Klicken. Dann drückte Wynona gegen das Regal – und es wurde zu einer Tür, die nach innen aufschwang. »Voilà.«

»Verblüffend.«

»Ich komme in dieses Haus, seitdem ich sechs bin, und habe das hier erst vor fünf Jahren herausgefunden. Dieser Teil des Hauses datiert aus dem 16. Jahrhundert. Derlei Geheimverstecke wurden geschaffen, damit die Priester unter Elisabeth I. einen Ort hatten, an dem sie die Messe lesen und sich verstecken konnten, falls es zu einer Durchsuchung kam.«

»Ein Priesterloch«, sagte Laura.

»Genau. Viele solcher Räume wurden versiegelt, als man zwischen den Kriegen eine Zentralheizung einbaute, aber diese Kammer hat sich als ideales Versteck für den Familienschatz herausgestellt.«

Sie betätigte einen Lichtschalter. Der Raum war quadratisch und maß viereinhalb Meter auf viereinhalb Meter; den Boden bedeckte ein Teppich von Wand zu Wand. Auf einem hölzernen Tischchen an einer Seite standen Überwachungsgeräte – einige davon wirkten altmodisch mit ihren Wählscheiben und Anzeigenadeln, andere neueren Datums und digital. In der Mitte des Raums befand sich ein großer Schaukasten, im Wesentlichen aus Glas gefertigt, der die Überreste einer alten Schriftrolle und zwei ledergebundene Kodizes enthielt.

»Ach, du meine Güte« war alles, was Laura dazu einfiel.

Sie traten an die Vitrine und blickten hinein.

»Lassen Sie mich den Alarm abstellen«, sagte Wynona. Sie ging zu dem Seitentisch und gab über eine Tastatur einen Code ein. Dann nahm sie zwei Paar sterile Latexhandschuhe aus einer Spenderbox. »Die Vitrine ist so gut wie möglich vor Feuchtigkeit geschützt.«

Laura konnte ihren Blick nicht abwenden. Selbst als sie ihr Paar Handschuhe entgegennahm und sie überstreifte, konnte sie sich nicht losreißen.

»Haben Sie eine Vorstellung davon, wie alt sie sind?«

»Mein Sohn James hat für mich Nachforschungen angestellt. Ich habe ihm Materialproben mitgegeben – sowohl von dem Papyrus als auch von den Velinpapieren –, und er hat sie der Oxford Radiocarbon Accelerator Unit vorgelegt, einem Labor, das Datierungen mithilfe der Radiokarbonmethode vornimmt. Die haben sich der Sache sehr gründlich angenommen.«

»Was haben sie gesagt?«

»Ungefähr 60 unserer Zeitrechnung für die Schriftrolle, um 390 für den älteren Kodex und circa 1285 für den, der in Altfranzösisch abgefasst ist.«

»Wirklich!«

Wynona hob vorsichtig die Abdeckung der Vitrine an. Sie streckte die Hände aus und öffnete die in einem österlichen Lilaton gefärbten Satinbänder, die vor einem Jahrhundert hinzugefügt worden waren, um die Ledereinbände der Kodizes an Ort und Stelle zu halten. Dann entfernte sie den

Umschlag und legte ihn behutsam beiseite, in gebührendem Abstand von der Schriftrolle, sodass vor ihren Augen das oberste Blatt aus Velinpergament und ein Meer aus altfranzösischen Wörtern auftauchte. Es gab keine Illustrationen, nur Schrift.

»Das ist sehr aufregend.«

»Ich freue mich, dass Sie das so sehen.«

»Haben Sie irgendeine Ahnung, worum es darin geht?«

Wynona deutete auf den Text: »Meine Mutter hat mir nur gesagt, dass eine Ururgroßmutter von uns, die Französin war, versucht hat, das hier zu verstehen, und es zu ›Seemannsgarn‹ erklärt hat, wie sie es ausdrückte. Aber das war auch schon alles, was sie herausfand.«

Der ältere Kodex war in Altgriechisch geschrieben. Den kleinen Fetzen, die Laura zugänglich waren, ohne dass sie der erbärmlich erhaltenen Schriftrolle weiteren Schaden zufügte, entnahm sie, dass diese auf Aramäisch abgefasst war. Wynona gab ihr den Alarmcode und überließ sie sich selbst. Den ganzen Rest des Vormittags glich Laura die Fragmente, die ihr von der Schriftrolle zur Verfügung standen, mit dem griechischen Kodex ab und entschied, dass der griechische Kodex wahrscheinlich eine ziemlich genaue Übersetzung der aramäischen Schriftrolle war. Doch in dem alten französischen Kodex, einer Kopie des altgriechischen, waren Veränderungen vorgenommen worden. Laura beschloss also, zunächst den altgriechischen Kodex zu übersetzen, den man auf etwa die Zeit datiert hatte, in der auf Anordnung von Kaiser Theodosius die Bibliothek des Serapeum zu Alexandria zerstört worden war. Ob er wohl von dort stammte? Und wenn ja, wie war es zugegangen, dass diese drei Fassungen desselben Textes nach Cornwall gelangt waren? Das war schon sehr rätselhaft.

5

Sie übersetzte die ersten Seiten des altgriechischen Kodex folgendermaßen:

In Anbetracht meines fortgeschrittenen Alters, des Kummers in meinem Herzen, der verlorenen Empfindung in meiner rechten Körperhälfte und dessen, was meinem Neffen in Jerusalem widerfahren ist, fühle ich mich genötigt, den Gerüchten ein Ende zu setzen, die sein Tod geboren hat. Mein Schreiber soll hier festhalten, was ich weiß. Die Kunde hat mich erreicht, dass die Maschiach-Erzählung wie ein Lauffeuer die Runde macht und dass die Pharisäer im Sanhedrin darüber streiten. Vielleicht wird diese Geschichte im Laufe der Zeit verblassen und in der Schlangengrube des Aberglaubens landen, wo sie hingehört – mit all den Maschiach-Träumen, die die Menschen davon abhalten, in Frieden die Sonne untergehen zu sehen, die die Menschen an die Dunkelheit des Nichtwissens fesseln.

Am Ende ist es mir nicht gelungen, Yeshua davon zu überzeugen, an der simplen Schönheit von Fleisch und Blut festzuhalten. Nach dem Tod seiner Frau und ihrer beider Kinder kehrte er nach Jerusalem heim, um seinem einstigen Traum, ein Lehrer zu werden, zu folgen. Er ließ seinen kleinen Sohn zurück, der ihm als Einziger noch geblieben war. Ich habe ihm vergeben, denn ich schloss daraus, dass er vor Kummer wie wahnsinnig war. Er verfügte über eine wonnige und liebende Seele, die sich von der Welt abkehrte, welche ich ihm mit all ihren Freuden und Kümmernissen anbot, und sich der dunkleren Welt des Aberglaubens, der Sünde und des Leidens zuwandte. Wie man mir berichtete, behaupten seine Anhänger, dass er nach der Hinrichtung wieder zum Leben erwachte und in den Himmel auffuhr. Sie sagen, er sei göttlichen Ursprungs gewesen, der Sohn Gottes. Ich weiß, was ich weiß, und ich habe zu viele Menschen eines grässlichen Todes sterben sehen und habe gesehen, was mit ihrem Körper geschieht: genau dasselbe, was wilden Tieren und Federvieh widerfährt. Deshalb werde ich dieses Vermächtnis verfassen und von Dingen erzählen, die ich erlebt habe, und mir alle Mühe geben, das Menschsein meines Neffen zu feiern.

Laura war gefesselt. Die Aufregung ließ ihr Herz höherschlagen – Aufregung, gemischt mit tiefem Argwohn. Sie war versucht, einen Experten anzurufen und ihm einige Fragen zu stellen. Doch angesichts der getroffenen Vereinbarung würde sie das auf später verschieben müssen. Allerdings war ihr bereits jetzt klar, dass – selbst wenn sich die Texte als Fälschungen erwiesen – ihre Karriere in diesem Forschungsfeld gesichert war, einfach nur aufgrund dessen, was sie hier vor sich hatte und wie alt es war. Die drei Dokumente in dem gläsernen Schaukasten waren es so oder so wert, auf Jahrzehnte hinaus in der ganzen Welt studiert zu werden.

Sie war so fasziniert, dass sie das Mittagessen ausfallen ließ und den ganzen Tag durcharbeitete.

Meine Nichte Miryam lud mich in ihr Haus. Sie war die schönste von drei Schwestern und die einzige, die zum Missfallen ihrer Mutter und meines Bruders einen einfachen Zimmermann geheiratet hatte. Yeshua war ihr ältester Sohn, und sie sorgte sich sehr um ihn. Sie sagte zu mir: »Wir sind voller

Schmerz, denn er hört nicht auf, mit den Sadduzäern und Pharisäern im Tempel zu streiten. Er sagt uns, er sei ein Prophet. Jeden Tag, wenn er die Arbeit mit seinem Vater beendet hat, studiert er die Bücher des Tanach, und obwohl die ersten Anzeichen des Mannestums an ihm zu bemerken sind, hat er nur wenig Interesse an den Jungfrauen in unserer Umgebung.«

Ich setzte mich zu ihr und sagte: »Vernachlässigt er seine Arbeit mit Yosef?« – »Nein«, sagte sie.

»Und streitet er gut mit den Sadduzäern und Pharisäern im Tempel?« – »Ja«, sagte sie.

»Und lernt er die Texte des Tanach?« – »Ja«, sagte sie.

»Und hat er Interesse an anderen jungen Männern?« – »Nein!«, sagte sie und schlug sich die Hand vor den Mund.

»Dann bist du gesegnet«, sagte ich zu ihr.

Sie holte einen Krug Wasser und schenkte mir einen Becher voll und sagte zu mir: »Auch wenn wir gesegnet sein mögen, so bangen wir doch um ihn, denn die Pharisäer und ihre Rabbiner sprechen bereits über ihn.«

Und ich lächelte ihr zu und legte die Hand auf ihren einfachen Umhang und sagte: »Die Geschichte, die du und Yosef so oft erzählt, hat dies über euch gebracht – die Geschichte von den drei Fremden, die in jenem Stall Rast machten, als ihr vor dem Erlass des Herodes auf der Flucht wart, und von dem Stern, der so hell schien, und von den Lämmern, die bei euch lagerten in der Nacht, da Yeshua geboren wurde.«

»Sei nicht so grausam zu mir«, sagte sie.

Und ich sagte zu ihr: »Ich wünschte nur, dich wieder lächeln zu sehen wie damals, bevor du Mutter und Frau eines Zimmermanns wurdest.«

»Dafür ist es zu spät«, sagte sie, und als sie das sagte, hoffte ich, es möge nicht so sein, denn sie war noch immer schön und

betörend und hatte sich seit ihrer Mädchenzeit nur wenig verändert.

»Was kann ich für dich tun?«, fragte ich sie und kannte doch ihre Antwort schon, denn ihr Ehemann hatte mich besucht und mir ihrer beider Wünsche mitgeteilt. »Wir möchten dich bitten, ihn mit dir zu nehmen, wenn du demnächst zum Zinnhandel nach Belerion aufbrichst, damit er eine Zeit lang mehr von der großen Welt und weniger von dieser hier sieht.«

6

Als sie sich endlich beruhigt hatte und akzeptieren konnte, dass diese Texte höchstwahrscheinlich Apokryphen waren – religiöse Schriften, die nicht in den Bibelkanon Eingang gefunden hatten –, fotografierte sie jedes einzelne brüchige Blatt beider Kodizes und sämtliche verfügbaren Schnipsel Aramäisch der in Auflösung begriffenen Papyrusrolle. Sie aktivierte den Alarm und schloss die Tür zu der Geheimkammer hinter sich.

Dann kopierte sie die Fotos auf ihren Laptop und löschte sie aus Sicherheitsgründen auf ihrem Handy. Wenn sie nach den Fotografien arbeitete, lief sie nicht Gefahr, den Originalen noch mehr Schaden zuzufügen. Anschließend ging sie nach oben und nahm ein Bad, und bevor sie sich zum Abendessen wieder nach unten begab, schickte sie Fiona noch eine Mail, dass sie den Job angeboten bekommen und angenommen hatte.

An diesem Abend gab es Krabbencocktail, Seezunge Müllerinart mit Reis und eine Flasche Weißwein.

»Es ist ein Pouilly-Fumé, Ladoucette – das war der Lieblingswein meiner Mutter für den Alltag.«

Laura trank einen Schluck. »Er schmeckt wunderbar«, sagte sie, obwohl sie ihn ein wenig zu säurehaltig fand.

»Was, wenn überhaupt, konnten Sie bisher entdecken?«, fragte Wynona, während Finn neben ihr stand und die Flasche so hielt, dass sie beide sie gut sehen konnten.

Laura berichtete ihr nur einiges von dem, was sie herausbekommen hatte.

»Es sind also drei Fassungen desselben Textes«, sagte Wynona.

»Da bin ich mir fast sicher.«

»Aber die jüngste, die französische, wurde aus irgendeinem Grund abgeändert.«

»Danach sieht es im Augenblick aus.«

»Und Sie verstehen, was Sie da lesen. Ich meine – glauben Sie, dass Sie die Texte übersetzen können?«

»Ja, das denke ich. Ich kann die Kodizes übersetzen. Die Schriftrolle erfordert einen Grad an professioneller Behandlung und Prüfung, die hier jenseits unserer Möglichkeiten ist. Aber ich kann das überwachen, wenn es Zeit dazu ist.«

»Bestens. Und glauben Sie, die Texte könnten so wertvoll sein, wie meine Mutter dachte?«

»Unabhängig von ihrem Inhalt haben sie einen großen Wert allein schon als Objekte«, antwortete Laura. »Ich habe noch nie von einem Text gehört, der aus drei verschiedenen geschichtlichen Phasen verfügbar ist, und das alles zusammen an einem Ort. Und falls sich herausstellt, dass der Gegenstand des Textes oder sein Autor von Bedeutung ist, würde sich natürlich der Wert immens erhöhen.«

»Ich nehme an, dass es noch zu früh ist, um etwas darüber sagen zu können.«

»Das stimmt.« Laura nickte. Da sie sich der wahren Identität des Autors noch nicht sicher sein konnte, hatte sie nicht das Gefühl zu lügen. »Aber das finde ich schon noch heraus. Sie haben gestern Abend erwähnt, Sie hätten eine Geschichte darüber gehört, wie der Text hierhergelangt ist. Könnten Sie mir sagen, was Sie wissen? Die Frage der Herkunft wird am Ende noch wichtig werden.«

»Wie ich bereits gesagt habe, die Texte sind schon sehr lange im Besitz unserer Familie.«

»Fiona hat beiläufig erzählt, dass Sie mit dem Königshaus verwandt sind.«

»Mütterlicherseits stammen wir von den Plantagenets ab – Heinrich II., Eleonore von Aquitanien, Richard Löwenherz, König Johann Ohneland und die Magna Carta und all das.«

»Verstehe.«

»Die offizielle Sprache bei Hofe war damals Französisch, wie Sie ja sicher wissen. Wissen Sie irgendetwas über Eduard I.?«

»Im Moment klingelt nichts bei mir.«

»Er war der älteste Sohn Heinrichs III. – sehr groß, streng, und er galt alles ins allem als König, der gut für England war. Seine Mutter war Französin, Eleonore von der Provence, und so kam dieses Haus hier zu seinem offiziellen Namen: Provence House. Eduard brachte Wales mit ins Königreich, vor allem durch Waffengewalt, setzte viele Gesetzesreformen um und bestätigte die Legitimität des Parlaments. Er verschwendete außerdem viel Blut und Geld, indem er einen brutalen Krieg gegen Schottland führte. Aber vor all diesen Ereignissen – und ich vereinfache jetzt erheblich – wurde der junge Prinz Eduard nach Burgos entsandt, um ein Problem zu lösen, das zwischen Heinrich III. und dem König von Spanien entstanden war. Der König von Spanien machte Heinrich III. sein Geburtsrecht streitig, das Königreich der Gascogne zu regieren, und so verfiel man auf den Ausweg, Eduard mit der Tochter des spanischen Königs zu verheiraten: Eleonore von Kastilien. Sie war 13, Eduard 15.«

»Schon seltsam, wie üblich das damals war, nicht wahr?«, bemerkte Laura.

»Es ging ja bei derlei Heiraten um Besitz und Fortpflanzung und keineswegs um Zuneigung«, fuhr Wynona fort. »Schon damals waren die Mitglieder der englischen Königsfamilie Lustmolche, und sich einen Haufen Mätressen zu halten war *comme il faut*. Doch die Verbindung zwischen diesen beiden war ein Glücksgriff und stellte sich bald als echte Liebesbeziehung heraus. Das blieb auch wohl so, bis Eleonore, die für ihre Liebe zu Kultur und Literatur bekannt war und viele Schriftgelehrte beschäftigte, im Alter von 49 Jahren starb. Eduard war außer sich vor Kummer, und obwohl er sich wieder verheiratete – aus politischen Gründen –, kam er nie über ihren Verlust hinweg.«

»Und sie war Spanierin.«

»Ihr Vater war wie gesagt der spanische König, ihre Mutter war wie die von Eduard Französin: Johanna, Gräfin von Ponthieu. Als meine Mutter mir verriet, wo die Dokumente versteckt waren – bis dahin hatte ich all das einfach nur als Familienlegende abgetan –, sagte sie auch, dass es Eleonore von Kastilien gewesen war, die sie erworben und ihren Nachfahren vererbt hatte. Zum Glück für uns wurde dieser bestimmte Teil ihres persönlichen Besitzes nie auseinandergerissen und als Konvolut von Generation zu Generation weitergereicht, während der Großteil des Restes verschleudert wurde.«

Laura beschloss, die historischen Einzelheiten, die ihr da hingeworfen wurden, selbst nachzuprüfen. Auf den ersten Blick schien alles zusammenzupassen. Dennoch bewahrte sie sich einstweilen eine gesunde Skepsis.

»Gibt es einen besonderen Grund, warum Sie bis jetzt damit gewartet haben, die Sache zu untersuchen?«

»Der Vater meiner Mutter hat zu ihr gesagt, dass der Verkauf dieser Gegenstände, sollte sie jemals in finanzielle Nöte geraten, ihre Probleme lösen könnte. Sie meinte, es sei zu diversen Gelegenheiten fast dazu gekommen, aber da sie faul und unorganisiert war – Eigenschaften, die sich in der Familie immer wieder durchmendeln –, kam es nie dazu. Ich hingegen könnte jetzt gut einen Notgroschen gebrauchen.«

Wynona aß ihren Krabbencocktail auf und klingelte nach Finn.

»Wenn Sie einen derartigen Engpass haben«, sagte Laura, »dann zahlen Sie mir vielleicht zu viel.«

»Keineswegs. Ich habe ein Budget, und das habe ich für Ihren Posten reserviert. Ich werde Ihre uneingeschränkte Aufmerksamkeit und Ihre uneingeschränkte Diskretion brauchen, daher möchte ich, dass es Ihnen das auch wert ist.«

»In Ordnung.« Laura war erleichtert. »Ich staune, dass etwas so Seltenes und Außergewöhnliches über all diese Zeit hinweg verborgen gehalten werden konnte.«

»Das ist wahrscheinlich gar nicht so ungewöhnlich.«

Finn betrat, die Hände hinter dem Rücken, den Raum.

»Wenn Sie mehr über meine Familie wüssten«, fuhr Wynona lächelnd fort, »würden Sie es eher verstehen – ihre traditionelle, ebenso stolze wie aggressive Geistesabwesenheit, ihre hyperbritische, selbstzerstörerische Aufgeblasenheit. Aber wie auch immer, das tut im Moment nichts zur Sache. Das Wichtigste ist jetzt, dass die Dokumente für sich selbst sprechen werden, wie ich hoffe.«

7

Am folgenden Morgen übersetzte Laura den nächsten Abschnitt.

Was ich in jenen Jahren am meisten zu schätzen wusste, war Unabhängigkeit, die Freiheit, mein Woher und Wohin, meine Launen oder die Gesellschaft, mit der ich mich umgab, niemandem erklären zu müssen. Die Vorstellung, einen Reisegefährten zu haben, war unangenehm, einen jungen Menschen zumal, für den ich verantwortlich wäre, noch schlimmer – doch dass dieser junge Mensch schwierig sein und mir ablehnend begegnen könnte, fühlte sich besonders abscheulich an und versetzte mich in verdrießliche Stimmung.

Am Morgen, an dem wir aufbrachen, umarmte er seine Eltern und drei jüngere Geschwister. Ich weiß noch, dass ich dachte, das mittlere Mädchen würde eine Schönheit werden – was es später auch tat. Sein Vater weinte, aber weder der Junge noch seine Mutter taten es ihm gleich. Die Kleinen blickten uns an, als sähen sie uns zum letzten Mal. In Anbetracht all der Gefahren, die einem oft auf langen Reisen begegnen, mögen sie durchaus recht daran getan haben.

Wir ritten auf großen, frisch beschlagenen Maultieren, hinter uns eine Reihe von kleineren, aber stärkeren Packmaultieren, die Truhen voller Geld trugen, Proviant, Kleidung zum Wechseln und die Öle, die ich gegen Zinn einzutauschen gedachte. Zwei Wachen begleiteten uns, Männer, mit denen ich seit vielen Jahren zusammenarbeitete. Es waren beur-

laubte römische Soldaten, einer ein Aristokrat und einstiger Dux, der andere ein grimmiger Legionär – zwei Männer, die trotz ihres unterschiedlichen Rangs eine ungewöhnliche Freundschaft eingegangen waren. Beide waren fasziniert von der Landschaft und furchterregend im Umgang mit dem Schwert. Sie ritten auf schönen arabischen Rössern vor uns her.

Man sagte uns, eine Seuche habe Akkon heimgesucht. Das bedeutete, dass wir, um einen geeigneten Hafen zu erreichen, den längeren Weg weiter hinauf in den Norden nach Tyrus würden nehmen müssen. Wir gelangten bis nach Beit Jann, wo die Römerstraße endete und ein felsiger, ungepflasterter Pfad begann. Wir mussten dort die Maultiere und Pferde zurücklassen und uns darum kümmern, dass wir in einer Karawane auf dem Kamel weiterreisen konnten. So bewegte ich mich stets fort, wenn ich nach Tyrus wollte. Aber diesmal war es anders. Der Karawanenkaufmann, den ich normalerweise bezahlte, war krank und nicht aufzufinden. So war ich gezwungen, mit jedem Karawanenführer einzeln zu feilschen, und an diesem Tag wollte mir scheinen, dass sie alle untereinander verwandt waren – jedenfalls ließ das Lärmen und Streiten und Wetteifern, das in einer mir unbekannten Sprache zwischen ihnen hin und her ging, darauf schließen. Meine römischen Bewacher lachten spöttisch und warteten gleichgültig unter einer Dattelpalme. Mein Neffe, der bis zu diesem Tag stumm und wenig hilfreich gewesen war, flüsterte mir plötzlich etwas zu. »Sie versuchen, dich zu betrügen«, sagte er. »Was du Betrug nennst, nennen sie Geschäft«, gab ich zurück. »Der zur Linken, dem ein Auge fehlt, schämt sich für die anderen und sagt ihnen, sie sollen maßvoller sein«, fuhr er fort. »Willst du damit etwa sagen, dass du sie verstehst?«, fragte ich. »Ja«, antwortete er. »Es ist ein einheimischer

Dialekt, den der Holzschnitzer meines Vaters spricht. Wie viel bezahlst du ihnen normalerweise?« Ich nannte ihm den Preis, und er erwiderte: »Die niedrigste Zahl, die ich bisher bei ihnen gehört habe, ist doppelt so hoch. Wie heißt der Mann – der, mit dem du üblicherweise zu tun hast?« Auch das teilte ich ihm mit, und er ging hinüber zu dem einäugigen Mann und begann, ruhig mit ihm zu sprechen. Zuerst wurden die anderen noch wütender, bis Yeshua sich zu ihnen umdrehte und sie in ihrer eigenen Sprache anschrie. Einige von ihnen wirkten zur Einsicht gebracht, andere noch zorniger, aber der Tumult legte sich. Er nahm sein Gespräch mit dem Vernünftigen wieder auf, bis sie beide die Hand auf die Brust legten und die Köpfe senkten. Dann kehrte er zu mir zurück. »Er lässt uns für den üblichen Preis mitreisen.«

Ich bin mir sicher, dass er an diesem Tag nicht mit den Kameltreibern sprach, um mir zu helfen. Ich glaube, er tat es, um mir seine Intelligenz und List zu zeigen, in der Art vieler junger Männer seines Alters, junger Männer, die wie Gockel mit geschwellter Brust vor einer Schar Hennen herumstolzieren. Dennoch begannen sich die Dinge zwischen uns nach diesem Tag zum Besseren zu wenden.

8

Laura verbrachte den Großteil des folgenden Tages mit Übersetzen und der Überarbeitung der ersten beiden Abschnitte. Sie versuchte sich an einem Prosastil, der nicht zu wortgetreu war, aber auch nicht zu modern. Abends, im Dunkeln im Bett, überdreht und auf den erlösenden Schlaf wartend, nahm sie sich dennoch vor, diese Passagen noch einmal zu überarbeiten, um es gut zu machen und den Predigtton zu vermeiden, der seit der mittelalterlichen Fassung der *Vulgata* des heiligen Hieronymus oder dem opulenten jakobinischen, von Tyndale beeinflussten Prosastil der 1611 erschienen King-James-Version der Bibel beliebt war. Einmal mehr drehte sich ein Karussell voller Fantasien in ihrem Kopf, gefolgt von bohrenden Bedenken, die teilweise fast paranoide Züge trugen. Wenn die Schriftrolle und die Kodizes echt waren, würde sie zweifellos berühmt werden. Die Geschichte wurde von Josephus von Ha'Ramath erzählt, was Josephus »von einer Anhöhe« bedeutet, die hebräische Version von Arimathia. Joseph von Arimathia war Jesu Onkel und Jesus ein Jungenname, abgeleitet von dem Namen Iēsous, der griechischen Form des hebräischen Namens Yeshua.

Sie fand es merkwürdig, dass Joseph von Arimathia zu der Zeit, da der Ursprungstext geschrieben wurde – wohl um 60 christlicher Zeitrechnung –, das Bedürfnis gehabt haben sollte, die Dinge ins rechte Licht zu rücken, so wie er sie sah. Damals war die christliche Gemeinde noch sehr klein.

Obwohl es einige Leute gab, die Jesu Geschichte weitergaben, war sie noch immer weitgehend unbekannt, und das, was bekannt war, variierte und widersprach sich zum Teil. Die umstritteneren christlichen Glaubensinhalte kristallisierten sich erst fünfzig bis zweihundert Jahre später heraus, was schließlich zum Konzil von Nicäa im Jahr 325 führte. Aber nun hatte sie das hier vor sich, und die Nachricht darüber würde rund um die Welt Schlagzeilen machen. Wie würde das werden? Und was, wenn sich alles als Fälschung herausstellte? Was mehr als wahrscheinlich war, je länger sie darüber nachdachte.

Sie hörte in der Ferne einen Zug pfeifen und stellte sich vor, wie eine Reihe von Güterwaggons durch die Außenbezirke einer einige Kilometer entfernten Textilstadt ratterte. Sie malte sich aus, wie der Lokomotivführer, unrasiert und hellwach, nach vorn spähte, eine brennende Zigarette in der Hand, die auf dem Gashebel ruhte. Und sie sah die Eisenräder, die über rostige Schienen rollten, flankiert von Schildwachen aus Unkraut und Gestrüpp. Es war ein Geräusch, das durch die feuchte Seeluft herandrang und sie an ihre Jugend erinnerte – damals, in ihrem heimeligen Zimmer im Sommerhaus ihres Stiefvaters an der Great Plains Road, wachte sie manchmal nachts im Bett auf, weil sie den Milchzug von Penn Station gehört hatte, der die Tageszeitungen nach East Hampton und Montauk brachte. Sie verknüpfte mit ihren Sinnen Wynonas hochherrschaftliches Anwesen in Cornwall und das Haus ihres Stiefvaters im Cuddihy-Anwesen in Southampton, New York – der satte Duft nach Baumharz im Gang, die zivile, leichte Nässe, der ansprechende Kontrast zwischen der guten Haushaltswäsche und dem Mobiliar drinnen und draußen der teils von Ackerbau geprägten Landschaft am Meer und der Ausblick auf den Ozean von den Hauptschlafzimmern aus. Sie dachte in diesem Augenblick an das Haus in Southampton auf der anderen Seite des Atlantiks – entlang der Erdkrümmung fünf Stunden hinterherhinkend, unbewohnt, nach der Saison verrammelt, darin einige Kleidungsstücke ihrer Mutter, die noch immer zusammengelegt in dunklen Schubladen ruhten, sowie muffiges Regenzeug und Tennisschläger im Schrank in der Diele. Der alte Fernseher im Wohnzimmer der Hausangestellten, wo sie billige amerikanische Sitcoms zusammen mit Pat und Laura angesehen hatte, dem Ehepaar, auf das ihre Mutter auf Martha's Vineyard gestoßen war. Ihr Schlafzimmer lag wie dieses hier im oberen Stockwerk, mit Blick aufs Meer wie dieses hier, und dort hatte sie zunächst als kleines Mädchen und dann als Teenager all die Sommernächte behütet geschlafen – ein rotes chinesisches Schreibpult am anderen Ende des Raums, zu beiden Seiten ihres Betts anmutige Wandleuchter mit kleinen Spiegeln daran.

Sie dachte an ihre Mutter. Nachdem sie zum Islam übergetreten war und sich die palästinensische Sache auf die Fahnen geschrieben hatte, war sie, sobald sie sich in Gerald Cuddihy II. verliebt hatte, ebenso inbrünstig zum Protestantismus konvertiert und hatte sich solidarisch mit dem Staat Israel erklärt. So wild entschlossen war sie gewesen, sich von ihren spanischen Eltern abzugrenzen, in deren Wohnzimmer noch ein Foto von Francisco Franco hing. Laura erinnerte sich an ihre Großeltern, an die Reisen, die sie und ihre Mutter einmal im Jahr zu Weihnachten unternahmen, um sie in Granada zu besuchen. Trotz ihrer strengen Moralvorstellungen und abstoßenden politischen Einstellung waren sie freundlich und liebevoll zu ihr gewesen.

Als der Morgen dämmerte, hatte sie bereits wieder das Regal in der Bibliothek aufgedrückt, das Sicherheitssystem deaktiviert und sich an die Arbeit gemacht. Wie Wynona gesagt hatte, war die Schriftrolle in einem beklagenswerten Zustand des Zerfalls begriffen. Sie legte das Handtuch, das sie mitgebracht hatte, auf den Seitentisch und entrollte den Papyrus gerade so weit, dass sie einen weiteren Abschnitt sehen konnte. Sie wollte einmal mehr sichergehen, dass die beiden Texte identisch waren. Diesen Vorgang wiederholte sie einige Male, während sie den Inhalt überflog.

Noch nie hatte sie mit etwas hantiert, das so alt und fragil war, und einmal zog sie einen der Latexhandschuhe aus und berührte den Papyrus mit ihrem bloßen Finger. Es war nicht dasselbe, wie alte Steine anzufassen oder in eine prähistorische Höhle zu spähen. Dies war eindeutig ein Produkt wunderbaren menschlichen Erfindergeistes. Menschenhände hatten die Pflanzen geerntet und für die Beschriftung vorbereitet. Menschenhände hatten die Tinte hergestellt und die Schreibrohre angespitzt. Menschenhände hatten die Symbole niedergeschrieben, während der Schreiber einem anderen Menschen gelauscht und seine Gedanken, Beobachtungen und Gefühle festgehalten hatte.

Sie sah genug, um sich davon zu überzeugen, dass es tatsächlich derselbe Text war, der später ins Altgriechische übersetzt worden war. Er sprach mit derselben Stimme, in demselben Ton. Er war schockierend unverwechselbar und weder vergleichbar mit den Versen, die im Alten Testament zu finden waren, noch mit den poetischen Rhythmen der Psalmen oder mit dem körperlosen Takt der Evangelisten Hunderte von Jahren später. Er war freier, im Plauderton und persönlich gehalten und dem Klang der Briefe des Apostels Paulus nicht unähnlich.

Sie beschloss, ihre Überlegungen Wynona mitzuteilen. Sie noch länger für sich zu behalten wäre nicht vertretbar gewesen.

»Der Text hat etwas mit Jesus Christus zu tun, sagen Sie?«

»Eine ganze Menge sogar. Es ist kaum zu glauben.«

»Er könnte also sehr kostbar sein.«

»Sehr. Gar nicht zu reden davon, dass er eine Sensation wäre. Was wahrscheinlich erklärt, warum der Kodex auf Altfranzösisch eine abgeänderte Version darstellt. Wer auch immer ihn verfasst hat, hat ihn zensiert oder wurde dazu angehalten. Aber es ist noch immer schwierig, sich vorzustellen, warum solch ein Text nie das Licht der großen weiten Welt erblickt hat, jedenfalls soweit mir bekannt ist.«

»Sie fragen die falsche Person«, erwiderte Wynona. »Ich habe keine Ahnung. Vielleicht weil damals nicht viele Leute lesen konnten? Vielleicht hatte man diese Texte bereits aus dem Verkehr gezogen und beiseitegeschafft, als das Lesen und eine gewisse Bildung später dann weiter verbreitet waren.«

»Ich würde gern die Radiokarbondatierung aus Oxford sehen.«

»Ich zeige sie Ihnen heute Nachmittag.«

»Wir sollten auch eine zweite Meinung einholen.«

»James war sehr umsichtig, und es hat auch ein kleines Vermögen gekostet, eine ordnungsgemäße Datierung vornehmen zu lassen.«

»Da bin ich mir sicher. Es ist nur so, dass man die Texte – sobald sich die Nachricht darüber verbreitet – einer peinlich genauen Prüfung unterziehen wird.«

»Also gut«, stimmte Wynona zu.

»Denken Sie nur daran, was Ihrem Robert Graves und seiner Übersetzung der Rubaiyat des Omar Chayyām 1967 widerfahren ist. Er hat sie auf der Grundlage eines Manuskripts vorgenommen, von dem die Shah-Brüder behaupteten, es habe sich seit 800 Jahren in ihrer Familie befunden. Später stellte sich dann heraus, dass es eine Fälschung war.«

»Gütiger Gott. Davon höre ich zum ersten Mal.«

»Es war ein herber Schlag für sein Renommee, eine ganze Weile lang. Man hat am Abendbrottisch wahrscheinlich nicht viel darüber geredet.«

»Ich zeige Ihnen das Gutachten, das James hat anfertigen lassen, und Sie überlegen, ob Sie eine zweite Meinung für notwendig halten. Aber ich möchte nicht, dass Sie sich jetzt deswegen Sorgen machen, Laura. Arbeiten Sie einfach weiter an der Übersetzung, und tun Sie Ihr Möglichstes. Lassen Sie uns herausfinden, was wir da vor uns haben, ja?«

»Das werde ich tun. Sie haben recht.«

Das technische Gutachten war ausführlich, detailliert und ermutigend. Es beruhigte Laura und verschaffte ihr die nötige Gelassenheit, um mit der Übersetzung fortzufahren. Sie ging in einer Art Stop-and-go-Verfahren vor, das die besten Ergebnisse zu bringen schien. Sie richtete sich in einer Ecke der Bibliothek neben dem Frühstücksalkoven ein, wo es mehr Tageslicht gab, an einem Louis-XV.-Spieltisch, in dessen Tischplatte ein Schachbrett eingelassen war. Er erschien ihr wie geschaffen für ihre Tätigkeit. Sie legte die Fotos auf dem Desktop in einer Datei ab, die sie »Herbstprojekt« nannte, und dann machte sie sich an den nächsten Textabschnitt.

9

Obwohl die Landschaft zwischen Rmaych und Kana nicht eigentlich als Wüste durchging, war sie wild und unfruchtbar. Yeshua hatte noch nie solch eine Gegend gesehen. Ihre Wirkung auf ihn war gewaltig: ihre Strenge, Reinheit, die Empfindung der eigenen Bedeutungslosigkeit, die sie einem vermittelt – vor allem nachts, wenn die Sonne, die bisher unbarmherzig herniederbrannte, untergeht und einer kalten und leeren Dunkelheit weicht, in der die Sterne und Sternbilder gefährlich nah erscheinen. Das kann ebenso auch den gegenteiligen Effekt haben. So wie der grenzenlose Horizont einem das Gefühl geben kann, völlig bedeutungslos zu sein, kann er auch den Anspruch des Einzelnen auf Einzigartigkeit auf dieser Erde ins Maßlose übersteigern.

Es hat mir einige Freude bereitet, sein glückseliges Staunen zu beobachten und seine talmudischen Ausrufe zu parieren. Seine fortwährenden Äußerungen entfernten mich mehr als gewöhnlich von unserer Religion. Ich fühlte mich dadurch meinen sarkastischen Römern näher, die nur beim Fluchen von ihren Göttern sprachen oder wenn sie von den Freuden des Fleisches oder des Essens schwärmten. Für sie war diese Gegend ein höllisches Ärgernis, da sie sich vor Skorpionen in Acht nehmen mussten, und eine geografische Verirrung, die sie so rasch wie möglich hinter sich zu bringen trachteten. Wann immer mein Neffe rief: »Himmlischer Vater, welch Meisterstück hast du vollbracht, die Sterne so tief zu uns, deinen Dienern, herabzulassen?«, erwiderte ich: »Welch Zeichen von Hochmut ist es zu glauben, dein himmlischer Vater würde überhaupt auf uns achten!« Und wenn er zurückgab: »Blicke zu den Bergen und Kratern auf dem Mond empor, Onkel, die man heute Nacht so klar sehen kann, wo sich sicher Seelen sammeln werden wie in einer Oase, um ein wenig auszuruhen auf ihrem Weg heim zu unserem Himmlischen Herrn«, dann sagte ich, der ich mehr mit den Sadduzäern gemein hatte, welche nicht an ein Leben nach dem Tod glaubten, zu ihm: »Mir scheint, lieber Neffe, dass der Mond kalt und leer ist. Man muss nur den Ausdruck von Schwermut auf seinem Antlitz betrachten. Wehe der Seele, die geneigt ist, dort zu rasten.«

Doch er war ein guter Reisegefährte und beklagte sich nicht, und es schien, dass er seinen Drang zu lehren zumeist auf mich beschränkte. Zweifellos hatte er durch seine Mutter von dem Ruhm gehört, den ich mir im Sanhedrin als Zweifler erworben hatte, als Mann, der sich mehr um Gewinne und irdisches Wohlergehen kümmerte und über die Regeln der Religion scherzte, die zu weit in das Leben eines Menschen eingriffen. Und so hatte er vielleicht beschlossen, es auf sich zu nehmen, mich vor der Verdammnis zu retten.

Abgesehen von dem einäugigen Beduinen, dessen Gesellschaft er genoss, sprach er auch mit meinen römischen Wachen, und als ich mich darüber lustig machte, sagte er zu mir: »Liebe deinen Feind.« – »Das ist eine neue Herangehensweise«, antwortete ich ihm, »und eine leichte für jemanden, der dem Schwert eines Feindes noch nicht gegenüberstand. Was antworten die Männer in deinem Tempel darauf?« – »Auge um Auge, Zahn um Zahn, sagen sie«, entgegnete er. Die Mischung aus jugendlicher Sanftmut und seiner Unverfrorenheit war nicht ohne Reiz.

Als ich jünger als er war und bereits mit meinem Vater reiste und handelte, überfielen uns eines Nachts am Feuer Diebe, die meinem Vater die Kehle durchschnitten, bevor ich etwas unternehmen konnte. Meine Schreie weckten unsere Diener und schlugen die Diebe in die Flucht, und als ich sah, dass mein Vater tot war, verfolgte ich sie und stellte einen von ihnen, der stattlicher und langsamer war, und es bereitete mir Vergnügen, mein Messer in seinen Rücken zu stoßen und dann überallhin, als er zu Boden gefallen war, bis auch er tot war, und ich bin froh, dass ich es getan habe. Seitdem konnte ich nie wieder ein Tier töten, ohne dass mir die Geräusche einfielen, die mein Vater von sich gab, während das Leben von ihm wich. In jener Nacht unter freiem Himmel erzählte ich meinem Neffen diese Geschichte, während wir fern der übel riechenden Kamele unsere Köpfe auf unsere Reisebündel betteten und unser Feuer schon fast heruntergebrannt war. Jedes Lagerfeuer seit jener Schreckensnacht bringt mir die Erinnerung zurück.

Laura legte eine Pause ein. Sie war müde, aber hocherfreut. Die persönliche, fast verdächtig moderne Empfindsamkeit, die aus dem altgriechischen Text sprach, war nicht ohne Humor und frei von Scheinheiligkeit. Sie ging in die Küche, und froh, sie leer vorzufinden, machte sie sich ein Sandwich und eine Tasse Tee. Danach verließ sie das Haus und spazierte am Steilufer entlang. Die kornische Landschaft, die so grün und anders war als die, von der sie eben gelesen hatte, erschien ihr besonders belebend, sodass sie eine Stunde später ruhiger und erfrischt ihre Arbeit fortsetzte.

Die römischen Wachen – Lucca, der Legionär, und Octavius, der Dux – brachten Yeshua die Grundlagen der lateinischen

Sprache bei. Da ich ihre persönlichen Neigungen kannte, beobachtete ich fasziniert, wie Yeshua wohl auf sie reagieren würde – denn Lucca, der bei Weitem der Wildere der beiden war, liebte junge Männer, und dass er Yeshua anhimmelte, war für mich vom allerersten Tag an offensichtlich. Octavius, ein Aristokrat, schmächtig und mit besseren Manieren, war ein Frauenheld. Sie arbeiteten für mich, weil ich sie gut bezahlte und so behandelte, wie ich jeden anderen behandeln würde. Aber sie standen mir auch treu zu Diensten, weil meine Reisen mit ihnen – wie diese hier – uns manchmal bis nach Tyrus führten. Ich hatte sie mit einer Familie griechischer Händler bekannt gemacht, die am Rande der Stadt lebte und sie mit großem Respekt empfing. Unter den Kindern dieser Familie befanden sich Zwillinge, ein Junge und ein Mädchen von fesselnder Schönheit, wie Yeshua. Sie gaben sich meinen Römern hin, der Junge Lucca und das Mädchen Octavius. Die einzige Bedingung, auf der das Mädchen und ihr Vater bestanden, war, dass ihre Jungfräulichkeit nicht angetastet würde, sodass sie an ihrem sechzehnten Geburtstag ehrenhaft den Mann heiraten könnte, der für sie ausgewählt worden war. Diese Reise mit Yeshua war die letzte Gelegenheit für Octavius, ihr beizuliegen, denn die Verheiratung war für den kommenden Winter geplant.

Lucca bot an, Yeshua in Selbstverteidigung zu unterweisen, im Gebrauch des Schwertes, des Dolchs, des Speerwerfens und Ringens. Mir war klar, dass dieser grobe Klotz gerade für Letzteres brannte. Der Junge nahm ein Schwert in die eine Hand und einen Dolch in die andere, warf einen Blick darauf und gab sie dann wieder zurück. Octavius bewahrte ihn freundlich vor einer Verlegenheit, indem er sagte: »Lucca, der junge Mann ist Philosoph, kein Soldat. Es wäre, als würde man dir eine Schriftrolle zur Auslegung in die Hand drücken oder dich ein paar Verse aufsagen lassen.« Wir alle fanden diese Bemerkung lustig, und auch wenn Yeshua danach seltener auf die beiden zuging, traten die Römer weiterhin als seine Beschützer auf, was von einer Charaktertiefe zeugte, die mir bis dahin entgangen war.

Einmal bemerkte ich ihnen gegenüber, wie kurios es sei, dass die beiden, obwohl sie so verschiedene Vorlieben hätten, dennoch ihrem jeweiligen Vergnügen durch dieselbe Körperöffnung frönten, wenn sie ihre griechischen Zwillinge besuchten. Dies entlockte Lucca eine philosophische Antwort, beeinflusst vielleicht von seiner unerwiderten Vernarrtheit in Yeshua: »Fleisch ist Fleisch«, sagte er. »Es sind die Berührung und der Funke, der im Herzen entzündet wird, die zählen.« Darüber waren sich alle einig, auch der arabische Karawanenführer, nachdem es ihm übersetzt worden war. Doch zu alldem sagte Yeshua, der rot wie ein Granatapfel geworden war, kein Wort.

Eines frühen Morgens, noch bevor die Sonne aufging, beschleunigten sich die Schritte der Karawane. Die Steine waren noch schlüpfrig vom Tau und die Luft erfüllt vom Duft der Wildblumen, doch da war noch ein anderer Geruch, kaum wahrnehmbar. Die Kamele und Hunde hoben die Köpfe. Der Rest der Menschheit schlief noch halb. Aber ich wusste und spürte, was die Tiere wussten und spürten, denn auch mir blieb die unverkennbare Nähe der See nicht verborgen. Das Meer und die Küste von Tyrus würden bald durch den Morgendunst zu sehen sein. Das Essen und der Wein von Tyrus, die Obstbäume und Bordelle, Gärten, Gewürzmärkte, Schiffe, die mit ihren pupurnen Segeln im kristallklaren Wasser vor Anker lagen.

Das war mehr als genug für diesen Tag. Sie speicherte ihre Arbeit ab und streckte sich. Auch sie wusste, wie es war, die Nähe eines Ozeans zu spüren, noch bevor er zu sehen war. Und die Äußerung des Römers Lucca über die »Berührung und den Funken« hatte ihr Herz getroffen.

10

Beim Abendessen berichtete sie Wynona von der Übersetzungsarbeit des vergangenen Tages. Als Belerion, wie es im Text Erwähnung fand, bezeichnete man im Altertum Cornwall. Ihnen beiden war klar, dass es den Preis enorm in die Höhe treiben würde, falls die Rolle tatsächlich die Geschichte von Jesu Besuch, gemeinsam mit Joseph von Arimathia, in England enthielt.

»Aber wie ich schon sagte – die Untersuchungen, denen man all das hier unterziehen wird, werden jenseits von Gut und Böse sein«, wiederholte Laura eindringlich.

»Ich habe keinen Zweifel an der Echtheit der Texte«, gab Wynona zurück, während sie sich ein zweites Glas Wein einschenkte.

»Und ich kann mir jetzt schon die Artikel und Theorien vorstellen, die ins Kraut schießen werden – dafür wie dagegen«, fuhr Laura fort. »Angesichts der Tatsache, dass diese Manuskripte die ganze Zeit über hier, keine zweihundert Kilometer von Glastonbury entfernt, aufbewahrt wurden und einen der fantastischsten Mythen der britischen Christenheit bestätigen, werden alle möglichen Spinner aus ihren Löchern gekrochen kommen.«

»Da bin ich mir sicher. Aber das wird sich nicht auf den finanziellen Ertrag auswirken.«

»Nein, natürlich nicht.«

Obwohl sie versuchte, Wynonas hartnäckiges Augenmerk auf die finanziellen Aspekte des Projekts zu verstehen, erstaunte es sie doch, wie vergleichsweise desinteressiert ihre Gastgeberin am Inhalt der Schriftrolle und der Kodizes zu sein schien. Sie hatte gehofft, einen verwandten Geist in Wynona zu finden.

»Ich sehe nur eine Kehrseite der Medaille«, sagte Laura, »und es ist möglicherweise keine ganz kleine.«

»Und die wäre?«

»Die erklärte Absicht des Autors der Schriftrolle besteht offenbar darin, zu widerlegen, dass sein Neffe der Messias war.«

»Aber das ist doch etwas, worüber die Theologen sich streiten müssen, oder?«

»Zweifellos«, erwiderte Laura. »Was ich damit sagen will: Es wird zwangsläufig auch eine Reaktion der breiten Öffentlichkeit geben. Und wenn auch nur irgendetwas, sagen wir ›Unanständiges‹ oder Überzeugendes dran ist, wird es viele Gemüter erhitzen. Ich meinte: Dass Jesus Ehemann und Familienvater gewesen sein soll, wurde bereits angedeutet.«

»Es ist ja nicht so, dass wir noch in der Zeit der Inquisition leben, Laura. Ich mache mir da keine allzu großen Sorgen.«

»Sie werden nach der Veröffentlichung vielleicht sogar darüber nachdenken, Ihren Namen zu ändern.«

»Das werde ich keinesfalls tun.«

Laura lachte. »Ich mag Ihren Kampfgeist, Winnie.«

»Auch Sie sind Teil von alldem hier, junge Dame.«

»Ich weiß!«

Bidelia betrat das Esszimmer, um ein paar Dessertteller aus der Anrichte zu holen.

»Sehen Sie es doch einmal so«, schlug Wynona vor. »Das hier wird eine Art Glaubensprüfung werden. Die Geschichte, die wir hier haben, wird – unabhängig davon, wie sie endet –

das Neue Testament oder die grundlegenden Lehren der christlichen Kirche nicht erschüttern. Sie wird eben nur einen Weg finden müssen, wie sie damit leben kann.«

»Sie machen sich keine Sorgen – in religiöser Hinsicht, meine ich?«, fragte Laura.

»Gott, nein.«

Sie lachten beide darüber. Bidelia befand sich noch immer im Raum.

»Aber es gibt da draußen Fanatiker, die Sie und mich als Abgesandte des Teufels betrachten werden«, gab Laura zu bedenken. »Es würde mir gar nicht gefallen, wenn Sie eines Morgens das wütende Gelärm Kruzifixe und Mistgabeln schwingender Einheimischer wecken würde.«

Laura bemerkte, dass Bidelia sich auf dem Rückweg in die Küche bekreuzigte.

»Ich weiß noch, wie sie vor einer Ewigkeit im Kino *Das Leben des Brian* zeigten – in Palma de Mallorca, also im erzkatholischen Spanien«, sagte Wynona mit verträumter Stimme. »Und obwohl es Proteste vonseiten der Priester gab, fanden die meisten Leute den Film sehr lustig. Und Graves, wissen Sie, hat ein Buch geschrieben: *King Jesus*, in dem Christus ganz eindeutig nicht Gottes Sohn war, und es hatte kaum Folgen.«

»Aber das hier ist etwas anderes, Winnie. Wenn diese Dokumente echt sind, sind sie Geschichte, nicht Fiktion.«

Laura lag um elf im Bett und konnte sich schließlich dazu durchringen, Nathan anzurufen, der sich seit ihrem letzten Gespräch nicht mehr die Mühe gemacht hatte, sich zu melden. Er hatte ihr nur ein paar Artikel geschickt, von denen er glaubte, dass sie sie interessieren würden, aber das war's auch schon gewesen.

Er hob beim ersten Läuten ab. »Hey«, sagte er. »Wie lebt es sich in Downton Abbey?«

»Sehr angenehm. Ich habe eine Affäre mit dem flotten irischen Chauffeur. Und wie geht's dir?«

»Gut. Es ist ein wunderbarer Tag hier, zu schön, um drinnen zu bleiben und auf die Tastatur einzuhacken. 11. September, blauer Himmel, großartige Energie in den Straßen. Ich wollte gerade los zum Gemüsemarkt auf dem Union Square.«

»Neid«, log sie. »Aber da musst du dich beeilen. Um sechs wird abgebaut. Oh, und ich habe den Job angenommen.«

»Aha. Und was, bitte schön, ist der Job?«

»Er ist interessanter, als wir befürchtet hatten. Einige Dokumente aus dem 13. Jahrhundert, die Eleonore von Kastilien gehört haben.«

»Ich hatte nie das Vergnügen.«

»Sie ist zu alt für dich.«

»Das würde es erklären. Und was, wenn ich fragen darf, werden sie dir bezahlen, und wie lange wirst du dortbleiben müssen?«

»Die Bedingungen sind eigentlich sehr großzügig.«

»Mir kannst du nichts vormachen.«

»Nein, wirklich.«

Ein Teil von ihr brannte darauf, es ihm zu verraten, aber sie überlegte es sich anders.

»Es ist noch zu früh, um zu sagen, wie lange ich hierbleiben muss.«

»Das klingt ja ziemlich vage. Und wie ist der Chauffeur?«

»Leider Gottes gibt es keinen, nicht wirklich. Nur ein Ehepaar in den Sechzigern, die beide Mädchen für so ziemlich alles sind.«

»Du fehlst mir.«

»Das wollte ich hören.«

»Fehle ich dir?«

»Natürlich tust du das.«

Sie wusste, dass sie beide flunkerten, was das Vermissen betraf, denn sie taten es nicht, und ihr war klar, dass ihnen beiden in Wahrheit die Illusion abhandengekommen war, die man brauchte, um ein glückliches Paar zu sein. Beide wussten tief drin, dass sie an diesem Punkt angekommen waren, aber keiner von ihnen war schon bereit, sich dem zu stellen.

Nachdem sie aufgelegt hatten, plagten beide gegensätzliche Gefühle. Er war leicht verschnupft darüber, dass man ihr einen richtigen Job angeboten hatte – einen, den man als exotisch und interessant betrachten konnte, was sie ebenso reizvoll wie ihn für gesellschaftliche Anlässe machte, die sie vielleicht immer noch gemeinsam besuchen würden. Er hatte immer das Gefühl gehabt – wenn auch nur unterbewusst –, dass das Gleichgewicht zwischen ihnen genau richtig war: auf der einen Seite sie, eine unbedeutende Wissenschaftlerin, jünger als er, in einem obskuren, aber faszinierenden Fachbereich – und auf der anderen Seite er, der sich dank seines Tatendrangs, Charmes und seiner Intelligenz bis an die Spitze seines viel bedeutungsvolleren Forschungsfelds hochgearbeitet hatte. Trotz all ihrer Probleme mochte er es, wie sie sich als Paar in der New Yorker Intellektuellenszene präsentierten. Gleichzeitig war er erleichtert, dass sie noch eine ganze Weile fortbleiben würde, was ihm grünes Licht für ein Techtelmechtel gab, das er kürzlich mit einer betörenden ukrainischen Kellnerin von *Veselka's Restaurant* begonnen hatte, die gerade mal zweiundzwanzig war.

Laura fühlte sich einsam, stärker zwar als sonst, aber einsam. Die Einsamkeit rührte nicht daher, dass sie Nathans

Gesellschaft per se vermisste, sondern von der Erkenntnis, dass die Beziehung sehr wahrscheinlich dem Untergang geweiht war und dass es dennoch Mühe kosten würde, sie zu beenden. Und dann wäre sie einmal mehr allein auf der Welt. Fünf Jahre, bevor sie vierzig wurde, müsste sie sich fragen, ob ihr Leben so weitergehen würde. Aber sie wusste auch, dass die beste Methode, sich derlei deprimierende Gedanken vom Leib zu halten, die beste Methode, jeder herzzerreißenden Entscheidung vorzubeugen, Arbeit war.

Sie nutzte ihre noch nicht ausgelaufene Mitgliedschaft an der NYU und forschte online in einigen Fachzeitschriften nach. Sie erfuhr, dass Eleonore von Kastilien im Alter von neunundzwanzig Jahren ihren Gemahl Eduard I., der damals noch Kronprinz war, auf den siebten Kreuzzug ins Heilige Land begleitet hatte. Sie reisten mit einem Heer aus Rittern und Bediensteten von England durch Frankreich und von dort aus ins Königreich Sizilien, wo sie eine ganze Reihe von Monaten warten mussten, um die Mittel zur Weiterreise aufzubringen. Auf Sizilien freundete sich Eleonore mit dem alternden Thomas von Aquin an, einem Dominikanermönch, der der angesehenste Philosoph und Intellektuelle der katholischen Kirche war. Als Eduard die Nachricht ereilte, dass Ludwig IX. von Frankreich die Unterwerfung der Mamelucken in Tunis nicht gelungen war, beschloss er, dass es Zeit sei, Segel gen Osten zu setzen, nach Akkon, jener Stadt, von der Joseph von Arimathia und Yeshua beinahe abgesegelt wären.

Akkon war zu jener Zeit der Sitz und die letzte Bastion dessen, was vom christlichen Königreich Jerusalem übrig geblieben war. Von dort aus schickte Eduard vertrauenswürdige Abgesandte in die heutige Türkei und in den Iran, um Abaqa Khan zu treffen, den Herrscher der Mongolen, seines

Zeichens Buddhist *und* Christ. Sie sicherten ihm die Hilfe des Khans. Verschiedene Schlachten wurden geschlagen, aber keine war entscheidend. Das Einzige, was Eduard erreichen konnte, war, einen Frieden zu schmieden, der noch viele Jahre nach ihrer Abreise hielt.

Während sie dort waren, wurde ihnen eine Tochter geboren, und Eduard entging mit knapper Not einem Mordversuch durch einen Assassinen. Es gelang ihm zwar, den Angreifer zu töten, doch dessen vergifteter Dolch verwundete ihn am Arm. Sein Leben war nur durch eine äußerst schmerzhafte Behandlung zu retten gewesen, die Eleonore in große Verzweiflung stürzte. Sie kehrten heim, erneut über Sizilien, wo sie ein Jahr lebten, während Eduard sich von seiner Verwundung erholte. Dort erfuhren sie auch, dass in England einer ihrer Söhne gestorben war, ebenso wie Eduards Vater, König Heinrich III. Eduard war nun der designierte König. Trotz der anstehenden Krönung ließen sie sich mit der Rückkehr Zeit. Sie machten halt in Rom, um sich mit ihrem Freund, dem neuen Papst, zu treffen, und reisten wieder durch Frankreich, aber in eher gemächlichem Tempo, um viel Zeit in der Gascogne und in Paris mit Eleonores Familie zu verbringen.

Laura erkannte, dass sie sich auf die Zeitspanne von September 1271 bis September 1272 konzentrieren sollte, als sich Eleonore in Akkon befand – jenem Ort, an dem sie am wahrscheinlichsten in den Besitz der Schriftrolle und des griechischen Kodex gelangt war. Andererseits war Eduard auf dem Kreuzzug von Tebaldo Visconti begleitet worden, aus dem kurze Zeit später Papst Gregor X. wurde. Vielleicht hatte Visconti Eleonore in Rom die Schriftrolle und den Kodex als teuflisches Geschenk aus den Gewölben der Papstresidenz, des Laterans, überreicht.

Sie versuchte, sich all das vorzustellen. Wie musste es gewesen sein, im Spanien des 13. Jahrhunderts mit dreizehn Jahren einem Fünfzehnjährigen angetraut zu werden, dem man wenige Tage zuvor zum ersten Mal begegnet war? Sie mussten Französisch miteinander gesprochen haben. Wie und wo lernten sie sich überhaupt kennen? Wie gestaltete sich ihre körperliche Beziehung in solch einem jugendlichen Alter? Wie musste Eleonore sich gefühlt haben, als sie zum ersten Mal ihr Zuhause verließ, den Kanal auf einem Schiff überquerte und nach London reiste? Das Glück musste ihnen hold gewesen sein, wenn sie tatsächlich verrückt nacheinander waren und es auch blieben.

Eleonore begleitete ihn auf viele seiner meist harten und gefährlichen Feldzüge. Laura hatte noch nie von dieser Warte aus über das Mittelalter nachgedacht. In ihrer Vorstellung war es eine Zeit gewesen, in der die Männer in den Krieg gezogen waren, während die Frauen zu Hause blieben. War das Arrangement zwischen Eduard und Eleonore üblich unter Herrschern oder genauso ungewöhnlich, wie es den Anschein hatte? Welche Art Frau war diese Eleonore von Kastilien, die später Königin über England wurde? Und wie konnte sie so abenteuerlustig und leidenschaftlich sein, eine Mäzenin der Künste und des geschriebenen Worts, und gleichzeitig sechzehn Kinder zur Welt bringen?

Laura schlief ein und erwachte zwei Stunden später mit einer neuen Sorge. Konnte Wynona die Herkunft der Schriftrolle und der Kodizes wirklich zweifelsfrei belegen? Für Grundbesitz hatte man eine Urkunde, für ein Auto Papiere. Aber was besaß Wynona, das sie als rechtmäßige Eigentümerin von etwas auswies, um das zu bekommen sich alle Arten von Geiern in nicht allzu ferner Zukunft die Schnäbel wetzen würden?

Beim Frühstück am folgenden Morgen arbeitete Wynona sich erst durch ihre Grapefruithälfte – wobei sie minutiös mit einem anmutigen, monogrammierten Grapefruitlöffel zu Werke ging –, bevor sie darauf antwortete.

»Ich stelle fest, dass Sie eine Bedenkenträgerin sind, Laura.«

»Ich schätze, das bin ich. Ich kann nicht anders. Es wäre so schrecklich, wenn Ihnen nach all der Zeit diese außergewöhnlichen Texte weggenommen würden.«

»Weggenommen von wem?«

»Ich weiß es nicht. Von der Regierung, dem Königlichen Hof, einem parlamentarischen Gesetz, dem Britischen Museum.«

»Unsinn. Aber ich verstehe Ihren Standpunkt, und ich werde James anrufen und ihn fragen und mir Gedanken dazu machen. Ich glaube allerdings, dass ich einen substanziellen Beweis besitze.«

»Gut«, erwiderte Laura. »Ich glaube, nach dem UNESCO-Übereinkommen müssen Sie nur zeigen, dass die Texte mindestens seit 1970 in Ihrer Familie, in Ihrem rechtmäßigen Besitz waren.«

»Es gibt eine ganze Reihe von Testamenten, die mindestens zwei Jahrhunderte zurückreicht«, sagte Wynona. »Einige von ihnen sind präziser in der Auflistung der eingeschlossenen Güter als andere, wenn ich mich recht entsinne. Manche beziehen sich einfach nur auf das Anwesen und alles, was sich darin befindet, andere führen alles und jedes in Katalogen auf, die jeden Teller und Abfalleimer bezeichnen und auch konkret die Schriftrolle von Akkon, den griechischen Kodex und den aus Amiens erwähnen. Aber James hat mehr Sinn für derlei Probleme. Ich werde ihn nach meinem Bad anrufen.«

»Haben Sie eben ›Akkon‹ und ›Amiens‹ gesagt?«

»Ja.«

11

Ein unerfreulicher Zwischenfall ereignete sich, bevor wir Segel gen Griechenland setzten. Ich hatte Lucca und Octavius bereits ausbezahlt und mich von ihnen verabschiedet. Sie waren fortgegangen, um ihren Geliebten Lebewohl zu sagen. Ich, der ich auch nur ein Mensch bin, brannte darauf, mich in ein paradiesisches Bordell in den Hügeln über der Stadt mit Blick auf den Hafen zu begeben. Ich ermunterte Yeshua, mich zu begleiten, damit ich ein Auge auf ihn haben konnte, aber er entschied sich dagegen. Er war schamhaft und langweilig, und nachdem ich es mit allen möglichen Argumenten versucht hatte, um ihn zu erweichen, wandte ich mich ab und überließ ihn sich selbst. Er versicherte mir, er werde bei den Beduinen aus der Karawane bleiben, bis es an der Zeit sei, sich einzuschiffen.

Anstatt mich zu vergnügen, wie ich es für gewöhnlich tat, hatte ich dank der Sorgen, die ich mir um den Jungen machte, eine fast schlaflose Nacht. Früh am folgenden Morgen bestellte ich eine Sänfte und ließ mich in die Stadt hinuntertragen, und als ich auf dem Basar ankam, wurden meine schlimmsten Befürchtungen bestätigt. Die Karawane war weitergezogen und er nirgends zu finden. Ein Gewährsmann, den zu bezahlen ich gedrängt wurde, berichtete mir, dass der einäugige Herr, der sich als so vernünftig erwiesen hatte, als Yeshua stolz um den Preis für unsere Reise feilschte, ein allseits bekannter Schieber war, der mit Sklavenjungen handelte. Ganz eindeutig hatte er sein gesundes Auge von An-

fang an auf Yeshua geworfen und meinen Neffen nun entführt, um ihn um einen Preis zu verkaufen, der sich ebenso sehen lassen konnte wie der Junge selbst.

Ich begab mich geradewegs zum Hafen, wo mein Gepäck eingelagert war, und holte mehr Geld. Anschließend machte ich mich auf die Suche nach meinen Römern. Auf dem Weg in den Norden der Stadt, in eine Gegend mit niedrigen Hügeln und Ackerland, das in jungfräuliche Strände überging, konnte ich an nichts anderes denken als an das Grauen, das mich belastete. Ich stellte mir wieder und wieder vor, wie ich Miryam würde sagen müssen, dass ihr geliebter Sohn in die Sklaverei verkauft worden war, während er sich in meiner Obhut befand – mit allem, was sich einem dabei aufdrängte, denn man würde ihn ja wohl wegen seiner Schönheit und nicht wegen seiner Muskelkraft kaufen.

Ich fand die Römer beim Schwertspiel am Strand, wo sie gerade eine Probe ihres Könnens gaben. Luccas junger Freund saß voll andächtiger Aufmerksamkeit in ihrer Nähe. Die junge Frau war nirgends zu sehen. Das Haus, das ihre Eltern gebaut hatten, duckte sich niedrig und weiß an einen Hügel hinter ihnen und war umstanden von Oleanderbüschen und zwei Palmen. Die Römer hielten inne, als sie sahen, dass ich mein Gewand zusammenraffte, meine Sandalen auszog und so rasch ich konnte über den heißen Sand zu ihnen lief. Ich weiß noch, dass ich dachte, wie seltsam es im Leben doch zuging: Monströse Dinge konnten in unmittelbarer Nachbarschaft zu beschaulichen Szenen wie dieser hier geschehen. Ein Säugling konnte selig in einem Haus schlummern, während gegenüber eine Hinrichtung stattfand. An jenem Tag schien eine freundliche Mittelmeersonne, und Strand und Brandung waren sauber und ruhig. Die ganze Szenerie, die ich gleich stören würde, sprach von Muße und Harmonie.

Ich erklärte ihnen, was geschehen war. Lucca wirkte besonders erbost über die Neuigkeit; er ging zu seinem Freund hinüber und sprach mit ihm. Dann klopfte er ihm auf den Rücken und gesellte sich wieder zu uns. »Ich denke, ich weiß, wo ich suchen muss«, sagte er. »Bleib hier und warte auf unsere Rückkehr.« Was sonst hätte ich auch tun sollen?

Sie händigten mir einen kurzen Militärbogen aus, bevor sie mit bewundernswerter Schnelligkeit zum Haus hinaufrannten, wo die Pferde standen. Ich hatte mich darauf gefasst gemacht, sie anbetteln und ihnen einen guten Preis dafür zahlen zu müssen, Yeshua zu suchen, doch schien ihnen dieser unerwartete Aufruf zum Handeln sehr gelegen zu kommen und sie in einen Zustand zurückzuversetzen, der viele Jahre lang Teil ihres Lebens gewesen war.

Die griechische Familie tat ihr Bestes, mich an diesem Tag bei Laune zu halten und mich abzulenken. Sie waren sehr freundlich. Aber die Verfassung, in der ich mich befand, die Hilflosigkeit, die ich fühlte, weil ich nicht wusste, was geschehen war, machten mich zu einem verdrießlichen Gast. Als es zu dunkeln begann und es noch immer kein Zeichen von ihnen allen gab, brach ich zu einem langen Spaziergang am Strand auf. Der Abendstern war bereits zu sehen, und das Geräusch der Brandung, als die Flut hereinkam, tröstete meine beschwerte Seele – eine Seele, die im Verlauf des Tages versucht hatte, sich für das Schlimmste zu wappnen. Ich wusste, dass in demselben Moment, in dem ich diesen wunderschönen Blick auf die See hatte, Raubtiere ihre Beute fraßen. In den Hügeln und Bergen hinter der Küste stießen Eulen hinab auf die Erde und verkrallten sich in das Fleisch von Mäusen und Kaninchen. Alles, was nach außen hin so majestätisch und inspirierend wirkte, so im Einklang mit Gottes großem Plan, offenbarte, wenn man nur einen Ausschnitt betrachtete, wenn man mit armseliger Voreingenommenheit daraufblickte, auch Grausamkeit und die absolute Abwesenheit von Barmherzigkeit. Warum sollte meine eigene Art anders sein? Und tatsächlich war sie das nicht. Großen Zärtlichkeitsbekundungen konnten Taten von brutaler Grausamkeit folgen. Die niederen Kreaturen töteten wenigstens rasch und nur zur Selbsterhaltung, während wir in der Lage waren, es als Zeitvertreib, aus Habgier oder Herrschsucht zu tun, und manchmal taten wir es mit quälender Langsamkeit.

Ich dachte im Gehen über all diese Dinge nach, auch wenn ich nicht anders konnte, als die große Schönheit, die mich umgab, zu bewundern. Und dann, als ich in meinen eigenen Spuren zurückkehrte, konnte ich über dem Lärm der sich brechenden Wellen Schreie hören, die aus der Richtung des Hauses kamen, vor dem ein großes Feuer entfacht worden war. Ich beschleunigte meine Schritte und entdeckte zur Belohnung Yeshua, lebendig, düster, das Gewand blutbefleckt. Er stieg hinter Octavius vom Pferd. Lucca stand schon neben ihnen und half Octavius herunter, der verwundet zu sein schien. Ein Dolch hatte ihn zwischen die Rippen getroffen, jedoch nicht tief. Ich warf die Arme um Yeshua, der mir dies zum ersten Mal gestattete. »Ich bitte dich um Verzeihung, Onkel«, sagte er zu mir. – »Geht es dir gut, mein Sohn? Ist dir ein Leid geschehen?« – »Ich bin hier« war indes alles, was er antworten konnte. Ich umarmte auch die Römer, die ruhig wirkten und ihren Bärenhunger zum Ausdruck brachten. Das Mädchen stützte Octavius auf dem Weg ins Haus, wo seine Wunde gereinigt und verbunden werden sollte. Ihr Vater sagte zu mir: »Bereiten wir dem Jungen ein Bad und geben wir ihm saubere Kleider.« Meine Augen füllten sich mit Tränen der Erleichterung und Dankbarkeit. Sobald Yeshua im Haus war, nahm Lucca mich beiseite. Er sagte, der Junge sei bereits verkauft gewesen, als sie ihn fanden. Sein Gesicht war geschminkt worden, sodass er nun fast wie eine Frau aussah. »Das tut mir leid«, sagte er, »aber er ist noch am Leben und wird sich erholen. Wir haben die Hundesöhne die römische Gerechtigkeit kosten lassen. Nicht ein Mann, eine Frau, ein Kind ist verschont geblieben. Obwohl sie bei Weitem in der Überzahl waren, haben wir sie verflucht und sind mit unseren Schwertern durch sie hindurchgepflügt. Sie waren so überrumpelt von unserem Erscheinen, dass sie nur wenig Widerstand zeigten. Ich habe darüber nachgedacht, dir den Kopf des Einäugigen zu bringen, aber den Jungen hat der Anblick zu sehr mitgenommen.«

Ich war nicht in der Position, sie dafür zurechtzuweisen. Sie hatten ihn mir zurückgebracht und es auf ihre Art getan. Jetzt war nicht der Augenblick für moralische Spitzfindigkeiten. Schließlich war diese Grimmigkeit der Grund, warum ich sie damit betraut hatte. Ich umarmte Lucca und sagte, dass ich immer in ihrer beider Schuld stehen würde. Am folgenden Morgen kamen die beiden Römer wieder auf mich zu und boten mir ihre Dienste für die gesamte Dauer unserer Reise an. Sie waren rastlos und hatten nicht den Wunsch, jetzt schon nach Jerusalem zurückzukehren. Ich antwortete, ich könnte ihnen ihren üblichen Lohn nicht für eine so lange Zeit bezahlen, aber wir erzielten eine Einigung, und ich war darüber sehr erleichtert. Sie brannten darauf, mehr vom Imperium zu sehen, außerdem fühlten sie sich nun als Yeshuas Beschützer.

Tagelang weigerte sich Yeshua zu sprechen, und ich drängte ihn nicht. Erst als wir schon zwei Tage auf See waren, konnte er darüber reden. Er wirkte nun indes älter, weniger selbstsicher und argwöhnischer anderen gegenüber. Was alles nicht schlecht war. Er sprach leise und ruhig, während er auf die

See starrte. Lucca und Octavius waren unter Deck und würfelten mit Mitgliedern der Besatzung um Geld.

»Achmed«, sagte er. »Der Mann, von dem ich dachte, dass er mein Freund sei, war es, der mich verraten hat. Er hat mich verkauft wie einen Teppich oder ein Kamel. Der Mann, der mich gekauft hat, ein weicher Fettwanst, ließ mich ausziehen und schminken, als wäre ich eine Frau. Ich schäme mich unendlich.« – »Es gibt nichts, dessen du dich schämen müsstest, Yeshua«, sagte ich. »Es hat keine Bedeutung. Das Wichtigste ist, dass du gerettet wurdest.« – »Meine Retter sind wilde Tiere«, sagte er. »Sie haben alles, was lebte, getötet. Das werde ich nie vergessen.« – »Es ist nicht notwendig, es zu vergessen«, sagte ich. »Es ist nur notwendig weiterzumachen. Denk daran, wie dein Leben geworden wäre, wenn sie dich nicht gefunden hätten. Die Welt ist ein gefährlicher Ort, und schreckliche Dinge können uns widerfahren; und jetzt weißt du, dass das nicht nur Worte aus einem Märchen sind, sondern etwas, das du selbst erlebt und überlebt hast. Es wird dich nur stärker machen.«

»Ich habe gesehen, wie Tiere zum Essen geschlachtet wurden«, sagte er, den Tränen nahe. »Aber noch nie habe ich menschliche Eingeweide gesehen. Jetzt habe ich zu viele gesehen. Ich weiß nicht, was ich erwartet hatte, aber inwendig sehen wir genauso wie Schafe und Ziegen aus. Ich weiß nicht, was ich damit anfangen soll.«

An jenem Tag fiel mir nichts ein, was ich darauf hätte erwidern sollen. Ich legte ihm die Hand auf die Schulter und sah zusammen mit ihm auf die See hinaus. Auch ich schämte mich, weil ich ihn geradewegs in die Arme seiner Entführer getrieben hatte. Es war gut, dass wir Segel gen Westen gesetzt hatten, und es war mein brennendster Wunsch, dass uns kein weiteres Unglück treffen möge. Gott sei's geklagt, dass es anders kommen sollte.

Laura gab die letzten Sätze ein. Dann speicherte sie das Dokument ab und fuhr den Computer herunter. Ihre Augen waren voller Tränen, genau wie damals die von Joseph von Arimathia. Wie hatte dieses außergewöhnliche Dokument nur in ihre Hände gelangen können, fragte sie sich. So etwas würde ihr nie wieder begegnen. Nichts, was sie in ihrem beruflichen Leben tat, würde dem hier je wieder so nahe kommen. Sie schwor sich einmal mehr, ihr Allerbestes zu geben. An all die kostbaren Stunden, die sie auf diese Arbeit in der Bienenvilla in Cornwall verwendete, so wurde ihr klar, würde sie sich später liebevoll erinnern als an die glückselige Ruhe vor dem wahrscheinlich drohenden Sturm. Dann kam Wynona und klopfte sachte an den Türrahmen. Laura drehte sich auf ihrem Stuhl um und wischte sich über die Augen.

»Haben Sie geweint, meine Liebe?«

»Tränen der Freude, Winnie.«

Wynona war taktvoll genug, nicht in sie zu dringen. »Lust auf ein bisschen frische Luft?«

»Liebend gern.«

»Reiten Sie?«

»Ein wenig.«

12

Sechs Araberstuten waren in Stallungen untergebracht, die Laura bislang noch gar nicht aufgefallen waren. Sie waren ursprünglich im 16. Jahrhundert erbaut worden, doch Wynona hatte sie von Grund auf renovieren lassen. Finns und Bidelias alter Morris Mini Traveller war daneben geparkt, zusammen mit zwei Motorrädern – sie gehörten den Frauen, die sich um die Pferde kümmerten. Als sie den geschotterten Hof hinter der Küche überquerten, ging Laura auf, welches Ausmaß ihr Tunnelblick angenommen hatte, seitdem sie mit der Schriftrolle und den Kodizes arbeitete. Bisher war sie nur durch den Garten vor dem Frühstücksalkoven oder an den Klippen entlang oder am Strand darunter spazieren gegangen. Es war ihr nie in den Sinn gekommen, sich auch nur zu fragen, ob hinter dem Haus noch etwas kam, geschweige denn, es herauszufinden. Und siehe da – gleich hinter den Stallungen erstreckten sich Hunderte Hektar Land mit sanften Hügeln, kleinen Gehölzen und Bächen, und alles war Wynonas Eigentum.

Die Sattelplätze waren großzügig, und es gab eine schöne Sattelkammer mit englischen Sätteln, Zügeln und Trensen, Decken und Reitstiefeln und Überziehern, die an Holzdübeln hingen. Eine Toilette lag gleich neben einem Büro, das mit einem Ölgemälde von Wynonas Mutter im Alter von zwölf Jahren dekoriert war; darauf saß sie im Damensattel auf einem gewaltigen Ross. Die Wände und Böden waren aus Holz, das sorgfältig geölt und lasiert war. Um all das kümmerte sich ein lesbisches Paar, das zwei Dörfer entfernt lebte: Gin und Jen, beide mit Kurzhaarfrisuren und lächelnden geröteten Gesichtern.

»Wie gut können Sie reiten?«, fragte Wynona Laura, nachdem sie alle einander vorgestellt hatte.

»Ich habe als junges Mädchen Unterricht genommen, hauptsächlich, um meinem Stiefvater zu gefallen. Er war eine Zeit lang Master der Millbrook-Jagd im Hinterland von New York. Ich war damals fünfzehn und blieb etwa drei Jahre dabei. Aber ich hatte einen schlimmen Sturz, und danach hielt ich mich eine ganze Weile von Pferden fern. Dann, vor einigen Jahren in Frankreich, habe ich einen langen Ausritt im Jura gemacht und es geliebt.«

»Setzen wir sie auf Daisy, oder was meint ihr, Mädchen?«

»Daisy soll's sein, Ma'am«, sagte Jen, und sie gingen davon, sogar im Gleichschritt, um Daisy und Wynonas Pferd Dorsey zu satteln.

»Welche Schuhgröße haben Sie?«

»Vierzig.«

»Genau wie ich«, erwiderte Wynona. »Dann suchen wir Ihnen noch ein Paar schöne Stiefel aus.«

Die Erde war feucht und die Temperatur mild. Den Vormittag über hatte die Sonne die dicke Wolkendecke weggebrannt. Ein dünner Nebel blieb, der aufstieg, während sie über sanft gewellte Wiesen ritten – Wiesen, die in einem Licht erglühten, wie es häufig auf ein Unwetter folgt. Wynona mochte es nicht, allein zu reiten, und fand die Konversation mit den Stallmädchen ermüdend. Ihr Sohn, der tatsächlich Spaß daran hatte, kam selten zu Besuch. Es gefiel ihr, dass Laura sich offenbar wohler und sicherer fühlte, als sie erwartet hatte. Laura wiederum hatte ebenfalls ihre Freude an diesem plötzlichen Vergnügen, an der wiederentdeckten Vertrautheit, der frischen Luft und der wunderschönen Landschaft, die so nah lag, dass sie sich unbewusst davor verschlossen hatte. Ebenso genoss sie den starken Kontrast zwischen alldem und ihrer Arbeit, in die sie den gesamten Vormittag über vertieft gewesen war, zwischen dem so typisch britischen Landleben und der seltsamen körperlichen Verbindung zu Luccas und Octavios Ritt, dessen Beschreibung sie vor weniger als einer Stunde übersetzt hatte. An einem Bach stiegen sie ab, um die Pferde saufen zu lassen.

»James trifft heute Abend rechtzeitig zum Essen ein, zusammen mit seiner Frau und ihren zwei kleinen Mädchen.«

»Wirklich. Ach du meine Güte. Nun, das ist schön.«

»Ich muss mich für die Störung entschuldigen. Ich werde mich bemühen, sie Ihnen vom Leib zu halten.«

»Ich kann mich so lange in einem Hotel einquartieren, Winnie. Kein Problem.«

»Aber wozu denn um Himmels willen? Er hat das Cottage ohnehin viel lieber. Es erinnert ihn an die Zeit, als er ein Junge war und das alles. Wir reiten jetzt dorthin.«

»Sind Sie sicher? Ich wusste nicht, dass es auch ein Cottage gibt. Ist es nicht zu weit von Ihnen entfernt?«

»Weit ist es nur, wenn man reitet. Ich nehme dann die hübschere, aber umständlichere Route. Mit dem Auto sind es nur fünf Minuten. Ich liebe meine Enkelinnen, aber man genießt sie am besten nur in kleinen Dosen. Die Cottage-Lösung hat sich also wunderbar bewährt. Ich habe Ihnen diesen Besuch zu verdanken.«

»Sie meinen wegen dem, was ich über die Herkunft der Texte gesagt habe?«

»Ja. Sie hatten schon eine ganze Weile einen Trip nach London geplant, und ich sollte hinfahren und sie dort treffen.

Aber James wollte sichergehen, dass die Papiere, die ich erwähnte, noch dort sind, wo er sie seiner Erinnerung nach deponiert hat – ich muss leider gestehen, ich konnte sie nicht finden. Stattdessen kommen sie also für zwei Nächte hierher, bevor sie nach Barcelona zurückkehren. Der einzige Umstand ist, das Cottage für sie herzurichten. Ich treffe mich gleich mit der Frau, die sich für gewöhnlich darum kümmert.«

»Wenn ich irgendwie helfen kann, sagen Sie es bitte. Ich bin ziemlich gut mit Mopp und Eimer.«

Eigentlich hatte Laura vorgehabt, die Pause am Bach zu nutzen, um Wynona zu berichten, was sie am Vormittag übersetzt hatte. Doch sie beschloss, damit noch zu warten. »Haben Sie ihm gesagt, was in der Schriftrolle steht?«

»Nein. Nicht im Einzelnen. Ich vertraue ihm blind, aber er könnte Carmensina, seiner Frau, etwas erzählen – einem Mädchen, das mit einem katalanischen Silberlöffel im Mund geboren wurde und Klatsch liebt.«

Laura sagte es nicht, aber eine etwa gleichaltrige Frau um sich zu haben klang gut. Sie konnte etwas Klatsch und unbeschwertes Geplapper gebrauchen, zumal als Ausgleich zu der Bedeutung all dessen, das hier gerade vor sich ging.

Das »Cottage« erwies sich als ein veritables Haus, das am Rande eines kleinen Waldes stand – strahlend weiß mit vielen vergitterten Fenstern und einem Dach, das dick mit Schindeln bepackt war. Dahinter stand eine Garage im gleichen Baustil.

Überall an den dunklen Holzwänden im Haus waren Stillleben, Geweihe und gerahmte Insektenpräparate aufgehängt. Das Mobiliar war groß und breit und gemütlich. Keine gezierten Antiquitäten. Die Schlafzimmer oben wirkten luftig und schlicht. Es war ein Haus wie aus dem Bilderbuch, eine

Jagdhütte für Jane Austens Mr. Darcy, kleiner und viel weniger förmlich als Wynonas Herrenhaus, aber viel besser geeignet für Jubel, Trubel, Heiterkeit. Es fiel Laura nicht schwer, sich vorzustellen, wie Wynonas Sohn, der größtenteils in einer dunklen Stadtwohnung an der Avenida Diagonal in Barcelona aufgewachsen war, vor Freude Luftsprünge über solch ein Haus machte, in dem man förmlich Robert Louis Stevenson an dem gewaltigen Kamin Seemannsgarn spinnen sehen konnte.

Die Zugehfrau war schon da und erwartete beide zusammen mit einer anderen Frau, die sie zur Unterstützung mitgebracht hatte. Da es für Laura nichts zu tun gab, genehmigte sie sich einen ausgiebigen Streifzug durch das Haus. Sie schaute sich die Schlafzimmer an und kam dann wieder nach unten, um einen richtigen Snookertisch in einem Spielzimmer zu bewundern, wo in Holz gerahmte Titelblätter des *Punch*-Magazins aus den 1850er-Jahren die Wände scharlachrot färbten. In einem kleinen Arbeitszimmer blätterte sie alte Bücher durch, die sich in allen Einzelheiten der lokalen Jagd und Fischerei im Wandel der Zeiten widmeten. Zwischen einigen Seiten lagen gepresste Rosenblätter und kleine Geißblattzweige. Dann studierte sie einen Haufen Familienfotos in silbernen Rahmen, die allesamt einmal poliert gehört hätten und auf einem großen Tisch an der Rückseite des größten Sofas im Salon versammelt waren. Ein Stutzflügel stand mit geschlossenem Deckel in der Ecke.

Sie ging nach draußen und fütterte die Pferde mit Würfelzucker, den sie in der Küche gefunden hatte; dann lief sie auf einem Pfad, den man fein säuberlich von Unkraut frei hielt, in einen kleinen Wald voller Farne hinein. Am Ende des Pfades machte der Wald einer Wiese Platz, die sanft zu einem See hin abfiel. An dessen Ufer, neben einer Holzbank, befanden sich Reste von einer Art Dolmen. Sie untersuchte ihn und stellte fest, dass er echt war. Auf der Bank sitzend, eine Hand auf einem der alten Steine, blickte sie auf den See. Da rief Fiona an. Sie hatten in den letzten Tagen gemailt, aber seit dem Tag, an dem sie im Gastropub des Dorfs gegessen hatte, nicht mehr miteinander gesprochen.

»Das war in meiner Sturm-und-Drang-Zeit.«

Laura hatte Fiona schon oft von dieser Phase ihres Lebens sprechen hören und sogar einiges davon miterlebt – damals waren sie beide Ende zwanzig gewesen –, aber jetzt erfuhr sie zum ersten Mal von der Episode mit James Figueras. Nachdem Fiona ihrer Mutter zuliebe Jeremy Wynter, den Earl von Somerset, geheiratet hatte, brauchte sie zwei Jahre, um sich wieder scheiden zu lassen. Wynters Hang zu flotten Dreiern mit einem zweiten Mann und die zunehmende Notwendigkeit, ihn schlagen zu müssen, damit er eine Erektion bekam, wenn sie nur zu zweit waren, hatten sie rasch ermüdet. »Mein Leben war eine drittklassige Parodie auf die Verkommenheit der englischen Upperclass«, sagte sie. Aber sie hatte aus der Ehe ein schönes Haus mitgenommen – und eine ganze Weile danach wie besessen versucht, sich selbst zu beweisen, dass sie noch für »normale Männer, was auch immer das heißen mag«, attraktiv war.

»Wie ist er so?«

»Umwerfend. Ein Sahneschnittchen. Sehr korrekt auf den ersten Blick, aber ziemlich spaßig, wenn man ihn erst einmal näher kennt.«

»So ähnlich wie seine Mutter.«

»Genau.«

»Und wie ist es gelaufen?«

»Schlecht. Ich habe nach allen Regeln der Kunst versucht,

ihn ins Bett zu kriegen, und obwohl er mir einmal recht nahe kam, ist er im letzten Augenblick getürmt. Hat mich ziemlich zurückgeworfen.«

»Was ist passiert?«

»Ich war schon als Teenager scharf auf ihn, aber eine wirkliche Gelegenheit bot sich erst nach meiner Scheidung – als er schon verheiratet war.«

»Wie ist seine Frau?«

»Das war das Problem. Sie verspeist ihn zum Frühstück. Hat ihn unter ihrer sexuellen Fuchtel. Er hat immer wieder gesagt, dass seine Schuldgefühle zu groß wären, um sie zu betrügen, aber mich beschlich eher das Gefühl, dass er einfach Todesangst vor ihr hat.«

»Ist sie hübsch?«

»Ja. Auf die mediterrane Art, wie du. Gute Figur, gesunde Wallemähne, Mandelaugen. Ich weiß nicht, wie es jetzt ist, aber damals hat sie getrunken wie ein Loch und geraucht wie ein Schlot. Ich bin erstaunt, dass die beiden Mädchen nicht mit drei Augen auf die Welt gekommen sind.«

»Also hättest du gedacht, dass er Hals über Kopf einer Schönheit mit rabenschwarzem Haar wie dir verfallen würde.«

»Ja, genau. Und so war es auch, es hat nur eben nicht gereicht. Ich meine, am Ende habe ich mich ihm regelrecht an den Hals geworfen. Es war so demütigend. Gott sei Dank ist das schon Jahre her. Vielleicht sind er und seine Frau inzwischen fett geworden. Das wäre schön.«

»Was macht er denn?«

»Er arbeitet für seinen Schwiegervater, der die Hälfte aller Tageszeitungen, Verlagshäuser und Magazine Spaniens besitzt – noch ein Grund, warum er ihr so treu ergeben ist, schätze ich.«

Fiona ging nun mit einem anderen verheirateten Mann aus, einem, der klug genug gewesen war, sich ihr zu ergeben. Und nach einem dramatischen Jahr voller brisanter Ultimaten und heftiger Anfälle von Versöhnungssex – was sich Laura stets anhören musste, während sie selbst Nathans zickige Ablehnung auszuhalten hatte – richteten sich Fiona und ihr Liebhaber namens Giles, den Laura noch nicht kennengelernt hatte, in einem einvernehmlichen und stabilen Arrangement ein, das ihnen beiden entgegenkam, wahrscheinlich sogar Mrs. Giles.

Wie so oft schlug auch dieses Gespräch mit Fiona Laura auf die Stimmung. Die Aussicht, neue Leute im Haus zu haben, Leute, die in einer Welt lebten, die ihrer eigenen ähnelte, hatte sie in eine Aufregung versetzt, die nun jedoch wieder schwand. Sie kehrte zum Cottage zurück und traf auf Wynona, die gerade aus der Haustür trat und ihre kurzen alten Reithandschuhe überstreifte.

»Ich bin durch den Wald zum See hinuntergegangen. Es ist so schön hier«, sagte Laura.

»Meine Mutter hat die Bank neben dem Dolmen aufstellen lassen«, erzählte Wynona.

»Ich wusste nicht, dass es in Cornwall Dolmen gibt.«

»Aber ja.« Wynona nickte. »Neun oder zehn, die dokumentiert sind. Ich sterbe vor Hunger. Sie nicht?«

»Doch, ich denke schon.«

»Nun, dann reiten wir zurück. Wie dumm von mir, dass ich uns keine Sandwiches eingepackt habe.«

»Wie läuft es da drin?«

»Wunderbar. Hart arbeitende Frauen, rumänische Muslimas. Die ältere lebt nun schon seit fast fünf Jahren hier.«

Sie banden ihre Pferde los, saßen auf und verfielen in einen flotten Trab, aus dem die Tiere einen Galopp zu machen versuchten. Laura, die dicht hinter Wynona ritt, bewunderte die Haltung der alten Dame, ihre noch immer wohlgeformte Figur und ihren geraden Rücken und das gefärbte Haar, das sie an diesem Tag zu einer Banane hochgesteckt hatte. Die englisch-irische, reiche Wynona, dachte sie, fantasielos vielleicht, aber authentisch, mit einem Fuß fest in den frühen Jahren des letzten Jahrhunderts verwurzelt, während der andere im Heute stand.

Nach dem Mittagessen machte Laura in ihrem Zimmer ein Nickerchen, und als sie wach wurde, beschloss sie, noch ein wenig zu arbeiten, bevor Wynonas Familie eintraf. Ein Suchdurchlauf im Netz, bei dem sie die Schlagwörter »Amiens« und »Eleonore von Kastilien« verknüpfte, brachte keine vernünftigen Ergebnisse, aber nachdem sie ihre Suche verfeinert hatte, fand sie heraus, dass ein Gerard von Amiens einen *Roman von Escanor* verfasst hatte, der mit dem Artuszyklus in Verbindung stand und von dem Eleonore während eines Besuchs in Frankreich eine Abschrift erhalten hatte. Außerdem entdeckte sie einen Artikel über Eleonore, in dem Folgendes stand: Nachdem sie 1279 den Titel Gräfin von Ponthieu von ihrer Mutter geerbt hatte, wurde für sie ein Ritterroman über das Leben eines vorgeblichen Grafen von Ponthieu aus dem 9. Jahrhundert geschrieben.

Die Grafschaft Ponthieu liegt im Norden von Frankreich, und ihre bekannteste Stadt heißt Abbeville. Einem Buch zufolge, das sie ebenfalls online fand – *Studies in the Italian Renaissance* von Berthold Louis Ullman –, lebte Gerard von Amiens in Abbeville und gründete dort sogar eine höhere Schule, wo er alte Bücher sammelte, darunter viele Bände mit »heidnischer« lateinischer Dichtkunst. Wenn Gerard von Amiens der Urheber des Buchs war, das 1280 für Eleonore geschrieben wurde, war es durchaus denkbar, dass sie ihm den griechischen Kodex mit dem Text Josephs von Arimathia gezeigt haben könnte und dass er sie um die Erlaubnis bat, ihn zu übersetzen. Und obwohl Gerard durchaus dafür bekannt war, dass er gegen den Dominikaner- und Benediktinerorden opponierte, so überlegte Laura, musste er aus Angst vor Verfolgung zweimal darüber nachgedacht haben, einen Text mit solchem Zündstoff zu übersetzen – daher also die zensierte Fassung.

Laura verbuchte all das unter »Stoff zum Nachdenken«, machte sich einige Notizen und kehrte zu ihrer Arbeit zurück.

13

Es war ein Frühlingsvormittag, die Sonne schien freundlich. Der Meeresgrund war klar zu sehen, als wir uns Rhodos näherten. Lucca stand mit Yeshua an der Reling und deutete auf die Überreste des Colossus, der einst die Hafeneinfahrt überragt hatte. Yeshua fragte, wen der Koloss dargestellt hatte. »Helios, den Sonnengott«, antwortete Lucca. »Einen gut aussehenden Gott, der jeden Tag seinen Flammenwagen über den Himmel lenkt, um uns Licht zu schicken. Er ist der Bruder von Selene, der Göttin des Mondes, und von Eos, der Göttin der Morgenröte.«

»Und trotzdem war es bloß ein Erdbeben, das ihn zu Fall gebracht hat?«, fragte Yeshua. »Er war eine Statue«, sagte Octavius, der sich zu ihnen gesellte. »Aus Stein gehauen – nicht der Gott selbst.« – »Hast du je ein Erdbeben erlebt?«, fragte Lucca den Jüngling. »Du würdest mit größerem Respekt darüber sprechen, wenn es so wäre.« – »Der Herr, unser Gott, soll nicht von Götzenbildern dargestellt werden«, erwiderte Yeshua mit ärgerlicher Sicherheit. »Diese anderen Götter, von denen ihr sprecht, sind falsche Götter, die vor dem Zorn des Allmächtigen Vaters zittern und zusammenbrechen.«

»Und welche Art von Allmächtigem Vater sollte das sein, der das Bedürfnis hat, Statuen einstürzen zu lassen?«, fragte Octavius.

»Einer, der die Anbetung falscher Götter nicht dulden wird.«

»Man möchte meinen, dass er Besseres zu tun hat«, sagte Octavius.

»Der Koloss wurde von einem Erdbeben zu Fall gebracht«, sagte Lucca. »Aber zahllose Tempel und Statuen stehen im Imperium noch, vollständig erhalten, allen möglichen Göttern und Mysterien geweiht – und die Menschen gehen zu ihnen und beten sie an. Warum streckt dein Allmächtiger Gott nur einige Götzenbilder nieder und nicht alle? Was du sagst, ergibt doch keinen Sinn.«

»Ich stelle den Willen des Allmächtigen Vaters nicht infrage«, gab Yeshua zurück. »Ich bin nur sein demütiger Diener.« – »Yeshua, die Erde ist ein Ort, der vielfältiger ist als das, was in deinem Tempel gelehrt wird«, sagte Octavius. »Das Leben ist schon hart genug, auch ohne Menschen für ihren Glauben tadeln zu müssen. Ein wahrer Allmächtiger Vater würde, wie Rom es tut, alle Menschen und all ihre Glaubensvorstellungen in seine Arme schließen.«

»Ihr versteht das nicht«, sagte der Jüngling mit rotem Gesicht.

Ich hielt mich im Hintergrund und lauschte ihrem Wortwechsel. Ich war es zufrieden, die Römer zu ihm sagen zu lassen, was ich selbst dachte. Besser, es von ihnen zu hören, als von seinem genusssüchtigen Onkel, der nur so tat, als wäre er ein frommer Jude, um den Schein zu wahren.

Als unser Schiff am frühen Abend aus dem Hafen von Rhodos auslief, war Yeshua müde von einem Tag, der voller Abwechslung gewesen war. Zu den fremden Religionen, mit denen die Römer ihm zugesetzt hatten, waren weitere gekommen, als er mit eigenen Augen gesehen hatte, wie sie an Orten der Verehrung praktiziert wurden, die rund um die Basare angesiedelt waren – die Glaubensgemeinschaften der Stoiker und Gnostiker und jener, die die Eleusinischen Mysterien studierten.

Während der Bug des Schiffes gen Westen steuerte und die Sonne unterging, aßen wir Trockenfisch, Reis und Brot. »Ich bin zu weit weg von zu Hause, Onkel«, sagte er. »Dort war ich glücklicher, weil ich an einem Ort lebte, der ein und demselben Glauben verpflichtet ist. Die Welt ist zu groß für mich.« – »Eines kann ich dir versprechen, Yeshua«, sagte ich. »Und das ist, dass dir bei unserer Rückkehr nach Jerusalem alles, was du während unserer Reise gesehen haben wirst, all das, was du jetzt so satthast, und alles, was noch kommen wird, tiefere Einsichten verschaffen wird.«

»Ich hoffe sehr, dass das wahr ist«, sagte er. »Aber noch habe ich nicht dieses Gefühl.«

14

Für die Übersetzung dieses letzten Abschnitts brauchte Laura, auch wenn er nicht sehr lang war, mehr Zeit, da das Pergament durch Stockflecken beschädigt und ihr Foto da und dort unscharf war. Zudem wurde sie abgelenkt von dem Lärm, der die Ankunft von James und seiner Familie verkündete. Gerade als sie von ihrem Stuhl aufstand und sich vorbeugte, um den Computer auszuschalten, öffnete sich die Tür zur Bibliothek und zwei völlig identisch gekleidete Mädchen kamen herein. Die eine war schmal und blond und etwa zwölf Jahre alt, die andere zwei oder drei Jahre jünger und kleiner, und ihr glänzendes dunkelbraunes Haar war zu kurzen Rattenschwänzchen zurückgebunden. Beide trugen beige Shetlandpullover, dunkelbraune Cordhosen und kurze Reitschuhe zum Schnüren. Sie liefen ein paar Schritte in den Raum hinein und starrten Laura dann wortlos an.

»Hallo«, sagte sie.

»Hallo«, antwortete das ältere Mädchen.

»Sind Sie die Lehrerin?«, fragte die Jüngere mit deutlichem Akzent.

»So etwas in der Art.«

»Wie heißen Sie?«, erkundigte sich die Kleine.

»Laura – und du?«

»Ich bin Anna«, stellte sich die Ältere vor, deren Akzent weniger ausgeprägt war.

»Und ich bin Montse«, ergänzte die Kleine.

Da trat eine zarte, aber stark wirkende Frau mit kurzem Haar ein. Sie sprach die beiden in einem Spanisch an, das einen schweren Einschlag ins brasilianische Portugiesisch verriet. Offenbar hatte man den beiden Mädchen verboten, die Bibliothek zu betreten, um die »Professorin« nicht zu stören. Laura teilte der Frau und den Mädchen mit, dass sie ihr Arbeitspensum für diesen Tag erledigt hatte und dass sie sie auf jeden Fall so oft besuchen kommen konnten, wie sie wollten. Doch Noelma, die brasilianische Nanny, protestierte in ihrem schlechten Englisch, sagte, dass Wynona, *la señora de la casa*, diesbezüglich strikte Anweisungen erteilt habe. Gerade als Laura ihr antworten wollte, kam Carmensina herein. Auf den ersten Blick befiel sie beide eine Anspannung, die keine von ihnen kontrollieren konnte. Die beiden Mädchen nahmen sie ebenfalls wahr, ebenso Noelma.

Laura hatte gehofft, in Carmensina eine Verbündete zu finden, jemanden, mit dem sie plaudern, bei dem sie Dampf ablassen und vielleicht einiges über Wynona und ihre Familie in Erfahrung bringen konnte. Obwohl sie Fionas Worte über James' Frau noch im Ohr hatte, war ihr eine andere Sorte Spanierin vorgeschwebt, kosmopolitischer aussehend und mit dem jüngeren Modegeschmack der Barcelonerinnen, die sie in London getroffen hatte. Die Frau, die sie hier vor sich sah, war anders, stilbewusst, aber konservativer, aus der gehobenen Mittelklasse Barcelonas. Die beeindruckende Mähne, von der Fiona gesprochen hatte, war nicht mehr dunkel, sondern goldblond gefärbt und schien ein wenig brüchig geworden. Sie hatte verdächtig große Brüste und zu viel Schminke für eine Frau ihres Alters aufgelegt. Ihre Körpersprache demonstrierte Streitbarkeit. Es war etwas Provinzielles an ihr, wie bei den reichen Mädchen, mit denen ihre Mutter in Granada aufgewachsen war.

Carmensina ihrerseits verspürte nicht das Bedürfnis nach einer neuen Freundin. Ihre Einstellung zu fremden Geschlechtsgenossinnen, die nicht zu ihrem Kreis gehörten, war geprägt von der Entschlossenheit, potenzielle Bedrohungen von ihrer bereits halb komatösen Ehe abzuwehren. Sie hatte auf eine Frau gehofft, die unscheinbar oder gar hässlich war und deren überlegenes Wissen auf akademischem Gebiet sich leicht durch südländischen Sexappeal und Charme neutralisieren ließ, die Carmensina noch immer zu besitzen glaubte. Aber die Fremde wirkte selbstsicher und war gut gekleidet, in einem New Yorker oder Pariser Stil, den Carmensina in Magazinen bewunderte, den selbst zu versuchen sie aber nie in Betracht gezogen hatte. Beide Frauen brauchten nur einen Sekundenbruchteil, um all das sofort aneinander wahrzunehmen. Binnen eines Wimpernschlags begriff Carmensina, dass Lauras bloße Anwesenheit ihr den zweitätigen Aufenthalt in der Villa vergällen würde. Sie ärgerte sich ja jetzt schon darüber, wie ihre beiden Mädchen der »Amerikanerin« – so sah sie sie – zu Füßen lagen. Noch bevor sie auch nur gegrüßt hatte, bellte sie auf Katalanisch ebenso knapp wie wirkungsvoll Noelma und die beiden Mädchen an, die sofort die Bibliothek verließen. Laura fiel auf, dass Carmensina exakt so gekleidet war wie ihre Töchter. »Sie haben mich gar nicht gestört.«

Carmensina beschloss, den Vorfall zu übergehen, und antwortete in einem Englisch, das einen heftigeren Akzent hatte, als sie es jemals zugeben konnte: »Aber Sie sind nicht die Professorin, oder?«

»Ich bin Laura. Und Sie müssen Carmensina sein.«

Keine von beiden machte Anstalten, der anderen die Hand zu geben oder gar Wangenküsschen auszutauschen.

»Laura die Professorin? Nein, nein, nein. Das ist nicht möglich. Sie sind ein Topmodel!«

»Schön wär's.« Laura lächelte, obwohl ihr klar war, dass die Bemerkung eher als peinlich kaschierte Anklage gemeint war denn als Kompliment.

In diesem Moment betrat Wynona den Raum. »Ah, ich sehe, ihr beiden habt euch schon miteinander bekannt gemacht. Wie ich gehört habe, waren die Mädchen hier und haben Sie belästigt?«

»Keineswegs«, gab Laura zurück, wobei sie bemerkte, wie sich Gereiztheit in ihre Stimme schlich.

»Wynona«, sagte Carmensina, während sie sich eine Zigarette anzündete, was Lauras Verstimmung nicht gerade schmälerte. »Sicher spitzt der richtige Professor unten im Keller seine Bleistifte oder etwas in der Art – diese Frau ist ein Topmodel!«

Wynona lachte und verfiel ins Katalanische, eine Sprache, die sie ganz eindeutig vermisste und deshalb erfreut diese Gelegenheit ergriff, sie einmal wieder zu sprechen. Offenbar war ihr nicht bewusst – oder es war ihr nicht wichtig genug –, wie befremdlich das auf ihre Übersetzerin wirken mochte, weil sie nur hier und da ein paar Brocken verstand.

Ein Feuer war im Kamin des Salons entfacht worden, eine Reihe von Drinks stand zur Auswahl. Die drei Frauen traten ein. Sie warteten auf James' Erscheinen.

»Ich bedaure es, dass ich nie Katalanisch gelernt habe«, sagte Laura, während sie sich einen Gin Tonic mixte.

»Für mich ist das in Ordnung«, gab Carmensina zurück und fuhr sich in einer einstudierten Geste mit der Hand durchs Haar. »Es ist gut, wenn ich wieder einmal Englisch übe.«

Sie schenkte sich einen Highland Park on the rocks ein, Wynona entschied sich für einen Pimms Cup No. 6. Sie stießen miteinander an, Carmensina sagte »Cin cin!«, und alle setzten sich.

»Wo sind die Mädchen?«, fragte Laura in aller Unschuld.

»Sie essen gerade zu Abend«, antwortete Carmensina wie aus der Pistole geschossen und heuchelte Überraschung.

»Sehr schade«, befand Laura und trank einen Schluck Gin Tonic. »Ich hatte gehofft, dass wir alle zusammen essen würden.«

»Carmensina ist da altmodisch«, schaltete sich Wynona ein. »Und ich bin ganz ihrer Meinung. Es ist auch besser für die Mädchen, denke ich.«

Laura spürte, wie ihre Gereiztheit zunahm, hielt es aber für klüger zu schweigen.

»Meine Brüder und ich haben nie mit unseren Eltern am Tisch gesessen, bis wir fünfzehn waren«, erklärte Carmensina. »Das war viel lustiger für uns und auch besser für unsere Eltern.«

»So war es bei uns meistens auch«, pflichtete Wynona ihr bei.

»Und ich bin in den verrückten, Kinder verziehenden USA groß geworden.« Laura versuchte, nicht so zu klingen, als würde sie sich verteidigen, hob ihr Glas und stürzte den Rest ihres Drinks in zwei Schlucken hinunter. Was sie am meisten ärgerte, war die Erkenntnis, dass sie tatsächlich keine guten Erinnerungen an die Mahlzeiten hatte, die sie bis zum Schluss bei ihrer Mutter und ihrem Stiefvater aussitzen musste. Die entspanntesten Mahlzeiten, an die sie sich als kleines Mädchen erinnerte, hatten in der Küche mit den Hausangestellten stattgefunden, wenn ihre Eltern aus waren.

»Es ist schwer, ein erwachsenes Gespräch zu führen, wenn die Mädchen dabei sind«, fuhr Carmensina fort. »Selbst wenn sie sich vorbildlich betragen, muss man doch zu sehr Rücksicht auf sie nehmen.«

Laura wollte unbedingt das Thema wechseln und beließ es dabei. »Wo leben Sie in Barcelona?«

»Wir wohnen in einem Haus in unmittelbarer Nähe der Avinguda del Tibidabo.«

»Oh, dort ist es so schön!«

»Sie kennen es?«

Laura blieb nicht verborgen, dass auch das die Frau aus irgendeinem Grund störte.

»Ich bin letztes Jahr in einem Hotel in diesem Stadtteil abgestiegen. Im *ABaC*.«

»Dem *maricón*-Hotel.«

»Ja, ich schätze, das war es ein bisschen.«

Das war mit Nathan gewesen, der sich immer etwas darauf einbildete, dass er die angesagteste, coolste Adresse fand, egal, wie teuer sie war. Und ja, das Hotel war voller Schwulenpärchen gewesen. Aber wie idiotisch und vorsintflutlich, so eine Bemerkung zu machen. Dann sagte Carmensina etwas zu Wynona auf Katalanisch, über das sie beide lachen mussten, was Laura noch mehr nervte.

»Aber finden Sie denn nicht«, nahm sie den Faden wieder auf, »dass die meisten wirklich stylishen Hotels in der Welt von Schwulen betrieben werden oder ihnen sogar gehören?«

»Ganz und gar nicht«, entgegnete Carmensina herablassend. »Natürlich, einige vielleicht, aber sicher nicht die Mehrheit.«

»Nun, meiner Erfahrung nach ist das durchaus so«, beharrte Laura. »Ich meine – mir ist bewusst, dass es wahrscheinlich eine krasse Verallgemeinerung ist, aber es scheint mir doch auf sehr viele Orte zuzutreffen, zum Beispiel auf London, Paris, New York.«

»Ich weiß, was Sie meinen, Laura«, versuchte Wynona zu helfen. »Die besten Häuser und Restaurants werden von

Schwuchteln eingerichtet – wenigstens war das zu meiner Zeit so.«

Laura lächelte tapfer über den politisch unglaublich unkorrekten Ausdruck hinweg, den sie zum letzten Mal auf einer der Cocktailpartys gehört hatte, auf die sie ihre Mutter als junges Mädchen geschleift hatte. Sie sah, dass Carmensina sich ziemlich überlegen fühlte, höchst erfreut über die Macht, die sie als Spanierin von ihrem Schlag und als künftige Herrin des Hauses besaß, in dem die viel zu hübsche Laura nur ein Durchgangsgast war. Sie vernahmen, wie sich die Hintertür zur Küche öffnete und schloss und so James' Ankunft verkündete. Carmensina stand auf, setzte urplötzlich ein theatralisch anmutendes Lächeln auf und verließ den Raum. Wynona und Laura sahen einander an.

»Wow«, sagte Laura endlich.

»Ich muss mich entschuldigen. Ich nehme an, dass sie Sie als Bedrohung empfindet.«

»Aber das ist doch lächerlich.«

Sie konnten hören, wie die beiden Mädchen darauf reagierten, dass ihr Vater ihnen in der Küche einen kurzen Besuch abstattete.

»Sie ist als einziges Mädchen unter vier Brüdern aufgewachsen – als Prinzessin und Augapfel ihres Vaters.«

»Theoretisch sollte sie dann vor Selbstbewusstsein strotzen«, entgegnete Laura. »Was sie natürlich auch tut, nebenbei bemerkt.«

»Aber sie hatte beziehungsweise hat eine grauenhafte Beziehung zu ihrer Mutter.«

Laura spürte, dass das Thema kompliziert für Wynona war und sie selbst auch überhaupt nichts anging. »Die Mädchen sind hinreißend« war alles, was sie erwiderte.

Das Ehepaar betrat den Salon. Carmensina hatte sich bei

ihrem Mann wie ein verliebter Teenager untergehakt. James Figueras Guinness sah genauso gut aus, wie Fiona ihn beschrieben hatte. Sein volles schwarzes Haar wurde da und dort schon ein wenig grau. Er sah auf eine entspannte Art und Weise trainiert aus, ohne zu muskelbepackt zu sein. Er trug eine graue Flanellhose, dazu alte Slipper, ein blaues Anzughemd aus schimmernder Baumwolle, dessen Kragen offen war, und einen marineblauen Kaschmirpullover. Darüber ein altes Tweedsakko, dessen Charme darin lag, dass es schon etwas mitgenommen wirkte. Es war wahrscheinlich ein Kleidungsstück, das er liebte, dachte Laura, und das die meiste Zeit über im Schrank im Cottage hing. Sie erhob sich, um ihm die Hand zu geben, während ihm seine Mutter einen Kuss auf die Wange drückte.

»Ach, bitte bleiben Sie doch sitzen«, sagte er zu Laura. Er sah ihr sehr flüchtig in die Augen und drückte ihre hingestreckte Hand mit überraschend wenig Kraft. Carmensina beobachtete alles ganz genau; sie hatte sich nicht länger untergehakt bei James, sondern stand jetzt ein kleines Stück hinter ihm.

»Siehst du, was ich meine, James?«, fragte sie. »Sie ist eine Hochstaplerin, die sich als seriöse Professorin ausgibt.« Dann fügte sie in schnellem Katalanisch etwas hinzu, das nur sie amüsant fand. James sah aus, als fühlte er sich unbehaglich.

»Ich weiß nicht, was ich sagen soll«, meinte er zu niemand Besonderem.

Er hatte einen eigentümlichen Akzent, der dem von Wynona ähnelte, aber stärker ausgeprägt war. Er ging zu dem Tisch mit den Drinks, um sich einen Single-Malt-Whisky einzuschenken, und wandte sich dann wieder an Laura, jedoch ohne sie oder jemand anderen anzusehen.

»Wie ich gehört habe, sind Sie meiner Mutter eine gewaltige Hilfe.«

»Ich versuche es zumindest.«

Dann drehte er sich doch zu den drei Frauen um, erhob sein Glas in ihre Richtung, hielt es aber für das Klügste, den Blick auf seine Mutter zu heften. »Cheers.«

Beim Abendessen setzte Carmensinas Wunsch, ihre innige Verbundenheit mit Wynona zu demonstrieren, indem sie Katalanisch mit ihr sprach, ihren gesunden Menschenverstand außer Kraft. Was aber nur den Effekt hatte, dass es Wynona gegen sie aufbrachte und James in eine Unterhaltung mit Laura trieb. Als ihm aber klar wurde, dass seine Mutter nichts dagegen unternehmen würde – Wynona hatte sich für jene Art der gelähmten Passivität entschieden, die man häufig an Zeugen eines Unfalls beobachten kann –, sah er sich gezwungen, selbst einzugreifen. Zweimal. Beim zweiten Mal sagte er einfach: »Carmen ... bitte.«

»Oh«, machte sie und wurde sogar ein wenig rot, da der Hinweis auf ihre Verirrung eine kleine Adrenalinausschüttung zur Folge hatte. »Tut mir leid. Ich habe mich wohl vergessen, und deine arme Mutter muss seit Monaten auf ihre Zweitsprache verzichten.«

»Wenn Sie nicht Englisch sprechen möchten, könnten wir auf Spanisch oder Französisch oder Italienisch ausweichen«, heuchelte Laura Hilfsbereitschaft.

»Nein, nein, nein. Ich ziehe Englisch bei Weitem vor«, gab Carmensina zurück und zündete sich eine weitere Zigarette an, was Wynona sichtlich verärgerte.

»Carmensina hat Probleme mit kastilischem Spanisch«, erklärte James, bevor er es herunterschlucken konnte.

»Nein«, entgegnete Laura und sah über den Tisch hinweg

Carmensina an, die ihre Marlboro Light wie im Schraubstock zwischen zwei ringgeschmückten Fingern mit abgekauten Nägeln hielt. »Das kann nicht stimmen.«

Carmensina warf James einen vorwurfsvollen Blick zu. Dann zog sie an ihrer Zigarette, drückte sie auf ihrem Butterteller aus und leerte ihr Glas. »James übertreibt. Meine Familie oder zumindest einige Familienmitglieder haben ihre Wurzeln im alten Cataluña. Wir haben es immer so empfunden, dass Spanisch die Sprache der Eroberer ist. Als Franco Katalanisch verbot, reagierte die Generation meiner Eltern mit großer Verbitterung darauf.«

Am Ende dieses kleinen Monologs setzte Carmensina einen Opferlammblick auf, der in die Ferne schweifte, feierlich und fast tränenumflort, und ihren Ehemann so aufregte, dass er die Versuchung niederringen musste, etwas zu sagen, was die Dinge ins rechte Licht rückte. Aber er wusste, dass er damit ihre Wut wecken würde, und danach verspürte er wahrlich kein Verlangen.

Die Wut kam trotzdem, als sie nach dem Abendessen zum Cottage zurückfuhren. Noelma und die Mädchen schliefen schon halb auf dem Rücksitz, Carmensina hatte ordentlich Scotch und Wein getankt.

»Warum warst du so gemein zu mir?«

»Ich war nicht gemein zu dir.«

»Du warst schrecklich gemein. Du konntest kaum den Blick von der Amerikanerin wenden und hast die ganze Zeit nur mit ihr gesprochen.«

»Jemand musste doch mit ihr sprechen. Es war unhöflich von dir, die ganze Zeit über mit Mamá katalanisch zu reden.«

»Was wollte sie nach dem Essen von dir?«

»Sie sagte, dass sie sich morgen fünf Minuten allein mit mir unterhalten möchte.«

»Wozu? Es ist deine Mutter, die sie bezahlt. Worum geht's hier eigentlich? Ich traue ihr nicht.«

»Du magst sie nicht. Das war ziemlich offensichtlich für alle.«

»Was – und du magst sie?«

»Ich habe kaum eine Ahnung, wie sie ist. Sie scheint mir sehr nett zu sein.«

»Aha, du ergreifst also Partei für sie.«

»Carmensina, was ist bloß los mit dir?«, seufzte James.

»Nichts ist los mit mir. Wir sind hergekommen, um Wynona einen netten Besuch abzustatten, und nur wegen dieser Amerikanerin ist alles danebengegangen.«

»Nur wegen dir ist alles danebengegangen.«

»Also ist es meine Schuld.«

»Ja, ehrlich gesagt.«

»Halt an.«

»Mach dich nicht lächerlich.«

»Halt an!«

Er ließ den Wagen ausrollen. Inzwischen waren Noelma und die Mädchen wieder hellwach. Montse begann zu weinen. Carmensina fuhr zu ihr herum und schrie sie an, ruhig zu sein. Da drückte James mit der linken Hand auf die Kindersicherung und verriegelte die Türen. Carmensina versuchte, ihre Tür zu öffnen.

»James, lass mich raus.«

»Würdest du dich jetzt bitte beruhigen? Wir sind in zwei Minuten da.«

»Ich will laufen. Ich will nicht im selben Wagen mit dir fahren, wenn du so wenig von mir hältst.«

»Das stimmt doch gar nicht.«

»Mach die Tür auf.«

Schließlich griff sie an ihm vorbei und entriegelte die Kindersicherung selbst. In der Sekunde, in der sie sich zu ihm hinüberlehnte, atmete er durch den Geruch von Rauch und Alkohol ihren eigenen, besonderen Duft ein, von dem er sich zu ihr hingezogen gefühlt hatte, seitdem sie sich zum ersten Mal begegnet waren. Es überrumpelte und erfüllte ihn mit einer seltsamen Mischung aus Traurigkeit und Erregung. Sie zog sich wieder zurück, öffnete ihre Tür, stieg aus und schlug sie hinter sich zu.

»Muttergottes«, murmelte Noelma auf Portugiesisch.

James wandte sich um und sah seine Töchter an. »Ich muss mich entschuldigen, Mädels. Es tut mir leid, dass Mami so wütend ist. Sie hat einfach einen schlechten Abend. Ich will nicht, dass ihr euch Sorgen macht. In Ordnung?«

Die beiden erforschten ein paar Sekunden lang sein Gesicht, bevor sie nickten.

»Wohin geht sie denn?«, fragte Montse.

»Sie ist sauer auf mich und will lieber laufen. Ich steige auch aus und versuche, sie umzustimmen. Okay? Ich bin nur eine Minute weg.«

Er musste laufen, um sie einzuholen, denn sie marschierte mit ausladenden Schritten am Straßenrand dahin, gefangen in dem Gefühl, dass die ganze Welt gegen sie war.

»Carmensina«, sagte er, als er aufgeschlossen hatte, und achtete dabei darauf, sie nicht zu berühren. »Bitte. Die Mädchen sind ganz verstört.«

Sie blieb stehen, wandte sich ihm zu und sah ihn mit Tränen in den Augen an. »Ich bin verstört. Du hast mich verstört.«

»Es tut mir leid. Wirklich.«

»Geh und leg sie flach, wenn du willst.«

»Wovon redest du überhaupt? Du hast zu viel getrunken.«

»Dank dir. Ich brauche das Gefühl, dass du für mich da

bist. Dass du auf meiner Seite bist. Dass ich mir deswegen nie Sorgen machen muss.«

»Das bin ich. Ich bin auf deiner Seite. Es tut mir leid. Ich habe nur versucht, höflich zu sein. Bitte komm jetzt zurück zum Auto.«

»Ich will nicht, dass du unter vier Augen mit dieser Frau sprichst. Wenn sie etwas Wichtiges zu sagen hat, soll sie es vor Wynona sagen und vor mir. Ich bin deine Frau. Wynona ist meine Schwiegermutter. Wer zur Hölle ist sie?«

»In Ordnung«, erwiderte er. »Du hast recht.«

Sie begann zu weinen, und er nahm sie in die Arme, küsste ihre Schläfen und rieb ihre Schulter, während er mit ihr zusammen den Rückweg zum Wagen antrat.

Als sie das Cottage erreichten, ging sie gleich hinauf in ihrer beider Zimmer und ließ sich ein Bad ein. James und Noelma versuchten, die Mädchen zu Bett zu bringen, aber sie waren viel zu aufgewühlt. Also schickte er Noelma in ihr Zimmer am anderen Ende des Flurs und blieb selbst bei den Kindern, um ihnen vorzulesen und mit ihnen zu sprechen, bis sie einschliefen. Er beobachtete sie ein paar Minuten lang im Licht der Nachttischlampe, die er anzulassen versprochen hatte. Dass Carmensina zu betrunken und unglücklich gewesen war, um den Mädchen gemeinsam mit ihm Gute Nacht zu sagen, machte ihn wütend. Aber er wusste, dass es sie, wenn er dieser Wut Ausdruck verlieh, wieder gegen sich aufbringen würde. Er wusste auch, dass sie nach ihrem Bad mit ihm schlafen wollen würde, als Beweis ihrer anhaltenden Macht über ihn und um ihm und sich zu zeigen, dass alles in Ordnung war.

Ihm fiel der Vorschlag ein, den er ihr zwei Monate zuvor unterbreitet hatte: »jemanden aufzusuchen«, und der Schwall Spott und Hohn, den sie ihm entgegengeschleudert hatte, während sie sich über jeden lustig machte, der dumm genug war, *escuraments* wegen einiger Probleme zu konsultieren, die man – »wie mein Vater zu sagen pflegte« – am besten mit einem Whiskey und gesundem Menschenverstand löste.

Er stand auf und widerstand dem Drang, seinen Mädchen einen Abschiedskuss zu geben, aus Angst, sie wieder aufzuwecken. Er wandte sich zur Tür und machte sich bereit, über den Gang zu gehen und die Suppe auszulöffeln, die er sich eingebrockt hatte. Sie hatten alle glücklichere Zeiten in diesem Haus erlebt, und er wünschte sich nur, dass diese Zeiten eines Tages zurückkehren würden. Im Augenblick war es jedoch schwer, sich auch nur vorzustellen, wie das gehen sollte. Er erinnerte sich daran, wie er Carmensina einmal hierher mitgenommen hatte, noch vor ihrer Heirat, sehr zum Missfallen Wynonas, die erst kurz zuvor Witwe geworden war – und wie anders jene Zeit gewesen war und der Sex, den sie dem Cottage zugemutet hatten. Jetzt mit ihr zu schlafen erschien ihm unvorstellbar, auch wenn er wusste, dass sie irgendwann in der nächsten halben Stunde seinen Gürtel öffnen würde. Hoffentlich würde sein Körper seine emotionale Verfassung ignorieren und sich der Situation gewachsen zeigen, wenn auch nur zu dem Zweck, diesen Besuch hier zu retten. Ihm schoss durch den Kopf – und es kam anscheinend aus dem Nichts –, dass er sich doch, um diese Aufgabe zu stemmen, dabei versuchsweise die Person vorstellen könnte, die der Auslöser dieser jüngsten Katastrophe war. Denn damit hatte Carmensina tatsächlich recht gehabt: Er fand die »Professorin« wirklich sehr schön.

15

Drei Tage und Nächte lang herrschte Flaute. Stoffbahnen wurden an Deck ausgespannt, um Schatten zu spenden. Lucca und Octavius zogen sich bis auf die Lendentücher aus. Die Sklaven, die unten gehalten wurden, wo die Hitze infernalisch war, mussten an die Riemen. Der Kapitän war fortwährend übelster Laune, denn er hatte verderbliche Waren an Bord, die so bald wie möglich einen Hafen erreichen mussten. Das Trinkwasser wurde rationiert. Die Römer spielten und tauschten komplizierte, derbe Geschichten über unglückliche Liebschaften aus. Wir wenigen Passagiere vertrieben uns ebenfalls mit Geschichtenerzählen die Zeit, während wir vom kühlen Herbstregen träumten.

Ich berichtete Yeshua, dass viele andere Zinnhändler, die mehr bezahlen konnten und dadurch viele Reisetage einsparten, ihre Waren aus Häfen in Iberia bezogen, wohin man das Zinn und Blei brachte, das in Minen im Hinterland gefördert wurde. »Ich jedoch«, so sagte ich, »ziehe noch immer die längere Reise nach Belerion vor, wo ich die Erzadern besichtigen und direkt mit den Bergleuten handeln kann.« Über die Jahre hatte ich sie, ein friedliebendes und buntes Völkchen, besser kennengelernt, und ich sah keinen Grund, an meinen Gewohnheiten etwas zu ändern.

Einmal beklagte er sich erneut über die weiten Strecken, die wir reisten und die ihn weiter und weiter von seiner Heimat entfernten. »Einer Heimat«, so sagte ich zu ihm, »die so heiß und trocken und ungastlich ist wie dieser Tag. Das Land, in das ich dich mitnehme, ist grün und kühl. Auf den Steinen wächst Moos. Es ist ein Land, in dem es über der See Nebel gibt, Schafweiden, kalte Flüsse und Winde.«

Da hörten wir Tumult unter Deck, einen Streit, laut, aber kurz, gefolgt vom unverkennbaren Schnalzen einer Peitsche. Dann das Rumoren von einem Mann, der protestierte, einem Mann, der ausgepeitscht wurde und anschließend gegen seinen Willen zu der Treppe gezerrt wurde, die Unter- und Oberdeck miteinander verband. Der Protest des Mannes verwandelte sich in Schreie, schreckliche Schreie, denen wir alle an Deck wie gelähmt lauschten, Schreie, die die tödlich stille Luft durchdrangen.

Der peitschenschwingende Kapitän und sein Maat schleiften den schreienden, halb nackten Sklaven aus dem Laderaum an Deck. Der Kapitän brüllte den dunkelhäutigen, drahtigen kleinen Mann aus Leibeskräften an. Es war genauso laut wie das Protestgeschrei des Opfers. »Du hältst das für lustig? Ich zeige dir, was lustig ist!« Der Maat drückte den Mann nach unten, und der Kapitän ging sein Schwert holen. Dann begann er, auf die Handgelenke des Mannes einzuhauen, was den Maat in Angst und Schrecken versetzte, da er Befehl hatte, den Sklaven festzuhalten – ein nahezu aussichtsloses Unterfangen –, da das Schwert ihm immer wieder gefährlich nahe kam. Der Kapitän war außer sich vor Raserei, und so geriet seine Züchtigung unbeholfen und linkisch, aber endlich hatte er die Hände des armen Sklaven abgetrennt, und das Blut schoss in Strömen auf die Decksplanken. »Schau nicht hin«, sagte ich zu Yeshua. Aber es war unmöglich, die Augen von einem derartigen Ausbruch von Grausamkeit abzuwenden. Ich sah zu meinen Römern, um herauszufinden, wie sie darauf reagierten. Sie verfolgten das Spektakel mit dem Ausdruck einer Empfindung, die eine Mischung aus Neugier und Verachtung sein mochte.

Der Sklave wurde ohnmächtig und erschlaffte. Der Kapitän packte ihn bei den Knöcheln und befahl dem Maat, ihn an den blutenden Armstümpfen anzufassen. Dann warfen sie den Burschen ins Meer. Ich mühte mich, Yeshua zurückzuhalten, aber er befreite sich aus meinem Griff und ging, um nachzusehen. Octavius gesellte sich zu ihm. Lucca und ich blickten einander an, bis der Legionär das Kinn reckte und die Achseln zuckte.

Yeshua und Octavius, der Kapitän und alle anderen, die es sehen konnten, beobachteten, wie der Körper des Mannes langsam im klaren Wasser in die Tiefe sank. Der Kapitän warf ihm die abgehackten Hände nach. Yeshua sagte, der Sklave habe kurz das Bewusstsein wiedererlangt, als er auf der Wasseroberfläche auftraf, doch ohne seine Hände war er unfähig zu schwimmen oder auch nur richtig zu paddeln. Wir erfuhren später, seine Verfehlung habe darin bestanden, dass er die Hände vom Ruder genommen hatte, um den Umsitzenden einen Witz zu erzählen.

Möwen ließen sich an Deck nieder, um die Pfützen aus trocknendem Blut aufzupicken. Stunden vergingen, und am Nachmittag kam eine kühle Brise auf, die Wolken und in deren Gefolge einen stetigen Wind mit sich brachte. Indem er die Segel blähte, beendete er den allgemeinen Überdruss, hob die Stimmung, schenkte den Sklaven unten die wohlverdiente Erholung und rechtfertigte vor dem Kapitän seine Brutalität.

16

Es klopfte an der Bibliothekstür, und gleich darauf trat James ein.

»Laura?«

Sie versetzte den Computer in den Schlafmodus und drehte sich um. Sie hatte damit gerechnet, dass er allein war, doch Carmensina und Wynona kamen hinter ihm herein.

»Hallo«, sagte sie. Sie erhob sich, blieb aber an ihrem Arbeitstisch stehen.

Sie fand, dass er im Morgenlicht sowohl besser als auch irgendwie mitgenommen aussah. Er hatte eine herbe Ausstrahlung, die sie mochte, und er hatte sich offenbar beim Rasieren geschnitten. Carmensina war anscheinend verkatert und trug einen marineblauen Blazer mit Goldknöpfen. Wynona sah reizend, aber verlegen aus.

»Ich weiß, dass Sie allein mit mir sprechen wollten«, sagte er und gab sich alle Mühe, dabei selbstbewusst und beiläufig zu klingen. »Aber wir dachten, dass wir alle hören sollten, was Sie mir sagen möchten, zumal in Anbetracht der Tatsache, dass Ihre Arbeit meiner Mutter so wichtig ist.«

Laura begriff sofort, dass Wynona völlig zu Recht James nicht allzu viel erzählt hatte – aus Angst, er könne sich gezwungen fühlen, Carmensina einzuweihen, die eindeutig hinter diesem ungeschickten Überfall steckte. Laura beschloss, von Anfang an etwas klarzustellen.

»Nun, das kann ich verstehen«, gab sie zurück. »Aber ich glaube, dass hier ein Missverständnis vorliegt, was wahrscheinlich meine Schuld ist. Alles, was ich vorhatte, war, Sie über einige Bedenken, die ich zu diesem Projekt habe, in Kenntnis zu setzen – tatsächlich aus Höflichkeit, da ich sie schon in vollem Umfang Wynona mitgeteilt habe. Wir können auch ein andermal darüber reden. Ich habe nie daran gedacht, ihr diesbezüglich etwas vorzuenthalten. Wir sind gute Freunde, oder, Wynona?«

»Das ist genau das, was ich ihnen auch gerade gesagt habe, meine Liebe.«

James sah zugleich erleichtert und unfroh aus. Carmensina, verärgert über dieses wechselseitige Bekenntnis der Komplizenschaft, wollte sich nicht in die Schranken weisen lassen.

»Worum geht es überhaupt bei dieser ganzen Heimlichtuerei?«, fragte sie und zog eine Packung Zigaretten aus der Tasche. »Weder James noch ich wissen genau, was Sie eigentlich machen.«

»Sicherlich hat Wynona Ihnen etwas darüber erzählt.«

»Das habe ich«, nickte Wynona.

»Was?«, sagte Carmensina. »Dass Sie irgendein altes Dokument übersetzen, ein altes Buch, das in Familienbesitz ist.«

»Genau«, erwiderte Laura. »Es ist ein Text, der sich als sehr wertvoll herausstellen könnte. Ich wollte nur, dass James das weiß. Er soll wissen, wie wichtig es ist, dass er und Wynona ihre, euer aller rechtmäßige Eigentümerschaft beweisen können.«

»Ich habe heute früh die Papiere gefunden, nach denen ich gesucht hatte«, sagte James. »Da, wo ich sie zu finden hoffte.«

»Oh, gut.«

»Ich werde sie meiner Mutter geben.«

»Wunderbar.«

Dann beschloss Laura, nicht mehr ganz so entgegenkommend zu sein, und stand einfach nur noch da, stumm und gelassen, und überließ es den Besuchern, einen Weg zu finden, sich aus einer Situation herauszuziehen, die James in Lauras Achtung eine Reihe von Sympathiepunkten kostete.

»Na schön – was ist es denn, worüber Sie mit James ›ein andermal‹ sprechen wollen?«, fragte Carmensina. Sie holte eine Zigarette aus dem Päckchen, zündete sie aber nicht an.

»Nur ein paar Einzelheiten«, antwortete Laura.

»Und warum nicht jetzt?«, beharrte Carmensina. »Ich meine – wir sind alle hier.«

»Weil es kein guter Zeitpunkt für mich ist. Ich bin gerade mitten in einer Sache, der ich mich jetzt wieder widmen sollte.«

Während der letzten Worte sah sie an James und seiner Frau vorbei und heftete den Blick auf Wynona.

»Ganz richtig«, gab Wynona zurück. »Dann gehen wir mal. Wir überlassen Sie wieder Ihrer Arbeit.«

»Entschuldigen Sie die Störung«, sagte James, und es klang, als würde er es auch so meinen. Carmensina, der nichts anderes übrig blieb, als mit ihnen den Raum zu verlassen, begann beim Hinausgehen einmal mehr, auf Katalanisch ihrem Mann und ihrer Schwiegermutter gegenüber ihrem Unmut Ausdruck zu verleihen.

Laura setzte sich an ihren Arbeitstisch und wünschte sich, dass das Ehepaar so schnell wie möglich das Anwesen wieder verließ. Die Vorstellung, eine weitere Mahlzeit lang mit ihnen am Tisch zu sitzen, war ihr unerträglich, und so beschloss sie, an diesem Abend ins Dorf zu gehen, um im Gastropub ein Pint und ein Shepherd's Pie zu bestellen. Sie war zu entnervt, um sich sofort wieder an die Arbeit zu machen, hatte sie sich doch schon ausgemalt, wie ihre Unterredung mit James ausfallen würde: ein Treffen gleichgesinnter Geister, der Gewinn eines wichtigen Verbündeten. Und sie hatte gehofft, dass er ihr die Sorge nehmen würde, sie müsse ganz allein mit den Konsequenzen fertigwerden, die ein Bekanntwerden ihres Projekts unweigerlich nach sich ziehen würde. Aber nichts dergleichen war der Fall gewesen. Der Mann war ebenso rasch wie enttäuschend vor den kapriziösen Forderungen seiner eifersüchtigen Frau eingeknickt.

Laura hörte die beiden Mädchen im Garten spielen und ging ans Fenster, um ihnen zuzusehen. Zu ihrer Erleichterung trugen sie keine marineblauen Blazer im Partnerlook. Während Noelma ganz in der Nähe in ihre eigenen Gedanken versunken war, gingen die Mädchen am Rand des spiegelnden Teichs in die Hocke. Laura stellte sich vor, dass sie die großen Goldfische beobachteten, die unter den Seerosenblättern umherschwammen. Sie stellte sich die Genstränge in ihren Zellen vor, die sie durch ihre irische, englische und katalanische Abstammung geerbt hatten. Dann dachte sie an ihre eigenen Gene und daran, dass jeder ein Mischling war, aber ein Mischling, der häufiger die besten Züge jedes Elternteils zur Geltung brachte, als dass er es nicht tat. So erschien es ihr zumindest, während sie den Mädchen zusah und versuchte, einem Tag ein wenig Lebensmut einzuimpfen, der so düster begonnen hatte – mit der deprimierenden und grausamen Textpassage, die sie übersetzt hatte, gefolgt von der peinlichen Konfrontation. Da waren sie alle, dachte sie, in Cornwall an diesem Vormittag versammelt: eine Gruppe Spanier und Halbspanier, wahrscheinlich nicht einmal eine halbe Fahrstunde entfernt von den Zinnminen, zu denen Joseph von Arimathia in ihrem Laptop unterwegs war. Sie bemerkte, dass sich die Mädchen beide in dieselbe Richtung umdrehten, und sah dann James und Carmensina diagonal über den Rasen auf sie zukommen. Instinktiv trat sie vom Fenster zurück, doch sie beobachtete sie weiter.

17

Die Morgendämmerung zog blutorangenrot über dem Ionischen Meer herauf. Als wir uns der Ostküste Siziliens näherten, tauchte der Vulkan aus dem Dunst auf. Das Schiff legte in Syrakus an, einer geschäftigen Hafenstadt, und wir waren dankbar, wieder an Land gehen zu können und uns von dem faulig stinkenden Kahn und seinem gewalttätigen Kapitän zu verabschieden. Octavius, ein entfernter Nachkomme von Marcus Claudius Marcellus, dem Konsul, der zwei Jahrhunderte zuvor den Griechen diese Stadt abgerungen hatte, lud uns ein, bei seinem Vater und seiner Mutter in deren Villa zu übernachten.

Dort trafen wir nach einer zweitägigen Reise Richtung Akragas an der Südwestküste ein. Octavius' Vater war ein älterer, offener, weltgewandter Mann und brannte auf den Austausch mit neuen Geistern. Das prunkvolle Anwesen stand nahe der Küste, aber oben in den Hügeln, und seine luxuriöse Ausstattung war bemerkenswert. Yeshua bekam sein eigenes Zimmer mit eigenem Bad; ein Diener wurde ihm zugeteilt. Gärten und Terrassen mit Mosaiken und Wasserbecken waren in Hülle und Fülle vorhanden, und es gab Ungestörtheit und süß duftende Pflanzen und winzige Vögel und gut versteckte Nischen, von denen aus man aufs Meer blicken konnte – Alkoven, um dort über das Glück und den guten Geschmack dieser römischen Adelsfamilie zu meditieren.

Diener wurden zum Schiff gesandt, um unser Gepäck abzuholen und es zur Villa zu transportieren, wo wir über eine Woche bleiben wollten. Eine Hochzeit war geplant – die eines Neffen –, und die Familie dankte es mir, dass ich ihr ihren Sohn zu so einem günstigen Zeitpunkt zurückbrachte. Man scheute keine Mühen, um es uns behaglich zu machen.

Auf einem morgendlichen Spaziergang ruhte ich mich auf einer Steinbank aus, die im Schatten einer großen Palme stand. Unter mir lag ein kleiner Garten mit einem Springbrunnen in der Mitte, der der Nymphe Arethusa gewidmet war. Neben dem Brunnen saßen Claudius – Octavius' Vater – und Yeshua. Ich verhielt mich ganz still, damit sie meine Anwesenheit nicht bemerkten, und belauschte ihr Gespräch.

»Ich würde gern mehr über den Glauben der Juden wissen«, sagte Claudius. »Über euren allmächtigen Gott.« – »Wir predigen ihn anderen nicht«, sagte Yeshua. – »Aber was, wenn ich mein ganzes Leben lang im Irrtum war?«, fragte Claudius. – »Ich bin mir sicher, dass du das warst«, sagte Yeshua. – »Also habe ich töricht unseren vielen Göttern Opfer dargebracht und milde Gaben gespendet, jedem in seinem eigenen Tempel, jedem in seinem eigenen Zuständigkeitsbereich für unser Leben – und all das umsonst.« – »Ja, Herr«, sagte Yeshua, »all das umsonst.« – »Könnten wir einen Handel eingehen, Yeshua? Ich werde jeden Tag hierherkommen und über euer Judentum lernen, was ich muss. Aber im Gegenzug musst du dich mit einem Lehrer meiner Wahl jeden Abend, bevor du dich zurückziehst, hinsetzen und hören, was wir Römer über das Leben und das Leben nach dem Leben glauben.« Darauf blieb Yeshua stumm. Er trank einen Schluck Wasser aus dem Brunnen. Ein Teil von ihm lehnte die für ihn sinnlose Aussicht ab, die Tugenden sündhafter Götzen preisen zu hören. Aber ich kann mir vorstellen, dass ein

anderer Teil von ihm die Gelegenheit reizvoll fand, einen einflussreichen Römer in seinem Glauben zu unterrichten. »Ich nehme deinen Vorschlag an, Herr«, sagte er.

Der Lehrer, den Claudius wählte, war eine schöne junge Frau namens Daphne, die Hüterin des Feuers im Privatschrein der Familie, der der Minerva geweiht war. Er stand am höchsten Punkt des gesamten Anwesens. Daphnes Schönheit war wie ein Spiegelbild von Yeshuas Schönheit, und vom Augenblick ihrer ersten Begegnung an fühlte er sich unsicher – das hat er mir in einer stürmischen Nacht in Karthago erzählt, in der wir nicht schlafen konnten. Er hatte einen männlichen Lehrer erwartet. Er hatte keine Ahnung, dass im ganzen Haushalt Wetten auf das abgeschlossen wurden, was Claudius damit tatsächlich im Sinn hatte. Die Einzigen, die gegen den Patriarchen und seine Familie setzten, waren Lucca und ich.

Claudius erschien pflichtschuldig jeden Tag am Arethusa-Brunnen, um Yeshua zuzuhören, der über zahlreiche Fragen den Talmud und die Thora betreffend sprach. Yeshua war wie geschaffen dafür – das Lehren fiel ihm leicht und bereitete ihm Freude, und Claudius, der ja kein Schuft war, hörte gut zu und stellte ernst gemeinte Fragen.

An den Abenden, nach dem Essen, wenn ich dalag und der Musik lauschte, an Zitronenblüten roch, Geschichten erzählte und unsere Gastgeber die Intrigen und Gerüchte erörterten, von denen sie gelegentlich aus Rom erfuhren, verließ uns Yeshua und ging hinauf zum Tempel. Er lief auf einem steilen Pfad unter den Sternen hinauf zu dem Plateau hoch über der Villa, wo Daphne ihn schon erwartete. Doch am Abend des Hochzeitsfests, das gegen Ende unseres Aufenthalts gefeiert wurde, kehrte Yeshua nicht in die Villa zurück. Als ich Octavius und seinem Vater gegenüber meine Sorge zum Ausdruck brachte, meinten sie, ich solle mir keine Gedanken machen, er sei in guten Händen.

Bevor wir an Bord unseres neuen Schiffs gingen, beglichen Lucca und ich unsere Wettschulden. Denn alle wussten, was geschehen war, und waren freundlich genug, sich in Yeshuas Anwesenheit nicht darüber lustig zu machen. Und so beschrieb Yeshua mir in jener Sturmnacht in Karthago, was sich zugetragen hatte …

»Obwohl sich meine Mutter Sorgen deswegen macht, habe ich mich für das andere Geschlecht interessiert, seitdem ich denken kann. Daphne besitzt sowohl eine natürliche Schönheit als auch ein bescheidenes Wesen, und ihre sinnliche Natur drückt sich in ihren Bewegungen aus, in der Art, wie sie sich auf die Lippen beißt oder ihr Haar zurückstreicht oder vor ihrer Göttin niederkniet. Ich habe von Anfang an gespürt, dass Zurückhaltung das sein könnte, was sie an mir womöglich bewundert. Ich habe nicht auf ihre Schönheit geachtet und mir nur erlaubt, sie zu betrachten, wenn sie anderswohin sah oder mit etwas anderem beschäftigt war. Dann, am Tag des Hochzeitsfestes, hatte sie mich gebeten, früher als gewöhnlich zu kommen. Die Sonne war eben erst untergegangen, und der Pfad hinauf zum Tempel lag ganz verzaubert im Abendrot da. Ich hatte solche Freude während des Aufstiegs – am Rosmarin, an den Pinien, an den Blicken aufs Meer, das noch nicht von Dunkelheit verhüllt war –, dass ein Skorpion mein Bein emporkletterte und bis zur Hälfte meines Oberschenkels gelangte, bevor ich ihn überhaupt bemerkte. Nicht wissend, worum es sich handelte, schlug ich durch den Stoff meiner Kleidung darauf, nur um seinen zornigen Stich zu spüren. Als ich den Tempel erreichte, hatte ich bereits Fieber. Daphne gebot mir, mich hinzulegen, und mithilfe ihrer jungen Dienerin zog sie mir die Kleider aus. Sie

erkannte sofort, um was für eine Wunde es sich handelte, und kniete auf dem Boden neben mir nieder, ohne Zeit zu verlieren. Sie begann, mir das Gift auszusaugen, und spuckte es aus. Ich hob den Kopf, um sie zu beobachten, während ich fühlte, wie ihre Finger an die nackte Haut meines Oberschenkels und meines Knies fassten und ihre Lippen, Zähne und Zunge ganz mit meinem Leiden an dieser vertraulichen Stelle beschäftigt waren. Trotz des Schmerzes war ich nicht in der Lage, mich zu beherrschen, und spürte, wie ich mich auf peinlichste Art und Weise versteifte. Bald war es keiner der beiden Frauen mehr möglich, es zu ignorieren. Aber Daphne wirkte unbeeindruckt. Sie drehte sich einfach zu der Dienerin um und sagte zu ihr: ›Kümmere dich um ihn.‹ Dann sah sie zu mir auf und sagte: ›Es wird dich vom Schmerz ablenken.‹ Die Dienerin begann daraufhin, mein Lendentuch abzuwickeln. Beide Frauen ließen sich einen Augenblick Zeit zum Schauen, dann fuhren sie mit ihren Tätigkeiten fort: Daphne befreite mich von dem Gift, und die Dienerin befreite mich von etwas anderem. Ich schwöre dir, Onkel, mir ist noch nichts Derartiges passiert.« – »Und die Chancen stehen ausgezeichnet«, gab ich zurück, »dass es dir noch einmal passieren wird.«

Dort in Karthago, im Schein des Feuers, in das wir dank der heftigen Rauchschwaden im Raum tränenden Auges blickten, ließ ich ihn eine Weile in Ruhe. Dann sagte ich zu ihm: »Das war nicht alles, was geschehen ist, oder?« – »Nein«, sagte er ruhig. »Sie haben mir etwas zu trinken gegeben, das mich eingeschläfert hat. Und als ich wach wurde, war es Nacht, und ich fand mich in einem bequemen Bett in einer einfachen, kleinen Kammer wieder, die ich noch nicht kannte. Sie wurde von Kerzenleuchtern auf einer schmalen Leiste erhellt, die über die gesamte Länge der Wand lief. Daphne er-

schien. Sie trug ein kurzes, durchsichtiges Gewand, das mir ebenfalls neu war. Sie brachte mir Wasser und legte sich neben mich.

›Wo bin ich?‹, fragte ich sie. ›Dies ist das Zimmer, in dem ich schlafe‹, sagte sie. ›Wie lange bin ich schon hier?‹, fragte ich. ›Viele Stunden‹, sagte sie. ›Zuerst habe ich mir Sorgen um dich gemacht, aber jetzt geht es dir gut.‹ – ›Ich bin schuld, dass du das Hochzeitsfest versäumt hast‹, sagte ich. ›Ich muss gehen. Mein Onkel wird beunruhigt sein.‹ – ›Dein Onkel und alle anderen in der Villa sind jetzt entweder betrunken oder schlafen‹, sagte sie. ›Und ich habe vor einiger Zeit deinem Onkel eine Nachricht zukommen lassen. Du solltest dich hier weiter ausruhen. Die Götter haben es so beschlossen.‹

›Mein Gott verbietet es‹, sagte ich. ›Dein Gott verbietet es, dass du mir beiliegst, aber nicht, dass du neben mir schläfst. Das ist alles, was heute Nacht geschehen wird.‹

Danach lagen wir schweigend da. Im Laufe der Zeit brannten einige Kerzen herunter. Das Bett war nicht breit, und es war schwer, zu schlafen oder mich auch nur umzudrehen, ohne sie irgendwie zu berühren. Ich schwieg, aus Angst, sonst irgendetwas heraufzubeschwören. Wir schliefen ein, bis ich einige Stunden später wieder erwachte. Es war tiefe Nacht und kälter geworden, und bis auf zwei Kerzenleuchter waren alle anderen erloschen. Sie lag mit dem Gesicht zu mir da, und ihr Gewand hatte sich geöffnet, und ich sah ihre Brüste nur Zentimeter von mir entfernt, und ich beugte mich vor und küsste sie zart, küsste zart ihre sanfte Rundung, und da wachte sie auf und erwiderte meinen Kuss, und wir verbrachten den Rest der Nacht und die Morgendämmerung miteinander. Ich sündigte mächtig, und obwohl mein himmlischer Vater zornig auf mich gewesen sein und sich meiner geschämt haben mag, traf das auf ihre Götter nicht zu, denn Eos brachte die Dämmerung und Äolus eine liebliche Brise und Helios die aufgehende Sonne im Osten, und Morpheus schenkte Daphne tiefen Schlaf, was mir erlaubte, aufzustehen und mich anzukleiden und meinen entweihten, aber befriedigten Leib in die Villa hinabzubewegen.«

Wer war ich, ihm sagen zu dürfen, dass sie von Claudius beauftragt worden war, ihn zu verführen? Wer war ich, diese Erinnerung, die er gerade mit solcher Leidenschaft beschrieben hatte, beschmutzen zu dürfen, indem ich ihm von der großen Heiterkeit und Genugtuung erzählte, die sich in der Villa verbreitet hatten, nachdem die Dienerin mit Daphnes Nachricht vom Tempel heruntergekommen war? Denn vielleicht fand alles ja tatsächlich genau so statt, wie er es berichtet hatte. Jedenfalls war der Skorpionstich nicht inszeniert gewesen, und obwohl sie die Schlafsituation hergestellt hatte, war er es gewesen, der die Initiative ergriffen hatte, indem er ihre Brüste küsste. Sicherlich sah eine so schöne junge Frau in ihm ein würdiges Ebenbild. Seine Geschichte, wie er sie mir in dieser Nacht erzählte, als wir alle, die wir uns auf dem Weg nach Spanien und Belerion befanden, froh waren, während eines solchen Sturms an Land zu sein, war von einer Einfachheit und Echtheit, die mich zu der Annahme veranlasste, dass er sie ebenso verführt hatte wie sie ihn.

Laura lehnte sich zurück. Diese letzte Erzählung, die vor so langer Zeit diktiert worden war, hatte sie angerührt und sogar erregt. Während sie das Dokument abspeicherte und den Computer herunterfuhr, lächelte sie bei dem Gedanken, dass es womöglich Joseph von Arimathia gewesen war, der die Geschichte erfunden oder ausgeschmückt hatte, und dass sie es vielleicht mit einem unzuverlässigen Autor zu tun hatte – oder zumindest einem, der sich wie die besten Geschichtenerzähler nicht zu schade war, hier und dort etwas zu verändern oder auszuschmücken und die Objektivität zu opfern, wenn es im Sinne einer besseren Geschichte notwendig war.

18

Sie war so gefangen von dieser letzten Übersetzung, dass sie die Zeit vergaß. Dank ihrer Arbeit hatte sie auch nicht mehr an die Spannungen denken müssen, die sich mit James' und Carmensinas Besuch eingestellt hatten. Sie war entschlossen, sich ihre gute Laune nicht verderben zu lassen, und wollte deshalb Wynona nicht um Erlaubnis bitten, den Land Rover für die Fahrt ins Dorf nehmen zu dürfen – aus Angst, sie könne sie davon abzubringen versuchen. Daher ging Laura in die Küche und fragte Finn MacShane.

»Nun, natürlich dürfen Sie. Was Mrs. Guinness betrifft, so steht der Rover zu Ihrer freien Verfügung, solange Sie hier sind.«

Der Mann hatte etwas von einem Habicht, und Laura fiel auf, dass er nie Wynonas vollen Ehenamen benutzte. Vermutlich war er einfach ein wenig zu ausländisch für seinen Geschmack, ganz zu schweigen von dem Kick, den es ihm sicher gab, einen Namen zu betonen, der so durch und durch mit Finns kulturellem Erbe und seinen Katern nach durchzechten Nächten verknüpft war.

»Ich möchte heute Abend im Dorfpub mit einem Freund essen, deshalb werde ich nicht hier bei Tisch sein können.«

Der Blick, mit dem er sie bedachte, offenbarte, dass er ihre Flunkerei durchschaute. »Und dürfte das die Hausherrin erfahren?«

»In dieser Hinsicht hatte ich eigentlich auf Sie gezählt,

Finn. Sie wissen doch immer genau, wie und wann solche Neuigkeiten am besten an die Frau zu bringen sind.«

Er sah sie skeptisch an.

»Würde es Ihnen etwas ausmachen?«, fügte sie hinzu und bedachte ihn mit dem gewinnendsten und flehendsten Blick, den sie aufbringen konnte. »Ich will sie nicht verärgern, und ich glaube, dass so für alle das Abendessen angenehmer wird.«

»In Ordnung, Miss.«

Als sie gegen halb acht in den Ort fuhr, beschloss sie, den traditioneller wirkenden der beiden Pubs auszuprobieren. In dem Lokal, in dem sie am Tag vor ihrer Einstellung zu Mittag gegessen hatte, gab es zwei große Bildschirme, auf denen Rugbyspiele liefen. Es war laut und eher etwas für ein jüngeres Publikum. Der andere Pub wirkte älter und dunkler, was sie an diesem Abend mehr lockte. Alles, was sie wollte, war ihre eigene Nische, wo sie lesen und eine bodenständige Pubmahlzeit mit einem Pint oder zwei zu sich nehmen konnte, ohne dass man auf ihr herumhackte. Sie trat ein, suchte sich einen Tisch und bemerkte, dass es hier keinen Fernseher gab. Dafür hingen zwei handsignierte Fotos von Tom Jones über dem verklebten Holztresen – eines von dem walisischen Schnulzensänger und ein zweites von Albert Finney in der Rolle des Titelhelden aus Henry Fieldings *Geschichte eines Findlings*.

Beim Essen las sie in einer Ausgabe des *New Yorker*, die sie aus London mitgebracht hatte. Bevor sie den Nachtisch bestellte, ging sie nach draußen, um eine Zigarette zu rauchen. Angesichts dessen, was gerade um sie herum los war, fand sie das gerechtfertigt, stellte aber erfreut fest, dass sie ekelhaft schmeckte, und drückte sie rasch aus. Kurz spielte sie mit dem Gedanken, Fiona anzurufen, um mit ihr ein

Schwätzchen zu halten, und sich bei Nathan zu melden. Doch letztlich hatte sie weder auf das eine noch auf das andere Lust und ging wieder hinein. Als sie ihre fade *tarte tatin* aufgegessen und ihren entkoffeinierten Kaffee ausgetrunken hatte, bat sie um die Rechnung. Sie vermutete, dass es nun spät genug war, um in Wynonas Haus und in ihr Zimmer im oberen Stockwerk zurückzukehren, ohne jemanden zu Gesicht zu bekommen – da kam James herein. Er sah sie, lächelte und ging zu ihr. »Da sind Sie ja.«

»Hallo«, erwiderte sie.

Sie hoffte wirklich, dass sie nicht rot wurde, oder wenn, dann wenigstens nicht allzu offensichtlich im trüben Licht des Lokals.

»Ich habe es zuerst im anderen Pub versucht und dachte schon, ich hätte Sie verpasst oder Sie wären in ein anderes Dorf gefahren. Ich hätte nie erwartet, Sie hier zu finden.«

»Ist alles in Ordnung?«

»Bestens. Carmensina, Noelma und die Mädchen sind nach dem Essen ins Cottage zurückgefahren, und ich bin im Haus geblieben, um mich mit meiner Mutter zu unterhalten. Da hat sie plötzlich darauf bestanden, dass ich herfahre und mich für heute Morgen entschuldige.«

»Dazu gibt es keinen Grund.«

»Ich bin mir nicht ganz sicher, dass das stimmt, und außerdem hatte ich das Gefühl, Sie hätten wirklich etwas mit mir zu besprechen. Darf ich Ihnen einen Brandy spendieren?«

»Gern«, willigte sie in ein Getränk ein, das ihr noch nie geschmeckt hatte, zog den Mantel aus und setzte sich wieder. Sie hob die Hand, um dem Barmann ein Signal zu geben, sah aber, dass James selbst zur Bar würde gehen müssen.

»Wie war Ihr Essen?«

»Wunderbar. Genau das, worauf ich Lust hatte.«

Er sah sich um. »Ich bin seit Jahren nicht mehr hier gewesen. Mein Vater hat diesen Pub früher geliebt. Es hat sich hier überhaupt nichts verändert.«

»Und wie war bei Ihnen das Essen?«

»Ausgezeichnet. Ein gewaltiger schottischer Lachs mit Sauce béarnaise, Karotten und einem guten Côtes du Rhône. Man hat Sie vermisst.«

Sie ließ die Bemerkung so stehen, und ihr stummes Lächeln war das Zeichen für ihn, sich an die Bar zu begeben. Laura bereute die Zigarette von vorhin. Sie war in den vergangenen Wochen so gut zu ihrem Hals gewesen, und nun hatte sie Schwaden brennenden Rauchs hinuntergeschluckt, und gleich gab es Feuerwasser, das noch eins draufsetzen würde. Aus irgendeinem Grund ärgerte es sie auch, dass er den Rauch an ihr riechen könnte, obwohl ihn das Leben mit einer Frau, die so aussah, als würde sie täglich zwei Päckchen konsumieren, wahrscheinlich abgehärtet hatte. Er kehrte mit zwei kleinen Cognacgläsern zurück und reichte ihr eines.

»Etwas, das sich doch verändert hat, ist die Brandyauswahl«, berichtete er. »Sie ist nicht mehr das, was sie mal war. Der hier wird es tun müssen, fürchte ich.« Sie trank einen Schluck und sah ihn an. Er wirkte entspannter, vielleicht dank des Côtes du Rhône und sicher eines oder mehrerer Drinks vor dem Abendessen. Vielleicht hatte es aber auch nur damit zu tun, dass sie hier nicht in der Villa waren.

»Ich wollte tatsächlich mit Ihnen sprechen«, sagte sie. »Nicht um Ihnen irgendetwas zu erzählen, das ich nicht schon zu Wynona gesagt hätte. Aber ich bin etwas besorgt, dass sie noch nicht ganz verstanden hat, was ich ihr durchaus eindringlich genug mitgeteilt habe.«

»Ich bin ganz Ohr«, erwiderte er.

»Hat sie Ihnen erzählt, worum es sich bei dem handelt, woran ich arbeite? Also – in allen Einzelheiten?«

»Nein. Ich meine: Die verdammten Dinger waren immer schon da, daher weiß ich, dass sie sehr alt sind.«

»Ich hoffe, es macht ihr nichts aus, wenn ich Sie ins Bild setze, vermutlich will sie das sogar. Aber Sie müssen mir versprechen, dass Sie vorläufig und in der nächsten Zeit mit niemand anderem darüber sprechen werden.« Sie beugte sich vor. »Mit niemandem.«

»Worum zum Teufel geht es? Und ja, das kann ich Ihnen versprechen.«

»Wir haben es hier mit drei sehr schönen, sehr kostbaren und sehr brisanten Dokumenten zu tun. Wynona scheint es mehr um ihren materiellen Wert zu gehen, ich mache mir eher Sorgen wegen ihrer Brisanz.«

»Brisanz in welcher Hinsicht?«

»Die Schriftrolle und die Kodizes, die Übersetzungen der Rolle ins Altgriechische und mittelalterliche Französisch enthalten, sind, sofern echt, autobiografische Schriften Josephs von Arimathia, des Onkels Jesu Christi. Darin erzählt er von einer Reise, die sie zusammen unternommen haben, als Jesus siebzehn Jahre alt war, von Nazareth bis hierher nach Cornwall. Joseph von Arimathia war tatsächlich ein reicher Zinnhändler und unterhielt Geschäftsbeziehungen mit kornischen Zinnminen. Im Moment bin ich in einem Textabschnitt, in dem sie auf dem Hinweg Sizilien erreicht haben. Jesus wurde in die Sklaverei verkauft und gerettet. Und heute Nachmittag habe ich eine Passage übersetzt, in der er von einer wunderschönen jungen Frau verführt wird, vielleicht einer Edelprostituierten, die einen privaten Tempel hütet, welcher der römischen Göttin Minerva geweiht ist.«

»Mein Gott.«

»Ganz genau.«

»Und *sind* die Schriften denn echt?«

»Sie waren es doch, der die Proben nach Oxford gebracht hat, oder?«

»Ja. Sie schienen dort ziemlich überzeugt von den eigenen Ergebnissen.«

»Dann könnten die Texte durchaus echt sein. In diesem Fall wird die Reaktion weltweit heftig ausfallen, sollten sie zum Verkauf angeboten und der Inhalt öffentlich werden.«

»Ich schätze, da haben Sie recht.«

»Ich bin mir vollkommen sicher. Diverse Religionsgemeinschaften werden Sturm laufen und das ganze Projekt infrage stellen. Die Prüfungen, die wir werden aushalten müssen, dürften gewaltig und das Medieninteresse unerbittlich sein, denke ich. Ich meine: Ich mache mir wirklich Sorgen, dass scharenweise zornige Leute hierherkommen und die Villa belagern könnten. So etwas in der Art. Ganz zu schweigen von irgendwelchen Verrückten, die darauf aus sind, vermeintliche Ketzer abzuknallen. Wynona hat sich meine Bedenken zwar angehört, aber ich habe nicht den Eindruck, dass sie sie wirklich ernst nimmt, weshalb ich es jetzt Ihnen erzähle.«

Er nahm einen Schluck Brandy, der größer ausfiel als gewöhnlich.

»Ich höre Ihnen zu«, sagte er mit dem britischen Akzent, dem sie so gern lauschte. »Und ich bin froh, dass Sie es mir sagen.« Er sah weg, um sie gleich darauf wieder anzublicken. »Ich verstehe, was Sie meinen. Und das Erste, was mir durch den Kopf schießt, ist, dass die Schriftrolle und die beiden Kodizes, sobald irgendetwas darüber nach außen dringt, an einem anderen Ort sein sollten, einem sicheren Ort, zum Beispiel im Tresor einer seriösen Bank in London. Ich werde Sotheby's anrufen und ganz allgemein anfragen, wie man mit derartigen Dingen umgehen könnte.«

»Danke, James. Ich wollte, dass ein solcher Vorschlag von jemand anderem als von mir kommt. Und Sie und Wynona werden auch jemanden brauchen, der Ihnen den Rücken freihält, glaube ich. Ihre Telefone werden heiß laufen. Ihr Leben wird sich verändern, jedenfalls für eine Weile. Ich meine: Gehen Ihre Töchter in Barcelona auf eine konfessionelle Schule?«

»Hm. Daran habe ich noch gar nicht gedacht. Das tun sie tatsächlich.«

»Ich versuche nur, an alles zu denken. Das hier wird auf der Titelseite jeder Zeitschrift und jeder Zeitung rund um den Globus stehen. Man kann nur hoffen, dass es nach einiger Zeit wieder abflaut.«

»Hinter Ihnen werden sie am meisten her sein, oder?«

»Wahrscheinlich.«

»Sind Sie darauf vorbereitet?«

»Nein. Noch nicht.«

»Hatten Sie eine Ahnung, worauf Sie sich da einlassen?«

»Nicht die leiseste. Aber ich bin begeistert. Verstehen Sie mich nicht falsch. Das ist – beruflich – das Beste, was mir je passieren konnte. Die Arbeit an sich ist sehr bewegend, und ich gebe alles, um meine Sache gut zu machen. Ich versuche, die Übersetzung so zeitgemäß wie möglich zu formulieren. Aber gleichgültig, wie sie wird oder wie lange ich daran sitzen werde, die Leute werden sie kritisieren, einige werden sie in der Luft zerreißen, bis zu dem Tag, an dem ich sterbe. Daran habe ich keinen Zweifel.«

»Sie sind mutig.«

»Nein. Jedenfalls jetzt noch nicht. Jeder, den ich in meinem Fachbereich kenne, hätte für so eine Chance Geld bezahlt.«

Er trank aus.

»Sie können den Rest von meinem haben, wenn Sie möchten«, sagte sie und schob ihr Glas zu ihm hinüber. »Ich trinke eigentlich keinen Brandy.«

Er lächelte und nahm das Glas in die Hand. »Danke, Laura – danke, dass Sie mich auf all das aufmerksam gemacht haben. Ich muss jetzt erst mal gründlich nachdenken.«

»Sie werden sehen, es braucht etwas Zeit, um zu sacken. So war es jedenfalls bei mir. Aber ich mache mir Sorgen um Ihre Mutter. Ich habe sie schon jetzt sehr gern und befürchte, dass sie das Ganze am Ende unglücklich machen könnte. Die Medien werden sich auf sie stürzen, man wird Ihre Familie sehr genau unter die Lupe nehmen. Aber vielleicht sehe ich auch nur zu schwarz, und alles wird viel glatter laufen, als ich jetzt glaube.«

»Nein, ich halte es für klug, sich auf das Schlimmste vorzubereiten. In dieser Beziehung haben Sie schon ganz recht. Sie mag Sie übrigens auch sehr gern. Sie war wütend wegen heute Morgen, aber ich habe das nur für Carmensina getan. Sie ist manchmal ein bisschen unsicher, was dann wiederum als Feindseligkeit rüberkommt.«

Sie beschloss, sich nicht über Carmensina zu äußern, und das führte zu einem kurzen und peinlichen Schweigen.

»Wir sollten langsam zurückfahren, schätze ich«, bemerkte sie dann. »Ich meine – um Ihretwillen.«

Er lehnte sich zurück, seufzte und nahm tatsächlich einen kleinen Schluck aus ihrem Glas. Dann sahen sie einander an.

»Ich bin froh, dass wir so reden konnten«, sagte er.

»Ich auch.«

»Ich verstehe, warum Sie eine Freundin von Fiona Phillips sind.«

»Sie war es, die Ihre Mutter auf mich angesetzt hat. Da schufte ich all diese Jahre wie ein Muli in der akademischen Welt, und am Ende ist es ausgerechnet Fiona, die mir den besten Job meines Lebens verschafft.«

»Grüßen Sie sie von mir, wenn Sie sie das nächste Mal sehen. Ich kenne sie schon so gut wie mein ganzes Leben.«

»Das habe ich gehört.«

»Sie ist eine Naturgewalt.«

»Das ist sie. Warum rufen Sie sie nicht selbst an? Ich habe ihre Handynummer.«

Er trank noch einen Schluck und rutschte auf seinem Stuhl herum. »Ich weiß nicht so recht.«

»Sie ist über Sie hinweg, wenn Sie deswegen Bedenken haben.«

»Ah. Sie hat es Ihnen erzählt.«

»Wir sind alte Freundinnen.«

»Natürlich. Und Sie sagen, es geht ihr gut?«

»Sehr gut. Sie ist ganz verrückt nach irgendeinem Kerl – geht immer noch jeden Abend aus. Ich werde manchmal schon allein vom Zuhören todmüde.«

Er stürzte den Rest ihres Brandys herunter.

»Waren Sie schon einmal verheiratet?«, fragte er.

»Nein.«

»Es ist manchmal eine knifflige Geschichte, das sage ich Ihnen.«

»Das habe ich schon bemerkt, womit ich nicht Sie meine. Ich habe Sie ja eben erst kennengelernt, Sie und Ihre Frau. Aber jeder, den ich kenne, ist entweder geschieden oder gerade dabei.«

»Eben.«

Er machte gerade wieder zu, das war offensichtlich, und sie bereute es, das Thema Fiona vertieft zu haben.

Er begleitete sie zum Land Rover. Inzwischen war Nebel aufgekommen, Motorhaube und Windschutzscheibe des Wagens waren mit Feuchtigkeit benetzt. Der kleine Ort, der nur zwei Straßenzüge umfasste, lag dunkel und verlassen da. Nur im Pub war noch Licht und Bewegung. Die Luft roch nach Meer.

»Wie macht sich der Rover?«, wollte er wissen.

»Gut. Ich meine, ich weiß nichts über Autos. Es ist das erste Mal, dass ich ihn fahre. Ich komme mir vor wie Baronin Blixen.«

Sie schloss auf, und er hielt ihr die Tür auf, als sie hinters Steuer kletterte.

»Wissen Sie, Laura ... ich würde es liebend gern lesen ... das, woran Sie jetzt arbeiten ... einen Blick darauf werfen. Wenn das in Ordnung ist.«

»Es ist immer noch ziemlich im Entstehen begriffen.«

»Natürlich. Nun, dann, wenn Sie fertig sind ...«

»Nein, ich hätte wirklich gern, dass Sie es lesen. Es würde mir guttun, es mit jemandem zu teilen. Komischerweise wollte Wynona bisher noch nichts davon sehen. Ich erzähle ihr häppchenweise, was ich übersetzt habe, und sie scheint damit zufrieden zu sein.«

»Sie hat großen Respekt vor Ihrer Fachkenntnis und will Sie nur nicht stören, glaube ich. Vielleicht sollte ich dasselbe tun.«

»Ich fände es wirklich schön, wenn Sie es lesen würden. Die Sache ist nur, dass ich es im Moment noch nicht gern ausdrucken oder per Mail verschicken möchte. Aber Sie könnten es in der Bibliothek an meinem Laptop lesen.«

»Abgemacht. Wir sind morgen Vormittag eigentlich bis zum Mittagessen weg, aber ich finde schon einen Weg, mich zu drücken ...«

»Ich werde den ganzen Vormittag in der Bibliothek sein.«

Sie kehrten im Konvoi zur Villa zurück, er fuhr voraus. Auf der Straße begegneten sie keinem anderen Fahrzeug. Als er zum Cottage abbog, winkte er ihr zu, und sie blendete auf, bevor sie zum Parken in den Hof einfuhr. Als sie in die Küche ging, um die Autoschlüssel zurück an ihren Platz zu hängen, traf sie auf Wynona, die in Morgenrock und Pantoffeln am Herd stand und Milch erhitzte.

»Hallo«, begrüßte Laura sie.

Wynona drehte sich lächelnd um. »Hallo, meine Liebe. Sie haben mich ertappt.«

»Wobei?«

»Wie ich mir einen spanischen Kakao mache. Seit meiner Kindheit gehört er zu meinen Lieblingsgetränken. Möchten Sie auch welchen?«

»Nein, danke schön. Ich glaube, ich trinke nur ein Glas Wasser.«

»Er hilft mir beim Einschlafen, auch wenn ich das wirklich nicht tun sollte. Aber das ist eben die Macht der Gewohnheit.«

»Ich hatte eben ein sehr nettes Treffen mit James – dank Ihnen.«

»Gut. Eins zu eins schlägt er sich bedeutend besser, finden Sie nicht?«

»Doch, da haben Sie recht.«

James schlich sich wie ein Dieb ins Cottage und war erleichtert, dass alle tief und fest schliefen. Er zog sich aus, putzte die Zähne im Dunkeln und schlüpfte neben Carmensina ins

Bett. Er spürte ein Ziehen im Herzen bei dem Gedanken, dass er am nächsten Tag würde abreisen müssen. Jedes Mal, wenn sie zu Besuch kamen, beschloss er, in Zukunft mehr Zeit hier zu verbringen, zum Beispiel einen Teil ihrer Sommerferien, aber es sollte anscheinend nicht sein. Immer kam etwas dazwischen: der Einfluss von Carmensinas Familie, die stets darauf beharrte, dass sie zu ihnen an die Costa Brava kamen, der Wunsch der Kinder, bei ihren Cousins und Cousinen zu sein, oder die Beaufsichtigung der einen oder anderen dringend erforderlichen Reparatur an Wynonas Haus auf Mallorca. Aber hier fühlte er sich am wohlsten, in diesem Haus und auf dem Land drum herum. Sie enttäuschten ihn nie.

Außerdem war er noch ein wenig aufgeregt von seiner Begegnung mit Laura. Es hatte sich beinahe wie ein verbotenes Date angefühlt, und das ausgerechnet im *Wounded Hart*. Allein mit ihr zu sein und über so außergewöhnliche Dinge zu sprechen, die so gar nichts mit seinem Alltag zu tun hatten, hatte etwas in ihm entfacht. Sie war stilsicher auf eine New Yorker, auf eine amerikanische Art, die er immer ebenso einschüchternd wie verlockend gefunden hatte. Er hatte stets das Gefühl, dass Frauen aus Manhattan einfach durch einen hindurchsahen. Die Manieren eines Mannes aus der Alten Welt, aus Europa, die Kunstgriffe, dazu ersonnen, gut mit anderen Menschen auszukommen und sie zu beeindrucken, wurden von diesen Frauen – auch wenn sie sie zunächst als charmant empfanden – rasch durchschaut. Und wenn man nichts Substanzielleres zu sagen oder zu bieten hatte, gingen sie meist einfach weiter, ohne auch nur einen zweiten Gedanken an einen zu verschwenden. Aber Laura hatte auch etwas Europäisches an sich, sie fühlte sich offenbar wohl in einer neuen Umgebung und schien nicht das Bedürfnis zu haben, ständig über sich selbst zu sprechen oder Vergleiche anzustellen zwischen hier, wo sie war, und dort, wo sie herkam. Jetzt jedenfalls befand sie sich wieder in der Villa und war damit beschäftigt, sein Familienerbe an die Öffentlichkeit zu bringen.

19

Nach der stürmischen Nacht in Karthago erwachten wir an einem vollkommenen Morgen. Unser Schiff sollte erst am Nachmittag auslaufen, und bevor die Sonne zu hoch klettern konnte, unternahmen wir einen Spaziergang am ausladenden Strand, an dem sich Sand und Kieselsteine abwechselten. Yeshua und die Römer gingen oft ins Meer, und mit ihrer Hilfe lernte er schwimmen.

Während eines einfachen Mittagsmahls im Schatten mit Wasser und Datteln, frischen Trauben und Trockenfisch schwangen die Römer große Reden über die Punischen Kriege, eine Epoche, von der ich wenig wusste und die mich nicht sonderlich interessierte. Yeshua hatte noch nie davon gehört. Sie erzählten von den aufständischen Mamertinern, die die Kontrolle über Teile Siziliens an sich gerissen hatten, und darüber, dass die Römer nur widerwillig zu Hilfe kamen, als eine große karthagische Flotte in die Straße von Messina segelte. Sie erzählten von dem kühnen und furchterregenden Hannibal von Karthago, der mit Tausenden Soldaten und hundert Elefanten von Iberia über die Alpen zog, das römische Mutterland angriff und das römische Heer an der Trebia, am Trasimenischen See und bei Cannae vernichtend schlug. Rom brauchte über ein Jahrzehnt, um alle verlorenen Städte zurückzuerobern. Der römische General Publius Cornelius Scipio Africanus maior vertrieb daraufhin die Karthager aus Iberia und unterwarf das Land Rom. In der Schlacht von Zama besiegte Scipio Africanus Hannibal endgültig und versetzte dem Imperium der Karthager damit den Todesstoß. Im letzten Punischen Krieg zerstörten die Römer Karthago und versklavten die gesamte Bevölkerung.

»Wie lange war Karthago an der Macht?«, fragte Yeshua. Lucca hatte keine Ahnung. Octavius meinte, das Reich habe fünf Jahrhunderte bestanden. »Und wie lange haben die Griechen oder die Perser geherrscht?«, fragte mein Neffe wieder. »Die Blütezeit der alten Griechen«, sagte ich, »dauerte sechs- bis achthundert Jahre lang.« Niemand wusste etwas über die Perser beizutragen. »So könnten wir daraus doch schließen«, sagte Yeshua, »dass alle Reiche endlich sind.« – »Warum?«, fragte Octavius zurück. »Auf der Grundlage nur zweier Beispiele?«

»Zweier bedeutender Beispiele«, sagte ich. »Octavius«, ergriff Yeshua wieder das Wort. »Wie lange, meinst du wohl, wird Rom die Welt regieren?« – »Wenn Rom nicht verweichlicht«, antwortete Lucca, »wird es ewig regieren.«

»Aber verweichlichen nicht alle Reiche?«, fragte ich. »Genau wie wir selbst?«

»Ihr und ich sind Individuen«, gab Lucca zurück. »Während Rom Millionen Köpfe zählt und seine Söhne und Töchter heiraten und Tag um Tag, Jahr um Jahr künftige römische Bürger zur Welt bringen.«

»Und was meinst du, Octavius?«, fragte Yeshua. »Ehrlich gesagt, ich weiß es nicht«, antwortete der Angesprochene. »Und obwohl ich sehe, worauf du hinauswillst, weiß ich ebenso wenig, ob das eine ernsthafte Grundlage hat. Ich kann nur hoffen und darauf vertrauen, dass wir noch viele Generationen lang weitermachen können. Wir sind nicht vollkommen, keineswegs, aber unsere Feinde sind noch viel schlimmer. Ich pflichte Vergil bei, der Roms Bestimmung mit den folgenden Worten beschrieb: ›Unterworfene zu schonen und niederzuringen die Stolzen‹«.

»Worum geht es dir, Yeshua?«, fragte ich. »Darum, dass nichts von ewiger Dauer ist«, antwortete Lucca an seiner Stelle. »Nichts auf dieser Erde«, ergänzte Yeshua und erhob einen Finger wie ein Lehrer beim Unterricht. »Doch im Himmelreich ist alles von ewiger Dauer. Deshalb ist – verglichen mit der Ewigkeit – nichts, was jeder von uns, ihr oder ich oder euer gesamtes Imperium, jemals auf Erden tut, mehr als ein flüchtiger Augenblick. Es ist unsere Pflicht, gehorsam zu sein und dem Willen unseres Himmlischen Vaters zu folgen.«

»Was ist mit Ameisen?«, fragte ich ihn. Er sah mich an, noch immer berauscht von der Rechtschaffenheit, die ihm aus dem Nachklang seiner eigenen Worte erwuchs. »Ameisen«, sagte er. »Ameisen«, wiederholte ich. »Welchen Platz nehmen sie im ewigen Leben des Himmlischen Vaters ein? Oder auch Hunde oder die Fische im Meer? Die Fische, die wir gerade verspeisen.«

Er sah mich an, ohne meine Frage ganz zu verstehen. Also fuhr ich fort: »Was ich meine, ist – müssen die Kreaturen, die ja ebenfalls vom Allmächtigen erschaffen wurden, seinem Willen und seinen Wünschen auch gehorchen und ist Platz für sie im Himmel, und wenn nicht, warum nicht?« – »Ich glaube nicht, dass Ameisen oder Hunde oder Fische Seelen haben. Sie sind nicht wie wir nach seinem Bilde geschaffen«, sagte er endlich.

Vertieft in die Erörterung dieser Frage gingen wir unter der heißen Sonne zum Hafen zurück. Die Frische und Leichtigkeit des Morgens waren fort. An die Stelle der reinen kühlen Luft war drückende Hitze getreten. Es war nicht leicht, über den heißen Sand und die Steine zu laufen. Die See, vor Kurzem noch klar und erfrischend, war nun getrübt und voller grüner, welker, abgerissener Meerespflanzen, die mit jeder Welle heranschwappten und den Strand verschmutzten, indem sie Horden von Fliegen anzogen. Die Mahlzeit, die schmackhaft und kräftigend gewesen war, lag uns nun schwer im Magen, während uns der Schweiß die Stirn und den Rücken hinabströmte. Segel zu setzen und die Sonne schwinden zu sehen, um die Nachtluft auf See willkommen zu heißen, wurde zu unser aller gemeinsamem Wunsch, ob wir nun an Jahwe, Apollo oder an die Letztgültigkeit des Todes der Tiere glaubten.

20

Laura fand sich am gemeinschaftlichen Frühstückstisch ein – sie hatte entschieden, es sei unhöflich, es nicht zu tun – und wurde von einer Carmensina belohnt, die unerwartet leutselig war. Ihr Auftreten war ruhig, sie hatte das Haar zu einem jugendlichen Pferdeschwanz zurückgebunden und gab sich Mühe, auf ihre Töchter einzugehen, was allseits beifällig registriert wurde. Ihre Beiträge zum Tischgespräch waren sparsam und zurückhaltend. Wynona fragte sich, ob Medikamente bei ihrer Schwiegertochter am Werk waren, während es Laura durch den Kopf schoss, dass es vielleicht eine Nachwirkung frühmorgendlichen Liebesspiels war. Beides traf zu, außerdem war Carmensina erleichtert über die an diesem Tag bevorstehende Rückkehr nach London und dann am Tag darauf nach Barcelona.

Während Wynona ihrem Sohn an Lauras Computer Gesellschaft leistete, um so viel wie möglich von der Übersetzung zu lesen, brachen Laura und Carmensina mit den Mädchen zu einem Strandspaziergang auf. Es war ein klarer, aber windiger Tag, und alle vier trugen Windjacken und Gummistiefel und unterhielten sich auf Englisch.

»Worum genau geht es bei dem, was Sie gerade übersetzen?«, fragte Carmensina.

»Es ist eine sehr alte Geschichte«, erklärte Laura. »Eine Geschichte über die Welt am Mittelmeer mit Exkursen über das alte Cornwall, auch wenn ich noch gar nicht so weit bin.«

»Glauben Sie, dass sie wirklich wertvoll ist?«

»Ja. Ich habe noch nie etwas Vergleichbares gesehen. Wynona brennt darauf, sie auf einer Auktion zu versteigern, sobald ich fertig bin.«

»Ich kann mir gar nicht vorstellen, warum«, gab Carmensina zurück. »Sie ist doch sehr gut versorgt. Sie erinnert mich an eine Tante, die wir hatten. Sie war genauso, lebte sehr genügsam, und dann, nach ihrem Tod, stellte sich heraus, dass sie wie eine Glucke auf einem Haufen goldener Eier gesessen hatte.«

»Das kommt vor.«

Die Mädchen, die vor ihnen gingen, unterhielten sich lebhaft; worum es dabei ging, wurde vom Wind verschluckt. Sie so zu sehen versetzte Laura in die Traurigkeit, die sie manchmal darüber empfand, ein Einzelkind zu sein.

»Wie ist Ihr Haus auf Mallorca?«

»Es hat eine sehr schöne Lage«, sagte Carmensina, »mit einem Park und Ausblick aufs Meer, und es gibt dort einen herrlichen Pool. Aber das Haus selbst ist zugig und schwer einzurichten, jedenfalls für mich. Die Mädchen lieben es, und Winnie liebt es. Innen ist es eine Art Hippiehaus, wenn Sie wissen, was ich meine. Vielleicht bin ich zu verwöhnt von modernen Annehmlichkeiten, aber ich mag Häuser, die leicht zu führen sind.«

Sie legten den Rest des Weges schweigend zurück. Der Wind und das gelegentlich schwierige Gelände waren Ablenkung genug. Das Meer hatte sich zurückgezogen und rostfarbene Felsformationen freigelegt, die mit zahlreichen Gezeitenbecken diagonal zur Küstenlinie verliefen. Die Mädchen gingen sie einzeln ab, um nach Krebsen zu suchen, während die beiden Frauen am Strand zurückblieben.

»Waren Sie schon einmal verheiratet?«, wollte Carmensina wissen.

»Nein«, antwortete Laura. Damit hatte ihr nun jeder in der Familie diese Frage gestellt. »Ich schätze, ich war ein paarmal nah dran, aber, nein, es war noch nicht so weit.«

»Hätten Sie denn nicht gern Kinder?«

»Ich bin mir nicht sicher. Es gefällt mir, mit den Kindern meiner Freunde zusammen zu sein. Aber die Vorstellung, eigene zu haben, hat etwas Beängstigendes. Dann, manchmal, sehne ich mich wieder danach. Es ist also verwirrend.«

»Es ist Biologie.«

»Wie fast alles andere an uns auch, oder? Ihre Mädchen sind wunderbar.«

»Sie sind sehr unterschiedlich, auch wenn sie genau gleich erzogen werden. Sie sind unser Schatz. Aber ich wünsche mir immer noch einen Jungen.«

»Aha. Und James?«

»Er sagt Ja, aber da bin ich mir nicht so sicher. Vielleicht sagt er es nur, um mir einen Gefallen zu tun.«

»Aber Sie arbeiten daran.«

»O ja. Ständig.«

Obwohl sie das fast beiläufig sagte, blieb Laura dieser besondere Tonfall nicht verborgen, der ein klitzekleines bisschen an die Carmensina von vorgestern Abend erinnerte. Er posaunte heraus, dass das Ehepaar in Wahrheit immer noch rammelte wie die Kaninchen, obwohl sie und James auf dem Sprung ins mittlere Lebensalter waren, obwohl Carmensinas Brüste und Wangenknochen eigentlich nicht ihre eigenen waren, obwohl sich Laura vielleicht Hoffnungen machte, dass James Geschmack an ihr finden könnte. Andererseits musste Laura anerkennen, dass Carmensina sich heute ehrlich Mühe gab, umgänglich zu sein.

»Ich war ein Einzelkind«, sagte Laura.

»Ich nicht«, erwiderte Carmensina. »Wir waren zu fünft,

und ich war das einzige Mädchen. Meine Mutter und mein Vater haben meine Brüder angebetet, und manchmal habe ich mich unerwünscht gefühlt. Einzelkind zu sein kann auch Vorteile haben.«

»Das stimmt.«

»Manchmal habe ich das Gefühl, dass ich gemein zu den Mädchen bin. Es ist schrecklich. Es kommt aus dem Nichts. Von meiner Mutter. Als würde ich ein Muster wiederholen. Deshalb wollte ich eigentlich lieber Jungen.«

»Familien sind per se kompliziert, finden Sie nicht?«

»Ja, doch.«

Sie gingen friedlich nebeneinander weiter und stießen zu den Mädchen.

Dieser Ausflug verschaffte James und Wynona fast eine Stunde Zeit, um Lauras Rohübersetzung zu lesen. Wynona war die Schnellere von beiden und gezwungen, jeweils am Seitenende zu warten, bis ihr Sohn auch so weit war. Nach der Episode, in der Yeshua als Sklave verkauft und gerettet worden war, lasen sie den nächsten Abschnitt auch noch – sodass sie den Computer ohne entsprechenden Nachgeschmack ausschalten konnten.

»Meine Güte«, sagte Wynona und klappte ihre Lesebrille in der rechten Hand zusammen.

»Erstaunlich.« James nickte. »Ganz erstaunlich.«

»Meinst du nicht, dass der Erzähler der Geschichte, dieser Onkel, vielleicht ein wenig übertreibt?«

»Daran hatte ich noch nicht gedacht«, antwortete er. »Wir können Laura nach ihrer Meinung fragen. Aber bezogen auf die Wirkung, die all das auf die Weltöffentlichkeit und, sagen wir, den Vatikan haben wird, bezweifle ich, dass es einen großen Unterschied machen wird. Übertrieben oder nicht, sie werden Blut sehen wollen – unser Blut.«

»Sei nicht albern, James. Sie werden nichts dergleichen tun. Sie werden versuchen, das Ganze anzufechten, und es unter die Lupe nehmen, und damit hat es sich.«

»Wie außergewöhnlich das Ganze ist. Und es war all die Jahrhunderte lang hier!«

Bei ihrer Rückkehr in die Villa packten Carmensina und Noelma gerade die Sachen der Mädchen zusammen, und Laura blieb nur noch die Zeit, James ihre Visitenkarte zu geben und ein paar Fragen zu beantworten. Eine davon lautete, ob der Text bisher schon etwas besonders Skandalöses preisgegeben hatte. Sie erwähnte rasch das Kapitel mit der Verführung durch Daphne, das sie James gegenüber am Abend zuvor schon angesprochen hatte. Sie selbst wollte von Wynona und James wissen, wie sie über den Stil ihrer Übersetzung dachten.

»Ich finde ihn großartig«, lobte James. Dabei blickte er ihr direkt in die Augen. »Wirklich.«

»Wynona?«, fragte Laura und wandte sich der alten Dame zu.

»Es ist nicht Matthäus, Markus, Lukas oder Johannes, so viel steht fest. Aber es liest sich sehr gut, Liebes. Wirklich sehr gut. Machen Sie so weiter.«

Nachdem James und seine Familie abgefahren waren, fiel es Laura schwer zu arbeiten. Das Haus kam ihr nun viel abgelegener und irgendwie verwaist vor. Sie vertrieb sich die Zeit bis zum Mittagessen mit Lesen. Die Mahlzeit nahm sie gemeinsam mit Wynona ein, die in Plauderlaune war, was sie etwas aufheiterte. Nach dem Kaffee zog sich Wynona zu einem Schläfchen auf ihr Zimmer zurück, und Laura beschloss, noch einen Spaziergang zu machen, sie bekam James nicht aus dem Kopf. Strammen Schrittes ging sie zum Cottage, was über die Asphaltstraße eine halbe Stunde dauerte.

Der Wind hatte spürbar nachgelassen, und ein herrlicher Nachmittag war die Folge. Kleine Wolkenhäufchen bewegten sich langsam gen Osten über den Himmel, und all die Weiden, Rasenflächen und Auen erstrahlten in kräftigen, mannigfaltigen Grüntönen. Als sie das Cottage erreichte, fand sie die Küchentür unverschlossen vor und stellte erfreut fest, dass die Hausmädchen noch nicht da gewesen waren, um aufzuräumen. Sicher würde es auch noch gut einen Tag dauern, bis jemand dazu kam. Erst jetzt konnte sie vor sich selbst zugeben, dass sie zum Herumschnüffeln hier war.

Im Spülbecken stand schmutziges Geschirr, aber der Kühlschrank war bis auf eine Flasche Champagner der Marke Pol Roger leer, die womöglich schon seit Jahren dort wohnte. Im Wohnzimmer fand sie im Kamin die Überreste eines Feuers, ein aufgeklapptes Brettspiel und ein halb volles Whiskeyglas neben einem Aschenbecher voller Marlboro-Light-Zigarettenstummel, deren Filter mit Lippenstift verschmiert waren. Im oberen Stockwerk sah sie in alle Schlaf- und Badezimmer, wobei sie sich bis zum Ende das Elternschlafzimmer aufsparte. Es war leicht festzustellen, wer wo genächtigt hatte. Das Zimmer der Mädchen war ein einziges Chaos, das Zimmer der Nanny weit weniger. Als sie sich erlaubte, das große Schlafzimmer zu betreten, inspizierte sie zunächst das Bad. Sie starrte auf die große Duschkabine, wo der Brausekopf noch immer tropfte und die Fliesen noch feucht waren. Auf dem Boden neben der Wanne stand die unvermeidliche Flasche Aqua di Parma; der Verschluss fehlte. Sie suchte danach, fand ihn und schraubte die Flasche zu. Dann warf sie einen Blick auf das Bidet, das offenbar benutzt worden war, und auf all die Handtücher, die man auf den Boden geworfen hatte. Sie öffnete den Medizinschrank, entdeckte aber nichts Interessantes. Sie schloss ihn wieder und starrte sich selbst im Spiegel an.

Dann ging sie ins Schlafzimmer und blickte aus den Fenstern, hinüber zu dem Wäldchen, das sie an jenem Tag durchquert hatte, als sie mit Fiona am Telefon über James gesprochen hatte. Aber alles, woran sie denken konnte, war, dass James und Carmensina nur wenige Stunden zuvor in diesem Raum gewesen waren. Das Bett war ungemacht, nur die Decken hatte jemand nachlässig hochgezogen. Sie hob sie an und sah Spuren, die gerade begannen, auf dem hellblauen Laken zu trocknen. Schließlich legte sie sich ins Bett und schnupperte an den vier Kissen, um die beiden zu finden, die seine gewesen waren. Dann rollte sie sich auf den Rücken und zog Jeans und Slip bis auf die Knie herunter.

21

Nach dem Abendessen machte sie sich an die Übersetzung des nächsten Abschnitts.

Wir ankerten vor einer Höhle auf der Insel, die unter dem Namen Insula Maior bekannt ist, wo der Kapitän dem einträglichen Geschäft des Salzhandels nachging. Eine Mannschaft aus Sklaven unter der Führung des Maats brach zu einer Expedition ins Landesinnere auf, was uns zwei Tage an Ort und Stelle festsetzte.

Dieser Kapitän, ein echter Nachfahre der Phönizier – zumindest behauptete er das –, behandelte seine Mannschaft und seine Sklaven mit einer Achtung und Geduld, die meiner Erfahrung nach ungewöhnlich waren. Auf einem Spaziergang im Hinterland, auf den er uns mitnahm, sprach ich ihn darauf an. Er hielt Sklaverei für barbarisch und alles in allem auch für zerstörerisch für das Imperium. Yeshua äußerte seine Zustimmung. Ich, der ich über die Jahre von der Plackerei der Sklaven profitiert hatte, schwieg dazu und ließ einmal mehr die Römer für mich sprechen. »Alle Nationen, alle Anführer, die dumm genug sind, die Verbreitung von römischem Recht und Gesetz infrage zu stellen, müssen wissen, dass sie die Schätze, die sie horten, die Freiheit ihrer Untertanen und die Tugendhaftigkeit ihrer Frauen in Gefahr bringen«, sagte Lucca. »Und wie du weißt«, fügte Octavius hinzu, »ist dieser Zustand nicht unwiderruflich. Die meisten Sklavenhalter sind, wie du selbst, gerechte, wohlmeinende Männer.«

»Da bin ich anderer Meinung«, sagte der Kapitän, ein Mann von stattlicher Gestalt. »Die Zahl der Sklaven, die ihre Freiheit wiedererlangen, ist sehr klein, und nach allem, was ich erlebt habe, ist Gewalttätigkeit verbreiteter als Freundlichkeit. Unmut breitet sich unter einem nicht unerheblichen Teil der Bevölkerung des Imperiums aus – einem Teil, der in schwierigen Zeiten nicht zur Verteidigung des Imperators oder des Senats eilen wird.« – »Und doch sind deine eigenen Sklaven nicht frei«, wand Octavius ein. »Wenn sie mir gehören würden, wären sie es«, erwiderte der Kapitän. »Aber sie gehören dem Mann, für den ich arbeite, meinem Schwiegervater, der so denkt wie ihr.«

Wir spazierten durch Haine mit Mandelbäumen, die auf grasbewachsenen Terrassen über dem Meer angepflanzt worden waren. Auf früheren Reisen zu dieser Insel hatte ich Pollentia und Palmaria besucht, aber dies war die erste Gelegenheit, die Wildnis der Insel kennen- und schätzen zu lernen. Bevor wir wieder umkehrten, erklommen wir einen Aussichtspunkt auf einem Felsvorsprung, von dem aus man einen weiten Blick über das Meer und hinab auf das Schiff hatte, welches auf dem glasklaren Wasser dümpelte. Die Sonne schimmerte auf den Felsen, auf den gerefften Segeln, auf dem weißen Sand. Es war ein Anblick, den mir einzuprägen und festzuhalten ich mich bemühte. Am nächsten Tag würden wir wieder auf See sein und unterwegs nach Iberia, aber dort, in jenem Moment, war alles friedlich und ruhig, und die gesamte Natur, die uns umgab, schien rein und freundlich. Ich wusste, dass das Leben eine einzige Kette von Augenblicken war, von denen einige schmerzhaft waren, andere furchterregend und gefährlich und zu viele lustlos, monoton und dumpf. Aber dann gab es Augenblicke wie diesen, in denen das Lebendigsein und der winzige Winkel der Welt, an dem man sich befand, in wunderbarer Harmonie zusammenflossen. Diese Momente, die immer nur flüchtig sein können, sind meine wahre Religion.

Meine Tagträumerei fand ein Ende, als Octavius unserer kleinen Gesellschaft erzählte, einige Inselbewohner würden in den römischen Legionen wegen ihres gekonnten Umgangs mit der Steinschleuder gerühmt. Lucca, der sich darauf etwas zugutehielt, wie Moses am Ufer eines Flusses zur Welt gekommen zu sein – in seinem Fall des Tibers –, tat so, als würde er es übel nehmen, und holte umgehend eine Steinschleuder hervor, um damit sein eigenes Geschick unter Beweis zu stellen. Der Rückweg zum Strand, vor dem das Schiff ankerte, führte nun abwärts und machte es erforderlich, dass wir alle hintereinander einen steilen Abhang hinabstiegen, an dem wilde Olivenbäume wuchsen. Von einigen hingen Äste quer über den Abgrund. Ein Falke flog über unseren Köpfen dahin, und Octavius verlangte, dass Lucca ihn abschoss. Er brauchte fünf Versuche, die von zahlreichen Flüchen begleitet waren, was für einige von uns den letzten Abschnitt des Ausflugs recht amüsant machte, darunter Yeshua, und unangenehm für den Kapitän und mich selbst. Und dann traf er das elegante Geschöpf, und es fiel wie ein Stein direkt neben dem Schiff ins Meer. Während Lucca in Jubelgeschrei ausbrach, sah ich zu, wie es im Salzwasser um sein Leben kämpfte, bevor es unterging.

22

Laura machte eine Ausnahme von ihrer eigenen Regel und druckte den frisch übersetzten Abschnitt für ihre Gastgeberin aus, die sicher mit großer Freude die Stellen lesen würde, die sich auf Mallorca bezogen.

Wynona wusste die Geste zu schätzen, und nachdem sie sich den Text beim Frühstück zu Gemüte geführt hatte, befolgte sie Lauras und James' Rat, vorsichtig zu sein, und ließ Bidelia die Seiten in der Altpapiertonne verbrennen, die neben dem Komposthaufen hinter den Stallungen stand. Beim Essen am Abend waren beide zufrieden, dass sie das Haus wieder für sich hatten, und Wynona zeigte zum ersten Mal echtes Interesse am Inhalt der Familienerbstücke.

Anschließend unternahm Laura ihren gewohnten Abendspaziergang und ging dann hinauf auf ihr Zimmer. Bevor sie sich auszog, las sie ihre E-Mails. Neben der üblichen Mischung aus Spam, Universitätsnachrichten, Anfragen von Kollegen, was aus ihr geworden war, und drei Artikeln über Außenpolitik, die Nathan geschickt hatte und die sie niemals lesen würde, fanden sich zwei Mails, die ihr geradezu ins Auge sprangen. Eine, die sie erst später las, kam von einem Kollegen in Paris, der auf mittelalterliche französische Literatur spezialisiert war und den sie angeschrieben hatte. Die andere Mail, die sie sofort öffnete, stammte von James.

Liebe Laura – hier nur eine kurze Nachricht, um noch einmal zu wiederholen (oder genügt nur »wiederholen« ohne »noch einmal«? Das war mir auch in der Schule nie klar), wie dankbar ich für das bin, was Sie tun, für das Können und die Diskretion, die Sie an den Tag legen, und dafür, dass Sie mich auf alles, worüber wir neulich Abend sprachen, aufmerksam gemacht haben. Ich bin zuversichtlich, dass wir beide (plus Mutter!) den besten Weg finden werden, um die Klippen zu umschiffen, die Ihnen verständlicherweise Sorgen bereiten. Ich hatte eine ganz allgemeine Unterredung mit einem guten Anwalt in London, und er hat versprochen nachzuforschen. Außerdem hat die Schwester seiner Frau jahrelang für Sotheby's gearbeitet. Ich muss übermorgen geschäftlich nach New York reisen; die Medienfirma, für die ich arbeite und die noch immer zu eng mit der spanischen Wirtschaft verbunden ist, sucht nach Investoren aus dem Ausland. Als wir in London im Hotel eintrafen – an dem Tag, als wir euch verlassen haben –, bekam Carmensina heftige Kopfschmerzen, und ich habe die Mädchen nach Kensington Gardens mitgenommen, zur Statue von Peter Pan, die ich seit meiner Kindheit liebe. Ich weiß nicht, warum ich Ihnen das schreibe. Ich sitze gerade in einer Bar in Barcelona, lasse mir einen einsamen Brandy schmecken – diesmal einen guten – und denke liebend gern an unsere Begegnung im Wounded Hart *zurück. Ich hoffe, es geht Ihnen gut und Sie arbeiten nicht zu viel. Liebe Grüße,*
James

Sie las die Mail zweimal. Dann öffnete sie die Nachricht von ihrem Kollegen:

Liebe Laura, was für eine schöne Überraschung, nach all der Zeit von dir zu hören. Und wie wunderbar zu erfahren, dass dein Interesse am mittelalterlichen Frankreich nicht erlahmt ist. Glaub es oder nicht – ich kenne zwei Fachleute, die sich auf Gerard von Amiens spezialisiert haben und die dir womöglich helfen können. Beide arbeiten natürlich in den Staaten, wo Gelehrte noch immer gut bezahlt werden. Isabelle Diderot an der UCLA in Los Angeles ist eine der führenden Forscherinnen zu diesem Thema. Sie ist eine meiner ehemaligen Studentinnen. Dann – und er wäre meine erste Wahl, denn er ist eine veritable Persönlichkeit – wäre da noch Jean-Paul Bonnerive, der in deinem New York lebt und emeritierter Professor an der Columbia ist. Vielleicht erinnerst du dich daran, dass ich bei einem meiner Besuche in New York bei ihm gewohnt habe – damals, als ich dich zum letzten Mal getroffen habe. Er behauptet, tatsächlich die Korrespondenz von Gerard von Amiens zu besitzen, hat sie aber nie publiziert. Hier sind beide Mailadressen. Ich wünsche dir bonne chance, *und wenn du mich nicht bei deiner nächsten Paris-Visite besuchst, werde ich nie wieder ein Wort mit dir wechseln. Pierre*

Laura beschloss, dass ein rascher Besuch zu Hause eine gute Idee wäre.

Beim Frühstück am nächsten Morgen unterstützte Wynona ihr Vorhaben, wenn auch widerstrebend. James reagierte noch besser, was sie aus ihren Gedanken zu verbannen versuchte, jedoch mit geringem Erfolg. Am nächsten Tag buchte sie den Flug, packte und fuhr nach London.

Kaum war ihre Maschine in Heathrow von der Startbahn abgehoben, entspannte sie sich, und sobald es erlaubt war, zog sie die Blende an ihrem Fenstersitz herunter. Sie war mit sich zufrieden, dass sie stark geblieben war und der Versuchung widerstanden hatte, Fiona oder Nathan ihre Reisepläne mitzuteilen. Fiona konnte sie auf dem Rückweg nach Cornwall treffen, und auf Nathan war sie böse. Sie hatten aufgehört, miteinander zu telefonieren, und seine Antworten auf ihre E-Mails in der letzten Woche hatten ungewöhnlich wortkarg und überhastet geklungen.

Nachdem das Mittagessen serviert und wieder abgeräumt war, gab sie sich dem Staunen über das Fliegen hin – trotz aller Unannehmlichkeiten. Dann, während viele der anderen Passagiere sich einen Film ansahen oder zu schlafen versuchten, öffnete sie ihren Laptop und setzte ihre Arbeit fort.

23

Unser Schiff lief Alicante, Almeria und La Herradura an, und nachdem wir das Mittelmeer hinter uns gelassen hatten und auf den Atlantik gesegelt waren, trafen wir in Gades ein, um dort Reparaturen vornehmen zu lassen und unsere Vorräte aufzustocken. Octavius und ich erklärten Lucca und Yeshua, dass die alte Stadt, die in die See hineinragt, von Herakles nach Vollendung der zehnten Aufgabe gegründet worden war – dem Raub der Rinderherde des Geryon. Als wir ihnen beschrieben, wie Geryon ausgesehen hatte – ein Ungeheuer mit drei Köpfen und drei Rümpfen auf einem einzigen Paar stämmiger Beine –, riss Lucca die Augen auf, und Yeshua lachte spöttisch. Man glaubte, ein Grabhügel in der Nähe der Stadt sei die letzte Ruhestätte des Unholds.

Kurz nachdem wir an Land gegangen waren, besuchten wir vier den Tempel, der Melkart geweiht ist, einer phönizischen Gottheit, die oft mit dem »Tyrischen Herakles« gleichgesetzt wird. Der Tempel steht auf einer Anhöhe, von der aus man den Ozean und den Meeresarm auf der anderen Seite sehen kann, wo eine fruchtbare Ebene voller Strauchwerk und Sümpfe Schwärme exotischer Vögel anzieht, die sich dort auf ihrem Weg nach Afrika sammeln und ausruhen.

An einem Olivenbaum stand eine Statue des bärtigen Gottes sowie ein kleiner Brunnen, der von Säulen aus älterer Zeit umgeben war. Dass dieser Gott ursprünglich als Beschützer von Tyros bekannt war, jener Stadt, von der aus wir aufgebrochen waren, verlieh der Statue für mich eine besondere

Bedeutung, wie sie dort stand, schon jenseits des Mittelmeers, und auf den Ozean hinausblickte, der so unermesslich war, dass nur wenige Seeleute auch nur zu vermuten wagten, wo er endete oder wohin er uns führen würde.

Yeshua pflückte eine Olive vom Baum und barg sie in der Tasche seiner Tunika. Die Römer sprachen Gebete. Dann wanderten die drei einen Ziegenpfad hinab zu einer Felsleiste, wo sie einen Wettbewerb im Steinweitwurf begannen. Während ich ihren anfeuernden Rufen lauschte, die eine sanfte Brise durch einen Hain turmhoher Pinien herantrug, wurde mir bewusst, dass ich an derselben Stelle schon neun Mal zuvor gestanden hatte. Ich dachte daran, dass der Tempel schon lange vor meiner Geburt existiert hatte. Wenn ich Gades verließ, würde er immer noch hier stehen. Er stand, während mein Leben weiterging und ich von Ort zu Ort reiste, und er steht noch, nun, da ich mich zur Ruhe gesetzt habe, und auch im Augenblick meines Todes wird er immer noch stehen, so, wie er ist. Als ich an jenem Tag dort über den Atlantik sah, wusste ich, dass sich in genau diesem Moment in meinem Haus in Jerusalem zusammengelegte Kleider befanden, die mir gehörten, Tonwaren, die ich zusammengetragen hatte, das Badezimmer, das ich benutzte. Während wir in der kommenden Nacht in der Stadt schlafen würden, würden dieser Tempel und seine Statue und der Olivenbaum hier, in der Stille, im Dunkeln stehen. Man hätte seine liebe Mühe, eine noch gewöhnlichere Feststellung zu treffen, aber die Empfindungen, die diese Gedanken mit sich brachten, durften nicht kleingeredet werden. Was ist Zeit? Was ist Heimat? Warum brechen wir immer wieder auf?

24

Einmal mehr staunte Laura über den lebensnahen Realismus ihres antiken Autors, der die Theorie ihres geliebten Erich Auerbach auf den Kopf stellte, wonach Autoren dieser Epoche unfähig zur Selbstreflexion gewesen seien. Auerbach zufolge konnten sie Ereignisse nur aus erster Hand wiedergeben, ihre Dialoge blieben beschränkt auf rhetorische Phrasen, und ihr Blick auf die Welt war zweidimensional und weit entfernt von der Gedankenwelt eines Individuums. Und doch war das Gefühl, das Joseph von Arimathia beschrieb, so menschlich wie Sprache an sich. In der Moderne war es von Autoren vom Schlage eines Proust, Thomas Wolfe (»ein Stein, ein Blatt, eine nicht gefundne Tür …«) aufgegriffen worden und auch in den letzten Seiten von *Finnegan's Wake* zu finden. Es rührte sie zu Tränen, dass es vor zweitausend Jahren in dieser einfachen Sprache niedergeschrieben worden war und dass ausgerechnet sie diejenige sein sollte, die es wieder ans Licht holen würde. Sie setzte ihre Sonnenbrille auf. Zu ihrer Erleichterung registrierte der Mann, der zu ihrer Linken auf dem Platz am Gang saß und in einen Actionfilm vertieft war, ihre Verfassung nicht. Sie fuhr den Laptop herunter und klappte ihn zu. Tageslicht fiel durch einen Spalt, der nicht von der Blende verdeckt wurde, auf ihr rechtes Handgelenk. Sie zog die Blende vollends herunter, setzte die Sonnenbrille wieder ab und tupfte sich die Augen mit einem Taschentuch trocken.

Der Schlaf holte sie über dem Nordatlantik ein, und als er

sie wieder freigab, konnte sie so klar wie den hellen Tag unter sich die östliche Spitze von Long Island sehen. Sie erkannte Städte und Buchten und Strände und sah den Küstenabschnitt zwischen Water Mill und Shinnecock Canal, wo der Strandclub und das Sommerhaus ihres Stiefvaters lagen. Bald danach ging das Flugzeug in den Sinkflug über und drehte aufs Meer hinaus ab, um eine ausladende, langsame Schleife zu ziehen, die es schließlich auf den richtigen Kurs für den Anflug auf den Kennedy Airport brachte. Als es am Flugsteig von British Airways stehen blieb, kam es ihr vor, als wäre sie ein Jahr aus New York fort gewesen, nicht die drei Wochen, die es in Wahrheit gewesen waren.

Sie nahm ein Taxi in die Stadt und dachte darüber nach, Nathan vorzuwarnen, als sie durch den Mid-Town-Tunnel nach Manhattan hineinfuhren; inzwischen fand sie ihren eigenen Plan albern. Doch dann erhielt sie eine Mail von James – er schrieb, dass er im *Bowery Hotel* wohnte und ob sie sich vielleicht zu einem Drink treffen wollten, bevor er zu dem Dinner ging, an dem er teilnehmen müsse. Sie gab sich alle Mühe, trotz des irrwitzigen Fahrstils des Mannes mit Turban, der am Steuer saß, eine Antwort zu tippen. Bevor sie sichs versah, hielt der Wagen vor der Markise ihres Wohngebäudes an der Ecke Tenth Street und Fifth Avenue an.

Die Portiers freuten sich, sie zu sehen, und plötzlich war sie froh, zurück zu sein, und staunte darüber, wie leicht sie sich in Wynonas Welt in Cornwall hatte hineinziehen lassen. Aber als sie im obersten Stockwerk aus dem Fahrstuhl und in ihr Apartment trat, rief eine Frauenstimme etwas, ein einziges Wort, während Laura noch dabei war, die Tür zu schließen. Das Wort war: »Nathan?«

Während ihr gleichzeitig schwer ums Herz wurde und Wut in ihr hochkochte, fand sie wie Strandgut in ihrem eigenen Bett eine junge Frau vor. Das Bettzeug lag zusammengeknüllt zu ihren Füßen. Sie trug eines von Nathans weißen T-Shirts und einen schwarzen String und wirkte erschrocken.

»Wer sind Sie?«, fragte sie.

Sie unternahm nicht einmal den Versuch, sich zu bedecken. Ihr Akzent war stark.

»Das hier ist meine Wohnung«, antwortete Laura. »Die bessere Frage ist: Wer sind *Sie*?«

»Oksana. Sie sind Laura?«

»Ja.«

»Sie sollten nicht hier sein.«

»Sie auch nicht.«

Weniger als zwei Stunden später trat Oksana die Abendschicht in *Veselka's Restaurant* an, während Laura bereits die Schlösser hatte auswechseln lassen. Sie hatte auch schon ein Umzugsunternehmen beauftragt, die Möbelstücke, die Nathans persönliches Eigentum waren, zusammen mit seinen Kleidern und Büchern abzuholen und einzulagern – versehen mit Aufklebern von Lauras Hand. Sie rief außerdem die Maler an, die schon für sie gearbeitet hatten, als sie damals das Apartment geschenkt bekam. Sie beauftragte sie, von der kommenden Woche an die Räumlichkeiten komplett neu zu streichen. Dann goss sie die Pflanzen auf der Terrasse, packte einige Kleider und Schuhe, die sie besonders mochte, sowie die Post ein und buchte ein Zimmer für sich im *Bowery Hotel*.

Zum Glück kehrte Nathan nicht zurück, solange sie sich im Apartment aufhielt. Die junge Frau hatte ihn wahrscheinlich davor gewarnt zu kommen. In Lauras Wut und Traurigkeit mischte sich ein Gutteil Erleichterung. Oksanas

Anwesenheit in ihrem Bett hatte eine schwierige Frage beantwortet. Das Mädchen tat ihr sogar leid. Der Zorn, den sie spürte, galt nur am Rande Nathans Treuebruch, sondern eher der Tatsache, dass er Oksana nicht in sein eigenes Apartment mitgenommen hatte, das ihm die Universität zugeteilt hatte – farblos, aber mit zwei Schlafzimmern vollkommen angemessen, in einem Hochhaus in Greenwich Village gelegen, von wo aus man weit über Lower Manhattan blicken konnte. Eine junge Frau wie die osteuropäische Kellnerin wäre genauso beeindruckt davon gewesen, wie sie es zweifellos von Lauras Penthouse war, doch Nathans Ego kannte offensichtlich keine Grenzen. Sie wollte ihn weder sehen noch sprechen. Erschrocken darüber, dass sie vier Jahre ihres Lebens an ihn verschleudert hatte, schickte sie ihm schließlich eine Nachricht aus der Sicherheit ihres Zimmers im *Bowery*:

Habe Oksana in meinem Schlafzimmer kennengelernt. Sehr niedlich. Die Schlösser sind ausgewechselt, und die Portiers haben Anweisung, dich nur noch ein einziges Mal begleitet ins Apartment zu lassen. Die Möbelpacker kommen am Dienstag und holen deine Sachen, um sie einzulagern oder an eine Adresse deiner Wahl zu bringen. Ich will nie wieder von dir hören, du dämlicher, aufgeblasener Drecksack.

Erst dann gestattete sie sich eine extralange Dusche. Um halb acht war sie in der Bar in der Hotellobby und bestellte sich gerade einen Wodka Ketel One mit Eis, als James eintraf.

»Laura.«

»James.«

Er trug einen dunklen Anzug und ein weißes Hemd, dessen Kragen geöffnet war. Sie fand, dass er gut aussah.

»Tut mir leid, dass ich mich verspätet habe«, sagte er. »Ich konnte mich nicht aus einem Telefonat mit Spanien loseisen, wo die Leute offenbar endlich mal lernen müssen, schlafen zu gehen.«

»Ist schon in Ordnung. Ich war ganz glücklich hier. Es ist ein schönes Hotel. Ich bin so oft hier vorbeigegangen und hatte keine Ahnung, dass es drinnen so hübsch ist.«

»Es ist durch und durch künstlich und durch und durch echt.«

»Irgendwie so.«

»Nach Art eines englischen Herrenclubs. Man möchte meinen, dass ich es meide wie der Teufel das Weihwasser, aber jedes Mal kriegen sie mich wieder. Ich bin mir nicht ganz sicher, was das zu bedeuten hat. Aber natürlich ist es auch sehr ›downtown‹. Viele Film- und Rockstars waren schon hier.«

»Die Art Leute, die Sie mögen.«

»Meine wahre Familie gewissermaßen.«

Das hier war eine neckende Weit-weg-von-Frau-und-Kindern-Seite von ihm, die sie noch nicht zu Gesicht bekommen hatte.

»Da wir gerade davon sprechen – Wynona hat mich gefragt, ob ich Sie hier treffen werde, und ich wusste nicht, was ich darauf antworten sollte.«

»Aber Sie haben etwas geantwortet.«

»Und es war: ›Ja, natürlich, wenn unsere Terminpläne es zulassen.‹«

»Und hier sind wir. Sie hat sowieso Ihre Abwesenheit genutzt und ist für einige Tage in ihr Haus nach Mallorca gereist, also ist sie angenehm abgelenkt.«

»Sie erwähnte, dass sie das vielleicht tun würde. Ich freue mich für sie.«

Der Barmann erschien.

»Ich will genau das, was sie hatte«, sagte James zu ihm. Laura lächelte.

»Ist das nicht das berühmte Zitat aus *Harry und Sally*?«

»Wenn das ein Film ist, den Sie meinen – ich habe ihn nie gesehen.«

»Erstaunlich.«

»Erstaunlich ist doch das: Vor wenigen Abenden waren wir im *Wounded Hart*, um Himmels willen.«

»Es ist wirklich seltsam. Ich verspreche, dass ich Sie nicht stalke. Ich wollte diesen Mann an der Columbia sehen, solange er noch am Leben ist – und ich musste mich auch um ein paar persönliche Dinge kümmern.«

»Ich bin zwar enttäuscht, das zu hören, zweifle aber keine Sekunde daran. Trotzdem – das ist doch Kismet, oder?«

»Das ist es.«

»Was auch immer Kismet heißen mag.«

»Es leitet sich von einem arabischen Wort her und meint ›Schicksal‹ oder ›Los‹.«

Plötzlich verspürte er den Drang, sie zu küssen. Sein Drink kam. Sie erhob ihr Glas.

»Cheers.«

Er tat es ihr gleich, bevor er einen großen Schluck nahm. »Gott, ist der gut.«

»Ich kann derzeit nicht ohne leben«, sagte sie.

Das erinnerte ihn an Carmensina, ein Gedanke, den zu verdrängen er sich redlich Mühe gab. »Wie war Ihr Flug?«

»Okay. Und Ihrer?«

»Okay.«

»Schön, dass wir das klären konnten.«

Sie lachten beide nervös.

»Wo findet Ihr Dinner statt?«, fragte sie.

»Hier – in dem italienischen Lokal um die Ecke. Es ist ziemlich lebendig dort und das Essen fantastisch – und es ist geradezu perfekt geeignet für Pseudo-Führungskräfte mit Jetlag.«

»Meinen Sie damit sich oder Ihre Kunden?«

»Mich. Die Kunden sind zum Glück und leider das, worauf es ankommt.«

»Aber Sie nicht, nicht einmal in diesem umwerfenden Manageranzug.«

Sie konnte nicht glauben, dass sie das wirklich gesagt hatte. Sie gab dem Wodka die Schuld.

»Nein.«

»Mögen Sie Ihren Beruf nicht?«

»Nicht wirklich.«

»Das ist aber schade.«

»Ich glaube, mir hat bisher noch niemand diese Frage gestellt.«

»Sie sind hier, im Ausland, und ich bin praktisch eine Fremde – das ist *die* Gelegenheit, sich mal richtig gehen zu lassen.«

»Ehrlich gesagt habe ich diesen Ausdruck nie ganz verstanden.«

Sie lachte.

»Jedenfalls ist es schon okay, womit ich mein Geld verdiene«, sagte er dann. »Es ist seriös und bezahlt viele Rechnungen und verschafft mir wichtig wirkende Visitenkarten und ein Eckbüro in einem renovierten Beaux-Arts-Gebäude in Barcelona.«

»Die Medienfirma«, sagte sie. »Die Carmensinas Familie gehört.«

»Genau. Sie bekommt einen gescheiterten Aristokratenkünstler mit Ländereien und einem Titel. Ich bekomme einen gut bezahlten Job und zwei wunderbare Kinder. Kein schlechter Deal, gemessen an dem, wie es heutzutage sonst läuft.«

Seine Offenheit war verblüffend.

»Haben Sie etwas eingeworfen?«

Er schüttete den Drink herunter.

»Nein. Sie sind das. Ich weiß nicht, warum, aber Sie haben diese Wirkung auf mich.«

Sie lächelte geschmeichelt und hatte plötzlich das Gefühl, selbst von innen zu glühen.

»Haben Sie wirklich einen Adelstitel?«

»Ja. Einen, der, wie ihr New Yorker früher gesagt habt, einen in die U-Bahn bringt und nirgendwohin sonst – zusammen mit einem Token oder heutzutage wohl eher einer Metro Card. Aber Carmensina und ihrer Familie ist er eine Menge wert.«

Sie trank ebenfalls aus. Unaufgefordert erschien der Barmann, und sie bestellten eine weitere Runde.

»Erzählen Sie mir mehr von diesem gescheiterten Künstler«, bat sie. »Die Sache interessiert mich.«

»Sind Sie mit jemandem zusammen?«, fragte er hastig. »Mutter sagte irgendetwas von einem Freund.«

»Das ist sehr keltisch«, bemerkte sie. »Eine Frage mit einer Gegenfrage zu beantworten.«

»Schuldig im Sinne der Anklage.«

»Nicht die Art von Benehmen einer Lady gegenüber, die man von einem Aristokraten in einem Herrenclub erwarten würde.«

»Ganz richtig. Dann ich zuerst. Sagen wir einfach, dass ich nicht diesen Job hätte, wenn ich als Künstler erfolgreich gewesen wäre.«

»Was würden Sie stattdessen tun?«

»Ich würde in einer kleinen Villa, die in Hanglage am Mittelmeer steht, den Tag früh beginnen und einen Roman schreiben – zum Beispiel über meine Kindheit. Das ist mir eben erst eingefallen.«

»Den würde ich liebend gern lesen.«

»Wirklich?«

»Wirklich. Andererseits würden wir nicht hier sitzen und dieses Gespräch führen, wenn Sie nicht diesen Job hätten.«

»Wie ich schon sagte – Kismet.«

»Müssen Sie denn überhaupt arbeiten? Ich meine arbeiten-arbeiten.«

»Doch, schon. Was ich monatlich durch mein … nennen wir es: Erbe einnehme, reicht nicht aus, um eine vierköpfige Familie zu ernähren.«

»Aber wenn Sie allein wären?«

Die Getränke trafen zusammen mit ein paar Salzmandeln ein.

»Wenn ich allein wäre, würde ich wahrscheinlich über die Runden kommen. Das ist nur nicht der Fall. Aber genug von mir. Sie sind dran.«

Sie aß eine Mandel und trank einen Schluck, während sie über verschiedene Grade der Selbstoffenbarung nachdachte.

»Ich hatte die letzten vier Jahre einen ›Freund‹, wie Sie es nennen.«

»Aha.«

»Aha. Ich hatte die letzten vier Jahre einen Freund – bis heute.«

Er wurde tatsächlich rot. »Mir war nicht klar, dass dieser Anzug *so* umwerfend ist.«

Sie sah zu Boden, und binnen einer Sekunde dämmerte ihm die Wahrheit. »Heute«, sagte er. »Du meine Güte. Was ist denn passiert?«

Sie trank einen weiteren Schluck Wodka.

»Ich bin aus dem Flugzeug aus London gestiegen, in mein Apartment gefahren und habe eine zwanzigjährige Kellnerin in meinem Bett vorgefunden.«

»Nein.«

»Doch.«

»Was haben Sie getan?«

»Ich habe sie höflich gebeten zu gehen und ihr gesagt, dass sie über die ›Offenheit‹ meiner Beziehung mit Nathan – das war sein Name – wohl falsch informiert sei. Dann habe ich die Schlösser auswechseln lassen und Möbelpacker bestellt, um seine Sachen abholen zu lassen, und anschließend bin ich hergekommen.«

»Es ist gerade erst passiert?«

»Stimmt genau. Ich habe mir ebenfalls hier ein Zimmer genommen. Die Vorstellung, die Nacht heute in meiner Wohnung zu verbringen, verstört mich doch etwas.«

Er legte ihr die Hand auf die Schulter. »Laura. Es tut mir so leid. Was für ein Prolet.«

»Eigentlich lief es schon eine ganze Weile nicht mehr besonders gut zwischen uns, und ein Teil von mir hat ernsthaft nach einem Ausweg gesucht. Und kawumm, schon serviert er ihn mir auf dem Silbertablett.«

»Aber trotzdem …«

»Es ist nicht das, was ich heute gebraucht hätte – und was ich ihm nicht verzeihen kann, ist, dass er sie in meine Wohnung gebracht hat. Er hat selbst ein durchaus ansehnliches Apartment.«

»Natürlich. Sie übernachten also *hier*. Ich kann es nicht glauben.«

»Sie haben mir den Floh ins Ohr gesetzt, und ich bin froh darüber, weil es sehr schön und gemütlich ist. Das einzige

Hotel in der Nähe, das ich kenne, ist eine deprimierende Absteige am Washington Square, in der die New Yorker Uni ihre Gäste unterbringt.«

»Gott. Was für einen Tag Sie hatten. Kommen Sie mit uns zum Essen.«

»Mir ist nicht nach Essen.«

»Als mein Gast. Es ist gleich hier, einfach nur durch diese Tür.«

»Das ist sehr nett, aber ich glaube, ich wäre heute keine gute Gesellschaft. Was ich wirklich will, ist, in den weißen Morgenrock oben im Zimmer schlüpfen, den Fernseher anschalten und einschlafen. Das ist im Moment meine Vorstellung von Himmel.«

Später entdeckte sie, dass es schwerer war, als sie gedacht hatte, in einem Hotel in der eigenen Stadt zu übernachten, vier Blocks östlich und drei Blocks südlich von ihrer eigenen Wohnung. Sie hatte so große Schwierigkeiten, trotz Jetlag, Wodka und Tablette in den Schlaf zu finden, dass sie sich fast wieder angezogen hätte, um in die Tenth Street zurückzukehren. Einmal hätte sie sogar beinahe Nathan angerufen. Aber dann fiel ihr ein, dass James hier war, irgendwo in diesem Hotel, und ihre Lieblingsshops und -läden lagen ganz in der Nähe, und draußen vor dem Fenster, unter ihr, floss die elegante Betriebsamkeit, die ihre Stadt definierte, hupend dahin, wie sie es schon vor ihrer Geburt getan hatte und immer noch tun würde, wenn sie nicht mehr da war.

Sie kam zu dem Schluss, dass es eine gesunde Entscheidung gewesen war, ins Hotel zu gehen, und sie war dankbar, dass sie die Mittel dazu hatte, ohne sich deswegen den Kopf zerbrechen zu müssen. Dass sie sich endlich von jemandem getrennt hatte, mit dem sie sich nie hätte einlassen sollen, war zunächst einmal ein Fortschritt. Morgen war ein neuer Tag, und außerdem stand sie unmittelbar vor einem beruflichen Durchbruch. Nach einer kleinen Shoppingtour auf ihrem Smartphone und mit einem Extrakissen war sie bald fest eingeschlafen.

Sie erwachte in der Dämmerung, ausgehungert und erfrischt, nahm rasch eine Dusche und zog sich an. In der dunkel getäfelten Hotellobby lagen zwei Stapel mit druckfrischen Exemplaren der *New York Times* und *New York Post*, und sie bediente sich. Die jungen Portiers in ihren roten Westen und schwarzen Hosen waren süß und freundlich, und es fühlte sich vertraut und beruhigend an, zu dieser Stunde draußen auf der Straße unterwegs zu sein. Müllwagen zogen ihre Runden, und einige Obdachlose schliefen noch immer in den Hauseingängen, was der Prachtstraße einen Hauch von Realismus verlieh. Auf Höhe des Cooper Union wandte sie sich nach Westen Richtung Broadway und mied dabei die Gegend um das *Veselka,* so gut sie konnte. Dieser Herbsttag würde wieder klar, warm und nicht drückend werden. In ihrem Bagel-Shop am University Place begrüßten sie die Marokkaner und Latinos, die dort arbeiteten, als wäre sie nie weg gewesen. Der Morgenportier in ihrem Wohngebäude – einer der letzten noch in der Gewerkschaft verbliebenen Iren, der zweifellos schon über das Drama des Vortags unterrichtet war – tippte sich in einer Mischung aus Herzlichkeit und Zurückhaltung an die Mütze.

Das Apartment fühlte sich um diese Uhrzeit besser an. Sie ließ sich den Kaffee und den Butterbagel aus dem Shop draußen am Tisch auf der Terrasse schmecken. Die meisten Pflanzen hatten wundersamerweise Nathans sparsam liebevolle Fürsorge überlebt. Der Birke und den kleinen Tannenbäumen in den halbierten Fässern ging es gut, und einige Stiefmütterchen und Geranien blühten. Ein Rotkehlchen beugte sich über den Rand der Vogeltränke und die Blätter der Bananenstauden, die auf die Fifth Avenue hin zum Washington Square Arch hinabblickten, waren trotz der schon ein wenig beißenden Spätseptemberluft immer noch grün.

Sie ging wieder hinein, holte einen Müllsack und warf alles aus dem Medizinschrank hinein, was Nathan gehörte. Dann band sie ihn zu, pfefferte ihn in den Behälter neben dem Serviceaufzug und kehrte ins Hotel zurück. Es musste doch wenigstens eine einzige Nachricht von Nathan kommen! Aber wahrscheinlich war sein verletzter Stolz stärker als alles, was einem Schuldgefühl auch nur von fern nahekam. Sie dachte daran, eine Sitzung bei ihrem Therapeuten zu vereinbaren, solange sie in New York war, wusste aber schon, worüber sie dann sprechen würden – dass Nathan nur zu gut zu ihrem noch immer unaufgelösten Ödipuskomplex gepasst hätte, blablabla, und was sie denn eigentlich erwartet hatte? War irgendetwas in dieser Beziehung echt gewesen oder nur ein Chaos aus Zufall und Hormonen?

Auf ihrem Zimmer im *Bowery* las sie die Papiere, die sie den ganzen Morgen bei sich getragen hatte. Anstatt ihren Stammbuchladen zu besuchen oder ins neue Whitney-Kunstmuseum zu gehen, wo eine Ausstellung gezeigt wurde, die sie eigentlich sehen wollte, rief sie in ihrem Lieblingsspa an und buchte einige Anwendungen, die sie gerade so lange beschäftigen würden, bis sie in den Norden von Manhattan aufbrechen musste, um Jean-Paul Bonnerive zu treffen.

Eine Nachricht von James trudelte ein: *Heute Abendessen?* Sie lächelte und antwortete: *Ja.*

25

Es stürmte in den letzten Tagen unserer Hinreise. Das Hauptsegel riss entzwei, und bedrohliche Mengen Meerwasser schwappten an Bord. Große Wellen schienen das Schiff zu einem tödlichen Duell herauszufordern. Ein großer Teil des Proviants wurde nass und ungenießbar und unser Süßwasservorrat schmutzig. Glücklicherweise blieben alle meine Ölbehälter, die ich für den Warenhandel benötigte, unbeschädigt. Dann, eines Tages, war alles wieder ruhig. Die Meeresoberfläche lag spiegelglatt da, und eine Walfamilie tauchte nicht einmal eine halbe Meile steuerbords vom Bug auf. Die Maate und Sklaven machten sich daran, das Segel zu reparieren, die Ruder wurden bemannt, und kurz vor der Abenddämmerung öffnete sich der Himmel, und die untergehende Sonne schien allen Erleichterung zu verschaffen. Dann sichteten wir Land.

Am folgenden Morgen segelten wir in eine Bucht, die mir vertraut war. Als wir anlandeten, versammelte sich eine Abordnung aus dem nahen Dorf am Strand – alles Männer, die ich kannte und mit denen ich handelte: Athain, Casdarth, Phenbir und Kraugh. Aus Respekt vor den Einheimischen und ihrem Herrscher verließen Octavius und Lucca das Schiff in voller Kampfausrüstung, Brustpanzer, Umhänge und beschweifte Helme inbegriffen. Ich stellte sie als meine Freunde vor. Die Einheimischen hatten aus der Zeit von Cäsars Invasion von den Römern gehört und waren eher alarmiert denn erfreut. Aber ich konnte ihnen erklären, wie wir zueinander standen, und unsere Gastgeber reagierten beein-

druckt. Dann fragten sie nach Yeshua, der sich dicht hinter mir hielt. Sosehr ich mich auch bemühte, ich konnte ihnen nicht vermitteln, dass er mein Neffe war, und am Ende beließ ich es dabei, dass er in ihren Augen mein Sohn war. Dies besprachen sie sofort in ihrer eigenen Sprache, deren ich nicht mächtig war.

Auf dem Weg ins Dorf mussten wir Bäche mit frischem Süßwasser überqueren. Das und der Anblick von Kühen und Schafen, die auf den Weiden grasten, außerdem von Feldern, auf denen sich der Weizen in der Morgenbrise bog, erfüllte unseren Kapitän mit großem Trost. Die Römer machte es hungrig.

Was mir von meinem letzten Besuch vor einigen Jahren noch als einfaches Dorf in Erinnerung war, hatte sich nun zu einer richtigen kleinen Stadt entwickelt – die immer noch in vielerlei Hinsicht primitiv war, aber nun zahlreiche Familien und Bergleute ernährte, die aus anderen Gegenden der Insel gekommen waren, um hier zu arbeiten und sich niederzulassen. Unsere Ankunft verursachte beträchtliches Aufsehen, und wir wurden geradewegs in unsere Unterkunft geführt. Obwohl klar war, dass wir Familien aus ihren Häusern vertrieben, spürte ich keinerlei Groll unter den Leuten. Die Neuigkeit, die sich verbreitete, war, dass zwei römische Söldner in meinen Diensten standen und ich meinen gut aussehenden Sohn mitgebracht hatte. Nach einem Mahl, das aus Hammelfleisch, Brei und Kelchen voller Met bestand, führte man uns zu den nahe gelegenen Minen. Es machte mir Freude, Yeshua die mächtigen, zerklüfteten Adern aus Zinn, vermischt mit Fels und Erde, sowie die kleinen Vorkommen aus Blei, Kupfer und Gold zu zeigen, die in den Küstengebieten an der Oberfläche zutage treten, genau wie Palmen und Dattelpalmen in unseren Wüsten sprießen.

Während die Tage vergingen, machte sich unser Kapitän daran, unser Schiff zu reparieren und seine Fässer und Amphoren mit Essen und Süßwasser zu füllen. Nach einer Woche verabschiedete er sich von uns mit dem Versprechen, in einem Monat zurückzukehren, um uns zu holen und meine Barren an Bord zu nehmen. Binnen einer weiteren Woche hatten wir uns in der neuen Stadt eingelebt. Lucca fand einen Gefährten, einen kräftigen Bergmann von weither, und Octavius eine wohlgestaltete Witwe mit zwei Kindern, für die er gern Späße trieb. Und Athain, das Oberhaupt der Gemeinde und ihr Anführer, lud Yeshua und mich zu einem besonderen Abendessen ein.

Die allgemeine Unterhaltung während der Mahlzeit drehte sich um die Länder und die Kulturen, aus denen wir alle kamen. Jeder von uns äußerte Vermutungen, wie eine genaue Weltkarte wohl aussehen mochte. Das Römische Imperium, sein Einflussbereich und seine Macht, wurde ebenfalls abgehandelt, desgleichen das Thema Religion. Zu meiner Erleichterung und zum ersten Mal seit unserer Abreise von Nazareth – jedenfalls soweit ich mich erinnern konnte – sagte Yeshua nichts. Vielleicht hatte diese Zurückhaltung, die ich seiner Reife zuzuschreiben geneigt war, mehr mit dem zu tun, was ganz eindeutig der Grund für diese besondere Esseneinladung war. Denn wir wurden die ganze Zeit über von Athains beiden schönen Töchtern bewirtet. Obwohl sie sich tagsüber nicht vor den Blicken der Stadt versteckten, waren sie immer vom Scheitel bis zur Sohle in dunkle Kleider gehüllt. An diesem Abend trugen sie weiße Kleider, die sich eng an ihre Leiber schmiegten, und ihre Häupter waren unbedeckt und zeigten lange Flechten goldenen Haars. Zum offensichtlichen Gefallen unseres Gastgebers fiel es uns schwer, unsere Blicke von ihnen abzuwenden. Als sich der

Abend dem Ende zuneigte, begleitete er uns aus seinem Haus. Tausende von Sternen funkelten durch Lücken in den tief ziehenden Wolken, und während der Duft reifenden Weizens durch die Luft herandrang, gab er zu verstehen, dass er erfreut wäre, wenn wir beide seine Töchter zu unseren Bräuten erwählen würden. Ich antwortete, dass ich mich dafür viel zu alt fühlte, selbst für die Ältere der beiden namens Canlia, die wahrscheinlich achtzehn Jahre zählte. Venusha, die Jüngere, war gerade fünfzehn. Aber er wischte diese Bedenken beiseite. Ich vermute, dass er es als vorteilhaft für sich und seine Zukunft betrachtete. Er hatte keine Söhne. Die Mädchen mit uns zu verheiraten hätte ihm über viele Jahre die Geschäfte mit mir gesichert, und er hätte es vermieden, Rivalitäten zwischen anderen führenden Familien mit heiratsfähigen Söhnen auszulösen. Wir versprachen, sein Angebot zu bedenken, und wünschten ihm eine gute Nacht.

26

Es war über ein Jahr her, dass Laura die Subway Richtung Uptown genommen hatte. Während ihrer Anstellung an der Uni lag die Upper West Side abseits ihres Wirkungskreises, und Nathan litt unter Klaustrophobie, daher absolvierten sie Fahrten zum und vom Lincoln Center mit dem Taxi. Sie dachte daran, wie oft sie über das magere Trinkgeld gestritten hatten, das er den Fahrern gab, und seine Kleinstädterentrüstung deswegen. Das letzte Mal war sie so weit mit dem Zug den Broadway hinaufgefahren, um Pierre zu treffen, der auf dem Rückweg von Kalifornien nach Paris war. Pierre hatte in New York richtig jüdisch essen gehen wollen – Pierre, der so offen und unschuldig mit ihr flirtete, dass es ihr nie etwas ausmachte. Sie führte ihn zu Barney Greengrass Ecke Amsterdam und 87th Street, das berühmte jüdische Feinkostrestaurant, das für seinen Stör, seine Maräne und Fische aus Neuschottland berühmt war. Sie hatten Rührei mit Räucherlachs und starken Kaffee, und er zog sie mit ihrer Herkunft auf, weil sie halb Palästinenserin und verrückt nach jüdischem Essen war.

Sie stieg an der 116th Street aus und erblickte das Tageslicht am Haupteingang zur Columbia University wieder. Der Tag war so herrlich und romantisch, er roch nach Herbst und dem Fluss, und der Fußgängerverkehr aus Studenten und Dozenten lockte sie so, dass sie sich versucht fühlte, über den Campus zu spazieren. Aber sie war schon spät dran. Sie hatte im Spa getrödelt, weil sie auf dem Massagetisch eingeschlafen war, und dann hatte sie noch eine Flasche Wein am Astor Place gekauft. Sie überquerte den Broadway und ging hügelabwärts zu Bonnerives Wohngebäude am Riverside Drive. Es war ein solider, eleganter Vorkriegsbau auf dem Campus, wie er seinesgleichen an der New Yorker Uni suchte und wie selbst die Columbia ihn wahrscheinlich nie wieder hervorbringen würde. Das ansprechende zehnstöckige Apartmentgebäude, eines von zweien, die genau baugleich waren, blickte auf den Riverside Park und den Hudson.

Bonnerive öffnete ihr die Tür mit dem Summer. Der Mann, den sie in der Tür seines Apartments im zehnten Stock stehen sah, war fast neunzig. Er war gepflegt und adrett, eine Hornbrille saß auf seiner Nase, er hatte Altersflecken auf seinen manikürten Händen und schütteres graues Haar, das ein wenig zu lang war. Über einem klassischen Arbeitshemd mit Ascotkrawatte trug er ein Jackett mit Fischgrätmuster, das dringend ausgebessert gehört hätte. Kurzum: ein jung gebliebener Herr vom Scheitel bis zur Sohle. Sie begrüßte ihn auf Französisch.

»Jetzt verstehe ich, warum Pierre so verliebt in Sie ist«, sagte er. »Und warum er Sie mir die ganze Zeit vorenthalten hat.«

Sie überreichte ihm die Flasche Wein. »Pierre ist ein verheirateter Mann.«

»Sie können das Substantiv mit jedem x-beliebigen Adjektiv versehen«, erwiderte er. »Aber es ist das Substantiv, das zählt.«

Er nahm die Flasche mit beiden Händen entgegen und bewunderte sie, um sie ihr dann entgegenzustrecken. »Sollen wir?«

»Es ist ein wenig früh am Tag für mich.«

»Unsinn«, widersprach er und ging ihr voran in den Flur. An den Wänden hingen abstrakte Gemälde, die so aussahen, als hätten Studenten sie gemalt. Er nahm ihr den Mantel ab. »Wenn ich es verkrafte, verkraften Sie es natürlich auch.«

»Was hat Audrey Hepburn einmal gesagt?«, überlegte Laura. »Irgendwo auf der Welt muss jetzt Cocktailzeit sein.«

»Sehr richtig«, pflichtete er ihr bei. »Und tatsächlich ist es um fünf Uhr nachmittags hier in New York so weit.«

Er gab ihr die Flasche zurück. »In der Küche finden Sie Gläser und einen Korkenzieher.«

Sie beschloss, nicht beleidigt zu sein, und vermutete, dass es ihm in seinem Alter beschämende Schwierigkeiten bereiten könnte, die Flasche zu entkorken. Das Apartment wirkte auf den ersten Blick aufgeräumt und ordentlich, aber bei näherem Hinsehen erkannte sie, dass es einfach in der Zeit erstarrt war und eine gründliche Reinigung bitter nötig hatte. Ob es wohl jemanden gab, der nach dem Rechten sah? Sie wollte ihm nicht die Stimmung verderben, indem sie danach fragte. Das Einzige, was sich in der riesigen gelbbeigen Küche als Snack zum Wein anbot, waren einige Ritz-Kräcker auf einem schönen, angeschlagenen Teller von Schoelcher et Fils.

Sie stieß in dem gewaltigen Wohnzimmer, an dessen Wänden vom Boden bis zur Decke Bücherregale standen, wieder zu ihm. Drei Fenster, von deren Simsen die Farbe abgeplatzt war, blickten über den Hudson bis nach New Jersey hinüber. Es war ein Nachmittag, der förmlich danach schrie, sie zu öffnen, aber Laura war nicht hier, um an den Gewohnheiten des Mannes zu rütteln. Der Wein, den ihr ein Verkäufer wärmstens ans Herz gelegt hatte, schmeckte köstlich, und sie setzten sich einander gegenüber in Polstersessel, die immer noch die ausgeblichenen, geblümten Überwürfe vom Sommer trugen.

»Wie lange leben Sie schon hier?«, fragte sie.

»Hier in diesem Apartment? Wahrscheinlich seit dem Tag Ihrer Geburt.«

»Es ist herrlich. Vielleicht sollte ich versuchen, auch eine Anstellung als Dozentin zu finden. Glauben Sie, sie würden mir ein Apartment wie dieses hier geben, wenn ich es täte?«

»Das möchte ich sehr bezweifeln. Aber Sie könnten hier bei mir einziehen. Ich habe jede Menge Zimmer.«

»Ist das ein Heiratsantrag, Jean-Paul?«

»Ja.«

»Wir haben uns eben erst kennengelernt.«

»Ich habe noch immer Augen im Kopf, meine Liebe, und nichts würde mir mehr gefallen. Und stellen Sie sich nur vor, wie grün vor Neid Pierre wäre.«

Sie trank noch einen Schluck.

»Waren Sie nie versucht, nach Frankreich zurückzukehren, um sich dort zur Ruhe zu setzen? New York kann ein hartes Pflaster sein, oder?«

»Als meine Frau noch lebte, waren wir die meiste Zeit über in Frankreich. Ich musste nur ein Semester im Jahr hier sein. Es war ein wunderbares und großzügiges Arrangement. Aber sie stammte aus New York und wünschte sich, hier begraben zu werden, und als sie starb, habe ich sie hierher zurückgebracht, auf den katholischen Friedhof in Westchester, wo Lorcas Vater bestattet ist. Und es mag sehr albern klingen, aber ich konnte sie seither nicht verlassen und einen Ozean zwischen uns bringen. Das war vor fünfzehn Jahren.«

Laura schluckte, ihr kamen unerträglicherweise die Tränen. Sie gab ihr Bestes, um sie zurückzuhalten. »Sie haben sie sehr geliebt.«

»Das habe ich. Ich liebe sie immer noch. Und sie hat mich geliebt. Wir hatten sehr viel Glück.«

»Ja, das hatten Sie.«

»Lieben Sie irgendjemanden so?«

»Sie sind ein ziemlich direkter junger Mann, nicht wahr?«

»Wenn die Zeit knapp wird, kommt man gern schnell auf den Punkt, meine Liebe.«

»Nein, ich denke nicht, dass ich das tue.«

»Sie sind noch jung.«

»Nicht mehr so jung.«

»Sagen wir einfach, dass Sie jünger sind als Mary, als sie mich kennenlernte.«

»Es gibt also noch Hoffnung.«

»Absolut.«

Ein Schauer überlief sie. Man sagte, in so einem Moment schreite ein Engel über das eigene künftige Grab. Was und wo war zu Hause? Auch Joseph von Arimathia hatte sich diese Frage gestellt. Sie vermutete, dass die Antwort weniger mit einem konkreten Ort und mehr damit zu tun hatte, dass man Teil einer großen Familie war – womit sie keinerlei Erfahrung hatte.

»Sagten Sie: Lorcas Vater? Federico García Lorca?«

»Richtig. Das hier war früher sein Apartment.«

»Meine Großeltern mütterlicherseits und meine Mutter wurden in Granada geboren.«

»Was Sie nicht sagen.«

»Meine Großeltern waren vom ziemlich rechten Flügel, fürchte ich.«

»Das kommt in den besten Familien vor, tatsächlich sogar meistens in den besten Familien.«

Sie hob ihm ihr Glas entgegen.

»Nachdem Lorca getötet worden war«, sagte er, »floh seine Familie nach New York. Ich arbeitete mit seinem Bruder Francisco zusammen, der hier Spanische Literatur unterrichtete, und als er 1975 in den Ruhestand ging, zog die Familie nach Spanien zurück, und ich erbte das Apartment.«

»Das ist ja eine Geschichte!«

»Ja, aber sie haben ihr Oberhaupt hier in seinem Grab in amerikanischer Erde zurückgelassen. Als er nämlich 1939 mit seinen verbliebenen Kindern aus Spanien floh, soll er gesagt haben, kurz bevor das Schiff in Bilbao ablegte: ›Ich will nie wieder in dieses verfluchte Land zurück.‹«

»Ich hatte ja keine Ahnung. Und doch ist Spanien heute ganz in Ordnung.«

»Geschichte ist Schicksal und Timing. Wir können uns nicht aussuchen, in welche Zeit wir hineingeboren werden.«

Als er das sagte, bemerkte sie, dass seine rechte Hand, mit der er das Weinglas hielt, zu zittern begann, sodass er das Glas in die linke nahm. Mindestens eine halbe Stunde lang sprach er über Geschichte und den Spanischen Bürgerkrieg weiter, bis ihm auffiel, dass ihr Interesse erlahmte.

»Aber Sie sind nicht hergekommen, um mit mir über Spanien zu sprechen.«

»Nein. Obwohl es faszinierend ist.«

»Gerard von Amiens – was ist bloß in Sie gefahren?«

Sie lachte. »Was ist bloß in *Sie* gefahren?«

»Für mich war er ein Lokalmatador. Ich bin in Abbeville geboren. Meine Familie lebt seit Jahrhunderten dort. Einer meiner Vorfahren arbeitete für einen der Grafen von Ponthieu.«

»Das war der Teil Frankreichs, den Eleonore von Kastilien erbte.«

»Das ist richtig.«

»Und hat Gerard von Amiens eine Geschichte für sie geschrieben?«

»Das hat er.«

»Ich würde Ihnen gern etwas zeigen.«

»Unbedingt.«

Sie holte ihr Smartphone heraus und rief ein Foto auf, das sie vor ihrer Abreise aus Cornwall gemacht hatte. Es zeigte eines der Pergamentblätter aus dem französischen Kodex. Sie zog das Bild so groß wie möglich und erhob sich. Neben Bonnerives Sessel ging sie in die Hocke, um ihm den Bildschirm zu zeigen.

»Es tut mir leid, dass ich nichts Größeres habe, das ich Ihnen zeigen könnte, aber ich hätte es nur sehr ungern ausgedruckt. Erkennen Sie die Handschrift?«

Er blickte aufmerksam auf das Bild. »Wo haben Sie das gefunden?«

»Ist es seine Schrift?«

»Ja.«

»Sind Sie sicher?«

»Ja. Meiner bescheidenen Meinung nach bin ich weltweit der Experte für derlei Kleinigkeiten. Aber wo haben Sie das gesehen?«

»Auf einem privaten Landsitz im Südwesten Englands. Es gehört zu einem Projekt, an dem ich arbeite. Aber ich unterliege derzeit einer Verschwiegenheitserklärung, deshalb kann ich Ihnen nicht viel mehr darüber sagen.«

»Warum?«

»Es ist ein achtzigseitiger Kodex, der eine Übersetzung eines anderen Kodex auf Altgriechisch aus dem 4. Jahrhundert darstellt. Und der wiederum ist eine Übersetzung einer in völliger Auflösung begriffenen Schriftrolle aus dem 1. Jahrhundert.«

Sie stand wieder auf und kehrte zu ihrem Sessel zurück.

»Sie sind im Besitz eines achtzigseitigen Kodex, den Gerard von Amiens verfasst hat?«

»Übersetzt und niedergeschrieben. Und ich glaube, dass er es für Eleonore von Kastilien getan hat.«

»Warum?«

»Weil die Familie, der diese Texte gehören, Nachfahren von Eleonore von Kastilien und Eduard I. sind.«

Er saß reglos da, dann trank er von seinem Wein und begann, ein Bein vor und zurück zu schwenken. »Was ich darum gäbe, solch ein Dokument zu sehen«, sagte er endlich.

»Wenn der Verkauf über die Bühne gegangen ist – die Besitzer wollen alles versteigern lassen –, kann ich Ihnen ein Faksimile schicken. Von dem gesamten Text.«

Seine Hand begann erneut zu zittern. Um es zu verschleiern, zog er ein Taschentuch aus seiner Brusttasche, nahm seine Brille ab und putzte ihre Gläser. »Nun, ich hoffe, dass ich noch so lange leben werde.«

»Natürlich werden Sie das«, erwiderte sie. »Wissen Sie etwas darüber, welche Art von Beziehung Gerard mit Eleonore pflegte?«

»Ich habe eine Ahnung, ja, vielleicht.«

»Pierre erwähnte, dass Sie Korrespondenz von Gerard besitzen, aber dass Sie sie nie publiziert haben.«

»Pierre glaubt, dass man alles publizieren muss. Ich bin schon lange über diese Phase hinweg. Was die Leute mit dem anstellen, was ich habe, nach meinem Tod, ist ihre Sache. Aber bis dahin halte ich mich am Leben mit der Arbeit an dieser Korrespondenz. Sie unterhält mich.«

»Und ›vielleicht‹ haben Sie ja auch etwas, das ein wenig Licht in all das bringen könnte?«

Er lächelte sie an. »Vielleicht.«

»Lassen Sie mich Ihnen noch etwas verraten«, sagte sie. »Der Text der Schriftrolle wurde meiner Meinung nach wortgetreu ins Altgriechische übersetzt, aber was Gerard ins Altfranzösische übertragen hat, ist eine abweichende Fassung.«

»Wie das?«

»Namen wurden verändert, und – nun, alles, was ich sagen darf, ist, dass seine Fassung eine zensierte Version des Originals ist. Das Original erzählt eine ganz erstaunliche Geschichte, vor allem im Hinblick darauf, wer die handelnden Personen sind. Seine Fassung verwandelt es in eine romantische Saga mit fiktiven Charakteren. Allem zufolge, was ich über Eleonore von Kastilien gelesen habe, war sie eine gottesfürchtige Frau, die sich besonders dem Orden der Dominikaner verbunden fühlte, vielleicht dank der Freundschaft, die sie – während sie auf Sizilien weilte – zu Thomas von Aquin pflegte. Aber Gerard – korrigieren Sie mich bitte, wenn ich mich irre – war dafür bekannt, ein kleiner Ketzer zu sein, richtig? Er hielt von geistlichen Orden nicht viel und besaß eine große Bibliothek klassischer Texte, die zumindest zum Teil von der Kirche in Acht und Bann gelegt worden waren. Eleonore war ebenfalls eine große Liebhaberin der Bücher. Ich versuche, eine Art Brücke zwischen beiden Positionen zu finden.«

»Ich kann Ihnen da vielleicht weiterhelfen. Aber nicht heute.«

»Ich wäre Ihnen sehr dankbar.«

»Sie sind eine junge Frau, die sehr viel Glück hat, Laura.«

»Ich weiß.«

»Seien Sie vorsichtig. Die akademische Welt ist noch so bestechlich und gemein, wie sie es immer schon war.«

»Ich weiß.«

»Gut. Und ich verspreche, Ihnen etwas zu schicken, das sich als hilfreich erweisen könnte.«

»Danke. Und ich verspreche, Ihnen eine Kopie des Kodex zu schicken.«

Sie trank ihr Glas Wein nicht aus. Als sie aufstand, um zu gehen, hatte Bonnerive zwei geleert. Auf dem Weg nach draußen verschlug ihr der goldene Lichtschein, den der Fluss spiegelte und der durch die Fenster hereindrang, den Atem. Bonnerive sah ihren Gesichtsausdruck. »Wie Sie sehen, habe ich es nicht zu schlecht getroffen, als ich die Somme gegen den Hudson eingetauscht habe.«

»Nein, in der Tat.«

Laura zog ihren Mantel an. Er küsste sie auf beide Wangen und drückte flüchtig ihre Unterarme. Sie roch den Wein an ihm, dazu eine Spur von Eau de Cologne, vermischt mit einem Hauch Mottenkugeln.

27

Sie nahm ein Taxi zurück ins Hotel und schrieb unterwegs an James: *Könnten Sie heute Abend noch einmal Italienisch ertragen, und dürfte ich die Reservierung übernehmen? Ich habe meine Gründe. Laura.*

Er antwortete umgehend: *Natürlich.*

Da ihr kein einziges Restaurant uptown einfiel, das ansprechend oder gemütlich war, und sie Nathans Lieblingsadressen downtown kannte, besorgte sie ihnen einen Tisch im irrsinnig teuren *Cipriani's* am West Broadway – drinnen. Sie wusste, dass es nicht die Art von Lokal war, in die Nathan gehen würde. Einmal mehr verabredete sie sich mit James um sieben in der Hotelbar.

»Ahoi«, sagte er, als sie hereinkam. Er rutschte vom Barhocker und gab ihr zwei Küsse auf die Wange.

»Bonsoir«, erwiderte sie. »Was trinken Sie da?«

»Ich glaube, man nennt es Weißwein.«

»Ich meine: welche Sorte?«

»Etwas Trockenes – ein Mâcon Villages, denke ich.«

»Ich will genau das, was er hatte«, sagte sie zum Barmann. »Und können wir ein paar von diesen Mandeln bekommen?«

»Sie sehen hinreißend aus«, befand James. »Sehr französisch«, womit er zweifellos auf ihren blau-weißen Matrosenlook anspielte. »Wie war Ihr Tag?«

»Sehr französisch«, antwortete sie. »Ihrer?«

»*Absolument* schrecklich.«

»Das tut mir leid.«

»Es war zu erwarten gewesen. Niemand hier schert sich einen Dreck um Spanien. Ich bin immer wieder erstaunt, wie fernab von jedermanns Radar es nach wie vor ist, welche falschen Begriffe man sich hier davon macht, welche abgedroschenen Klischees man bemüht – Sie wissen schon, Stierkampf und Flamenco und vielleicht noch Almodóvar oder Zara, aber das ist es dann schon.«

»Vielleicht ist das ja gar nicht so schlecht.«

»Es ist schlecht, wenn man versucht, sich langweiligen Investoren zu verkaufen, wie diese Herren es waren. Aber jetzt sind sie weg, und Sie sind hier. Klingt, als wäre Ihr Tag viel interessanter gewesen.«

»Das war er. Ich habe mich verliebt.«

»Das ging schnell.«

»Aber er ist neunzig.«

Sie fuhren auf ihre Bitte hin mit dem Taxi.

»Ich habe noch nie von diesem *Cipriani's* gehört«, sagte er.

»Der gute liegt uptown, beim alten *Sherry-Netherland.* Mein Stiefvater ist früher immer mit mir dorthin gegangen.«

»Das ist der, den ich kenne.«

»Dann gibt es noch einen schrottigen an der 42nd Street, gegenüber der Grand Central Station, der wie ein Mausoleum ist. Und einen weiter downtown, der auch uninteressant ist.«

»Sie sind ja eine Expertin.«

»Aber der in SoHo ist klasse, und dort werde ich auch Nathan nicht über den Weg laufen.«

»Waren Sie schon mal in *Harry's Bar* in Venedig?«

»Ich war noch nie in Venedig.«

»Das sollte man ändern.«

»Ich weiß«, erwiderte sie. »Aber wissen Sie was? Klischee hin oder her – ich finde, das ist eine Stadt, in die man nur reisen sollte, wenn keines von diesen fürchterlichen Kreuzfahrtschiffen da ist und wenn man in jemanden verliebt ist.«

»Haben Sie etwas von ihm gehört – diesem Nathan-Kerl?«

»Nein.«

»Ist das nicht ein bisschen seltsam?«

»Ja und nein. Ich gehe davon aus, dass er zu wütend ist, um sich zu entschuldigen oder irgendetwas Nettes oder Bedauerndes zu sagen.«

»Ist so etwas schon einmal bei ihm vorgekommen?«

In dem Taxi gab es einen dieser Bildschirme, die auf der Rückseite der Vordersitze angebracht sind und sich in den ohnehin schon begrenzten Passagierbereich mit Nachrichten und Wetterberichten hineindrängen. Sie versuchte die ganze Zeit, ihn abzustellen, aber er reagierte nicht.

»Sie meinen, ob er mich schon früher betrogen hat? Wahrscheinlich. Er und seine Mutter, die noch immer sehr am Leben ist, glauben, er sei Gottes Geschenk an die Menschheit, und ich glaube, er hegt die Fantasie, dass er das Recht der ersten Nacht hätte – was ich wohl großzügig ignorieren oder sogar reizvoll finden sollte. Sie sind nicht so, oder?«

»Wirke ich denn so?«

»Nein. Aber Männer, heterosexuelle Männer – diese seltene Spezies – können sehr hinterhältig sein.«

»Frauen auch.«

»Stimmt.«

»Wir sind beide heute Abend hinterhältig.«

»Ich nicht. Ich habe nichts zu verbergen. Und Sie?«

Während sie die Prince Street entlangfuhren, fiel ihr ein Restaurant an der Ecke zur Crosby Street auf, in dem sie immer gern gegessen hatte. Nun befand sich dort ein anderes Lokal.

»Glauben Sie wirklich, ich hätte Carmensina gesagt, dass wir heute Abend zusammen essen gehen? Glauben Sie, ich hätte ihr auch nur gesagt, dass Sie hier in New York sind?«

»Ich schätze, nein. Nun, dann sollten Sie lieber hoffen, dass Wynona nichts ausplaudert.«

»Das wird sie nicht.«

»Weiß sie von all Ihren Indiskretionen?«

»Es gibt keine anderen.«

»Was ist mit Fiona?«

»Das war nur Flirterei. Es ist nie etwas daraus geworden, oder hat sie Ihnen etwas anderes erzählt?«

»Sie hat gesagt, sie denkt, dass Sie wegen Carmensina in letzter Minute gekniffen haben.«

»Was für eine nette Art, das auszudrücken.«

»Wollen Sie mir etwa erzählen, dass Sie seit zwölf Jahren verheiratet sind und noch nie untreu waren?«

»Ist das so merkwürdig? Ich war einige Male versucht – von einem wissen Sie –, aber nein, getan habe ich's nie.«

»Weil Sie sie lieben?«

»Können wir erst noch etwas trinken, bevor wir dieses Gespräch weiterführen?«

»Tut mir leid. Ich bin schrecklich. Es geht mich ja nichts an.«

»Es mag Sie nichts angehen, aber jetzt fühle ich mich wie ein erbärmlicher Freak.«

Die Menge, die die Tische vor dem Restaurant bevölkerte – haufenweise Europäer, den Luftküssen nach zu urteilen, die sie verteilten –, war genau so, wie sie es vom letzten Mal in

Erinnerung hatte. Sie gingen hinein und mussten an der Bar auf den Tisch warten, den sie reserviert hatte. Beide bestellten sie Wodka, und James bat um die Weinkarte.

»Es tut mir wirklich leid«, sagte sie. »Ich habe Sie meine Wut auf Nathan spüren lassen. Bitte verzeihen Sie mir.«

»Ich verzeihe Ihnen.«

»Ich finde, das ist schon etwas wert, dass Sie Ihre Frau nie betrogen haben. Und ich finde ganz und gar nicht, dass Sie das zu einem erbärmlichen Freak macht.«

Er kippte den Wodka herunter und schlug die Weinkarte zu. »Hören Sie. Das ist ein ziemlich schwieriges Thema für mich, besonders heute Abend.«

»Tut mir so leid.«

»Besonders, da ich beabsichtigt hatte, alles zu geben, um sie heute Nacht zu betrügen.«

»Meine Güte.«

»Da haben Sie's.«

»Heute Nacht. Mit mir?«

»Mit Ihnen.«

»*Beabsichtigt hatte* – Sie beabsichtigen es also nicht mehr.«

»Ich kann an nichts anderes denken. Seit unserem Treffen im Pub letzte Woche bin ich von Ihnen besessen wie ein Sechzehnjähriger. Ich bekomme Sie nicht aus dem Kopf, und als ich gehört habe, dass Sie nach New York kommen, konnte ich mein Glück kaum fassen. Als Sie dann noch gestern Abend erzählten, dass Sie sich von Ihrem egomanen Freund getrennt haben, war ich hin und weg.«

Froh, dass sie so viel Zeit ins Spa investiert hatte, stellte sie ihr Glas auf den Tresen. Dann sah sie ihn an und sagte: »Ich glaube, du musst mich jetzt küssen.«

Das tat er – langsam –, und es war, als hätte ihm jemand den Schlüssel zu einem Raum ausgehändigt, den er lange vergessen hatte. Ihr gefiel, wie sich das anfühlte, und sie erwiderte seinen Kuss. Der Maître erschien: »Hier entlang, bitte.«

Sie hatten einen Brunello di Montalcino halb geleert und zwei Körbchen mit Grissini, als ihr Essen kam. Keiner von ihnen erwähnte noch einmal den Kuss oder das, was ihm vorausgegangen war.

»Der Londoner Anwalt war völlig fasziniert und macht uns Mut«, sagte James. »Er hat mir den Namen seiner Lieblingssachverständigen bei Sotheby's gegeben. Ich habe bereits mit ihr gesprochen – sie wird kommen und die Schriftrolle und die Kodizes in Augenschein nehmen.«

»Wann?«

Sein Handy klingelte. Es war Carmensina, die ihm nachspionierte, und er nahm den Anruf an, stand auf und ging hinaus auf die Straße. Obwohl Laura der Frau einiges nachtrug, war sie froh, heute Abend nicht in ihrer Haut zu stecken. Weshalb sie wiederum ein schlechtes Gewissen hatte. Ein Treuebruch bahnte sich an. Während sie dasaß und auf ihn wartete, gestand sie sich ein, dass der Hauptgrund für ihre Reise nach New York darin bestand, dass auch James hier sein würde. Als er an den Tisch zurückkehrte, bestellten sie eine zweite Flasche Wein.

»Tut mir sehr leid«, sagte er.

»Sei nicht albern. Das ist doch normal, oder?«

»Ja. Ja und nein.«

»Drüben ist es zwei Uhr morgens.«

»Es ist zwei Uhr morgens, und sie hat nah am Wasser gebaut und zu viel getrunken und ist ein Nervenbündel.«

»Ich bin hier und trete in ihre Fußstapfen.«

»Aber du bist nicht fast jede Nacht betrunken und nah am Wasser gebaut.«

»Nein.«

»Nun, sie aber schon. Und es ist schlimmer geworden. Und sie lehnt es ab, sich in irgendeiner Form darum zu kümmern.«

»Und die Mädchen?«

»Die Mädchen merken es natürlich. Ich fühle mich schrecklich schuldig, wenn ich sie verlassen muss. Es ist keine gute Situation.«

»Möchtest du gehen? Lieber allein sein?«

»Nein. Ich sterbe vor Hunger und bin selbst schon ein bisschen betrunken. Wir sollten was essen.«

Sie teilten sich einen Salat, aßen beide einen Teller Pasta und mieden jedes intime Thema, indem sie über seine Familiengeschichte und ihre Familiengeschichte, über Sotheby's und das Projekt sprachen. Sie ließen den Nachtisch aus und bestellten jeder einen Espresso.

»Ich glaube, ich sollte dir etwas beichten«, sagte sie, während sie einen halben Zuckerwürfel in ihrem Kaffee auflöste.

»Tu dir keinen Zwang an.«

»Mein Freund Pierre, der Bursche aus Paris, hat mir zwei Personen vorgeschlagen, mit denen ich über die französische Übersetzung sprechen könnte. Ich habe mich für die hier in New York in erster Linie deshalb entschieden, weil du hier sein würdest.«

»Tatsächlich.«

»Tatsächlich. Ich hatte keine Ahnung, was Nathan so treibt und kam sowieso ziemlich entschlossen hierher, diese Beziehung zu beenden.«

»Verstehe.«

»Ich wollte nur, dass du das weißt, und ich musste hören, wie ich es selbst laut ausspreche.«

Er lächelte sie an – irgendwie reumütig, wie sie fand.

»Und was denkst du darüber?«, fragte sie.

»Was meinst du?«

»Das hier.« Sie deutete auf ihn und dann auf sich.

Er trank noch einen Schluck und sah sie wieder an. »Ich bin mir nicht sicher. Ich glaube, es ist etwas Gutes. Hoffentlich. Obwohl ich merke, dass die Hindernisse größer und größer werden, je mehr ich darüber nachdenke.«

»Also versuchst du, gar nicht darüber nachzudenken.«

»Das stimmt.«

»Und wie läuft es?«

Er lachte. »Schlecht.«

Sie lachte ebenfalls. Beide sahen weg.

»Ich habe die ganze Zeit darauf gewartet, dass du mich so küsst«, sagte sie. »Seit dem Pub, als du mich zum Land Rover begleitet hast.«

Auf dem Weg hinauf in sein Zimmer nahm er sie im Hotelfahrstuhl in seine Arme. Aber kurz darauf, während er duschte, schlief sie vollkommen erschöpft auf dem Bett ein. Als er in einen Hotelmorgenrock gehüllt aus dem Bad kam, fand er sie so, die Schuhe ausgezogen, aber den Mantel noch an. Er versuchte, ihr so sanft er konnte herauszuhelfen, und dachte dabei daran, wie oft er dasselbe bei seinen Töchtern getan hatte. Laura wachte auf und entschuldigte sich ein wenig peinlich berührt. Mechanisch zog sie sich bis auf ihren BH und den Slip aus und kroch unter die Decke, die er ihr aufhielt. James behielt den Morgenrock an und legte sich neben sie. Plötzlich packte ihn ohne jegliche Vorwarnung wie aus dem Nichts Angst, und er war erleichtert, als sie in seinen Armen erneut einschlummerte.

Betend, dass beider Telefone stumm bleiben würden, und verzaubert von dieser schönen, intelligenten Frau, die neben ihm schlief, lag er eine Weile so da, in der Dunkelheit des großen, anonymen Zimmers mit Blick über die westliche Grenze von East Village. Er stellte sich Manhattan so vor, wie es war – die Flüsse zu beiden Seiten, die an der Spitze zusammenflossen und dann weiter, hinaus ins Meer. Er dachte an seine Töchter in Barcelona. Er dachte an Carmensina. Er dachte an die möglichen Folgen seines Handelns und machte sich Sorgen wegen der Schuldgefühle, die er haben würde. Diese Schuldgefühle und seine Angst davor, nicht seinen Mann zu stehen, arbeiteten Hand in Hand und lachten ihn aus, während er sanft über Lauras Kreuzbein strich, bis auch er einschlief.

Es war ungefähr drei, als sie erwachte und versuchte, sich zurechtzufinden. James hatte sich auf die andere Seite gerollt und rührte sich nicht. Sie mochte, wie er roch. Abgesehen vom Wäscheduft des Morgenrocks, den er noch immer trug, war keine Spur von Cologne oder Deodorant oder Schweiß festzustellen – nur ein menschlicher Geruch, irgendwie ähnlich dem von trockenem Holz oder warmem Müsli. Sie erhob sich lautlos und blickte aus dem großen vergitterten Fenster, hinab in die Straßen, in denen trotz der späten Stunde noch dichter Verkehr herrschte.

Sie ging auf die Toilette und spülte ihren Mund mit Zahnpasta aus. Dann schlüpfte sie zurück ins Bett und begann, seinen Nacken zu küssen. Sie ließ ihre Lippen dort, streifte mit den Händen über seine Haut und roch an seinem Haar, bis er sich regte und auf den Rücken drehte.

»Tut mir leid, dass ich eingeschlafen bin«, flüsterte sie.

Er rollte sich auf die ihr zugewandte Seite, während er spürte, dass er hart wurde.

»Ich doch auch. Ist dir eigentlich klar, dass wir uns die ganze Nacht beieinander entschuldigen?«, fragte er.

Er küsste sie und hörte auch nicht damit auf, während er

ihren BH öffnete und ihr den Slip herunterschob. Er konnte spüren, wie sie darauf reagierte. Dann glitt seine Hand ihren Leib hinab und fand ihre Nässe. Sie griff ebenfalls nach ihm. Er nahm sie bei den Schultern und drückte sie auf den Rücken, um anschließend zwischen ihre Beine zu rutschen. Sie küssten sich wieder. »Sollten wir nicht aufpassen?«, fragte sie. »Ich meine, ich nehme immer noch die Pille, aber trotzdem.«

»Natürlich.« Er kam sich dumm vor und bereute die Zwiespältigkeit, die ihn seit dem Abflug aus Barcelona verfolgt und davon abgehalten hatte, Kondome zu besorgen. »Ich bin ein Esel«, sagte er. »Ich habe nichts zu bieten.«

Sie griff erneut nach ihm und küsste ihn. »Danach fühlt es sich für mich aber gar nicht an.« Dann wand sie sich unter ihm hervor. »Vielleicht habe ich was in meiner Handtasche.«

Er sah zu, wie ihre nackte Gestalt im Zimmer nach ihren Sachen stöberte, als wäre sie eine Waldnymphe von einer dieser uralten Inseln, über die sie so viel wusste. Sie brauchte weniger als eine Minute, um zu finden, wonach sie suchte. »Ich weiß nicht einmal mehr, von wann das hier ist«, sagte sie. Doch als sie zu ihm zurückkehrte, war er nicht mehr in Stimmung, und dem Elend und der schleichenden Panik nach zu urteilen, die langsam von ihm Besitz ergriffen, hatte er das Gefühl, dass es für heute Nacht vorbei war.

»Wir wecken ihn wieder auf«, sagte sie und küsste seine Schulter.

»Ja. Aber vielleicht nicht dieses Mal. Es tut mir so leid, es ist mir so unglaublich peinlich.«

»Na«, erwiderte sie, »ich hoffe doch, dass du mehr im Sinn hattest als nur dieses eine Mal.«

»Natürlich hatte ich das. Aber um ehrlich zu sein, ich habe das hier absolut nicht durchdacht.«

Er küsste sie wieder und legte seine Hand zwischen ihre Beine, aber sie schob sie sanft weg. »Ich möchte lieber warten, bis du es schaffst, nicht mehr so viel zu denken.«

Er war ihr dankbar, wusste aber nicht, ob er darauf vertrauen durfte. Sicher, ihr gemeinsames Projekt würde sie immer wieder zusammenbringen, aber es gab keine Garantie, dass sich das hier noch einmal ergeben würde. Vielleicht hatte sie sein Versagen eben abgeschreckt, und er machte sich Sorgen, dass es wieder passieren könnte – eben weil es genau das war, was er am meisten fürchtete.

»Menschen sind kompliziert«, sagte er.

»Und einige noch komplizierter als andere«, ergänzte sie.

Er fragte sich, ob sie das als Vorwurf meinte.

»Könntest du mich einfach nur im Arm halten?«, fragte sie.

Er schmiegte sich von hinten an sie, und so schliefen sie rasch wieder ein, aneinandergekuschelt, bis er in der Dämmerung aufwachte. Rosafarbenes Licht erfüllte den Raum. Er spürte, dass sie bebte, offenbar leise weinte.

»Laura, was ist denn los?«

Sie antwortete nicht. Er fragte sie noch einmal, so ruhig er nur konnte. Doch sie stand auf und ging ins Bad, und er hatte Angst, dass ihre ganze Begegnung, so ersehnt sie in den letzten Tagen auch gewesen war, ein scheußliches Ende nehmen würde. Er hörte, dass sie sich die Nase putzte. Da lag er nun, in der Vorhölle der Ungewissheit, und überlegte, ob er aufstehen und die Gardinen zuziehen sollte, um das erste Morgenlicht auszusperren. Aber er konnte sich nicht dazu überwinden, sich in Bewegung zu setzen. Und da war sie auch schon zurückgekehrt, legte sich wieder zu ihm ins Bett, schlang ihre Arme um ihn und drückte ihn fest an sich. Er hatte sie vollkommen unterschätzt, während er sich egozentrisch in seinem Selbstmitleid über seine verletzte Eitelkeit suhlte, das wurde ihm jetzt klar. Sie war erwachsen, vielleicht erwachsener als er in mancherlei Hinsicht. Sie hatte ihr eigenes Leben und ihre eigenen Probleme, und sein verletzter Stolz hinkte ihr bereits hinterher. Er erwiderte ihre Umarmung und sagte kein Wort.

Sie wandte sich einmal mehr von ihm ab, drehte sich auf die Seite und blickte zum Fenster. Sie zog ihn dicht an sich, sodass sie wieder so lagen, wie sie aufgewacht waren. Dann sagte sie leise, aber deutlich: »Ich weiß nicht, warum ich weine.«

Er küsste sie zwischen die Schulterblätter.

»Es geht mir so gut mit dir«, flüsterte sie. »Ich wusste das. Aber ich will dein Leben nicht auf den Kopf stellen. Mein eigenes war schon so ein Chaos.«

Er fuhr fort, sie zu küssen. Sie begann wieder zu weinen, sprach aber weiter. »Ich suche mir immer überhebliche Männer aus, die nicht einmal wissen, wer ich bin.«

Er blieb einen Moment still, dann sagte er so behutsam wie möglich: »Meinst du, ich weiß, wer du bist?«

»Vielleicht«, antwortete sie langsam, »irgendwann.« Sie mussten beide lachen.

Laura drehte sich zu ihm um. Inzwischen war der Raum von Licht durchflutet. Ein leises Windgeräusch drang durch eine unsichtbare Ritze in einem der Fensterrahmen herein. Sie küsste ihn, und er erwiderte ihren Kuss.

»Du hattest es nicht immer leicht«, sagte er. »Oder nicht?«

»Doch, schon. Aber ich habe nicht das Recht, mich zu beklagen.«

»Jeder hat das Recht, sich zu beklagen.«

»Aber meine Eltern waren ziemlich seltsam. Meine Mutter war hysterisch und halb verrückt, und mein Vater mag ein sehr lieber und anständiger Mann gewesen sein, aber ich habe ihn nie kennengelernt.«

»Ich habe heute Morgen an meinen Vater gedacht«, sagte er. »Daran, dass meine Mutter nie von ihm spricht. Je älter sie wird, desto mehr schämt sie sich seiner. Es ist, als würde sie so auf ihre Ehe blicken, wie ihre Mutter es getan hat. Ich könnte mir vorstellen, dass sie dir gegenüber nie erwähnt hat, wie er gestorben ist.«

»Nein.«

»Er lernte fliegen – ein Machohobby, für das er und seine reichen Freunde sich begeistern konnten. Allerdings war er nicht gerade ein begnadeter Pilot. Eines Tages bestand er darauf, meine kleine Schwester auf eine Spritztour mitzunehmen – sie hatte ihn angebettelt, und Wynona hatte es irgendwann erlaubt. Sie stürzten an der Küste in der Nähe eines Dorfs namens Tamariu ab. Leute, die es mit angesehen haben, sagten später, er sei zu tief übers Wasser geflogen, um anzugeben. Sie fanden drei Leichen in dem Wrack. Meinen Vater, meine Schwester und eine andere Frau, eine Geliebte, von der niemand gewusst hatte und die offensichtlich der wahre Grund für den Ausflug gewesen war.«

»Mein Gott.«

»Sie hat es ihm nie verziehen.«

»Kein Wunder, dass du davor zurückschreckst, deine Frau zu betrügen«, sagte sie.

»So habe ich das noch nie gesehen«, gab er zurück. »Es hat natürlich nichts damit zu tun, dass ich sie noch lieben würde. Das war einmal. Aber jetzt bin ich todunglücklich, und das schon seit Langem.«

»Ich weiß.«

Sie lagen still da, bis er sich hinüberbeugte und sie noch einmal küsste. Sie begannen, einander zu streicheln. Der Rest ergab sich von selbst.

Kurz vor sechs schliefen sie bei geschlossenen Vorhängen ein, befriedigt und im Dunkeln lächelnd. Dann klingelte sein Handy wieder. Er sah, dass der Anruf aus Spanien kam, aber es war nicht Carmensina.

28

Die Zeit zwischen Ende September und Juni mochte Wynona auf Mallorca am liebsten. James und Carmensina bewohnten manchmal im Juli das Haus, und sie vermietete es jeden August an einen dänischen Herrn, der es zu schätzen wusste und achtsam damit umging. Der überfüllte Mittelmeersommer war nicht mehr nach ihrem Geschmack, und genau in dieser Zeit war es in der Villa in Cornwall am schönsten.

Da sie sich nicht mit dem Computer auskannte, kein Reisebüro in der Nähe war und sie James in den Staaten nicht behelligen wollte, bat sie Finn, sie bis nach Heathrow zu fahren. Sie ging zum Schalter von British Airways, als wäre sie am Bahnhof, und kaufte ein Flugticket. Der einzige verbleibende Flug an diesem Tag ging am Nachmittag. Als sie in Palma landete, war es schon dunkel, und sie hatte wenig Verlangen danach, das Haus im Dunkeln aufzusperren, deshalb nahm sie ein Taxi zum *La Residencia Hotel* in Deià, wo sie gerade rechtzeitig zum Abendessen eincheckte. Es war schon zu kühl, um draußen zu sitzen, und das Hotelrestaurant war ihr zu schick, um sich damit aufzuhalten, daher setzte sie sich an einen kleinen Tisch in der Bar, wo sie Weißwein und Oliven bestellte, während sie auf ein einfaches Omelett wartete. Sie aß langsam und las eine zerknitterte Ausgabe der *La Vanguardia* von diesem Tag und konnte sich nicht erinnern, wann sie zuletzt so zufrieden gewesen war.

Ihr Zimmer, das so schön wie die Schlafzimmer in ihrem eigenen Haus war, aber sauberer und ordentlicher, blickte auf den Gebirgszug der Serra de Tramuntana. Sie schlief etwa um dieselbe Uhrzeit ein, zu der James und Laura sich an ihrem zweiten Abend in der Bar des *Bowery* trafen. Als sie in der Morgendämmerung erwachte, öffnete sie die Fenster und sah eine ganze Weile auf die Terrassenlandschaft hinaus, die in lachsfarbene und violette Töne getaucht war, während sie die Luft roch und sich bei wem auch immer für dieses Füllhorn an Reichtümern bedankte. Nach einem Bad und dem Frühstück checkte sie aus und stellte ihren Koffer an der Rezeption unter. Sie ging zur *floristería* am Ort und dann weiter zum Friedhof neben der Kirche oben auf einem Hügel, wo Robert und Beryl Graves und ihre Tochter begraben lagen.

Der Tag war klar und perfekt. Der Gang zur Kirche hinauf strengte sie an, und ihr wurde bald zu warm für die Strickjacke, die sie trug. Sie ruhte sich auf einer Steinbank im Schatten aus und blickte gen Norden. Das Dorf und die ganze Insel hatten diese blank gewaschene Nebensaison-Anmutung wie nach einem Sturm, die sie so mochte. Das war die Insel, wie sie sie in ihrer Jugend gekannt und sich vorgestellt hatte, während sie den Textabschnitt aus der Schriftrolle las, den Laura für sie ausgedruckt hatte.

Sie stattete zuerst den Gräbern von Graves und seiner Frau einen Besuch ab. Das von Beryl war mit totem Laub bedeckt, auf dem des Poeten lag ein traurig wirkender Strauß Plastikrosen, den sie im nächsten Abfallbehälter entsorgte. Dann verteilte sie einige der Blumen, die sie mitgebracht hatte, und sprach ein kleines Gebet. Obwohl sie mit Graves auch in den Jahren seines Verfalls in Verbindung geblieben war und ihn besucht hatte, so oft sie konnte, hatte er sie in seinem letzten Lebensjahrzehnt kaum noch erkannt. Das, dachte sie, war etwas, das niemals mit ihr passieren durfte, und sie durfte auch nicht zulassen, dass jemand, der sich etwas aus ihr machte, das miterleben musste.

Anschließend ging sie zu Inmaculadas Grab. Die Familie ihres Mannes hatte mit Nachdruck darauf gedrängt, Vater und Tochter gemeinsam im Familiengrab in der Nähe von Barcelona zu bestatten. Aber sie hatte das nicht zugelassen. Sie wollte sie dort haben, wo sie selbst einmal liegen würde – genau hier, neben ihrer Tochter. Wynonas Mutter und ihre ganze Linie ruhten auf Friedhöfen in Cornwall und ihr Vater in der Ruhmeshalle der Guinnes' in Irland. Dies war ihr Fleckchen Erde, ein Ort für sie und ihr kleines Mädchen, geschützt vor den Tramuntana-Winden durch die grünen Berge, mit Blick auf das Mittelmeer, inmitten von Palmen und Weinbergen und schattigen Pfaden zwischen Steinhäusern hindurch, die sie so gut kannte.

Während sie Staub und trockene Blätter vom Grabstein wischte, fiel ihr ein, wie sie an diesem Morgen im Badezimmer sich selbst gesehen hatte. Die Brise, die durch das offene Fenster hereinwehte, war so frisch und das Licht so strahlend gewesen. Die Hotelhandtücher dick und flauschig und die Bio-Seife – gerade erst in einer kleinen Manufaktur im Ort hergestellt – duftete zart nach Orangen. Aber der Körper im Wasser, diese derzeitige Ausgabe ihrer selbst, war alt und grau. Sie erinnerte sich daran, wie sie zum ersten Mal ihre Periode bekommen hatte und wie ungewöhnlich freundlich ihre Mutter gewesen war; später an diesem Tag hatte sie festgestellt, dass auch Graves schon darüber informiert war, denn er hatte ihr eine Krone aus Geißblattranken entgegengestreckt. Sie erinnerte sich daran, wie lustvoll es in ihren Zwanzigern gewesen war, nackt unter der Dusche zu stehen oder in der Wanne zu liegen, und wie sexy und erregend ihr

Liebesleben gelegentlich in ihren Dreißigern, Vierzigern und Fünfzigern gewesen war. Doch als die narzisstischen Enttäuschungen einmal begonnen hatten, waren sie unvermindert weitergegangen.

Sie vermisste den Sex nicht. Sie vermisste ihren Mann nicht. Sie hatte das Spiel, die Koketterie, genossen, als sie jung war, und hatte es mit Freunden in der Schule und an der Universität fortgesetzt, genau wie jeder andere auch. Doch jetzt, hier am Grab ihrer Tochter, versuchte sie, ehrlich zu sich selbst zu sein, und musste zugeben, dass sie nicht viel Leidenschaft und sexuelles Verlangen kennengelernt hatte. Einige ihrer Freundinnen waren da glücklicher gewesen. Auch ihre eigene Mutter. Vielleicht übersprang es eine Generation, denn Inmaculada hätte es gehabt – wohl oder übel. Es war bereits angelegt gewesen in der Art, wie das kleine Mädchen seinen Vater dazu verleitet hatte, es in diesem verfluchten Flugzeug mitzunehmen. Was für Wynona der Leidenschaft am nächsten gekommen war, war das, was sie für ihre Tochter empfunden hatte, die nicht lange genug leben durfte, um ihre Periode zu bekommen. Als sie sie aus dem Mittelmeer gefischt hatten, war sie so weiß wie Schnee gewesen. Sie hatte keine sichtbaren Wunden gehabt oder gebrochene Knochen. Es war, als wäre sie einfach eingeschlafen.

Und James? fragte sie sich, als sie zurück ins Dorf ging – war James ein leidenschaftlicher Junge oder Mann? Für sie war er immer noch ein Junge. Am Anfang waren zwischen ihm und Carmensina die Funken geflogen, aber vielleicht war die Hitze zum großen Teil von ihr gekommen. Sie wusste es wirklich nicht. Inzwischen erschien er ihr bedrückt und schwer erreichbar, belastet mit der Ehe – verdammt, wenn er es war, und verdammt, wenn er es nicht war –, und alles nur um seiner kleinen Mädchen willen, etwas, das niemand besser als sie selbst verstehen konnte. Als Anna und Montse auf die Welt gekommen waren, hatte Wynona eine Weile mit dem Glauben an Wiedergeburt gespielt und gehofft, die eine oder die andere würde sich als Inmaculada zu erkennen geben, die zurückgekehrt war, um es noch einmal mit dem Leben zu versuchen. Aber als sie größer wurden und begannen, Carmensinas Eitelkeiten und James' Gleichmut widerzuspiegeln, hatte sie diesen Gedanken wieder fallen lassen.

Der Spaziergang von der Kirche zu ihrem Haus dauerte fast eine Stunde, und als sie dort ankam, wurde die Aufregung, die sie über ihre Ankunft verspürte, von Heißhunger und einem scharfen Schmerz in der rechten Hüfte überschattet – altersbedingte Beschwerden, die sie seit Jahren ignorierte. Etliche ihrer Bekannten hatten sich ganz selbstverständlich Hüftoperationen unterzogen, doch sie war und blieb entschieden dagegen.

Der Schlüssel lag an seinem üblichen Platz, und obwohl das Haus eine Woche zuvor geputzt worden war, fühlte es sich gemütlich, aber leicht schmuddelig an. Man sollte wirklich nur an einem Ort leben, dachte sie, und dies hier sollte ihr Zuhause sein. Als sie diverse Jalousien und Fenster öffnete und sich das Haus mit Licht und der frischen Luft füllte, die nach Meer und Blüten von Zitronen- und Avodacobäumen, Weinreben, Buchsbäumen und Geranien duftete, kam ihr das Anwesen in Cornwall im Vergleich dazu düster vor. Sie sprach an Ort und Stelle noch ein Gebet – und die Ironie daran entging ihr nicht –, dass Lauras Arbeit die Summe erwirtschaften würde, die nötig war, damit sie James helfen konnte, während sie die Villa in Cornwall weiterhin würdig unterhalten und sich dennoch dieses Haus hier, ihr Heiligtum, für sich selbst leisten konnte.

Weder der Schmerz in ihrer Hüfte noch der Strom aufgewühlter Gedanken dämpften die Freude, endlich wieder hier zu sein. Das einzig Gute daran, nicht dauerhaft hier zu leben, war die nun schon seit Jahrzehnten zuverlässig einsetzende Aufregung, wenn sie hierher zurückkehrte, vor allem zu dieser Zeit des Jahres. Die Gerüche des Abgeschlossenseins tanzten einen langsamen, vertrauten und berauschenden Tanz – die alten, gut gewachsten Bodenfliesen im *zaguán*, die Korbmöbel aus dem Patio, aufgestapelt im Gästezimmer im Erdgeschoss, das nicht mehr in Gebrauch war, ihre Sammlung von Sommerhüten, die an Wandhaken neben der schönen mittelalterlichen Truhe hingen, der *barqueño*, die Graves ihr zur Hochzeit geschenkt hatte. Die Bücherregale im Wohn- und Arbeitszimmer, in denen Hunderte Penguinbücher in keiner erkennbaren Ordnung standen, darunter auch Romane vom Flughafen, die Besucher über die Jahre zurückgelassen hatten. Zwei von Miró signierte Drucke und gute Familiengemälde. Die Kaffee- und Teedosen in der Speisekammer, die Päckchen mit Zucker und Reis, Mehl und Pasta, der Barschrank, das Badezimmer des Hausmädchens, die Wäschekammer mit den Putzmitteln und Bleichebehältern, die Holzschale mit den halb aufgebrauchten, jahrealten Sonnencremes. Sie ging nach draußen, zum Schwimmbecken hinunter. Erfreut stellte sie fest, dass es geleert und zugedeckt worden war. Der allgemeine Zustand des Parks und der Bäume und Sträucher erschreckte sie, aber auch das war Teil des Rituals. Sie ging hinauf in ihr Zimmer, um die Toilette zu benutzen, und ihr fiel ein, dass sie noch ihren Koffer aus dem Hotel holen musste und dass sie, wenn sie einige Tage bleiben würde, bei dieser Gelegenheit auch noch etwas zum Essen einkaufen könnte. Sie hatte Freunde, die sie benachrichtigen konnte, um ein wenig

Gesellschaft zu haben, und sie würde das Mädchen anrufen müssen, damit es am folgenden Tag kam. Aber nichts davon fand sie im Moment verlockend. Erschöpfter, als ihr recht war, trat sie auf den Balkon ihres Schlafzimmers hinaus, um noch einmal den Blick über ihren Besitz schweifen zu lassen, bevor sie drinnen ein Nickerchen halten würde. Das war hier nie wirklich ihre Gewohnheit gewesen, wie es das in Cornwall war, und während sie schon eindöste, hoffte sie, dass sie nichts ausbrütete.

Sie erwachte eine halbe Stunde später, hungrig, steif und angegriffen – leicht deprimiert –, und wurde wütend auf sich, weil sie sich so fühlte an einem Ort, den sie so sehr liebte und an den zu gelangen sie so große Anstrengungen auf sich genommen hatte. Während James und Laura in New York zum ersten Mal miteinander schliefen, putzte sie sich gerade die Zähne mit einer alten Zahnbürste, drückte die letzten Reste aus einer eingetrockneten Zahnpastatube und ging dann hinunter in die Garage. Ihr alter beigefarbener, dieselbetriebener Santana sprang beim ersten Versuch an, und sofort ging es ihr besser, wie sie in ihrem Lieblingsauto saß, das nach Öl und Sommersand und rissigem Leder roch.

Als sie rückwärts auf die Straße setzte, ohne auch nur einen Blick nach hinten zu werfen, wurde sie von einem heranrasenden Mercedes-SUV gerammt, an dessen Steuer ein untersetzter Luftchartermanager aus Dresden saß und telefonierte. Sein Versuch, zu bremsen und ihr auszuweichen, kam zu spät. Der mächtige Kühler mit dem schweren Motorblock seines Fahrzeugs bohrte sich mit brutaler Gewalt in die Beifahrertür von Wynonas Wagen. Es katapultierte sie halb aus dem Fenster der Fahrertür und brach ihr das Genick, und eine Kette von biologischen Vorgängen wurde eingeleitet, die etwa fünf Minuten später ihr Herz zum Stehen brachten. In ihren letzten bewussten Augenblicken sah sie, ohne den Schmerz und das deutsche Lärmen des hysterischen Mannes wahrzunehmen, ihr kleines Mädchen wieder. Sie ging zu ihr, schloss sie in die Arme und roch ihren Duft und weinte Tränen der Freude.

29

Mit roten Augen und wie betäubt nahm James einen Morgenflug nach London. Erschöpft und verzweifelt, wie er war, musste er auf dem JFK zum Flugsteig joggen, um das Flugzeug nicht zu versäumen. Er hatte einen Anschlussflug von Heathrow nach Barcelona gebucht, wo er seine Familie abholen und dann gemeinsam mit ihr ein weiteres Flugzeug nach Palma de Mallorca nehmen würde.

Auf halbem Weg über dem Ozean sah er sich selbst im Spiegel der Bordtoilette und brach zusammen. Er war fünfzehn und fern von Spanien gewesen, als sein Vater und seine kleine Schwester verunglückt waren, fünfzehn und bereits ein aufsässiger Teenager. Damals war er zu sehr mit sich selbst beschäftigt gewesen, um das alles nah an sich heranzulassen. Aber Wynona war sein Leben. Wynona war immer da, wie die Sonne, die jeden Morgen aufging. Die verschiedenen Nackenschläge, die er bisher im Leben hatte hinnehmen müssen, waren alle erträglich gewesen, weil er wusste, dass sie immer in der Nähe war. Sie telefonierten mindestens einmal täglich miteinander und stritten nur, wenn einer von ihnen aus welchem Grund auch immer seine fünf Minuten hatte. Luxuriöserweise konnten sie einander als selbstverständlich betrachten. Und obwohl er immer gewusst hatte, dass sie eines Tages vor ihm sterben würde, war das ein Tag, den er – ungeachtet dessen, dass sie in den letzten Jahren zerbrechlicher geworden war – stets in eine unbestimmte Zukunft geschoben hatte. Er betrachtete sich im Spiegel, trocknete sich die Augen mit einem Papierhandtuch, elftausend Meter über dem Atlantik, und versuchte, sich mit der Person zu identifizieren, die seinen Blick erwiderte.

Laura hatte sich im Hotel am Fahrstuhl von ihm verabschiedet, in einen Morgenrock aus seinem Badezimmer gehüllt, ihre Kleider in den Armen zusammengerafft. Ihr Flug ging erst am Nachmittag. Nach der Rückkehr in ihr Zimmer hatte sie die Vorhänge zugezogen, sich in ihr eigenes Bett gelegt und versucht, die Neuigkeit zu verstehen. Sie schluckte eine Tablette und schlief noch ein paar Stunden. Als sie aufwachte und Frühstück bestellte, waren fünf Nachrichten da, von Nathan, endlich, in denen er sie zunächst um Verzeihung anflehte, um dann immer feindseliger zu werden. Sie ignorierte sie.

Sie frühstückte auf dem Zimmer, mit Blick hinab auf die lärmende zweispurige Straße und gegenüber auf das klassische Durcheinander aus Manhattaner Gebäuden, klein und groß, alt und neu. Wynona war mit all ihren Eigentümlichkeiten und trotz der kurzen Zeit, die sie sich kannten, eine Art Mutterfigur für sie geworden. Als sie ihren Haferbrei halb aufgegessen hatte, konnte sie endlich weinen. Sie nahm ein Bad im Dunkeln, bis sie ganz leer geweint war, während sie immer noch versuchte, es zu verstehen.

Sie zog sich an und ging spazieren, zunächst zu ihrem Apartment, um die Pflanzen auf der Terrasse zu wässern. Der Portier erzählte ihr, dass Nathan zweimal da gewesen war und dass sie ihn ihrer Anweisung entsprechend beim zweiten Mal abgewiesen hatten, worauf er zornig von dannen gezogen war. Das brachte sie davon ab, weiter durch das umliegende Univiertel zu bummeln, und so wandte sie sich auf der Fifth Avenue gen Norden, bis sie an der 23rd Street auf den Broadway stieß. Dort bog Laura nach Osten ab, um sich auf eine Bank im Madison Square Park zu setzen, den sie nicht kannte.

Sie war überfordert. Nathans Betrug. Der Schock über Wynonas Tod. Das, was zwischen ihr und James erst Stunden zuvor geschehen war. Die brisante Übersetzung. Was würde jetzt werden? Was würde mit James werden? Was würde mit dem Projekt werden? Dem Projekt, das zu verwirklichen Wynona sie eingestellt hatte. Wynona, mit der sie vor weniger als einer Woche ausgeritten war. Wynona, zu der sie ein ganz besonderes Verhältnis zu entwickeln begonnen hatte und die niemals nach Mallorca gereist wäre, wäre sie selbst nicht nach New York geflogen. In einer Sache war sie sich fast sicher, obwohl es sie frustrierte: dass die Übersetzung besser ein Geheimnis bleiben sollte. Es war klar, dass sie Zündstoff besaß. Sie würde einen Skandal und Tumulte heraufbeschwören. Und wofür? Nun, vielleicht für die Macht der Wahrheit. Sie glaubte nicht an etwas Übernatürliches und war überzeugt, dass Christus, Allah, der Gott des Alten Testaments und sämtliche Götter und Göttinnen aller Religionen in allen Zeiten Erfindungen des Menschen waren, Mythen des Menschen, ersonnen, um seinesgleichen zu kontrollieren, ihm die Fährnisse des Lebens zu erklären und zu helfen, sie durchzustehen. Also warum nicht den Inhalt der Schriftrolle und der Kodizes offenlegen? Wäre das nicht ein Dienst an allen und ein Lehrstück für alle? War sie das nicht ihrem eigenen Glauben an Physik, Chemie und Vernunft schuldig? War sie das nicht dem Vermächtnis Josephs von Arimathia schuldig, das er seinem Schreiber diktiert hatte? Und doch wusste sie ebenso gut, dass die Welt noch immer ein primitiver Ort war, dass sie zu einer privilegierten Minderheit gehörte und dass es wahrscheinlich einfach nur dumm war, durch die Veröffentlichung das Schicksal herauszufordern, den irrationalen Zorn so vieler heraufzubeschwören. Sie fühlte sich überfahren.

Als sie gerade dabei war, einen Imbiss in der Hotellobby zu bestellen, bekam sie eine Nachricht von James, dass sie in seinen Gedanken sei. Sie antwortete ähnlich und ging dann hinauf in ihr Zimmer, um den nächsten Abschnitt zu übersetzen, der sie noch mehr überfuhr.

30

Yeshua fühlte sich stark zu Venusha hingezogen, der jüngeren von Athains Töchtern. Canlia fand zu meiner Überraschung und Dankbarkeit Gefallen an mir, und wir vier wurden einander in einer Zeremonie am Meer vermählt, der ein Gelage mit Unmengen an Essen und Trinken folgte.

Es sei erwähnt, dass Yeshua ein Mann wie jeder andere war, der das Glück hatte, Liebe in all ihren Spielarten zu finden. Sie umarmten einander mit einer Energie, die nur die Jugend kennt. Sie unternahmen lange gemeinsame Spaziergänge und schwammen zusammen. Yeshua arbeitete mit den Zinnbergleuten und auf den Feldern, er arbeitete auf See beim Fischfang und in den Wäldern, wo er Holzscheite für den Winter aufschichtete. Er wurde ein kräftiger junger Mann, ein hingebungsvoller Schwiegersohn und ein beliebtes Mitglied der Gemeinde. Er sprach nicht wieder von seinem Himmlischen Vater. Ich in meinem fortgeschrittenen Alter war schon zu festgefahren in meinen Gewohnheiten, um diese andere Kultur so bedingungslos anzunehmen.

Wir blieben ein Jahr dort und noch eines, bis das Durcheinander in meinen Geschäftsberichten die Heimkehr zwingend notwendig machte – wobei an diesem Punkt »Heim« ein relativer Begriff für alle war, außer für Lucca und Octavius, die niemals in ihrer Untertanentreue zu Tiberius und dem Imperium wankten.

Und dann, als hätte es einer der großen griechischen Dramatiker so bestimmt, war es diese sich abzeichnende Reise nach Hause, die dazu führte, dass sich all die anderen Ereignisse überstürzten, von welchen ich nun berichten werde.

Yeshua wurde ein Jahr nach der Hochzeit mit Venusha Vater, und bald darauf entdeckte sie, dass sie ein zweites Kind erwartete. Canlia hatte noch nicht empfangen, und so luden sie sie in ihr Bett ein. Ich war der Einzige, der davon wusste. Gesegnet mit Yeshuas Samen, wurde auch sie schwanger. Obwohl es mich zuerst kränkte, akzeptierte ich es, denn es verbesserte mein Ansehen in den Augen meiner Geschäftspartner. Ich war damals kein besonders lebhafter Mann, und Canlia kümmerte sich immer um mich, wenn ich es wollte, daher hatte ich in Wahrheit wenig Anlass zur Klage.

Dann, eines Tages, glitt Lucca aus, stürzte und verletzte sich am Bein. Als Mann, der an jegliche Art von körperlichem Leiden gewöhnt war, gab er wenig darauf. Doch die Wunde entzündete sich. Anwendungen einheimischer Kräuter und Tränke schienen es nur noch zu verschlimmern. Er bekam Fieber, und Octavius beschloss, das Bein zu amputieren. Yeshua nahm an alldem lebhaften Anteil, denn er liebte Lucca, der unfassbar litt. Als das Bein abgeschnitten und der Stumpf mit heißem Teer verödet war – eine Prozedur, die ich nicht mit anzusehen ertrug, aber mit anzuhören keine Wahl hatte –, stieg das Fieber weiter, und der arme Bursche, der uns allen so lieb geworden war, starb einen fürchterlichen Tod. Es war das erste Mal, dass ich Octavius je weinen sah. Ich erinnere mich daran, dass Canlia prophezeite, dieses tragische Ereignis sei ein Omen für bevorstehende Kümmernisse. Doch Yeshua sagte, sie solle ihre Zunge im Zaum halten. Beide Frauen waren nervös wegen der Reise, die sie erwartete und die sie so weit von ihrer Heimat wegführen würde.

Wir beschlossen, Lucca auf traditionelle Art zu verabschieden, und mithilfe einiger Zinnleute, darunter auch Luccas stattlicher Gefährte, trugen wir seinen Leichnam auf einem Zweitagesmarsch in die Wälder im Norden. Dort fällten wir einige Bäume, errichteten einen Scheiterhaufen, schichteten darunter eine große Menge Strauchwerk auf und steckten alles in Brand. Wir blieben, bis der Scheiterhaufen in einer Funkenexplosion in sich zusammenfiel. Durch den Rauch und die Flammen konnten wir die Knochen unseres Kameraden hindurchschimmern sehen. Sowohl Yeshua als auch Octavius waren sehr betroffen. Ich, der ich älter war und inzwischen noch viel älter bin, nahm es als weitere Lektion über die Zerbrechlichkeit und Flüchtigkeit des Lebens. Wir bauten ihm ein Grab aus Steinen.

Bei unserer Rückkunft lag die Stadt in Trümmern. Sämtliche Behausungen waren abgefackelt worden. Vielleicht fünfzehn oder zwanzig Bewohner waren noch am Leben, unter ihnen meine liebste Canlia, der es gelungen war, zu fliehen und sich zu verstecken. Wir fanden Venusha tot und entkleidet, das ungeborene Kind aus dem Leib geschnitten. Das andere Kind, Yeshuas kleine Tochter, war gepfählt worden. Athain und viele führende Männer der Stadt waren grausam in Stücke gehauen worden. Kurz gesagt, es war eine Vision der Hölle, die zu beschreiben ich keine weitere Tinte verschwenden werde. Yeshua schnitt Locken vom Haar seiner Tochter und Frau ab und behielt sie bei sich, bis man ihm fünfzehn Jahre später die Kleider vom Leib riss. Er stieß auch auf einen der Marodeure, der verwundet war und versuchte, von dieser Orgie der Sünde wegzukriechen. Er holte ihn ein und stach wieder und wieder zu, wie ich es einst bei dem Mann getan hatte, der meinem Vater die Kehle durchgeschnitten hatte. Octavius musste ihn wegziehen.

Wir fanden ihn später, blutbesudelt und allein am Meer, wo er zwei Wochen blieb, bis unser Schiff eintraf. Er weigerte sich, in das zurückzukehren, was nur noch die Überreste der Stadt waren, und wollte nicht einmal mit Canlia sprechen, die ja noch sein drittes Kind unter dem Herzen trug. Es waren gerade genug Männer da, um die Zinnbarren an Bord zu bringen. Die Marodeure, die von See her gekommen waren, hatten das Zinn nicht angerührt. Es war, als hätten sie sich wenig daraus gemacht oder nicht gewusst, was sie damit tun sollten, und wären nur an Land gegangen, um Schmerz und Tod zu bringen.

Ich bot an, die Stadtbewohner mitzunehmen, aber sie lehnten ab. Als ich darauf bestand, kam Canlia mit uns an Bord, und eines Sommermorgens nach zwei Jahren voller Segen und Glück, denen der Tod eines geliebten Kameraden und der plötzliche Untergang der Welt ein Ende gesetzt hatten, lichteten wir Anker und traten die Heimreise an.

31

Nachdem sie einander am Flughafen umarmt und miteinander geweint hatten, verschlechterte sich Carmensinas Stimmung zusehends. Diese üble Laune war – zusammen mit der Flasche Wein, die sie zum Mittagessen geleert hatte und die sie zusätzlich anstachelte – in erster Linie, wenn auch unbewusst, Tarnung für ihre Aufregung, plötzlich so dicht davorzustehen, einen echten aristokratischen Titel zu erhalten. Carmensinas Missmut äußerte sich als Verärgerung über die Störung, die Wynonas Tod mit sich brachte, da so viel zu organisieren war, über die spontane Reise und über die Notwendigkeit, die Kinder aus ihrem Alltag reißen zu müssen. James, erschüttert von starken Gefühlen, bestand darauf, dass sie in Wynonas Haus auf Mallorca wohnten, auch wenn sie in dem Fünfsternehotel in der Nähe bekannt und willkommen waren. Um seinen Wünschen zu entsprechen, würde Carmensina Essen und Vorräte besorgen, kochen, sich mit Hausmädchen und einem Gärtner, dem antiquierten Heizsystem des Hauses und seinen nicht zusammenpassenden Bettlaken und Handtüchern herumschlagen müssen, und all das zusätzlich zu den Vorkehrungen für die Bestattung.

Auf dem Flug nach Palma lag sie ihm damit in den Ohren. Als er sie alle endlich in einen roten Mietwagen verfrachtete, der ihm missfiel, stand sein lange unterdrückter Zorn kurz vor dem Ausbruch. Ihn in Anbetracht des Anlasses für diese Reise mit derlei Klagen zu behelligen erschien ihm unverzeihlich. Es gestattete ihm allerdings auch, sich selbst von den rasch abklingenden Schuldgefühlen loszusprechen, die er wegen der Nacht mit Laura verspürt hatte. »Wie kann man nur so unsensibel sein?« war das Mantra, das er sich im Stillen immer und immer wieder vorsagte. Aber da die Mädchen und Noelma dabei waren, sprach er nichts davon laut aus.

Bei ihrer Ankunft in Deià ließ er sie im Haus zurück, versprach, selbst den Einkauf zu erledigen, holte Wynonas Koffer im Hotel ab und fuhr nach Sóller, wohin auf seine Bitte ihr Leichnam gebracht worden war. Das einstmals schöne Dorf, das zwanzig Jahre lang von Touristenhorden aus dem nördlichen Europa überrannt worden war, hatte an diesem Tag wenigstens wieder ein wenig Ähnlichkeit mit seinem einstigen Selbst. Der Herbst war nun Nebensaison. Er parkte vor dem *Gran Hotel* und ging, erfüllt von wachsender Furcht, zum Bestattungsinstitut an der Plaza de la Constitución.

Seine Mutter lag mit einem Laken bedeckt auf einer Metallbahre in einem neonhellen Raum. Polizei und die örtliche Gesundheitsbehörde hatten bereits den Papierkram erledigt, und er wurde von einer jungen Frau im weißen Laborkittel zu Wynona gebracht. Sie lüftete das Laken und faltete es nach unten, sodass Wynonas Kopf und Schultern freilagen. Abgesehen von einem großen Bluterguss auf der linken Gesichtshälfte sah sie friedlich aus. Nachdem er ihre Identität bestätigt hatte, ließ die Frau ihn allein. Da stand er, gelähmt von dieser Absurdität, von dieser Realität, die ihn ganz krank machte. Als er sich über seine Mutter beugte und sie auf die Stirn küsste, drangen die Geräusche spielender Kinder von draußen herein, und er musste weinen. Er blieb eine halbe Stunde dort, bis die junge Frau zurückkehrte, um nachzusehen, ob alles in Ordnung war. Er gab ihr ein Kleid, das Wynona in den Koffer gepackt hatte, suchte einen Sarg aus, bezahlte die Rechnung, traf letzte Vorbereitungen für den folgenden Tag und ging. Als er hinaus ins Tageslicht trat, wurde ihm klar, dass das Dorf seine Tragödie gar nicht bemerkte. Er war nicht in der Lage, in einem Supermarkt Besorgungen zu machen, und so fuhr er stattdessen zu einer Bucht unterhalb von Llucalcari, wohin Wynona ihn als Jungen manchmal zum Baden mitgenommen hatte.

Der Zugang zur Bucht gestaltete sich schwierig, und er war froh, dass nur ein einziges Auto oben am Pinienhain parkte, wo die Schotterstraße endete und ein ausgetretener Pfad zum Strand hinab begann. Nachdem er den Motor abgestellt hatte, stieg er aus und lauschte der Brise, die in den Ästen flüsterte. Er holte tief Luft und schloss die Augen. Es fiel ihm schwer, sich vorzustellen, dass er erst am Tag zuvor in New York mit Laura geschlafen hatte – aber er tat es dennoch, um das Bild vom Leichnam seiner Mutter aus seinen Gedanken zu verdrängen.

Er machte sich auf den Weg hinunter ans klare türkisblaue Meer, das durch die Äste hindurch zu sehen war. Der Tag war schon weit fortgeschritten, doch es war untypisch mild für die Jahreszeit. Er zog seinen Shetlandpullover aus, band ihn sich um die Hüfte und wurde sich dabei einmal mehr seines gewachsenen Leibesumfangs und der Weichheit dort bewusst, die von zu häufigem Essengehen, zu wenig Sport und einer sitzenden Tätigkeit herrührte. Der Pfad war steil und da und dort tückisch, und er musste sich an Baumstämmen festhalten, um nicht abzurutschen. Pinienharz klebte an seinen Fingern. Dreißig Jahre zuvor war er schlank, trittsicher und flink wie eine Ziege durch diesen Hain hinuntergerannt, während Wynona sich würdevoll Zeit gelassen hatte, nicht zuletzt weil sie die ganze Ausrüstung trug. Er war den ganzen Tag geschwommen, und sie gab ihm zu essen und sorgte dafür, dass er unter einem Sonnenschirm ein Nickerchen hielt. Sie gesellte sich nur zu ihm im Wasser, wenn sie ankamen und kurz bevor sie wieder aufbrachen. Er erinnerte sich daran, dass sie langsam ins Meer gegangen war und immer mit einer Badekappe auf dem Kopf, dass sie nach und nach tiefer eingetaucht war, sich behutsam nassspritzte, bis sie endlich mit einer schwungvollen Bewegung nach vorn hechtete. Aber wenn sie erst einmal im Wasser war, blieb sie lange drin und kraulte oft gleichmäßig, anmutig weit hinaus, bis er Angst bekam und sie zurückrief. Jetzt lag sie tot in diesem schauderhaften Raum.

Kurz bevor er aus den Bäumen auf den Strand trat, sah und hörte er ein Pärchen, das Sex hatte. Es war unmöglich, nicht hinzustarren, auch wenn es ihn selbst ärgerte. Er hatte auf weniger unternehmungslustige Insassen des anderen Wagens gehofft. Er wollte ungestört im Sand sitzen, seine Gedanken und Gefühle sammeln und vielleicht ein kleines Herbstbad nehmen. Es waren ein junger Kerl und ein Mädchen, die auf einem großen, ausgeblichenen Handtuch lagen. Sie schienen sehr in Eile zu sein, dachte er. Fast als wären sie hergekommen, um den Akt aus purer Inszenierung zu vollziehen und nicht um einer Lust nachzugeben, geweckt von einem Nachmittag, den sie nackt in der Sonne liegend verbracht hatten. Das war die Jugend, dachte er, die Jugend, auf die er aus dem Blickwinkel seiner schlaffer werdenden Leibesmitte sah.

Als sie fertig waren, stand das Mädchen rasch auf, lachend und beschwingt, lief zum Wasser, sprang hinein und schwamm hinaus. Der magere Junge stützte sich auf die Ellbogen und sah ihr eine Weile zu, bevor er ihr nachging. James blieb verborgen am Rand des Wäldchens und trat erst auf den Strand, als sie aus dem Wasser gekommen waren und sich wieder auf das Handtuch fallen ließen. Er nickte ihnen kurz zu und fand dann einen Flecken an der Wasserkante, der von ihnen so weit entfernt wie möglich war. Das Mädchen sagte etwas zu seinem Begleiter und kicherte. James setzte sich auf seinen Pullover und blickte aufs Meer hinaus, ohne auf sie zu achten und zwei Anrufe von Carmensina anzunehmen. Er schickte Laura eine Nachricht: *Sitze allein an einem vertrauten Strand, vermisse dich. Was für ein schrecklicher Tag an so einem schönen Ort.*

Zwanzig Minuten später stand das Pärchen auf und zog sich an, packte seine Sachen und ging. Obwohl er ihr Rendezvous nicht erotisch gefunden hatte, erfüllte es ihn doch mit Neid. Niedergeschmettert von der gewaltigen Last seines Verlusts, gelobte er sich, sein Leben zu ändern, solange noch Zeit dazu war. Er dankte seiner Mutter für ihr Abschiedsgeschenk, dafür, dass sie neulich darauf bestanden hatte, er solle Laura im *Wounded Hart* aufsuchen, was sich so anfühlte, als wäre es vor Monaten gewesen. Als er aufstand und sich auszog, um schwimmen zu gehen, schwor er bei Wynonas Seele, dass er so nicht mehr weitermachen würde.

Als sie ihn mit leeren Händen zum Haus zurückkehren sah, setzte Carmensina ihre Tiraden fort. »Wo warst du die ganze Zeit? Warum bist du nicht ans Telefon gegangen? Was sollen wir essen? Was ist mit den Mädchen? Der Pool ist leer. Sie haben einen Blick darauf geworfen und sind in Tränen ausgebrochen.«

»Zeig's mir«, sagte er.

»Was? Du glaubst, ich lüge?«

»Zeig's mir.«

Er ließ alles über sich ergehen, während sie durch den Garten hinuntergingen, weil er außer Hörweite von Noelma und seinen Töchtern sein wollte.

»Sieh's dir an«, sagte sie und deutete auf die marineblaue Plane aus Leinwand, die den leeren Pool bedeckte. In der Mitte hatte sich eine Pfütze aus Regenwasser gebildet, in der sich tote Blätter angesammelt hatten.

»Du hörst mir jetzt zu«, sagte er, während er sich wütend zu ihr umdrehte. »Das hier muss aufhören. Jetzt sofort. Was ist bloß los mit dir? Meine Mutter ist tot, und wir sind hergekommen, um sie zu begraben. Das ist furchtbar für mich.«

»Es ist auch furchtbar für mich«, erwiderte sie, weil er nicht die Oberhand gewinnen sollte.

»Dann hör auf zu jammern. Hör auf zu trinken. Hör auf, dich zu beschweren. Hör einfach auf. Zeig um Gottes willen ein bisschen Mitgefühl. Ich kann deine Stimme nicht mehr ertragen.«

»*Du* wolltest, dass wir hier wohnen«, entgegnete sie, ohne auf seine Worte einzugehen, verbissen wie ein Terrier. »Wenn wir hier wohnen sollen, brauchen wir etwas zu essen und zu trinken. Ist das so viel verlangt? Wir haben nur einen Wagen. Du hast freiwillig angeboten, die Einkäufe zu übernehmen, und ich dachte, ich tue dir einen Gefallen, indem ich dich fahren lasse.«

»Was ich eingekauft habe, war der Sarg meiner Mutter.«

»Es tut mir leid, James, wirklich. Aber ...«

»Ich will kein ›Aber‹ mehr von dir hören. Ich will *dich* nicht mehr hören.«

»Was sagst du da? Was meinst du damit?«

Ihr kamen die Tränen. Er sah zu ihr und dann zu der Pfütze auf der Poolabdeckung und verfluchte alles. Er fühlte sich schrecklich, um ihretwillen und um aller willen.

»Wir gehen ins Hotel«, entschied er binnen eines Wimpernschlags. »Komm. Hol Noelma und die Mädchen.«

»Du willst meine Stimme nicht mehr hören? Ich bin deine Frau. Ich bin die Mutter deiner Kinder.«

Sie nahmen sich eine Suite im *La Residencia*, dazu ein weiteres Zimmer mit drei Betten, und speisten mit der ganzen Familie auf dem Zimmer. Als sie mit dem Essen fertig waren, setzten sich die Mädchen auf das Sofa und schauten auf einem gewaltigen Flachbildschirm Zeichentrickfilme an. Der Ehestreit ging über in ein zermürbendes, gärendes Schweigen, das sie beide nur zu gut kannten. Endlich stand James auf und schob den Servierwagen in den Gang vor der Zimmertür hinaus und verkündete, er werde einen Spaziergang machen. Keiner von beiden freute sich auf den Augenblick, wenn sie zusammen schlafen gehen würden.

Er schlenderte hinunter an den großen Hotelpool, der einsam erleuchtet in der dunstigen Nacht lag. Eine Nebelschicht stand über dem beheizten Wasser. Es war klug gewesen, ins Hotel zu ziehen, das musste er zugeben, und das einzig Richtige. Er würde ihr diesen Knochen später zuwerfen in der Hoffnung, es würde ausreichen, um sie beide schlafen zu lassen. Morgen war ein anderer Tag, der Tag von Wynonas Beerdigung, etwas, das sich – ungeachtet seines Besuchs im Bestattungsinstitut – noch immer absolut und brutal surreal anfühlte. Er wählte Lauras Nummer.

32

Sie war inzwischen in London angekommen und aß mit Fiona im *La Famiglia* in Chelsea zu Abend.

»Mama steht unter Schock«, sagte Fiona und bohrte die Gabel in ihr Spargelrisotto.

»Ich auch.«

»Sie hat gesagt, dass Wynona immer eine Katastrophe am Steuer war.«

»Ich weiß nicht, was ich tun oder sagen oder denken soll.«

»O Gott, stimmt ja. Was ist mit dem Auftrag?«

»Das habe ich gar nicht gemeint, aber natürlich ist das auch die Frage.«

»Hast du schon mit James darüber gesprochen?«

»Das ist jetzt nicht der richtige Moment. Es ist am besten, ein bisschen Zeit verstreichen zu lassen.«

»Er muss am Boden zerstört sein. Er hat sich immer so auf sie verlassen.«

Laura hatte ihrer Freundin nichts davon erzählt, dass sie James in New York getroffen hatte. Sie wollte es ja, einfach um jemanden zu haben, mit dem sie darüber reden konnte, aber sie hatte trotzdem beschlossen, es noch eine Weile für sich zu behalten. Fiona, die mitten in ihrer eigenen ehebrecherischen Affäre steckte, würde zu viele Meinungen haben. Laura hatte das Gefühl, dass ihre Neuigkeit irgendwie ihren Glanz verlieren würde, vielleicht sogar in ihren eigenen Augen, wenn sie – und das wäre unausweichlich – in Fionas Beziehungswirrwarr hineingezogen wurde. Schlimmer noch, sie war fast sofort mit James ins Bett gestiegen, was Fiona trotz Aufbietung aller Verführungskünste nicht gelungen war. Auch wenn die Geschichte schon Jahre her war, riet ihr ihre Intuition dazu, noch eine Weile Stillschweigen zu bewahren. Aber von Nathan und der *Veselka*-Kellnerin erzählte sie ihr doch.

»Da hattest du ja eine ziemlich irre Zeit«, fand Fiona.

»Ich muss immer denken, dass all das nicht passiert wäre, wenn ich in Cornwall geblieben wäre. Wynona wäre noch am Leben, und Nathan würde glückselig seinen Teenager vögeln …«

»In deinem Bett, dieser Dreckskerl. So darfst du gar nicht erst denken.«

»Ich kann nicht anders.«

»Schicksal ist Schicksal, Laura. Shit happens. Das weißt du. Einfach eins nach dem anderen.«

»Ja. Aber trotzdem.«

»Trotzdem, so ein Quatsch!«

Da musste Laura lachen.

»Wie läuft's mit Giles?«, fragte sie, um das Thema zu wechseln. »Gut, hoffe ich – ich könnte nicht noch mehr schlechte Nachrichten vertragen.«

»Ich treffe ihn nächste Woche in Amsterdam, für zwei Nächte. Ich freue mich so darauf.«

»Und seine Frau ahnt noch immer nichts.«

»Wer weiß?«, grübelte Fiona. »Der Schlüssel ist, dass sie ihm keine Fragen stellt und auch nicht in seinen Mails und Nachrichten herumschnüffelt. Sie hätte einen Oscar verdient.«

»Oder einen anderen Ehemann.«

»Ich habe das Giles gegenüber mal angesprochen, aber er ist nicht dieser Meinung. Er sagt, er kann es sich nicht vorstellen, dass sie mit jemand anderem zusammen ist und all das tut, was man eben tut, damit es erst einmal so weit kommt. Dass sie von Natur aus genügsam ist. Und weißt du was: Er ist ja die meiste Zeit da. Sie gehen zu Schulaufführungen, sie verbringen den Sommerurlaub gemeinsam, jedenfalls den größten Teil davon.«

»Wie ist es mit Sex?«

»Auch das, jedes zweite Weihnachten.«

Sie lachten beide. Dann musste Laura an James denken und hielt inne. Was Fiona auffiel.

Sie gingen am Chelsea and Westminster Hospital vorbei, überquerten die Fulham Road und schlugen den Weg zu Fionas Haus an der Redcliffe Road ein. Es war drei Stockwerke hoch und sehr groß für eine Person, und oft ließ Fiona Freunde bei sich wohnen. Laura war erschöpft vom Flug und allem anderen und wollte nach oben, um ein Bad zu nehmen und James zu schreiben, bevor sie schlafen ging. Aber Fiona war viel zu aufgedreht und bestand darauf, dass sie noch einen Tee in der Küche tranken. Es verging eine weitere Stunde, bis Laura in dem Bad neben ihrem Schlafzimmer in der Wanne lag. Darüber war eine Pergola mit Efeuranken angebracht, und dort erreichte sie James' Anruf.

»Wir sind alle hier – und streiten, wie immer«, sagte er.

»Wie schrecklich.«

»Du fehlst mir.«

»Du fehlst mir auch. Wo bist du gerade?«

»Draußen am Hotelpool.«

»Ich finde, ich sollte kommen. Ich habe ein schlechtes Gefühl, nicht da zu sein.«

»Es wäre nur noch verwirrender.«

»Ich weiß. Aber ich werde hinfliegen, bald irgendwann, hoffe ich. Ich habe es mir selbst versprochen.«

»Das hätte sie gern gewusst. Vielleicht kann ich dann mit dir kommen.«

»Wirst du es schaffen?«

»Ich stehe neben mir. Meine Mutter und beste Freundin ist tot. Aber dank dir habe ich mich auch noch nie so lebendig gefühlt. Dann denke ich an Carmensina und die Kinder, und es geht mir wieder schlecht.«

»Ich weiß.«

Für sie beide war das Ende des Abends ein Anlass, um weiterzutrauern. Als sie im Bett in Fionas Haus lag, müde vom Reisen und dem emotionalen Auf und Ab, verwandelten sich Lauras Tränen auch in Tränen über den Verlust von Nathan und über den Schmerz, den seine Wut ihr zugefügt hatte. Sosehr sie sich auch mühte, sich an all das Schlechte zu klammern, zu dem ihr in den letzten Wochen der Zugang so leichtgefallen war, verlor sie doch den Halt und wurde in eine Flut aus zärtlichen Erinnerungen gespült. Vor vier Jahren hatten sie zum ersten Mal in genau diesem Bett in Fionas Haus miteinander geschlafen. Damals sah sie in ihm einen aufregenden Fang, und er spielte seine Rolle perfekt – die des charmanten intellektuellen Satyrs. Sie erinnerte sich an ihre gemeinsamen Trips nach Paris und Berlin, St. Petersburg und Washington, als alles noch gut zwischen ihnen war. New York und seine Universität hatten ihnen das Genick gebrochen. Der unersättliche Hunger der Stadt nach Berühmtheit und das blindwütige Konkurrenzdenken an der Universität hatten sie beide ausbrennen lassen. Ihm waren sie zu Kopf gestiegen, und sie hatten sie mit Füßen getreten. Aber war er so selbstbezogen und narzisstisch, dass er nicht in der Lage war, ihr die kleinste normale Höflichkeit zu erweisen? Vielleicht war sie in den letzten Tagen ihm gegenüber zu abweisend gewesen, aber hatte er wirklich nichts anderes als vergiftete Nachrichten für sie übrig? Was war das nur in diesen zornigen Männern, das sie sofort in ihr Schneckenhaus kriechen ließ? James redete wenigstens. Er erkannte Dämonen. Und er hatte keine Angst zuzugeben, dass er Angst hatte.

Als James eintausendsechshundert Kilometer südlich von London auf sein Hotelzimmer zurückkehrte, lag Carmensina im Bett und sah sich ein Fotoalbum an, das sie aus Wynonas Haus mitgebracht hatte. Es gemeinsam anzusehen und in die Vergangenheit einzutauchen schmiedete eine Art Waffenstillstand zwischen ihnen. Sie schauten sich Bilder von Wynona an, als sie jung gewesen war, rank und schlank, glatt, gebräunt und kokett, als James' Vater dünn und gebräunt gewesen war, in Espadrilles und immer mit einer Zigarette in der Hand und oft mit der kleinen Inmaculada auf den Schultern. Die Cocktailpartys, die Geburtstagsfeiern, die Kostümbälle, die Strandpicknicks, die Tennisspiele und immer das Mittelmeer dabei und dieselben Pflanzen und Sträucher, dieselben Bougainvillea und Palmen, unter denen er und Carmensina neben dem zugedeckten Pool an diesem Nachmittag gestritten hatten.

Dann waren da Fotos von ihm selbst als Junge, in ein großes Handtuch nach einem zu langen Bad im Meer gehüllt, als Heranwachsender mit schlechter Haut und lächerlicher Frisur, mit einer festen Freundin im Teenageralter, die er vollkommen aus den Augen verloren hatte. Und dann Bilder von ihm und Carmensina, wie es am Anfang gewesen war – auf einem sah sie verführerisch aus in ihrem Bikini, auf einem anderen posierten sie beide in sommerlicher Gesellschaftskleidung bei einem Abendessen anlässlich der Regatta in Andratx neben einer der spanischen Infantinnen und Königin

Sofia. Und es gab ein Foto von Carmensina, gebräunt in T-Shirt und Slip, als sie mit Anna schwanger war, Patiencen legte und Sinnlichkeit und Zufriedenheit ausstrahlte.

»Damals waren wir glücklich, oder?«, fragte sie.

»Ja«, antwortete er. »Das waren wir.«

Als sich Wynonas Trauergottesdienst am folgenden Tag dem Ende zuneigte, kam Laura in der Villa in Cornwall an. Sie hatte ein Taxi vom Truro-Bahnhof genommen. Finn öffnete die Tür; er trug eine schwarze Armbinde am Jackenärmel. Mit ernstem und verlegenem Gesichtsausdruck sagte er, dass sie wieder abreisen müsse.

»Ich verstehe nicht.«

»Wir auch nicht, Miss. Aber Mrs. Figueras war unnachgiebig in dieser Sache.«

»Was genau hat sie gesagt?«

»Sie hat heute Morgen angerufen und gesagt, dass Ihre Anstellung bei Mrs. Guinness mit Mrs. Guinness' Ableben geendet hat und dass Sie hier nicht länger bleiben dürfen.«

»Hier sind noch Sachen, die mir gehören.«

»Ich weiß, Miss. Bitte kommen Sie herein. Wir können Ihnen damit helfen.«

Sie war aufgebracht.

»Ich kann das nicht glauben.«

»Es tut mir so leid, Miss. Wir sind nicht einmal sicher, wie lange man unsere Dienste noch brauchen wird.«

»Das ist doch absurd«, erwiderte sie zornig. »Ich würde James auf der Stelle anrufen, wenn es nicht so eine schreckliche Zeit für ihn wäre.«

Sie bemühte sich um Beherrschung, während sie innerlich Carmensina verfluchte.

»Sie beide werden sich keine Sorgen machen müssen.«

»Das hoffe ich in der Tat, Miss.«

Das Haus fühlte sich anders für sie an. In der Woche zuvor war sie noch wie eine Tochter behandelt worden, man hatte ihr die Mahlzeiten serviert, die Wäsche gewaschen, und wenn sie nachmittags auf ihr Zimmer zurückkehrte, war das Bett gemacht und das Bad geputzt gewesen. Nach anfänglicher Reserviertheit hatten sie und Wynona eine Beziehung zueinander aufgebaut. Und nun war Wynona tot, und sie, Laura, wurde vor die Tür gesetzt wie eine Unternehmensberaterin, die den Fehler gemacht hatte, zu viel als selbstverständlich hinzunehmen. In der Woche zuvor hatte die Villa einzig und allein Wynona gehört. Sie hatte die Bühne mit Selbstbewusstsein und Natürlichkeit dominiert. Sie hatte den Eindruck vermittelt, sie sei eine Frau, die von Geburt an hierhergehörte. Nun kam Laura das Haus wie ein führerloses Schiff vor, das sich losgerissen hatte und abtrieb, und es fiel Laura schwer, sich vorzustellen, dass es von jemand anderem mit derselben eleganten Leichtigkeit navigiert werden könnte. Auf der Zugfahrt von London nach Süden an diesem Morgen hatte sie sich auf ihre Ankunft hier gefreut, darauf, in ihr prächtiges Zimmer zurückzukehren und bei der Arbeit die echten Dokumente in ihrer Nähe zu wissen. Sie hatte sich darauf gefreut, sich wieder geerdet zu fühlen, selbst wenn es nur für eine Weile gewesen wäre. Sie hatte darauf gehofft, dass man sie dort weiterhin umsorgen und ansonsten in Ruhe lassen werde. Und dass James gelegentlich zu Besuch käme.

Frustriert, weil sie ihn nicht anrufen konnte, schickte sie Fiona eine Nachricht: *Seine Frau schmeißt mich raus!* Fiona rief umgehend an, schaffte es aber nur, ihr noch mehr Sorgen einzupflanzen, etwa was die Gültigkeit von Lauras Vertrag betraf und neue Machtbefugnisse, die Carmensina womöglich erhalten würde, nun, da das Familienoberhaupt tot war.

Laura zog ihre alte Liste der Unterkünfte in der Gegend zurate und buchte ein Zimmer in einem Bed and Breakfast, das nur einen Steinwurf vom *Wounded Hart* entfernt war. Als sie das organisiert und ihre Sachen gepackt hatte, fühlte sie sich ein kleines bisschen besser. Sie musste eine ernste Unterredung mit James führen, so viel war klar. Rein beruflich, eine, auf die sie lieber verzichten würde, jetzt, da sie gerade dabei waren, sich aufeinander einzulassen.

Nach einem etwas peinlichen Mittagessen mit Finn und Bidelia in der Küche brachte Finn sie ins Dorf und sorgte dafür, dass sie in der Pension gut untergebracht war. Das Zimmer erwies sich als weder so hübsch, wie sie gehofft hatte, noch so scheußlich, wie sie befürchtet hatte, und nach einem unruhigen Nickerchen fuhr sie ihren Computer hoch und machte sich wieder an die Arbeit.

33

Yeshua sprach erst wieder, als wir nach Gades zurückgekehrt waren. Unser Schiff ging dort für zwei Tage vor Anker. Ich verspürte den starken Wunsch, den Melkart-Tempel erneut aufzusuchen, doch weder Octavius noch Yeshua teilten ihn. Ich nahm Canlia mit. Obwohl sie sein Kind trug, obwohl ihre Angehörigen und ihre Gemeinde umgebracht worden waren, sodass keine Notwendigkeit zur Heuchelei mehr bestanden hätte, und obwohl ihre Schwester nicht länger Yeshuas Zuneigung für sich beanspruchte, hatte sie sich dennoch enger an mich angeschlossen. Da ihre Mutter, ihr Vater und ihre Schwester tot waren und sich der Vater ihres Kindes von ihr abgewandt hatte, war mein Wert gestiegen.

Wir brachen um die Mittagszeit auf und ließen die Stadt bald hinter uns. Binnen einer Stunde erreichten wir den Tempel. Ich führte sie an diesen fremden Gott heran, und sie kniete mit solcher Ehrfurcht und Sehnsucht vor der Statue nieder, dass es mich bewegte, das zu sehen. Sie wandelte in dem ausgedehnten Olivenhain umher, der an den Tempel angrenzte – dies waren Bäume, die so alt wie Canlias aufgegebene Heimat waren und exotisch für sie. Die rote Erde, die Grasbüschel, die milde Sonne und die funkelnde See, die unter uns lagen und so anders waren als ihre gewohnte Umgebung, lösten Staunen in ihr aus und machten Hoffnung möglich.

Sie lief einen Pfad hinunter und setzte sich auf die niedrige, dicke Mauer aus Stein, von der aus Jahre zuvor Yeshua,

Octavius und Lucca Gefallen an ihrem Wettbewerb im Steinweitwurf gefunden hatten. Ich ließ mich neben ihr nieder und legte den Arm um sie. Sie sah mich an und begann, sich auszuziehen, ohne sich die Mühe zu machen aufzustehen. Erst in drei Monaten sollte sie niederkommen. Sie breitete ihre Kleider auf der Mauer aus und ließ sich rückwärts darauf sinken. Es war so eine gewagte, so zärtliche, so unerwartete Einladung, dass ich spürte, wie ich darauf reagierte, und als ich mich zu ihr legte, schrie sie auf und schlang ihre Arme um mich – dieses junge Mädchen, das so beraubt und fern seiner zerklüfteten Heimatküsten war und diesen alternden Kaufmann von der levantinischen Wüste empfing. Nie war ich Melkart dankbarer, und ich dachte bei mir, nicht ohne eine gewisse Scham, dass mein Neffe meinethalben weiterschweigen und -trauern konnte, solange er das wünschte.

Als hätte er es geahnt, brach Yeshua an diesem selben Abend sein Schweigen, während Canlia schon schlief und Octavius durch die Stadt streifte. »Ich hatte mich daran gewöhnt, Onkel.« Er sagte es einfach so, während er vor sich hin starrte. »Woran, Yeshua?« – »An das gute Leben.« – »Aha.« – »Daran, neben ihr einzuschlafen und aufzuwachen. An das Atemgeräusch des kleinen Mädchens. An den Blick von der Stadt in die Bucht hinunter. An die Tage und Nächte und Jahreszeiten, die ineinander übergingen. An das Feuer im Winter und den Frühlingsregen. Ich hatte mich daran gewöhnt. Das war mein Leben. Nicht das meiner Mutter oder meines Vaters, nicht einmal deines, der du mich dorthin gebracht und mir den Weg gezeigt hast, sondern meines, mein eigenes Leben. Ich hatte mich auf meine Art daran gewöhnt.«

Ich fühlte mich verpflichtet zu sagen: »Von all dem, woran du dich gewöhnt hast, von all dem, was du aus deiner Vergangenheit mitgebracht hast, sind dir zwei Dinge noch im-

mer geblieben.« – »Nein«, sagte er. »Alles ist verloren.« Ich gab nicht nach. »Zwei sind dir geblieben. Venushas Schwester und das Kind, das sie von dir empfangen hat.«

»Canlia ist Venushas Geist«, sagte er. »Jedes Mal, wenn ich sie sehe, erinnert es mich nur an das, was ich verloren habe – und wie.« – »Canlia ist kein Geist«, sagte ich. »Ich versichere es dir. Sondern eine schöne junge Frau aus Fleisch und Blut, und in diesem Fleisch und Blut schwimmt, ruht eingerollt, wächst dein eigenes, lebendiges Kind heran.« – »Nein«, sagte er zum dritten und letzten Mal. »Meine Kinder sind nicht länger von dieser Welt.«

Es war das Einzige, was er sich immer bewahrte – es war in ihm an dem Tag, als wir Nazareth verließen, und es war in ihm an dem Tag, als er starb. Es war, als würde sich die Welt um ihn drehen, sodass viel von der Liebe, die er in die Welt verströmte, wie durch die Reflexion eines Spiegels wieder zu ihm zurückkehrte.

34

Laura zog ihren Mantel an, nahm ein Notizbuch und ging zu Fuß ins Dorf, am *Wounded Hart* vorbei, weiter zu dem lebendigeren Gastropub, um sich einen Drink und ein frühes Abendessen zu genehmigen. Das Wort, das in den Kodizes verwendet wurde, lautete ὕβρις. *Altier* oder *hautain*, »hochmütig« oder »eingebildet« waren die Adjektive, die ihr einfielen, als sie zu übersetzen versuchte, was Joseph von Arimathia über seinen Neffen geäußert hatte. Sie empfand es als harsche Kritik – sicherlich mit einem Körnchen Wahrheit –, die auf alle Größenwahnsinnigen zutraf. Wie sonst sollte man jemanden bezeichnen, der glaubte, er sei Gott, der in Menschengestalt auf die Erde herabgestiegen war? Aber sie zog auch die Möglichkeit in Betracht, dass diese Beurteilung zu streng war – zumindest in diesem Fall.

Sie fragte sich, wie alt Joseph von Arimathia war, als er den Text diktierte, und kam zu dem Schluss, er müsse Anfang vierzig gewesen sein, als sie zu ihrer Reise aufbrachen, dreioder vierundvierzig, als sie sich in Gades aufhielten, das dem heutigen Cádiz entsprach, und in seinen Sechzigern, als er dem Schreiber alles berichtete. Anscheinend war er eingefleischter Junggeselle gewesen, als Miryam ihn bat, ihren ältesten Sohn aus dem Heiligen Land in die weite Welt mitzunehmen. Wie alt war das in jenen Zeiten und in jener Kultur? Und als er dann doch heiratete, war es aus freien Stücken Tausende von Kilometern von Jerusalem entfernt geschehen, und die Braut war ein junges Heidenmädchen. Sie überlegte, ob er möglicherweise schwul gewesen sein könnte. Wenn er von Kurtisanen und Dienerinnen sprach, mit denen er es getrieben hat, dachte sie, ersetzte er à la Proust nur Alberts durchs Albertines. Andererseits fühlten sich seine Lust auf Canlia am Melkart-Tempel und seine Abneigung, sie seinem Neffen abzutreten, echt an. In jedem Fall waren seine sexuellen Präferenzen unerheblich. Vielleicht ließ sie sich zu sehr von den jüngsten Ereignissen in ihrem eigenen Leben beeinflussen, aber was sie seiner schroffen Meinung über Yeshua entnahm, war eine gewisse Kälte, eine Gefühllosigkeit gegenüber dem Leiden seines Neffen. Als Yeshua von den arabischen Sklavenhändlern entführt wurde, war die Hauptsorge seines Onkels gewesen, wie er in Miryams Augen dastehen werde, wenn sie davon erfuhr, und nicht das Schicksal seines Neffen. Als er Yeshua ermunterte, sich nach einem Trauma katastrophalen Ausmaßes in Cornwall zusammenzunehmen, schien er unempfänglich dafür zu sein, was ein junger Mensch, der liebte und mit einer normaleren Sensibilität ausgestattet war, durchmachen mochte – nicht einmal einen Monat, nachdem er die Überreste seiner brutalst niedergemetzelten Frau und Kinder gefunden hatte. Auf der anderen Seite hatte der junge Joseph von Arimathia mit angesehen, wie seinem Vater die Kehle durchgeschnitten worden war, bevor er dafür Rache genommen hatte. Wenn solch eine Erfahrung einen nicht für die Fährnisse des Lebens stählte, was dann?

Väter und Söhne, dachte sie, als sie den Pub betrat. Obwohl Yeshua als Junge mit seinem Vater arbeitete – dem einfachen Bürger, dem Zimmermann –, war der Elternteil, an den er sich band und den er unterstützte, seine adelige Mutter. Der einzige Vater, von dem er achtundneunzig Prozent der Zeit über sprach, war einer, der im Himmel wohnte, nicht der Schreiner, der beim Abschied bittere Tränen vergossen hatte.

Obwohl es der Abend des Tages war, an dem man Wynona zur letzten Ruhe gebettet hatte, waren die laute und fröhliche Atmosphäre im Pub, die einheimischen jungen Leute, die Pints an der Bar bestellten, die plärrende irische Rapmusik und eine Reihe passabler französischer Weine, die glasweise ausgeschenkt wurden, genau das, was Laura jetzt brauchte. Sie redete sich gut zu, dass gerade Wynona es verstehen würde, und beschloss, dass sie, wenn sich ihr Status in der Villa nicht verbesserte, die Maler abbestellen und sofort in ihr New Yorker Apartment zurückkehren würde. Sie wusste, dass sich James im Augenblick in einer schwierigen Lage befand und es deshalb nicht nur das Klügste, sondern auch das Angemessenste war, ihm Spielraum zu lassen. Er mochte nicht der stärkste Bursche sein, den sie je getroffen hatte, aber er war kein Lügner, dessen war sie sich ziemlich sicher. Die Intimität, die sie geteilt hatten, hatte sich echt angefühlt.

Ein weiterer Vorzug des Gastropubs war, dass im hinteren Bereich eine Reihe ramponierter Computerkonsolen für gewalttätige Videospiele stand, die für Teenager mit Hormonüberschuss gedacht waren. Man konnte sie aber auch mieten, um E-Mails zu verschicken und abzurufen. Mit ihrem Handy, das auf einen New Yorker Vertrag lief, wäre es irrsinnig teuer, und im Inn gab es kein WLAN. Bevor sie sich zum Essen niederließ, bestellte sie daher ein Glas Wein, ging online und wurde sofort mit einer E-Mail von Jean-Paul Bonnerive belohnt, die einen Anhang aufwies.

Liebe Laura,
es war mir ein Vergnügen, Sie neulich kennengelernt zu haben. Wie aufregend es war, zu einer Forscherkollegin Verbindungen zu knüpfen, die im Besitz derart wertvoller Dokumente ist! Gerade als ich die Hoffnung aufgegeben hatte, noch auf irgendetwas Neues zu stoßen, kamen Sie und haben mich überrascht.
Im Anhang finden Sie den Scan (ich glaube zumindest, dass man das so nennt – ich habe einen Assistenten gebeten, es für mich zu erledigen) eines Schreibens, das Gerard von Amiens an Eleonore von Kastilien gerichtet hat und das aller Wahrscheinlichkeit nach Bezug nimmt auf das Dokument, an dem Sie arbeiten. Wie Sie sehen werden, ist die Auffassung, die Menschen des Mittelalters seien nichts weiter als ein Haufen dunkler und irrational religiöser Fanatiker gewesen, eine starke Übertreibung.
Ich freue mich auf Ihre Antwort und Ihre Anmerkungen.
Der Ihre
JPB

Sie öffnete den Anhang, und was auf dem Bildschirm erschien, war eine gestochen scharfe Fotografie zweier vergilbter Pergamente, auf Altfranzösisch mit einer Schrift bedeckt, die ihr mittlerweile vertraut war. Ihr entging die Ironie nicht, dass sie dieses Dokument betrachtete, während die Musik von Black 47 aus großen Lautsprechern in den Ecken wummerte und sich im Computer rechts von ihr muskelbepackte Kommandosoldaten tummelten, die Turban tragenden Terroristen die Köpfe wegballerten.

Eure Hoheit,
ich hoffe, dass Euch und Seine Majestät dieses Schreiben in Paris bei passender Gelegenheit erreicht. Ich habe nun zur Hälfte das Manuskript transkribiert, das Ihr so huldreich in meine Obhut gegeben habt, und hoffe, dass ich bei unserem nächsten Zusammentreffen zwei Kopien angefertigt haben werde. Ich hoffe weiter auf Eure Zustimmung, da es mir gelungen ist, eine Richtung einzuschlagen, die den Erzählfluss und den lyrischen Ton bewahrt, mir aber meinen kühlen Kopf erhält. Ich kann nicht aufhören, diesen mehr als außergewöhnlichen Text zu bestaunen, ebenso wenig, wie ich aufhören kann, meine eigene Feigheit zu schelten. Weh uns allen, die wir in solch unduldsamen Zeiten leben. Und doch weiß ich, dank Eurer Großzügigkeit und Eures Rats, dass der Weg, den ich gewählt habe, richtig ist. Ich bleibe Euer demütigster und dankbarster Diener.
Gerard

Sie antwortete Bonnerive und kehrte dann in den Speiseraum zurück, um sich etwas zu essen zu bestellen. Alle Rückschläge dieses Tages löschten sich wie von Zauberhand aus ihrem Gedächtnis. Dies war der erste kleine, unterstützende Beweis von außen, der die Echtheit und Herkunft der Schriftrolle und der Kodizes bestätigte. Es belegte auch, wie Jean-Paul schon angedeutet hatte, dass diese künftige Königin schon damals darin beschlagen war, der Öffentlichkeit das Gesicht einer gottesfürchtigen Monarchin zu zeigen und ihren Freigeist zu verbergen – eine Person, die empfänglich ist für den intellektuellen Lohn, der von einem offenen Verstand herrührt. Der Gedanke, eines Tages ein Buch über diese wenig beachtete und faszinierende Frau zu schreiben, fühlte sich plötzlich wie eine Verpflichtung an. Als Laura zur Hälfte aufgegessen hatte, klingelte ihr Telefon. Es war James. Sie ging hinaus auf die Straße, wo es viel ruhiger war.

»Laura«, sagte er – sie liebte es, wie er ihren Namen aussprach. »Ich habe gerade mit Finn telefoniert, und er hat mir erzählt, was passiert ist.«

»Ist schon gut«, erwiderte sie.

»Nein, das ist es nicht. Und ich habe ihm gesagt, er soll dich sofort abholen und zurück ins Haus bringen. Ich bin so geladen.«

»James«, sagte sie. »Es hat keine Eile. Damit können wir einen oder zwei Tage warten.«

»Darauf will ich hinaus. Nicht ausgerechnet heute. Das ist für mich ausschlaggebend. Es ist unerhört. Sie ist durchgedreht. Finn und Bidelia arbeiten für mich. Das Haus gehört mir. Das Anwesen gehört mir. Das Projekt gehört nun mir, und du sollst alles bekommen, was du brauchst, um es ordentlich zu Ende zu bringen, und du sollst mein Gast sein, solange du willst.«

»James.«

»Ich fürchte, ich kann jetzt nicht länger sprechen, aber ich musste dich wenigstens kurz erreichen und dir das sagen und deine Stimme hören. Es tut mir so leid.«

»Glaubst du, dass wir eines Tages aufhören können, uns das zu sagen?«

»Ja«, erwiderte er. »Sehr bald sogar, hoffe ich. Ich rufe dich morgen aus Barcelona an, und ich stehe dort so früh wie möglich auf.«

»In Ordnung. Gut.«

»Ich vermisse dich schrecklich.«

»Ich dich auch. Und ich finde es traurig, dass du dich darum auch noch kümmern musstest.«

»Ich muss los.«

»Mach's gut, James.«

»Ciao, Laura.«

Sie rief in der Pension an, damit sie Finn mitteilten, wo sie sich aufhielt, wenn er kam, und um Bescheid zu sagen, dass sie auschecken würde. Mit einem breiten Lächeln betrat Finn zwanzig Minuten später den Gastropub.

»Einen wunderschönen guten Abend, Mr. MacShane«, sagte sie.

»Den wünsche ich Ihnen auch.«

»Setzen Sie sich.«

Er ließ sich ihr gegenüber nieder und sah sich um.

»Was soll's denn sein?«, fragte sie. »Ich lade Sie ein.«

»Ganz schön was los hier, nicht? Hier, mitten im Nichts. Dann haben Sie schon von Mr. Figueras gehört, Miss.«

»Das habe ich.«

»Er hat uns angerufen – stellen Sie sich das vor, an einem solchen Tag! –, um zu hören, wie es uns geht, und um sicherzustellen, dass Sie alles hätten, was Sie bräuchten. Also war ich natürlich gezwungen, ihm von seiner besseren Hälfte zu erzählen.«

»Er ist ein guter Mann, Finn.«

»Das ist er.«

Die Kellnerin erschien, und er bestellte sich ein Glas Stout und einen Jameson-Whiskey.

»Das ist ja mal eine gesunde Mischung«, sagte Laura. »Vielleicht sollte ich auf dem Heimweg fahren.«

»Kommt nicht infrage.«

»Wie lange kennen Sie James schon?«

»Er war kaum zwanzig, als wir bei Mrs. Guinness angefangen haben.«

»Meine Güte. Er ist jetzt um die fünfzig. Wie alt waren Sie beide denn damals?«

»Wir waren auch in unseren Zwanzigern, Miss.«

»Haben Sie und Bidelia Kinder?«

»Nein, Miss. Was okay für mich ist, auch wenn es für Bidelia eine Tragödie war.«

»Verstehe. Dann müssen Sie Wynonas Mutter auch gekannt haben.«

»O ja, Miss, viele Jahre lang.«

»Wie war sie?«

Seine Getränke kamen, und sie prosteten einander zu.

»Danke, dass Sie mich abholen, Finn.«

Er trank einen Schluck Stout und stürzte dann die Hälfte des Whiskeys hinunter.

»Ist mir ein Vergnügen, Miss. Ich nehme an, dass wir uns jetzt alle ein bisschen besser fühlen als noch vor ein paar Stunden.«

»Ich bin so froh.«

»Mrs. Guinness' Mutter war eine Dame der alten Schule, trug große Garderobe und hatte viel für Essen und Wein übrig. Sie hat oft gesagt, dass es in ihrer Kindheit normal war, fünf volle Mahlzeiten am Tag zu sich zu nehmen. Fleisch und Fisch zum Frühstück – so was in der Art.«

»Aber sie war nicht übergewichtig.«

»Beileibe nicht.«

»Und was meinen Sie, wie kamen sie und Wynona miteinander aus?«

»Schlecht. Wenn ich so deutlich werden darf, würde ich sagen, dass sie eifersüchtig auf die Jugend ihrer Tochter war und sie ihr das nie verziehen hat, und sie war auch nicht mit dem Ehemann einverstanden, dem spanischen Herrn.«

»Wie lange ist es her, dass sie gestorben ist?«

»Diesen Winter sind es fünf Jahre, Miss. Aber in ihrem letzten Lebensjahr wusste sie schon kaum noch, wer oder wo sie war.«

»Wynonas Jugend«, sagte Laura fast zu sich selbst. »Sie wirkte auf mich so jung, auch wenn sie siebzig war.«

»Sie war eine sehr aktive Frau. Und sie hat Sie sehr gern gehabt, Miss.«

»Danke, Finn.«

»Es stimmt. Wir konnten das beurteilen.«

»Und jetzt haben wir diese Situation mit Carmensina.«

»Wir freuen uns nicht darüber, das kann ich Ihnen sagen. Wir werden uns sicher zur Ruhe setzen, sobald wir können.«

»Sie finden, dass sie so schlimm ist?«

»Schauen Sie doch nur, was heute war, Miss.«

»Warum, glauben Sie, hat James sie damals in erster Linie geheiratet?«

»Das zu beurteilen steht mir nicht zu. Warum heiratet jemand? Mrs. Guinness war natürlich wohlhabend und hatte viel Grundbesitz, aber im Verhältnis fehlte es ihr an Liquidität, fürchte ich, und ich glaube, dass Mr. Figueras darauf brannte, selbst eine gut bezahlte Position zu finden, und dann kam Miss Carmensina des Wegs.«

Er trank wieder von seinem Stout und leerte das Whiskeyglas. Es dämmerte Laura plötzlich, warum Wynona so erpicht darauf gewesen war, die Schriftrolle und die Kodizes zu veräußern – wahrscheinlich machte sie sich Sorgen wegen James' ungesunder wirtschaftlicher Abhängigkeit von Carmensinas Familie.

»Haben Sie und Bidelia eine Ahnung davon, was ich hier die ganze Zeit mache?«

»Ja, Miss. Mrs. Guinness hat uns erzählt, bevor Sie hier

eintrafen, dass Sie die Bedeutung der alten Schriftrolle in der Kammer in der Bibliothek herausfinden wollten.«

»Das hat sie Ihnen erzählt, noch bevor ich kam?«

»Das hat sie getan.«

Laura erinnerte sich an die beiden Oxford-Professoren, die ihr als Konkurrenz angekündigt worden waren, und lächelte.

»Und haben Sie eine Vorstellung davon, was in der Rolle steht?«

Er zögerte, während er über eine Antwort nachdachte.

»Ein wenig«, entgegnete er. »Zumindest laut Bidelia, die im Esszimmer darüber hat reden hören. Sie ist ganz durcheinander deswegen.«

»Aha.«

»Wir sind Katholiken, wissen Sie.«

»Nun«, erwiderte sie leicht verlegen. »Das ist verständlich.«

An diesem Abend, als sie, wieder im Haus, in ihrem hohen und breiten Bett lag, das weite und wilde Land um sich her und die mächtige dunkle See vor sich, freute sie sich sehr über ihre Begnadigung. Sie erwachte in der Morgendämmerung zwischen Leinenlaken und machte sich an die Übersetzung des nächsten Abschnitts.

35

Als wir uns einmal mehr Sizilien näherten, fragte ich mich, ob Yeshua wieder Tritt im Leben fassen würde. Meine Hoffnung war, ihn Daphne erneut zuzuführen. Aber als wir in der Villa eintrafen, erfuhren wir von großen Veränderungen, die in der Zwischenzeit stattgefunden hatten. Imperator Tiberius hatte Claudius, Octavius' Vater, nach Rom zurückbeordert, und Claudius hatte seinen gesamten Haushalt mitgenommen, auch Daphne. Sechs einheimische Diener waren zurückgelassen worden, um das Anwesen zu unterhalten und zu schützen, außerdem ein römischer Adlatus, der Octavius davon in Kenntnis setzte, dass sein Vater die Villa und das dazugehörige Land zum Verkauf ausgeschrieben hatte. Vier Tage später, nachdem ich mein Zinn auf einem neuen Markt, der große Gewinne abwarf, zu Bargeld gemacht hatte, gehörte die Villa mir.

Ich beschloss, mich hier niederzulassen. Ich würde nie einen schöneren Ort finden, einen, der den Minen noch näher war, einen Ort, von dem aus ich gewinnbringenden Handel treiben konnte. Ich wusste, dass Canlia sich nie gut an das Leben in Jerusalem gewöhnen würde, und ich hoffte, dass ich Yeshua von der Rückkehr abbringen oder sie zumindest hinauszögern konnte. Octavius freute sich, als ich ihm sagte, dass er und seine Familie hier für immer willkommen wären. Ich behielt die Diener, nahm aber nur wenige Verbesserungen vor. Es war etwas an dem altmodischen Baustil der Villa, an ihren gesprungenen Fliesen und verblichenen

Wandgemälden, dem schwarz-weißen Patiomosaik mit Neptun und seinem Dreizack auf einem Delfin stehend, das mich reizte und mir für einen Mann meines Alters passend erschien.

Octavius blieb bei seiner allzeit kampfbereiten Lebensweise und suchte die Gesellschaft anderer Römer in der Gegend. Er fand sogar eine junge Frau unter ihnen, die er zu heiraten gedachte. Canlia, die jetzt die Herrin eines schönen Hauses und Anwesens war, entspannte sich in der Sicherheit meiner Gegenwart. Das war mir Beweis genug, dass ich eine kluge Entscheidung getroffen hatte. Und zunächst schien auch Yeshua Frieden mit seinem Kummer zu schließen. Obwohl er still und in sich gekehrt blieb, sah er wieder besser aus, und er gewöhnte sich auch wieder an, saubere Kleider zu tragen. Unser Leben verlief wieder in ruhigen Bahnen, während wir endlich das Grauen des Überfalls in Belerion hinter uns gelassen zu haben schienen.

Dann, eines Abends zur Essenszeit, war Yeshua nirgends aufzutreiben, und eingedenk dessen, dass er hier schon einmal abgängig gewesen war, begab ich mich hinauf zum Schrein der Minerva, und dort entdeckte ich ihn, wie er aufs Meer hinausblickte.

»Yeshua«, sagte ich zu ihm. Er drehte sich um und lächelte mich an. »Onkel«, antwortete er. – »Das Abendmahl ist aufgetragen.« – »Ich muss mich entschuldigen, Onkel, aber ich faste.« – »Ach«, erwiderte ich, und ein ungutes Gefühl beschlich mich. »Das sollte ich auch öfter versuchen. Den Eingeweiden Erholung zu gönnen ist eine Übung, die ihnen guttut.« – »Ich faste für meinen Vater, nicht für meine Eingeweide.«

Er saß auf dem Rand einer kleinen Mauer, von der aus der Blick überragend war. Ich ließ mich neben ihm nieder. »Dein Vater ist ein Zimmermann aus Nazareth, der genau wie jeder andere Mann die Stärkung eines gut zubereiteten Mahls zu schätzen weiß.« – »Mein Vater ist überall und schätzt nur das, worauf ich verzichten kann.«

Dann lächelte er mich wieder an und legte mir die Hand auf die Schulter. »Ich weiß«, sagte er, »das hörst du nicht gern von mir. Ich weiß, du hattest gehofft, mich davon abzubringen. Und eine Zeit lang ist es dir auch gelungen. Es hat hier angefangen.« – »Was hat hier angefangen?« – »Das Abschweifen von meinem Weg, meine Schwäche, meine Unterwerfung unter das Leben des Fleischs.«

»Das Fleisch, die Eingeweide und der ganze Rest ist alles, was wir haben, Neffe. Vielleicht ist das traurig, aber es ist wahr.« – »Ich weiß, das ist das, was du glaubst«, sagte er. »Ich weiß, du bist zornig auf die, die Erlösung versprechen in einer Welt, in der jeden Tag schreckliche Dinge geschehen. Ich weiß, du glaubst, dass deine Sichtweise stärker ist, dass sie den Himmel so wiedergibt, wie er ist, und nicht, wie ich ihn kenne. Ich weiß, du glaubst, mein Glaube ist eine Schwäche, die unsichtbare Erklärungen für ganz irdische Enttäuschungen liefert. Deshalb das Fasten, verstehst du – um mich stark zu machen.«

Ich bedeckte die Hand, die er mir auf die Schulter gelegt hatte, mit meiner eigenen und sagte zu ihm: »Ich trachte nur für mich und die, die ich liebe – zu denen auch du gehörst, Yeshua – nach Frieden und Freude, danach, dem Schmerz zu entrinnen, Enttäuschung anzunehmen, danach, zu arbeiten, da man arbeiten muss, aber so viel Zeit wie möglich damit zu verbringen, das Meer zu betrachten, wie du es jetzt tust, den Duft wilder Blumen zu genießen, die Rundungen einer weiblichen Brust.« – »Ich weiß«, sagte er und sah weg. »Ich weiß, Onkel. Ich kenne dich gut, und ich habe es mit deiner Lebensweise versucht, und ich bete für dich, damit Gott Platz *schafft für deinen bewundernswürdigen Starrsinn. Mein Weg ist ein anderer. Ich bin auf deinen abgeirrt und habe meinen eigenen verloren, und das schreckliche Zeichen, das mir mein Vater geschickt hat, sein Zorn darüber, dass ich seinen Willen verraten habe, hat mich zu ihm zurückgeführt, um seine Vergebung zu erbitten, und nun überkommt mich eine Ruhe, da ich sehe, was zu tun mir bestimmt ist. Da ich sehe, wer und warum ich bin.«*

»Wer bist du, Yeshua?« – »Ich bin, wer ich bin, Onkel, und ich verspreche dir hier und jetzt unabhängig von deinen Gedanken und Taten – ich verspreche dir immerwährende Liebe im Himmel. Das verspreche ich dir und Canlia und dem Kind, das sie für dich trägt.« – »So etwas kannst du versprechen?« Er nickte, als wäre er einmal mehr der stolze und mürrische Jugendliche, den ich aus Nazareth fortgebracht hatte.

»Und Octavius?«, fragte ich. »Kannst du ihm das auch versprechen?«

»Das werden wir sehen müssen.«

»Das, was du mir da sagst, erschreckt mich«, sagte ich zu ihm. »Der ganze Zweck dieser Reise war von Anfang an, dir einen Ausweg aus diesen Dingen zu zeigen, die du jetzt wieder sagst. Ich habe mich so gefreut, als du verheiratet warst, und wünschte, deine Mutter wäre dort gewesen.« –

»Um deinen Sieg zu genießen.« – »Um deinen zu genießen.« – »Und doch, wäre sie dort gewesen und geblieben, wäre sie vergewaltigt und ermordet worden.« – »Und wäre nun zweifellos bei deinem Himmlischen Vater.« – »Du machst dich lustig über mich«, sagte er. – »Ich bin enttäuscht.« – »Du bist wütend auf mich.« – »Weil ich dich liebe, als wärest du mein eigener Sohn.« – »Du bist ein guter Mann, Onkel.« – »Und ein Sünder in deinen Augen.« – »Ein so

rechtschaffener Sünder, wie es ihn nur je geben kann. Und viel weniger sündig, als ich selbst es war.«

Und so kam es, dass er mich verließ, uns verließ. Ich hatte ihn enttäuscht und hatte seine Mutter und seinen Vater enttäuscht. Und zu meiner großen Überraschung und meinem weiteren Kummer beschloss Octavius, mit ihm zu gehen. Um ordnungsgemäß aus seiner Legion auszuscheiden, damit er zurückkehren und heiraten und sich in unserer Nähe niederlassen konnte, musste er zunächst nach Jerusalem zurückkehren. Er hatte außerdem den Wunsch, die Nachricht von Luccas Tod selbst ihren gemeinsamen Kameraden zu überbringen, die noch in den Diensten des Imperators standen. Aber was mich am meisten im Hinblick auf seine Gründe für eine Rückkehr berührte, waren die Worte, die er in der Nacht vor ihrer Abreise zu mir sagte. »Obwohl er zum Mann herangewachsen ist, ist Yeshua in vielerlei Hinsicht noch immer ein Junge«, sagte er. »Und er ist kein Kämpfer. Ich fühle mich noch an unsere einstige Vereinbarung gebunden und fände es nicht richtig, wenn er allein fortsegeln müsste.«

Canlia und ich schliefen unruhig in dieser Nacht, und viele Tränen wurden am folgenden Morgen vergossen. Yeshua legte seine Hand auf Canlias geschwollenen Bauch und segnete die Frucht ihres Leibes. Es fiel mir schwer, ihn gehen zu lassen, nachdem wir so viel Zeit miteinander verbracht hatten. Es wäre mir viel schwerer gefallen, hätte ich gewusst, dass ich ihn beim nächsten Mal – dreizehn Jahre später am Tag meiner Ankunft in Jerusalem – an einem Kreuz hängen sehen würde.

36

Sie klappte ihren Laptop zu. Die einzigen Geräusche, die sie hören konnte, kamen von den sich brechenden Wellen der Keltischen See und einem tropfenden Wasserhahn in ihrem Badezimmer. Eine Woche zuvor wäre es fast genauso gewesen, nur hätte sich Wynona dann in ihrem Zimmer am Ende des Gangs aufgehalten. Es erschien ihr unbegreiflich, dass binnen lediglich einer Woche Wynona auf Mallorca gestorben und beerdigt worden war, dass sie, Laura, nach New York und zurück gereist war, mit Nathan Schluss gemacht und eine Affäre mit James begonnen hatte.

Sie erinnerte sich an das Versprechen, das sie James gegeben hatte: das Grab seiner Mutter zu besuchen. Obwohl die elegante Witwe dort ruhte, wo sie es sich gewünscht hatte – neben ihrer Tochter in dem Ort, in dem sie geboren worden war –, fühlte sich die Vorstellung für Laura fremd und einsam an. Aber sie hatte auch nie Gelegenheit gehabt, Wynona in Deià zu erleben. Sie hatte sie nur – und das kurz – in Cornwall gekannt, dessen Erde diese Frau anscheinend schon voll in ihrer erwachsenen Gestalt entsprungen war. Laura hätte gedacht, dass Wynona es vorgezogen hätte, zusammen mit »ihrer Linie«, wie sie es nannte, bestattet zu werden. Aber vielleicht war der Kummer, den sie wegen ihrer Mutter durchgemacht hatte, zu groß gewesen.

Ihr fiel ein, dass ihr Jean-Paul Bonnerive erzählt hatte, Lorcas Vater sei in Westchester begraben. Sie dachte an ihre eigene Mutter, die auf dem Sacred Hearts Cemetery lag, in der Nähe von Gary Coopers Grab in Southampton auf Long Island. Wo würde Jean-Paul seine letzte Ruhestätte finden? Denn das würde bald geschehen. Sie war nicht mutig genug gewesen zu fragen. Wo würde sie gern beerdigt werden, wenn überhaupt? Gegen ihren Willen malte sie sich aus, wie diese begrabenen Leichen inzwischen wohl aussehen würden – die älteren nur noch Knochen und fleckige, schlaffe Kleider, versiegelt in tiefschwarzen, mit Satin ausgeschlagenen Särgen unter der Erde. Wynonas Leichnam müsste noch immer relativ frisch sein, aber schon bald anfangen, sich zu zersetzen. Das Ganze war brutal und scheußlich. Verbrannt zu werden ergab für sie mehr Sinn. Aber natürlich hatte Sinn nichts damit zu tun, und für die Toten hatte der Verbleib oder Zustand ihrer Überreste sicher keinerlei Bedeutung. Sobald der Tod eintrat, war jeder Ort oder jede Methode so gut wie die andere. Heimat und Herkunft verloren jeglichen Stellenwert. All das war nur den Lebenden wichtig.

Je mehr sie über das Geschäft mit dem Leben und Sterben nachdachte, desto grausamer wollte es ihr scheinen. Philosophen und Psychiater, weise Frauen und Männer betonten gern, dass man die Natürlichkeit und Unausweichlichkeit des Todes am besten akzeptierte und mit Gleichmut hinnahm. Wenige nur sprachen vom Schrecken, vom »Horror«, wie Mr. Kurtz es in Joseph Conrads Erzählung *Herz der Finsternis* nennt. Wenige äußerten Zorn über seine Ungerechtigkeit. Dylan Thomas vielleicht, als er schrieb: *Geh nicht gelassen in die gute Nacht, glüh, rase, Alter, weil dein Tag vergeht, verfluch den Tod des Lichts mit aller Macht.* Eine Szene aus dem Western *Erbarmungslos* von Clint Eastwood, den sie Jahre zuvor gesehen hatte, war ihr im Gedächtnis geblieben. Am Ende sagt der korrupte Sheriff, den Gene Hackman darstellt, zu der Figur, die von Eastwood gespielt wird und ihn gleich töten wird: »Das habe ich nicht verdient. So zu sterben.« Und Eastwood antwortet: »Es geht nicht ums Verdienen.«

Ihr war klar, dass zu sterben ebenso natürlich war wie geboren zu werden oder das Fleisch von Tieren zu essen oder den Darm zu entleeren oder Sex zu haben – dass es ein fester Bestandteil der wilden, gengesteuerten Instinkte war, die alle Lebewesen mit sich fortrissen, trotz aller menschlichen Versuche, es zu leugnen oder vernünftig zu begründen, sich aus der Sache herauszureden oder herauszubeten. Auch sie würde sterben. Ihr Tag würde kommen. Genauso sicher, wie sie an diesem Herbstmorgen wach und lebendig und gemütlich hier lag – ihr Leben würde eines Tages enden, und wenn es so weit war, würde alles, was sie getan und erlebt hatte, im Nu und für immer seine Bedeutung verlieren, denn wenn man starb, starb das Universum mit einem. Jene, die man zurückließ, hörten auf zu existieren oder eine Rolle zu spielen. Wenn Insekten oder Fische oder die meisten anderen Tiere geboren wurden, trennten sie sich rasch von ihren Eltern. Aber bei Menschen war das anders. Wie sollte man jemanden lieben und ihn dann verlieren? Wie sollte man das tun und überleben, ohne allen weiteren Augenblicken des Glücks zu misstrauen?

Mit Gedanken wie diesen war es unmöglich, noch einmal einzuschlafen, und eigentlich auch schon viel zu spät dafür. Sie drehte sich auf die Seite und erinnerte sich daran, wie es sich angefühlt hatte, neben James im *Bowery Hotel* aufzuwachen, bevor der Anruf alles durcheinandergewirbelt hatte. Sie hielt sich an dieser Erinnerung fest und verscheuchte damit die anderen. Dann stand sie auf, putzte sich die Zähne und ließ sich ein Bad ein.

Eine halbe Stunde später saß sie in der Küche und nahm jede Menge Toast mit einem weichgekochten Ei und einer

Tasse Tee zu sich. Beide MacShanes waren da, Finn in fröhlicher Stimmung trotz des Trauerflors und dessen Bedeutung, und Bidelia still und distanziert.

»Wie haben Sie geschlafen, Miss?«, fragte er Laura und goss Tee in die Porzellantasse mit dem Wappen des Anwesens darauf.

»Sehr gut, danke«, antwortete sie. »Aber das Haus fühlt sich ganz anders an ohne sie, finden Sie nicht?«

»Wenn es sich schon so für Sie anfühlt, dann stellen Sie sich erst einmal vor, wie es für uns ist. Zum Glück haben wir unser Tagesprogramm, kann ich da nur sagen. Sonst würden wir nur herumwischen und wüssten nicht, was wir tun sollen.«

Bidelias Schweigen und der ernste, geistesabwesende Ausdruck auf ihrem rötlichen Gesicht gaben der Stimmung im Raum eine unbehagliche Note. Laura vermutete, dass sie noch immer durcheinander war, sowohl wegen des Verlusts ihrer Arbeitgeberin, der sie so viele Jahre lang treu gewesen waren, als auch wegen Carmensinas Versuch, sie beide zu vertreiben.

»Meinen Sie, es wäre in Ordnung, wenn ich ausreiten würde?«

»Aber sicher«, sagte er. »Wer weiß, was aus ihnen allen wird, da Mrs. Guinness nun tot ist.«

»Sind die beiden Frauen heute da?«

»Ja, Miss. Sie kommen jeden Tag, auch sonntags, von acht bis dreizehn Uhr.«

Laura verließ das Haus durch die Hintertür in der Küche und überquerte den Schotterplatz, der auf dem Weg zu den Stallungen lag. Als sie sie betrat, waren Gin und Jen gerade dabei, frisches Heu in den Boxen zu verteilen. Laura drückte ihnen ihr Mitgefühl aus, dann sattelte Gin Daisy, während

Laura in der Sattelkammer saß und dieselben Stiefel anzog, die sie getragen hatte, als sie mit Wynona ausgeritten war. Bevor sie aufstieg, sah sie sich im Büro das Gemälde von Wynonas Mutter an. Das junge Mädchen im Damensattel hoch zu Ross starrte mit herrischer Eindringlichkeit zurück.

Anstatt die Richtung zum Cottage, zum Dolmen und zum See einzuschlagen, ritt sie um das gewaltige Herrenhaus herum und durch ein kleines Tor, hinter dem der Seitenstreifen der Straße begann. Nach einer Weile überquerte sie die Straße und nahm einen Trampelpfad, der in eine Bucht mit einem geschwungenen Strand führte, welcher ihr bisher entgangen war. Als sie dort ankam, stieg sie ab und las ein kleines Schild, das an einem Pfosten befestigt war. Darauf stand, dass vor Jahrhunderten in dieser Bucht Schiffe mit dem Zinn aus den nahen Minen beladen worden waren. Ihr gefiel die Vorstellung, dass dies der Ort gewesen sein mochte, an dem Joseph von Arimathia, Yeshua und die Römer an Land gegangen waren und wo nach dem Massaker Yeshua, überwältigt von seinem Kummer, getrauert hatte. Es spornte sie an, in die Bibliothek an ihren Computer zurückzukehren und ihre Arbeit fortzusetzen.

37

Canlias Kind wurde in der Nacht des 30. Oktober geboren – ein Junge, den wir Dawid oder David, der Liebling, nannten, nach dem alten König von Juda, aus dessen Linie, so hieß es, der Messias kommen würde. Ich dachte, dass Yeshua das zu würdigen wüsste. Und aus Ehrerbietung vor Venushas und Canlias Vater gaben wir ihm den Zweitnamen Artouiros oder Arthur.

Jeder, der schon einmal die Geburt eines Tiers beobachtet hat, kann sehen, dass auch wir Tiere sind. Jeder, der schon einmal aus der Nähe die Eingeweide von Tieren und Menschen gesehen hat, muss wissen – wie Yeshua einst selbst feststellte –, dass niemand von uns das Ebenbild Gottes ist. Die Röhren und das Blut, die Knochen und die Sehnen, die Nerven und die Muskeln sind zu dicht angeordnet, zu lächerlich geformt. Sicherlich hätte Gott seine Geschöpfe in einfacherer Gestalt zusammengefügt.

Ich war allein mit Canlia, als das Kind aus ihr kam, und ich sah zu, wie sie es zum Schreien brachte und säuberte und an die Brust legte, und ich sah zu, wie sie die Nabelschnur, die beide verband, durchbiss und dann die Nachgeburt den Hunden vorwarf. Mein wildes und heiliges Heidenmädchen – tapferer, als ich je zu werden hoffen kann.

Ich kam mir klein vor. Als die Dienerinnen eintrafen, um sich um Canlia und das Kind zu kümmern, verließ ich sie und ging hinaus an den spiegelnden Teich, der so still unter dem Halbmond und unter dem Aufruhr der Sterne am klaren

Herbsthimmel lag. Einige Blätter trieben im Wasser. Blätter mit kleinen Adern wie jene, die man durch die dünne Haut des Kindes sehen konnte. Blätter, von Zweigen geweht, die an Bäumen sprossen wie die Nerven in den winzigen Muskeln des Kindes. Bäume, die aus Samen wachsen wie der, der Canlias kleinen Schoß voller Blut fruchtbar machte. Alles Leben ist ein Wunder.

David Artouiros wuchs zu einem schönen Jungen mit guten Freunden heran – Römern und Einheimischen. Sie erfüllten die Villa mit Leben und hielten mich jung. Nach einer Weile gab ich den Zinnhandel auf. Das Reisen wurde ermüdender, führte mich weit weg von der Villa, und es war kein Beruf, den ich meinem Sohn wünschte, denn er würde auch ihn eines Tages weit von uns wegführen. Einst war es mein sehnlichster Wunsch gewesen, so weit weg wie möglich von Judäa und der kleinen Welt, die mich umgab, reisen zu können. Aber jetzt war ich ein Mann, der sich niedergelassen hatte, mit Frau und Kind, Umstände, nach denen ich nie gestrebt hatte und die mich angenehm überrascht hatten. Es fügte sich so, indem ich eine Heidin heiratete und das Kind eines anderen großzog, aber es fügte sich.

Ich sah mich um und fragte meine Nachbarn, und wir kamen alle überein, dass die Ländereien rund um die Villa zusätzlich zu dem Weizen und den Obstbäumen, die wir dort anbauten, ideal für den Weinbau seien. Ich ließ zahlreiche Hektar freiräumen und importierte Weinreben vom Festland – mir schmeckten die süßen Weine der Insel nicht –, und binnen weniger Jahre blühte das Geschäft, und nachdem ich lange Waren importiert hatte, exportierte ich nun welche.

Doch eine letzte Reise wartete noch auf mich. Als David dreizehn Jahre alt wurde, sagte ich ihm, dass wir zu einem Besuch in der Heimat seines richtigen Vaters aufbrechen würden. »Du bist mein richtiger Vater«, sagte er und küsste mich auf die Wange. In Wahrheit wollte ich gar nicht, dass wir fortgingen. »Ich weiß«, sagte ich zu ihm. »Aber später wirst du es mir danken, dass ich dir diesen anderen Teil der Welt gezeigt habe, und du hast Familie dort, die sich sehr freuen wird, dich zu sehen. Und stimmt es nicht, dass du immer schon über das Große Meer segeln wolltest? Und je eher wir das tun, desto eher können wir zurückkehren, und jetzt ist eine gute Zeit, um den Wein eine Weile hinter uns zu lassen.«

Canlia wollte an Ort und Stelle bleiben, und wir hatten vertrauenswürdige Männer und Frauen, die sich um die Villa und das Anwesen kümmerten und in den Weinbergen arbeiteten. Bevor wir abreisten, bat sie mich, ihr eine zweite Schwangerschaft zu schenken, und da ihre Reize noch immer beträchtlich und mein eigener Körper noch nicht begraben war, versuchten wir es, und es gelang uns, Samen in sie zu pflanzen in der Hoffnung, dass er Frucht tragen möge. Ich glaube, dass sie in Wahrheit fürchtete, wir würden nicht zurückkehren.

38

So echt auch sein Zorn gewesen war, nachdem er von Finn erfahren hatte, was bei Lauras Rückkehr in die Villa vorgefallen war, zögerte James doch, mit Carmensina darüber zu sprechen. Die Beerdigung war kräftezehrend gewesen, und den ganzen Tag über hatte Carmensina sich mustergültig benommen. Sie ging liebevoll mit den Mädchen um, beantwortete ihre schwierigen Fragen offen, zugewandt und zärtlich. Sie behandelte die seltsam zusammengewürfelte Gästeschar mit Charme und Geduld. Als James abends darüber nachdachte, hatte er kaum einen Zweifel daran, dass ihre Gelassenheit zum Teil von der Befriedigung darüber herrührte, dass sie eine neu entdeckte Autorität ausüben konnte, dass sie Laura Einhalt geboten und Finn und Bidelia gedroht hatte, mit ihnen genauso zu verfahren. Er spürte, dass mit ihrem abscheulich brutalen Timing das starke Verlangen verknüpft war, die Bienenvilla in Cornwall zu übernehmen, einige Änderungen vorzunehmen und vermutlich auch Bedienstete ihrer eigenen Wahl anzustellen, um den Übergang für ihre Begriffe perfekt zu machen.

Nach den Telefonaten mit Finn und Laura war noch immer viel zu tun. Am folgenden Tag hatte er ein wichtiges geschäftliches Meeting in Barcelona. Sie bekamen um zehn Uhr abends den letzten Flug von der Insel. Das war ebenfalls nicht der beste Moment, um eine Aussprache herbeizuführen. Als er vor der Abreise in die Suite zurückkehrte, fand er Carmensina und Noelma beim Packen vor. Sie kümmerten sich um alles. Er musste nur noch alle zum Flughafen fahren. Nachdem sie dort angekommen waren und den Mietwagen abgegeben hatten, warteten sie auf das Boarding, und die beiden Frauen hielten die Mädchen bei Laune. Während des Flugs beschäftigte Carmensina sie, bis sie einschliefen. Er saß ihnen gegenüber und bestaunte den unschuldigen Schlummer seiner Töchter, die so erschöpft wie alle anderen davon waren, dass sie ihre Großmutter hatten beerdigen müssen. Carmensina lächelte ihn an und streckte die Hand nach ihm aus.

Sie waren eine Familie, dachte er bei sich, ein Ehepaar, das natürlich Probleme hatte, aber was war so ungewöhnlich daran? Zwei unvorhergesehene Ereignisse hatten in rascher Folge stattgefunden, der Beginn seiner ehebrecherischen Liaison mit Laura und der Tod seiner Mutter – er hatte eine junge, unwiderstehliche Frau gefunden, die ihn bewunderte und nichts von ihm verlangte, und die Frau verloren, die ihn zur Welt gebracht und großgezogen hatte. Aber an diesem Abend im Flugzeug zurück nach Katalonien war er wieder bei seiner Familie, behütete und beschützte sie.

Vielleicht war es das, was Carmensina so lange gebraucht hatte, um sich beschwichtigen zu lassen, aus welchem Grund auch immer. Vielleicht war der Mensch, auf den sie am eifersüchtigsten war – viel mehr als auf die Geliebten, die sie ihm unterstellte –, Wynona und mit ihr ihre unanfechtbare Stellung und der Griff, in dem sie ihn und sie hatte. Vielleicht konnten die Dinge zwischen ihnen nun, da seine Mutter tot war – wie plötzlich und schmerzhaft das auch kam –, besser werden oder wenigstens in einen entspannteren Rhythmus finden, so wie es bei Verheirateten mittleren Alters oft der Fall ist. Vielleicht konnte er wirklich auf zwei Hochzeiten tanzen.

Sollte sie doch haben, was sie wollte, sollte sie sogar Finn und Bidelia feuern – er würde sich schon um die beiden kümmern –, sollte sie das Landhaus ein wenig umgestalten: Seine Schwiegereltern konnten es sich leisten. Vielleicht war alles, was er im Gegenzug brauchte, die Erlösung und Spannung, die Laura ihm bieten würde. Genauso wie Carmensina sich nun Lady Villar Polanc de Guinness-Figueras nennen und ihre Freunde und Familie in die Bienenvilla einladen konnte, konnte er sich das Cottage zurückholen und dort tun und lassen, wann und was er wollte.

Er überdachte mit realistischem Blick die möglichen Konsequenzen für ihn, sobald Laura ihre Arbeit beendet hatte und nicht länger die Notwendigkeit bestand, dass sie in der Nähe lebte. Wenn er sich von Carmensina scheiden ließ, würde er seinen Job verlieren. Wäre er dann willens, nach New York zu ziehen, um mit Laura dort zu leben? Was würde er dort tun? Und was war mit den Mädchen? Carmensina würde mit Zähnen und Klauen darum kämpfen, sie zu behalten. Und würde Laura überhaupt die Verantwortung übernehmen wollen, die es mit sich brachte, sich um zwei kleine Mädchen zu kümmern? Wenn er eine neue Anstellung in Barcelona fand – was höchst zweifelhaft war angesichts der Macht und des langen Arms seines Schwiegervaters –, wäre Laura bereit, alles stehen und liegen zu lassen, genau in dem Moment, in dem ihre Karriere im Begriff stand, einen gewaltigen Sprung nach vorn zu machen, um mit ihm in Spanien zu leben? Oder konnte er ganzjährig in Cornwall auf seinem ererbten Grund und Boden leben und jedes Wochenende hin- und herjetten, um seine Kinder zu sehen? All das war schwer vorstellbar.

Während er die vertraute Hand seiner Frau hielt, erkannte er, dass er und Laura Verliebte waren, die gerade eine Affäre begannen. Welchen Zweck hätte es, jetzt die Scheidung von Carmensina anzustreben? Es gelang ihm zu verdrängen, was er sich erst einen Tag zuvor am Strand geschworen hatte, weil es sich plötzlich absurd und unprofessionell anfühlte und eher nach dem Benehmen eines Mannes, der halb so alt war wie er selbst. Er vermutete sogar, dass es Laura ohnehin lieber sein könnte, die Dinge so zu lassen, wie sie waren, zumindest vorläufig: er mit seinem unhandlichen Familiengepäck und sie als ihr eigener Herr, alle beide geneigt, jede Gelegenheit zur Zweisamkeit beim Schopf zu packen, aber ohne eine Kettenreaktion von Ereignissen heraufzubeschwören, die ihrer beider Leben auf den Kopf stellen würde.

Einen Augenblick lang fragte er sich, ob diese Überlegungen von Schwäche zeugten, von Feigheit, von dem Versuch, sich seine Tatenlosigkeit schönzureden. Er beschloss, nachsichtig mit sich selbst zu sein, und kam zu dem Schluss, dass all das nicht der Fall war und dass das, was die einen Passivität nennen würden, andere für klugen Realismus halten könnten: eine weltgewandte Einstellung, die es den betreffenden Beziehungen erlaubte, sich in ihrem eigenen Tempo in welche Richtung auch immer zu entwickeln. Was Laura wollte, war, das Projekt zu vollenden, und er wollte sie. Sicherlich war es zu früh zu sagen, ob noch etwas Tragfähigeres als das zwischen ihnen im Spiel war.

Er fuhr fort, seine Optionen abzuwägen, während das Flugzeug tiefer durch die Nacht sank und die Hauptlandebahn des Flughafens von El Prat del Llobregat ansteuerte. Er würde mindestens die nächsten Monate mit den Einzelheiten von Wynonas Nachlass beschäftigt sein. Der Gedanke, gleichzeitig die Scheidung einzureichen, war unmöglich zu fassen. Seine Schwiegereltern, seine Kollegen und seine Töchter würden ihn als den Hauptschuldigen betrachten –

vor allem, wenn seine Beziehung zu Laura publik wurde. Auch nur die Logistik zu bedenken, die bei einem Auszug aus dem Apartment in Barcelona nötig würde, war mehr, als er leisten konnte. Aber er würde mit Carmensina reden müssen. Er würde ihr sagen müssen, und zwar bald, dass er sich entschieden hatte, das Arrangement aufrechtzuerhalten, das Laura mit Wynona getroffen hatte. Dieses Gespräch allein würde explosiv werden, es sei denn, es wäre mit einem Geschenk verbunden.

39

Laura brannte darauf, den nächsten und letzten Abschnitt in Angriff zu nehmen, um zu erfahren, was bei der Ankunft in Jerusalem geschehen war. Sie war entschlossen, den griechischen Kodex zu beenden, denn es waren nur noch wenige Seiten zu übersetzen.

Wir reisten auf einem griechischen Schiff gen Osten. Wir hatten weder mit Stürmen noch mit Piraten zu kämpfen, ebenso wenig mit Krankheiten. Die Mannschaft war umgänglich und freundlich zu David. Er sprach ihre Sprache und lernte viel von ihnen, und als wir in Akkon anlegten, war er ein guter Seemann geworden. Doch der Heimatbesuch sollte, wie ich bereits erwähnte, für alle Beteiligten tragisch werden und in Blut und Elend versinken. Ich bereute es, den Jungen in einem solch beeinflussbaren Alter in eine derart niederträchtige und brutale Umgebung gebracht zu haben.

Wir kamen am Tag von Yeshuas Kreuzigung in Jerusalem an. In den Straßen herrschte ausgelassene Feierstimmung. All jene, die diese Hinrichtung befürworteten, vereinte ihr morbides Interesse an diesem blutigen Schauspiel mit all jenen, die dagegen waren. Ich ließ David bei seinem Großvater Joseph, der sich geweigert hatte, dem qualvollen Sterben seines Sohnes beizuwohnen. Die Heftigkeit, mit der der Zimmermann David begrüßte und sich an ihn klammerte, beunruhigte mich. Aber ich schob diese Sorge beiseite, als ich mit dem grausigen Geschehen auf Golgatha konfrontiert wurde.

Ich fand Yeshua oben auf diesem entsetzlichen Hügel. Sie hatten Nägel durch sein Fleisch getrieben und auf sein Haupt eine Dornenkrone gesetzt. Miryam stand unter ihm, wie von Sinnen und mit Blut besudelt. Dort stieß ich auch auf einen weinenden Octavius, der damals noch immer in der Armee seinen Dienst versah und sein sizilianisches Idyll längst vergessen hatte. Ich ging ohne zu zögern zu ihm. Ich drängte im Flüsterton, flehte ihn an, die Macht seines Amtes zu benutzen und die Spitze seines Speers, um unseren Jungen aus seinem Elend zu erlösen. Zumindest das konnte man doch tun.

Nachdem Octavius Yeshua von diesem Leben befreit hatte, nahmen wir ihn vom Kreuz. Miryam schlang die Arme um seinen blutigen Leichnam. Jene seiner Anhänger, die den Mut besessen hatten herzukommen, weinten offen. Ich besaß ein eigenes Grab, das ich einmal für mich selbst erworben hatte, und dorthin trugen wir ihn und hüllten ihn in Leinen, nachdem wir seine übel zugerichtete Haut mit Kräutern und Ölen gesalbt hatten. Das Grab wurde versiegelt, und Octavius stellte eine Wache davor ab.

Ich begleitete Miryam nach Hause, und dort begegnete sie David zum ersten Mal. Niemals habe ich eine Frau so weinen sehen, und kein zweites Mal, so hoffe ich inbrünstig, werde ich dergleichen noch einmal sehen. Auch David, aufgewühlt von so viel Aufruhr um ihn her, begann zu weinen. Ich verfluchte Yeshua an diesem Tag, obwohl ich ihn herzlich geliebt und wie mein eigen Fleisch und Blut behandelt hatte. Denn selbst im Tod hörte er nicht auf, die Hauptrolle zu spielen und zu verderben, was eine freudvolle Heimkehr für seinen einzigen Sohn hätte werden sollen.

Spät in jener Nacht traf ich mich mit Octavius. Wir waren beide um einiges älter geworden. Wir führten ein langes Gespräch, und er gestand, dass es ein Fehler gewesen war, in

Judäa zu bleiben. Der Einfluss seiner einstigen Kameraden war stark gewesen und der Lohn, den man ihm bot, hoch – aber jetzt sehnte er sich danach fortzugehen. Der Prozess und das Martyrium Yeshuas hatten ihn zutiefst erschüttert. Und da traf ich die Entscheidung, sie alle mit in meine Villa zu nehmen, je eher, desto besser.

Am nächsten Tag besuchte ich eine ägyptische Familie, die noch das Wissen und die Kenntnisse der Einbalsamierung bewahrte. Wir trafen eine Vereinbarung, und zwei Tage später hatten sie die notwendigen Hilfsmittel und Lösungen beisammen. Octavius und ich gingen in der Nacht zum Grab und rollten mithilfe des römischen Postens, der Wache hatte, den Stein vor der Öffnung beiseite und trugen Yeshuas Leichnam dorthin, wo die Ägypter ihre Arbeit verrichteten. Zwei Tage später war sein Leichnam ausgeweidet und einbalsamiert, und es wurde ein spezieller Sarkophag für ihn angefertigt, den man gut mit Pech und Nägeln verschloss und auf einen Wagen lud. Wir kehrten mit ihm nach Akkon zurück, David, Octavius und ich, zusammen mit einer Abordnung römischer Soldaten. Ich lud Miryam und Joseph und ihre übrigen Kinder, die damals schon alle erwachsen waren, ein, mitzukommen, doch sie lehnten ab. Mir wurde berichtet, dass Yeshuas Anhänger, als sie sein Grab leer vorfanden, darin das Werk Gottes und die Erfüllung von Yeshuas eigener Prophezeiung sahen. So groß ist das Ausmaß der Narrheit und des Aberwitzes, zu denen Menschen fähig sind. Die ganze Reise nach Judäa war ein Albtraum aus Schmerz und Enttäuschung gewesen. Aber ich konnte Yeshua nicht dort lassen, obwohl er sich aus freien Stücken zur Rückkehr entschlossen hatte. Ich wollte unserem Leben Frieden und Gesundheit an Verstand und Seele zurückgeben.

Ich musste zusätzlich dafür bezahlen, den Sarg an Bord bringen zu dürfen, so groß waren die Angst und der Aber-

glaube, die die Mannschaft befallen hatten. Sie glaubten, er werde zu stinken anfangen und Unglück bringen. Aber nach einer Woche auf See achtete niemand mehr auf ihn, dort, wo er an Deck am Bug festgezurrt stand. Mehr als einmal saßen wir darauf und ließen uns über dies und jenes aus und unterhielten David mit Geschichten über die erste Reise, die wir noch mit Lucca sechzehn Jahre zuvor unternommen hatten. Es war geplant, dass das Schiff um Sizilien herum und zuerst nach Rom segeln sollte, bevor es umkehren und wieder Kurs auf Syrakus nehmen sollte, und Octavius bestand darauf, dass wir noch einmal seine Familie besuchten. Auf all meinen Reisen war ich nie bis in die Hauptstadt des Imperiums gelangt und hielt es für eine gute Idee.

Das Schiff legte in Ostia an, und nachdem wir Yeshuas Sarg unter Deck gesichert und einen Posten aufgestellt hatten, um ihn zu bewachen, segelten wir auf einem Frachtkahn tiberaufwärts. Unser Aufenthalt dort war äußerst lehrreich. Die Architektur der Stadt war prachtvoll, aber durchsetzt von Bruchbuden, in denen die Bedürftigen hausten. Es lebten zu viele Leute dort – und der Gestank an einem warmen Vormittag war groß. Nur auf den Hügeln über dem Fluss waren die Luft und die Umgebung annehmbar. Die römische Politik beherrschte jedermanns Gedanken, und obwohl man luxuriöse Wohnhäuser sah, die den Senatoren gehörten, vermögenden Männern mit Beziehungen zum Imperator, schien ein Hauch der Beklemmung selbst die liebreizendsten Gärten zu durchwehen.

Octavius' Familie hatte es sich gut gehen lassen. Sein Vater Claudius war beträchtlich gealtert, und die Nachrichten von Yeshua und dem, was sich in Belerion zugetragen hatte, stimmten alle sehr traurig. Daphne war noch immer sehr schön und wie Canlia in der Mitte ihrer dritten Dekade. Sie gewann vor allem David lieb und war besonders erfreut, Octavius wiederzusehen, den sie seit ihrer beider Jugend kannte. Ich konnte sie dazu überreden, mit uns in die Villa auf Sizilien zurückzukehren. Sie war Roms überdrüssig geworden. Der Tempel, den sie dort hütete, war luxuriös, aber klein, und als ich ihr erzählte, wie schön ihr einstiger Ort der Anbetung, oben auf dem Hügel, noch immer war, begann sie zu weinen.

Am Abend vor unserer Abreise bat mich Claudius zu sich in sein Gemach. Es hatte einen spektakulären Ausblick auf die Stadt. Fackeln erleuchteten den Raum, und Fackeln erleuchteten auch alle Gebäude unter uns, was dem Abend eine magische Aura verlieh. Ein Farbton wie von gebrannter Siena ließ den Tiber erstrahlen, der sich an Palästen und öffentlichen Plätzen, Tempeln und Amphitheatern vorbeiwand. »Ich wünschte, ich könnte mit euch zurückkehren«, sagte er. Er saß zurückgelehnt auf einer Bettstatt, die mit Seidenkissen bedeckt war. Seine Person strahlte trotz des geschwächten Zustands seines Körpers noch immer eine edle Anmut aus. »Vielleicht wirst du das eines Tages nachholen, wenn du dich wieder kräftiger fühlst.« – »Unsinn«, sagte er, wiewohl mit einem Lächeln. »Weißt du, als ich erfuhr, dass du das Anwesen gekauft hast, waren meine Gefühle zuerst gemischt.« – »Das kann ich mir vorstellen.« – »Ein Jude aus Judäa, aus den fernen Provinzen, der mit Brief und Siegel einen so guten Grund und Boden von einem römischen Aristokraten wie mir kauft. Ich tat mich schwer damit, wie ich das meinen Kameraden erklären sollte.« – »Natürlich.« – »Aber ich kannte dich, wusste, dass du ein Mann von Welt bist, ein außergewöhnlicher, gebildeter Mann, der sich nicht von seiner alten Kultur und ihrem strafenden Glauben niederdrücken lässt – ein Mann, der im Reinen mit Rom ist.«

»Verstehe«, sagte ich. Und das tat ich. »Auch wenn ich ge-

stehen muss«, fügte ich hinzu, »dass ich mit Römern mehr im Reinen bin – vor allem mit solchen wie dir und deiner Familie – als mit Rom, das ich zu voll und zu hektisch finde, zu machtbesessen.« Er streckte die Hand nach einem Kelch aus und trank einen Schluck von der Flüssigkeit, die sich darin befand. Die Anstrengung, die ihm das abverlangte, war groß, und wir warteten beide, bis er ausgetrunken hatte.

Er sagte: »Indem wir hierherkamen – nicht, dass wir eine große Wahl gehabt hätten, denn es ziemt sich nicht, Nein zu Tiberius zu sagen ... Indem wir also hierherkamen, haben wir die ländliche Entspannung für Pracht und Herrlichkeit aufgegeben. Wir haben faule Nachmittage gegen Macht und ihre Fallstricke eingetauscht. Wir haben Dienerinnen, die sich gern nachts mit dem Duft von Mimosen im Haar in unser Zimmer schlichen, gegen Einfluss und einen Haufen Geld eingetauscht, den er einbringt. Für mich fühlt es sich so an – aufgrund des Zeitpunkts in meinem Leben, zu dem all das geschah –, als hätte ich auch die Jugend gegen das Alter eingetauscht. Natürlicher wäre es gewesen, ich hätte meine rüstigeren Jahre hier in Rom verbracht und die Jahre der schwindenden Kräfte in der Villa.« – »Für mich fühlt es sich so an«, sagte ich zu ihm, »dass ich dort richtig bin, wo du bist, Claudius.« – »Was für ein Schmeichler du bist.« Ich musste lachen. Er auch.

»Du hast uns zweimal unseren geliebten Sohn zurückgebracht«, sagte er. »Dafür werden wir dir für immer dankbar sein und für immer in deiner Schuld stehen.« – »Aber ich habe ihn euch auch weggenommen.« Er wedelte mit der Hand durch die Luft. »Das spielt keine Rolle. Er ist nun schon lange ein Mann und guter Soldat, und er kennt seine Verpflichtungen. Aber du hast ihn uns zurückgebracht. Er hat mir alles erzählt, was deinem Neffen widerfahren ist, von Anfang bis Ende.« Ich nickte nur und sah auf die unablässig

betriebsame Stadt hinab. »Er war so vielversprechend und so schön und geistvoll, und er schien in eine bessere Richtung zu gehen, als wir ihn das letzte Mal sahen. Aber dann, so hörte ich, hat er sich besonnen.« – »Das hat er tatsächlich. Es war die Tragödie, die das ausgelöst hat.«

»Ich erinnere mich an seine Ernsthaftigkeit, auch an seine Klugheit und an seinen großen Charme.«

»Er wurde verrückt, als er sah, was seiner Frau und seinen Kindern widerfahren war, und nahm es als ein Zeichen, eine Strafe dafür, dass er seinem zornigen Gott den Rücken gekehrt hatte.«

»Wer weiß schon, wie er auf solch schreckliche Dinge reagieren wird?«, fragte er. »Alles, was ich mir vorläufig wünsche, für uns alle und besonders für David, ist Frieden, mildes Sonnenlicht, die Meeresbrise, guten Wein und Lachen.«

»Und ein wenig Leidenschaft.« – »Auch das.« Er richtete sich auf und setzte die Füße auf den Boden, sodass er nun neben mir saß.

»Ich habe zwei Geschenke für dich, dort auf dem Tisch.« Ich erhob mich und ging zum Tisch, wo ich eine kleine Marmorbüste und eine dünne Schriftrolle fand.

»Die Büste ist ein Ebenbild Epikurs, meines Lieblingsphilosophen. Die Schriftrolle ist eine Abhandlung von Titus Lucretius Carus: De rerum natura. *Ich kann mir niemand Geeigneteren vorstellen, beide zu besitzen, als du es bist.« – »Ich bin dir sehr dankbar, Herr.« – »Sie haben viele Jahre lang mir gehört und wurden früher in der Villa aufbewahrt – wo sie in Wahrheit auch hingehören, zu dir und dem Jungen, zu Daphne und Octavius.«*

»Ich fühle mich geehrt. Ich verstehe«, sagte ich.

»Man muss mehr lieben und sich weniger sorgen«, sagte er abschließend noch.

Laura unterbrach ihre Arbeit und lächelte. Ihr fiel ein, wie sie vor kaum einer Woche an ihrem letzten Abend in New York in ihrem Hotelbett gelegen und gedacht hatte, sie sei versehentlich eine Art moderner Poggio Bracciolini geworden – jener Gelehrte und Bewunderer Epikurs aus dem frühen 15. Jahrhundert, der einen Großteil seines bewegten Lebens der Jagd nach alten Manuskripten gewidmet hatte. Sie war durch die Lektüre von Stephen Greenblatts Buch *Die Wende* auf ihn gestoßen: Dort wird Bracciolinis Entdeckung von Lukrez' *De rerum natura* in einem deutschen Kloster gefeiert. Und hier, vor ihr, sprach Joseph von Arimathia sowohl von Epikur als auch von Lukrez. Gefesselt von dem, was sie in diesem Abschnitt erfuhr, setzte sie eilig ihre Arbeit fort.

Drei Wochen später standen David und ich, Daphne und Octavius an Deck mit Yeshuas Sarg zwischen uns und sahen zu, wie Syrakus in Sicht kam. Bei unserer Ankunft in der Villa war Canlia nicht schwanger, aber ihre Freude darüber, uns zurückzuhaben, wog das auf. Wir begruben meinen Neffen oben im Tempel und mauerten ihn in dem Gemach ein, in dem Daphne ihn verführt hatte. Daphne heiratete Octavius, und sie bekamen zwei Kinder. David ist jetzt in dem Alter, in dem Yeshua war, als er und ich Nazareth gemeinsam verließen. Er hat ein großzügigeres Wesen, als es sein Vater je hatte. Wir bauen zusammen unseren Wein an. Ich habe Land hinzugekauft, und die Trauben wachsen stattlich auf den Terrassen in den Hügeln.

Einmal mehr ist es Sommer. Letzte Woche fand ich David mit einem Mädchen aus dem Dorf mitten im Weinberg liegend. Es war ein warmer Tag, und überall summten die Bienen. Die Trauben waren grün und wuchsen, Unkraut blühte zwischen den Weinstöcken, und eine kühle Meeresbrise wisperte. Ein Tag zum Ausruhen im Schatten für einen alten Mann. Dort war er, für einige der Sohn Gottes, und lag seinem Mädchen bei, die Glieder in Bewegung und kaum zu sehen durch die reifenden Reben hindurch, während Blütenstaub und zarte Samen in der vollkommenen Stille durch die Luft trieben und ein Chor von Zikaden ihnen ein Ständchen brachte. Ich warf einen letzten Blick auf sie, dann schlich ich mich davon, um sie sich selbst zu überlassen.

40

James ging zum Abendessen mit Carmensina in ihr Lieblingsrestaurant, ein dezent beleuchtetes und gemütliches Lokal, wo sie hoffentlich davor zurückschrecken würde, ihm eine Szene zu machen. Katalanisch durch und durch und in unmittelbarer Nähe der Passeig de Gràcia gelegen, nannte es sich dennoch *Ondarreta*: Die Besitzerfamilie war zur Hälfte baskisch und stammte aus San Sebastián, und die Küche spiegelte das Beste beider Regionen wider.

Wie immer servierte man ihnen unverzüglich einen Cava Rosé, und höchst erfreut sah er, dass sie nur sparsam daran nippte. Jedes Mal, wenn sie dort aßen, hatte sie seiner Erinnerung nach fast eine ganze Flasche allein geleert, während er lieber Wein trank. James war der Feinschmecker der Familie, und Carmensina ließ ihn gewähren um der Gäste willen, die diese Art Restaurant aufsuchten – Leute, die sie entweder durch familiäre Beziehungen bereits kannte oder noch kennenlernen wollte und über die sie am nächsten Tag mit ihren Freundinnen klatschen konnte. Sie selbst zog eine traditionellere Kost vor.

Der Hauptgrund aber, der dieses Restaurant zu ihrem Favoriten machte, war James gar nicht bekannt und hatte mit einer alten Flamme zu tun. Kurz bevor sie James traf, unterhielt Carmensina eine Beziehung mit einem Fabrikarbeiter, von dem sie ihrer Familie nie erzählen konnte, einem jungen Mann namens Patxi, der ebenfalls aus San Sebastián stammte. Er war ein ehemaliger *harrijasotzaile* oder Steinwerfer, der aus einer Familie von Milchbauern kam. Sie hatte ihn in einer Bar kennengelernt, in einer Nacht, in der sie sich unters Volk gemischt hatte. Die Beziehung, die sie vor allen außer ihren beiden engsten Freundinnen verbarg, war eher sexueller Natur gewesen, anders als alles, was sie in dieser Hinsicht davor und danach erlebt hatte, und es war nur James' Vorzeigbarkeit in höheren Kreisen, die sie davon überzeugte, diese Beziehung zu beenden. Trotzdem dachte sie noch immer häufig an Patxi – an den nie ermüdenden und attraktiven Burschen, den sie im Gedächtnis hatte, nicht an den kahlköpfigen, übergewichtigen Mann, der er in späteren Jahren wurde. Wenn sie mit James schlief, stellte sie sich manchmal vor, sie würde wieder auf dem Rücksitz von Patxis Seat liegen. Das Restaurant erinnerte sie an diese Zeit in ihrem Leben, und die Schwarz-Weiß-Fotografien aus dem alten San Sebastián, die in Bilderrahmen an der Wand neben dem Eingang hingen, weckten regelmäßig eine Art sexuelle Nostalgie in ihr. Aber an diesem Abend hatte sie anderes im Sinn, eine Offenbarung, die sie sich für das Ende der Mahlzeit aufsparen wollte. James nahm sein eigenes Vorhaben in Angriff, sobald ihre Hauptgerichte serviert waren.

»Ich muss etwas mit dir besprechen«, sagte er.

»Etwas Schönes hoffentlich.«

»Ich glaube schon. Aber zuerst sollst du wissen, dass ich von Finn gehört habe, du hättest ihm aufgetragen, die Amerikanerin vor die Tür zu setzen.«

»Oh«, sagte sie, als fiele es ihr eben erst wieder ein. »Das stimmt.«

»Ich will nicht darüber streiten, weil es keinen Zweck hat. Ich habe sie ins Haus zurückgeholt, aber nicht, um dich zu verärgern oder dir zu widersprechen.«

Er hielt eine Sekunde inne und forschte in ihrem Gesicht

nach einer Regung. Sie blieb ungewöhnlich ruhig, was ihn noch nervöser machte, als er schon war.

»Na gut, warum hast du's dann getan?« war alles, was sie sagte.

»Aus zwei Gründen.« Er legte seine Hände zusammen. »Aus Respekt vor Mutter, die sehr viel Herzblut in das Projekt gesteckt hat, und weil ich denke, dass die Dokumente, die sie übersetzt und deren Echtheit sie bescheinigt, extrem wertvoll sein könnten. Das Projekt muss zu Ende gebracht werden.«

»Wie lange wird das dauern?«

»Ich weiß es nicht genau. Ich muss nächste Woche hinfliegen, weil eine Sachverständige ins Haus kommt, um sich die Texte anzusehen. Dann kann ich sie fragen.«

»In Ordnung«, erwiderte sie, während sie gelassen weiteraß. Sie sah nicht glücklich aus, aber sie war auch nicht einem Wutausbruch nahe.

»Nun«, sagte er, vorübergehend aus dem Konzept gebracht.

»Und was ist der schöne Teil?«, fragte sie lächelnd.

»Der schöne Teil ist, dass ich sie bitten werde, ins Cottage zu ziehen, sodass wir beim nächsten Besuch im Haupthaus wohnen können, in welchem Zimmer du willst. Ich bin auch damit einverstanden, dass du deine eigenen Angestellten aussuchst, wenn du das möchtest. Wenn du das tust, werde ich Finn und Bidelia ebenfalls ins Cottage ziehen und dort so lange arbeiten lassen, wie sie wollen. Ich habe das Gefühl, dass ich ihnen das schuldig bin. Aber was ich eigentlich sagen will, ist, dass ich die Bienenvilla zu deinem, zu unserem Haus mache.«

Sie beugte sich über den Tisch und küsste ihn auf die Lippen. »Das ist eine wunderbare Nachricht.«

Er griff in seine Tasche und holte ein kleines Päckchen heraus, das mit einem Band verschnürt war. »Und ich habe dir das machen lassen.«

»Was ist das?«, fragte sie und nahm es entgegen.

»Mach es auf und schau es dir an.«

Tränen traten ihr in die Augen, als sie die Visitenkarten las, auf denen ihr Name und ihr neuer Titel aufgedruckt standen. Und zwei Adressen, eine in Barcelona, die andere in Cornwall.

Während des wundersam zivilisierten Essens, das so viel besser verlief, als er es sich zu erhoffen gewagt und vor dem er sich seit Tagen gefürchtet hatte, vibrierte sein Handy zweimal in seiner Tasche. Er riskierte es nicht, einen Blick darauf zu werfen, bis Carmensina aufstand, um sich frisch zu machen, nachdem sie ein Dessert bestellt hatten, das sie sich teilen wollten. Beide Anrufe kamen von Laura. Noch bevor er Zeit hatte, sich Sorgen zu machen – denn sie hätte ihn nie um diese Uhrzeit angerufen, wenn es nicht wichtig gewesen wäre –, traf eine Textnachricht von ihr ein: *Habe eine bemerkenswerte Entdeckung gemacht. Ruf an, wenn du kannst.*

Laura hatte den ganzen Tag damit verbracht, zu telefonieren und im Internet zu recherchieren, um so viel wie möglich über römische Villen im ersten nachchristlichen Jahrhundert auf Sizilien zusammenzutragen – bis sie zu ihrem eigenen Erstaunen auf eine Villa nahe Akragas, nunmehr Agrigent genannt, stieß, von der sie sich fast sicher war, dass sie Joseph von Arimathia gehört hatte. Sie fand einen Artikel im Onlinearchiv von JSTOR, der den Titel »Archaeology in Sicily 1988–1995« trug und 1995 von R. J. A. Wilson in einer Fachzeitschrift namens *Archaeological Reports* veröffentlicht worden war. Er bezog sich auf die Ausgrabungsstätte Durrueli di Realmonte, wo ein Professor aus Tokio seit 1980 forschte.

- Eine Villa aus dem 1. Jahrhundert n. Chr. nach einem mehr oder weniger römischen Bauplan, die nahe Camarona gefunden wurde: M. Aoyagi, »Ripresa degli scavi nella villa romana di Realmonte«, in: *Kokalos* 26–27, 1980–1981.
- M. Aoyagi, »Il Mosaico di Posidone rinvenuto a Realmonte«, in: *QuadMess* III, 1988.

In dem Artikel stand Folgendes: »... doch wir besitzen nun eine Veröffentlichung über ein schwer beschädigtes schwarz-weißes, sechs Quadratmeter großes Mosaik aus der Villa, das Neptun mit dem Dreizack auf einem Delfin stehend darstellt mit einer äußeren Einfassung vom Typ ›Stadtmauer‹.« Die Beschreibung des Patio entsprach fast wörtlich jener aus dem Kodex. Der Zeitrahmen war nah genug und der Ort derselbe. Ein Schrein oder Tempel, der der Minerva geweiht war, fand keine Erwähnung, aber vielen römischen Villen waren solche Schreine angegliedert, und die Ausgrabung war nach allem, was Laura in Erfahrung hatte bringen können, noch nicht abgeschlossen. Sie wusste aus dem Kodex, dass der Minerva-Tempel auf einem Hügel hinter der Villa mit Blick übers Meer gestanden hatte. Die Vorstellung, dass Jesu mumifizierte Überreste noch immer dort ruhen könnten, rüttelte sie auf.

Als James es spät in der Nacht schaffte zurückzurufen, schmälerten ihre Neuigkeiten und ihre Aufregung darüber die Wirkung dessen, was James zu berichten hatte. Sie war einverstanden damit, ins Cottage zu ziehen, ihr gefiel die

Idee sogar sehr. Es war nur ein belangloses logistisches Detail im Vergleich zu ihrer möglicherweise ungeheuer bedeutsamen Entdeckung. Sie war begeistert zu hören, dass er schon in wenigen Tagen nach Cornwall kommen und jemand von Sotheby's ebenfalls anreisen würde. Ihre ursprüngliche Absicht, James davon zu überzeugen, die Dokumente geheim zu halten oder privat zu veräußern, hatte sich mit der Aussicht gewandelt, tatsächlich Christi Überreste finden zu können. In dieser Nacht konnte sie nur an Sizilien denken und wie man vorgehen musste, um die Erlaubnis und nötigen Mittel für eine Ausgrabung zu erhalten, ohne preisgeben zu müssen, worum es sich handelte. Selbst beim Frühstück am nächsten Morgen, als sie mit Finn und Bidelia über ihren Umzug ins Cottage sprach, antwortete sie auf ihre Beschwerden und Bedenken mit dem Versuch, den Dingen eine positive Seite abzugewinnen. Sie würde den Tag damit verbringen, Masanori Aoyagi vom Nationalmuseum für westliche Kunst in Tokio ausfindig zu machen.

Was James ihr allerdings nicht erzählt hatte, was er sich außerstande fühlte, ihr zu sagen, war das, was ihm Carmensina verkündet hatte, nachdem sie zwei weitere Gläser Cava zum Anstoßen bestellt hatte.

»Ich habe auch Neuigkeiten, James.«

»Etwas Schönes hoffentlich.«

»Etwas sehr Schönes«, erwiderte sie und schenkte ihm ein Lächeln, das er seit Jahren nicht mehr an ihr gesehen hatte. »Wir werden noch ein Kind bekommen.«

41

Finn und Bidelia zogen in das Apartment über der Garage des Cottage. Ein andalusisches Ehepaar Anfang dreißig mit einem Kleinkind traf ein und bezog das Dienstbotenquartier im Landhaus. Gin und Jen kümmerten sich weiter um die Pferde. Laura richtete sich im großen Schlafzimmer des Cottage ein. Obwohl sie den Blick aufs Meer und den altertümlichen Luxus der Villa vermisste, empfand sie die entspanntere Atmosphäre im Cottage als befreiend, und die Stimmung der umliegenden Wälder passte gut zu den immer heftiger werdenden Wetterumschwüngen.

Sie erreichte Professor Aoyagi in Tokio und berichtete ihm, dass die Villa, die er auszugraben begonnen hatte, in einem alten Dokument auftauche. Der japanische Archäologe war begeistert, konnte aber nicht zeitnah nach Sizilien zurückkehren. Er schickte ihr großzügig Kopien seiner Dokumentation sowie Vollmachten. Er setzte alles in Kopie an das sizilianische Team, mit dem er zusammengearbeitet hatte, ebenso wie an die Person, die anschließend versprach, die notwendigen Genehmigungen und Bescheinigungen einzuholen. Sie wären vorbereitet, um in den nächsten Wochen eine neue Ausgrabungsstätte zu eröffnen. Sie erreichte einen der sizilianischen Archäologen am Telefon und bestätigte ihr Vorhaben, die Villa ein paar Tage nach James' anvisierter Rückkehr nach Barcelona zu besuchen.

Nach einem langen Spaziergang arbeitete sie am Nachmittag an der Übertragung des Textes Gerards von Amiens.

Diese Aufgabe war viel weniger aufregend als alles Bisherige, aber Altfranzösisch zu übersetzen fiel ihr leichter als Altgriechisch. Und während James' Ankunft näher rückte, hatte sie weniger zu tun und mehr Zeit, um über ihr Privatleben nachzudenken.

Es war ihr klar, dass er sich Carmensina geschlagen gegeben hatte. Aber das war ihr recht. Am Abend nach der Beerdigung, als James so zornig gewesen war, hatte sie sich Sorgen über das gemacht, was er in die Wege leiten könnte. Auch wenn sie seine Unterstützung tröstete, beunruhigte sie der Gedanke, dass er die Dinge überstürzen könnte. Sie fand, dass es seine Töchter überfordern würde, zuerst Wynona, eine feste Größe in ihrem Leben, zu verlieren und dann auch noch in einen Rosenkrieg zu geraten. Das wäre sträflich gewesen. Da erschien es ihr besser, ganz altmodisch eine Affäre fortzusetzen, so gut es ging, ohne den Rest der Welt mit hineinzuziehen, es sei denn, es ließ sich nicht mehr umgehen.

In einer idealen Gesellschaft wäre es zweifellos großartig gewesen, jedem in Echtzeit die Wahrheit zu sagen; doch sie glaubte, dass es nur selten so funktionierte. Als sie mit Nathan zu schlafen begann, traf sie sich noch regelmäßig mit jemand anderem. War es feige und gemein gewesen, das beiden Männern nicht zu gestehen? Hatte sie selbstsüchtig auf Nummer sicher gehen wollen? Oder war es mehr darum gegangen, Schmerz und Wut zu vermeiden und die Zerrüttung hinauszuzögern, die es verursachen würde? Vermutlich war es von allem etwas. James hatte kleine Kinder. Es stand mehr auf dem Spiel. Dass er nicht länger mit Carmensina zusammen sein sollte, lag auf der Hand. Dass es den Mädchen schaden würde, wenn er diese Ehe fortsetzte, schien ebenfalls wahrscheinlich. Aber es kam darauf an, den richtigen Zeitpunkt abzupassen.

Doch als sie weiter darüber nachdachte, begriff sie das Ausmaß seiner Zugeständnisse an Carmensina. Dass sie, Laura, ins Cottage komplimentiert worden war, war ein cleveres Manöver. Aber es war nicht das Manöver des starken und aufgebrachten James, dem es nun reichte und der sie an jenem Abend im Pub angerufen hatte. Finn und Bidelia zu einem angenehmen Rückzug aus einem Job zu verhelfen, den sie nicht mehr recht leiden konnten, war ebenfalls fürsorglich gewesen. Aber es war nicht das Handeln eines stolzen und unanfechtbaren Besitzers dieses Anwesens. Um Carmensina zu besänftigen waren drei Menschen zurückgesetzt und vertrieben worden. Das Ganze begann nach Versöhnung zu riechen. Wynona lag erst eine Woche unter der Erde. Wynona, da war sie sich ziemlich sicher, wäre entsetzt gewesen.

Sie behelligte ihn nicht damit und hatte seine Erklärungen am Telefon akzeptiert. Schließlich war es seine Sache, nicht ihre. Alles, was sie zu diesem Zeitpunkt wollte, war, ihn wiederzusehen und das Projekt fortzusetzen, das plötzlich ein ganz neues Spannungslevel erreicht hatte. Sie fragte sich schon, was für ein Mann er tief drinnen war. Doch im Augenblick überwogen seine Vorzüge noch beträchtlich seine Nachteile, und das war viel nach vier Jahren mit Nathan.

Am Vorabend seiner Ankunft brach sie zu einem Spaziergang durch den Wald und über die Wiese zum Dolmen am See auf. Am Nachthimmel im Osten entdeckte sie Venus und Jupiter, die ungewöhnlich hell schienen. Als sie sich umdrehte, fand sie Mars, kleiner, orangerot, im Westen. Das Wasser des Sees war fast nicht mehr zu sehen, und die einzigen Geräusche verursachte eine Froschfamilie. Sie hatte zwei Wodka getrunken, bevor sie das Haus verließ, und als sie auf der Bank am Ufer saß, war sie ganz ehrfürchtig, weil sie die alten Steine neben sich berühren und gleichzeitig drei Planeten des

Sonnensystems betrachten konnte – was in ihren Augen die Relativität von Zeit und die »Planetenhaftigkeit« der Erde hervorhob. Sie dachte darüber nach, dass all ihre Hoffnungen und Gedanken, all ihre Erinnerungen und Gefühle aus Proteinmolekülen bestanden, die sich wiederum aus Atomen zusammensetzten, und dass jedes Atom sein eigenes Mikrosonnensystem von Elektronen besaß, die sich um seinen Kern drehten. Das waren unumstößliche Tatsachen, ein großes und wahrhaftes Wunder – und die Erde, auf der sie stand, war eine gewaltige, schwere und leicht asymmetrische Kugel mit einem flüssigen Kern, im Raum aufgehängt und um die eigene Achse rotierend, während sie sich um die Sonne drehte, die ebenfalls ein Ball war, ein weiterer Stern, ganz ähnlich jenen, die in dieser Nacht zu sehen waren. So war es seit Jahrtausenden – gottlos, unpersönlich, unergründlich, und es würde hoffentlich noch jahrtausendelang so bleiben.

Sie zwang sich – wie sie sich dazu gezwungen hatte, vor einigen Nächten über den Tod nachzudenken –, sich in Erinnerung zu rufen, dass die menschliche Spezies eines Tages aussterben und die Erde irgendwann in der Sonne verglühen würde, bis auch sie irgendwann verlosch. Und das wäre es dann. Und wenn das geschah, dann wären auch die Geschichten über Christus, Mohammed, Buddha und die Geschichte der gesamten Welt, das Vermächtnis all ihrer Bewohner dahin. Als wäre all das hier nie gewesen – so wie ein Tag zu Ende geht oder ein Urlaub, eine Liebesbeziehung oder das Leben ihrer Großeltern und Urgroßeltern. Und so wäre es auch mit ihrem Leben. Alles würde verschwinden. Das Hier und Jetzt war wirklich alles, was zählte.

Der Wodka tat weiter sein Werk. Er ließ sie staunen und auch erschrecken über eine weitere Erkenntnis: Nach ihrer Zeugung in Granada hatten sich die Moleküle, die die Grundlage der Zellen in ihrem Körper darstellten, so organisiert, dass sich die Zellen unterschiedlich entwickeln und die Myriaden von Gewebestrukturen formen konnten, die sie, Laura, ausmachten und eine Weile dank des Zusammenspiels Millionen chemischer Vorgänge, welche in jeder Sekunde ihres zerbrechlichen Lebens abliefen, zusammenhielten und arbeiteten. Die Kleider, die sie trug, bestanden ebenfalls aus Molekülen, wie auch die Bank, auf der sie saß, die Bäume hinter ihr und das Wasser vor ihr, die Kreaturen, die in den Wiesen krabbelten, die Frösche, die im Schilf quakten, die Wolken, die über ihr dahinzogen – all das war ein einziges energetisches Summen und alles miteinander verbunden. So war es, so war alles zusammengefügt, so staunenswert und so unpersönlich. Was war der Rest in Wirklichkeit, das eigene, geistige Leben, das sie in ihrer individuellen Lebensspanne mit sich herumtrug? Was anderes war es als eine Ablenkung von dem, was Kapitän Ahab auf dem Vordeck der *Pequod* verkündet hatte: dass die Wahrheit einen in den Wahnsinn treiben würde?

Sie war mit dem Zustand vertraut, in dem sie sich gerade befand, dieser Mischung aus Rausch und kosmischem Einssein. Er hielt nie lange an. Ihre weltlichen Probleme, Interessen und Belange würden binnen einer Minute wieder in den Mittelpunkt rücken. Aber in den verbleibenden Sekunden gab sie sich, während sie zum Himmel hinaufblickte und die Nachtluft des ländlichen Cornwall einatmete, dem Universum hin, zu dem sie gehörte, und begrüßte mit offenen Armen, wenn auch flüchtig, die vergängliche Natur von allem, was biologischen Ursprungs war.

James schloss sie am folgenden Tag in seine Arme. Anstandshalber schlief er in der Villa, aber die Nachmittage, wenn Finn und Bidelia ihre Nachfolger aus Südspanien einarbeiteten, waren den Schäferstündchen im Cottage vorbehalten. Laura spürte eine gewisse Schadenfreude gegenüber Nathan, während sie mit James im selben Bett schlief, in dem er und Carmensina bis zu dieser Woche immer genächtigt hatten. Sie erzählte ihm von dem Tag, an dem sie allein hierhergegangen war und im Haus herumgeschnüffelt und sich in Gedanken an ihn selbst befriedigt hatte. »Tu es noch einmal«, flüsterte er, und nachdem sie gekommen war, drang er wie von Sinnen vor Begierde in sie ein.

Ihre Gespräche drehten sich meist um Lauras Aufregung über ihre Entdeckung, was das sizilianische Grab betraf, und um die Konsequenzen für sie selbst, für alle Menschen und für die Christenheit. Zwei Tage nach seiner Ankunft und einen Tag, bevor die Sachverständige aus London eintreffen sollte, schüttete es den ganzen Nachmittag – was ihr Liebesspiel noch intensiver werden ließ. Während der Regen gegen die Fensterscheiben prasselte, fielen sie regelrecht übereinander her, um danach ganz still zu werden. Das war der Zeitpunkt, an dem er es ihr zu sagen beschloss.

»Herzlichen Glückwunsch«, meinte sie gleichmütig, während sie zur Decke hochstarrte.

»Danke«, erwiderte er und versuchte dabei, sowohl ironisch als auch leicht deprimiert zu klingen.

»Wie lange weißt du es schon?«

»Erst seit ein paar Tagen.«

Sie ließ die Information kurz sacken und zog dabei unwillkürlich die Decke hoch.

»Na, ihr beide hattet es ja darauf angelegt, oder?«

»Sie hatte es darauf angelegt.«

»Allein? Das würde mich interessieren.«

»Laura.«

»Was soll ich denn sagen? Ich meine: Es ist, wie es ist.«

»Es ändert gar nichts«, sagte er. »Es macht alles für mich jetzt noch komplizierter, aber es hat keine Auswirkung auf meine Gefühle in Bezug auf uns.«

»Welches ›uns‹ wäre das?«

»Beide ›uns‹.« Warum ist das Leben so? dachte er bei sich.

»Nun – wir werden sehen«, sagte sie. »Und du freust dich, oder?«

»Ich bin verwirrt. Ich bin vieles. Bis zu einem gewissen Grad freue ich mich. Aber ich bin auch wütend und deprimiert. Ich meine, welches Leben wird dieses Kind haben? Und ich fühle mich manipuliert – wieder einmal. Ich bin verärgert. Und nebenbei bemerkt bin ich verliebt in dich, sehr sogar.«

»Das ist nett.«

»Nett? Bitte, Laura.«

»Tut mir leid. Und da sind wir wieder bei den Entschuldigungen.«

Er blieb stumm und tat sich selbst leid.

»Und – was ist der Plan?«, fragte sie.

»Sie wird am Wochenende hier sein und Sonntagvormittag mit den Mädchen nach Barcelona zurückfliegen.«

»Und mit dir.«

»Ja.«

Sie spürte ein plötzliches Heimweh nach den Wochen, in denen sich nur sie und Wynona und die MacShanes in der Villa aufgehalten hatten, als alles noch ruhig und frisch gewesen war.

»Du wirst mich dafür bestrafen, oder?«, fragte er.

»Nein«, entgegnete sie. »Ich werde dich nicht bestrafen. Ich bin diejenige, die dir geraten hat, ihr nichts von uns zu sagen, weißt du noch?«

»Ja.«

»Du warst derjenige, der ganz wild darauf war, mit ihr zu reden, und ich dachte wohl auch, dass du das tun würdest.«

»Stimmt. Und ich werde es immer noch tun.«

»Jedenfalls gehe ich nach Sizilien.«

»Du glaubst mir nicht, oder?«

»Was denn?«

»Dass ich mich von Carmensina trennen werde.«

»Oh, ich bin sicher, dass du das tun wirst, es sei denn, du bist am Ende doch masochistischer, als ich dachte. Wer weiß nur, wann? Aber das geht mich wirklich nichts an.«

»Natürlich geht es dich etwas an.«

»James, wir schlafen erst seit kurzer Zeit miteinander. Du hast zwei liebenswerte Töchter, die sich darauf verlassen, dass sie zwei Elternteile haben, und jetzt ist ein drittes Kind unterwegs. Dann kommen die anderen Geschichten dazu mit den Umzügen und das, was mit Finn und Bidelia passiert ist. Was soll mir das sagen?«

»Es sollte dir sagen, dass mein Leben kompliziert ist. Und was in diesem Bett in den letzten drei Tagen passiert ist, sollte dir auch etwas sagen.«

Sie widerstand erfolgreich dem Impuls, ihm zu erklären, wobei es genauso gut bei dem intensiven Sex gehen könnte. Aber ihr war bewusst, dass sie wütend war und dass es ihnen beiden danach nur schlechter gehen würde.

»Ich weiß, dass dein Leben kompliziert ist«, sagte sie stattdessen. »Das Leben von jedem über dreiundzwanzig ist kompliziert. Ich bin froh, dass du's mir gesagt hast. Das weiß ich zu schätzen. Und wir werden sehen, wie es läuft. Ich bin glücklich mit dir, aber natürlich nicht mit deiner Situation. Nur ist das eben auch ein Teil von dir. Das ist alles sehr verwirrend. Ich will deine Partnerin sein. Will ich eines Tages eine Stiefdingsda oder so etwas sein, die sich mit Carmensina arrangieren muss, immer wenn etwas mit den Kindern ist? Vielleicht. Ich weiß es nicht. Ich glaube nicht einmal, dass ich Carmensina im Moment sehen kann. Kannst du das verstehen?«

»Ja.«

»Ich hätte nie nach New York kommen sollen.«

»Sag das nicht.«

Sie rollte sich auf die Seite, nahm ein Kissen in die Arme und sah in den Regen hinaus. Er fand sie wunderschön, wie sie so dalag. Aber er scheute davor zurück, sie zu berühren oder noch etwas zu sagen.

Sie waren beide den Rest des Tages über niedergeschlagen. Er fühlte sich gefangen in einer Falle und schwach und zu sehr abhängig von den gegensätzlichen Gefühlen für die beiden Frauen in seinem Leben. Wenn man noch Wynona und seine beiden Töchter dazunahm, sah er sich regelrecht von einem Meer der Weiblichkeit umschlossen, und was sollte all das heißen? Am Ende doch besser, dachte er, als von einem Rudel Männer eingekesselt. Wäre es klüger gewesen, Carmensina alles offen zu sagen, neues Baby hin oder her, um sie von Cornwall fernzuhalten, ein sturer Hund zu sein und seine Schäflein ins Trockene zu bringen? Aber das sah ihm nicht ähnlich, und das war der springende Punkt. Laura hatte ein Thema angeschnitten, das er bis dahin nicht bedacht hatte. Wie würde es für ihn sein, wenn beide Frauen zur gleichen Zeit hier auf dem Anwesen waren? Unheimlich peinlich.

Sie kehrten gemeinsam zur Villa zurück. Sie behauptete, arbeiten zu müssen, und schlug seine Einladung aus, zusammen im Regen auszureiten. Lustlos saß sie am Tisch nahe der Bibliothek und tat so, als würde sie übersetzen und die letzten Dinge zusammenpacken, um sie zum Cottage zu bringen. Sie konnte es nicht glauben, dass Carmensina noch ein Baby bekommen würde. Und natürlich würde es ein Junge werden, der langersehnte Sohn, der Erbe der Plantagenet-Linie. James würde sie niemals verlassen. Europäische Männer seines Kalibers verließen selten ihre Ehefrauen. Sie arrangierten sich. Sie, Laura, war immerhin Teil seiner außerehelichen Welt. Konnte sie sich damit abfinden? Sollte sie das? Zumindest würde sie sich so ihre Unabhängigkeit bewahren. Wenn jemand anders des Weges kam, der ihr gefiel, konnte sie auch das geschehen lassen, ohne großen Wirbel zu verursachen. Aber wollte sie ihr Leben so leben? Wollte sie selbst Kinder haben?

Erst neulich hatte ihr Fiona, frisch aus Amsterdam nach London zurückgekehrt, am Telefon eine Geschichte erzählt. Sie und Giles waren zufällig jemandem begegnet, der ihn und seine Frau kannte, morgens beim Frühstück in ihrem schicken kleinen Boutiquehotel. Der Bekannte erfasste die Situation sofort und verschanzte sich in bewunderungswürdiger Weise hinter seiner Zeitung. Aber Giles hatte das Gefühl, als könnte er nicht anders und müsste den Mann auf ihrem Weg nach draußen begrüßen, nach dem schnellsten und unerfreulichsten Frühstück in Fionas ganzem Leben, und er verabredete sich mit dem Burschen später am Tag auf einen Drink zu einem Männergespräch, in dem er um sein Verständnis und seine Diskretion bat. Fiona hatte der Geschichte einen lustigen Anstrich verpasst, aber die Wirkung, die sie auf Laura hatte, war alles andere als das. Wollte sie so leben? Nicht wirklich, zumindest nicht lange.

42

Kurz vor dem Mittagessen trafen zwei Frauen von Sotheby's ein – eine war die Sachverständige in Lauras Alter oder jünger, die andere eine Senior-Vizepräsidentin, die auf den möglichen Sensationsstatus der in Rede stehenden Auktionsgüter aufmerksam gemacht worden war und dabei sein wollte. Laura fand beide freundlich und geschäftsmäßig, sogar als sie sie betont beiläufig über ihre eigenen Referenzen und Qualifikationen ausfragten. James, der nicht in der Stimmung für andalusische Experimente war, wenn er stolz seinen Besitz präsentierte, hatte Finn und Bidelia gebeten, das Essen zuzubereiten und zu servieren, was sie mit Freuden taten, während die Spanier mit ihrem Kind zu einem Picknick aufs Land fuhren.

Die Senior-Vizepräsidentin war eine blonde Frau Anfang fünfzig, gut gekleidet und mit Schmuck reichlich behängt, und sie wurde fast devot von der Sachverständigen umschmeichelt. »Habe ich das richtig verstanden«, fragte sie, »dass das, was wir gleich zu Gesicht bekommen werden, neben seinem Wert als Antiquität möglicherweise auch eine historische Bedeutung hat?«

»Das ist korrekt«, erwiderte James, dem einmal mehr auffiel, dass er das einzige männliche Wesen im Raum war. Bidelia stand noch in einer Ecke, aber Finn war verschwunden.

»Kann ich davon ausgehen, dass wir hier vertraulich miteinander sprechen?«, übernahm Laura die Gesprächsführung.

»O ja«, sagte die Ältere der beiden. »Absolut.«

»Ich möchte nicht melodramatisch werden«, fuhr Laura fort, »aber ich denke, Sie werden mir zustimmen, dass diese Situation es rechtfertigt.«

»Worüber sprechen wir genau?«

»Über eine Schriftrolle aus dem ersten nachchristlichen Jahrhundert«, antwortete James nun seinerseits in dem Bemühen, das Heft nicht aus der Hand zu geben. »In Aramäisch abgefasst, nicht wahr, Laura?«

»Das ist richtig«, erwiderte sie. »Die Schriftrolle ist in sehr schlechtem Zustand, wie Sie sich vorstellen können, aber es ist noch genug davon vorhanden, um zu belegen, dass die anderen beiden Gegenstände – ein Kodex aus dem 4. Jahrhundert auf Altgriechisch und ein zweiter aus dem 13. Jahrhundert auf Altfranzösisch – Übersetzungen der Schriftrolle sind. Alle drei Texte gehörten Eleonore von Kastilien, der ersten Gemahlin König Eduards I., einem Vorfahren von James.«

»Sie befinden sich seit Menschengedenken im Besitz unserer Familie. Sie haben ja meine Dokumentation gelesen.«

»Wie kann es sein«, fragte die Senior-Vizepräsidentin, »dass all das erst jetzt ans Licht kommt? Das ist doch sehr merkwürdig.«

»Es ist schwer, das Menschen außerhalb meiner Familie zu erklären«, sagte James, der seinen Akzent noch betonte, fand Laura. »Aber es genügt wohl zu sagen, dass niemand wirklich daran Interesse hatte, bis meine Mutter auf den Plan trat.«

Laura kam zum Punkt: »Die Schriftrolle wurde einem Schreiber diktiert, und zwar von Joseph von Arimathia, dem Onkel Jesu Christi, und sie ist eine überzeugende Widerlegung des Gottestums Jesu.«

Damit hatte sie sich die Aufmerksamkeit der Frauen – auch die von Bidelia – gesichert.

Nach dem Essen verbrachten James, Laura und die beiden Frauen von Sotheby's über eine Stunde in der Kammer hinter dem Bücherregal. Allmählich dämmerte den beiden Besucherinnen, dass die Dokumente mit großer Wahrscheinlichkeit authentisch waren, und sie konnten ihre zunehmende Aufregung nicht mehr verhehlen. Anschließend setzten sie sich in die Bibliothek, wo Bidelia den Kaffee servierte.

»Was Sie da drin haben«, sagte die Vizepräsidentin, »ist so erstaunlich, dass es offen gestanden ziemlich schwer zu glauben, schwer zu begreifen ist.«

»Ich weiß.« Laura nickte.

»Aber für mich sieht alles sehr koscher aus«, stellte die Sachverständige fest.

»Ich würde die Dokumente gern höher versichern«, erklärte James, »und an einen sicheren Ort bringen lassen, irgendwo in London, damit wir, wenn und falls die Nachricht doch durchsickert, nicht von Gaffern und religiösen Fanatikern überrannt werden.«

»Da bin ich ganz Ihrer Meinung«, bekräftigte die Vizepräsidentin.

Als die Unterhaltung sich rechtlichen Dingen und finanziellen Taxierungen zuwandte, entschuldigte sich Laura und gesellte sich erst wieder dazu, als es Zeit war, die beiden Frauen zu verabschieden. Etwas, das die Sachverständige erwähnt hatte, ließ sie nicht mehr los. Die junge, sonst eher geistlos wirkende Person hatte sich bei der Untersuchung der Dokumente in eine messerscharfe Beobachtungsmaschine verwandelt und glaubte, dass das zentrale, röhrenförmige Mittelstück der Schriftrolle um etwas Ungewöhnliches gewickelt sei. Sie sagte, es sei stärker im Durchmesser als üblich und sie habe noch nie etwas Vergleichbares gesehen.

Sollte es eines Tages von der Rolle getrennt werden können, müsse man sich das ganz genau ansehen.

Nach der Abreise der Frauen war James bester Stimmung, und Laura kehrte mit ihm ins Cottage zurück, wo sie sich liebten, ein Nickerchen hielten und ein Bad zusammen nahmen. In Anbetracht der Tatsache, dass am nächsten Tag Carmensina mit den Kindern eintreffen würde, beschlossen sie, zum Abendessen ins *Wounded Hart* zu gehen. Sobald sie dort saßen, fand Laura James' anhaltende gute Laune lästig. Er brauchte ein paar Minuten, um ihren Missmut zu bemerken und zu beschließen, dass er keine andere Wahl hatte, als sie darauf anzusprechen.

»Alles in Ordnung?«, fragte er.

»Ja. Warum?«

»Du wirkst ein bisschen verstört.«

Sein »ein bisschen« machte sie noch wütender. »Ich freue mich nicht gerade auf die Ankunft deiner Frau morgen. Was soll ich sagen? Ich hatte so eine schöne Zeit mit dir, und ab morgen wird sie sich schlecht und unglaublich seltsam für mich anfühlen.«

»Ich weiß, was du meinst«, gab er zurück.

»Dir scheint das nichts auszumachen. Du scheinst dich ja sogar ziemlich zu freuen!«

»Ich freue mich darüber, wie es heute gelaufen ist.« Er versuchte, nicht zu defensiv zu klingen. »Ich freue mich darüber, dass ich hier heute Abend in deiner Gesellschaft sitze. Ich freue mich darüber, dass ich heute mit dir geschlafen habe. Ich liebe es, mit dir zusammen zu sein. Und ich freue mich darauf, dass ich morgen meine Töchter sehe. Ich freue mich nicht darauf, dass ich meine Frau sehe.«

»Das frage ich mich gerade«, erwiderte sie.

»Wie kannst du das sagen?«

»Weil Menschen, wie du es gern formulierst, kompliziert sind. Es ist eindeutig etwas an dieser Situation, das für dich arbeitet.«

»Laura, ich dachte, das hätten wir geklärt. Du hast mir selbst gesagt, dass es zu früh ist, etwas zu unternehmen, um Annas und Montses willen.«

»Ich wünschte nur, du würdest dich im Augenblick ›ein bisschen‹ mehr wie ich fühlen.«

»Das tue ich.«

»Wirkt aber nicht so. Du siehst wie die Katze aus, die den Kanarienvogel gefrühstückt hat.«

»Das ist eine Unsitte der Engländer, gepaart mit einer Unsitte der Spanier – beide sind genial darin, so zu tun, als ob nichts wäre.«

»Kein besonders attraktiver Zug.«

Das ärgerte ihn sehr. Seine Absicht, sie aufzubauen, geriet angesichts ihres plötzlichen Anfalls an Uneinsichtigkeit ins Wanken.

»Tut mir leid«, sagte er trocken.

»Mir auch.«

»Ich bin verrückt nach dir«, erklärte er.

»Ich weiß.«

»Wenn du denkst, dass ich jetzt derjenige bin, der handelt, dann warte mal, bis du mich morgen siehst.«

Aber es war noch zu früh für ihn, etwas Nettes von sich zu geben.

»Du sagst, du würdest handeln, nicht ich«, entgegnete sie. »Und ich sage, dass ich alles tun werde, um dich morgen nicht sehen zu müssen.«

Er holte tief Luft und betete, dass das hier sich wieder auflösen und nicht noch schlimmer werden würde. »Verstehe.« Er legte seine Hand auf ihre.

»Ich meine, objektiv sieht es gut für dich aus«, fuhr sie fort. »Du hast eine Nebenfrau, die unabhängig ist und mit der du fantastischen Sex hast, und eine attraktive, aber gruselige Ehefrau, die mit deinem dritten Kind schwanger ist, zwei wunderbare Töchter, die dich lieben, dieses umwerfende Anwesen hier in England, ein Wahnsinnshaus in Barcelona und einen hippen Medienjob – was soll falsch an diesem Bild sein?«

»Was wird das hier?«, fragte er ernst. »Das klingt gar nicht nach dir. Du weißt, wie ich mich fühle. Du weißt, wie oberflächlich dieses Abziehbildchen ist, das du da zeichnest. Und übrigens bin ich immer noch ziemlich aus der Bahn geworfen, weil meine Mutter gerade gestorben ist.«

Nun war die Reihe an ihr, tief Luft zu holen und dann einen großen Schluck von dem fast verdorbenen Rioja zu trinken, der ihnen serviert worden war.

»Wer weiß schon, ob es nach mir klingt oder nicht?«, fragte sie. »Ich bin unglücklich, James. Jede in meiner Lage mit einem Hauch Sensibilität wäre das.«

»Und das verstehe ich, wie ich dir schon gesagt habe.«

»Es ist einfach schräg, dich so aufgekratzt zu sehen.«

»Na, jetzt bin ich's nicht mehr.«

»Tut mir leid.«

»Da wären wir wieder.« Er lächelte sie an, voller Zärtlichkeit. Das musste sie doch sehen, hoffte er.

»Da wären wir wieder«, echote sie und versuchte, sein Lächeln zu erwidern. »Und ich schätze, dass diese Frauen von Sotheby's heute hier waren, hat mich auch heruntergezogen.«

»Warum denn? Es ist doch sehr gut gelaufen. Du stehst kurz davor, eine hochkarätige Berühmtheit zu werden.«

»Was ich vielleicht gar nicht will oder wofür ich noch nicht bereit bin. Ich mag eigentlich meine Unbekanntheit.

Was ich noch verdränge, was aber passieren wird – das weiß ich –, ist, dass man meine palästinensische Abstammung ans Tageslicht zerren und mir vorwerfen wird. Aber das ist nicht alles. Mehr als alles andere ist es das Gefühl, dass hier etwas zu Ende geht. Die Frauen von Sotheby's haben heute den Beginn einer neuen Phase eingeläutet. Es war für mich so eine wunderbare Zeit, hier arbeiten zu dürfen, als das Ende noch in sicherer, weiter Ferne lag. Aber jetzt ist es so gut wie da. Und vielleicht haben wir auch noch die sizilianische Villa gefunden. Es ist ein bisschen neurotisch, das gebe ich zu. Ich sollte vor Kraft strotzen dank all dessen und dank dem, was zwischen dir und mir ist, und hoffentlich werde ich das auch bald wieder tun. Vielleicht bekomme ich nur meine Tage oder so.«

»Laura«, sagte er, berührt von ihrer Ehrlichkeit und erleichtert, den Sturm abflauen zu sehen – was den Kontrast nur größer machte zu dem, wie eine vergleichbare Auseinandersetzung mit Carmensina abgelaufen wäre. »Wir stehen beide unter großem Druck. Wir haben beide einiges hinter uns, einiges jeder für sich, anderes zusammen. Aber ich denke gerne, dass wir ziemlich viel Glück haben, nicht nur, weil wir gesund sind, sondern auch, weil das, was sich jetzt vielleicht noch unsicher und verworren anfühlt, zu Veränderungen führen wird, die zu unserem Besten sind – zu unserer beider Bestem.«

Er beugte sich zu ihr hinüber und küsste sie.

»Pass auf«, sagte sie. »Jeder hier weiß, wer du bist.«

Er wollte nach dem Essen zum Cottage fahren, um den Rest des Abends mit ihr zu verbringen, bevor er zum Schlafen ins Haupthaus zurückkehrte, doch sie bat ihn, zunächst einen Zwischenhalt in der Villa einzulegen. Sie wollte sich etwas ansehen. Es war fast zehn, als sie die Bibliothek betraten.

Der neue spanische »Finn« kam von der Küche herüber, um nach dem Rechten zu sehen, doch James schickte ihn wieder fort. Laura öffnete mithilfe des Bücherregals die Kammer, schaltete dort das Licht an und deaktivierte den Alarm.

»Wirst du mir verraten, was all das soll?«, fragte er, trat hinter sie und drückte ihr einen Kuss auf den Nacken.

»Ich will etwas prüfen und brauche vielleicht deine Hilfe. Zieh die hier an.« Sie reichte ihm ein Paar Latexhandschuhe und streifte selbst welche über.

»Wird das hier pervers?«

»Nein«, antwortete sie. »Das bezweifle ich.«

Sie entfernte den Deckel von der Glasvitrine und nahm die Schriftrolle heraus. Wie immer sah der aufgeraute Papyrus aus, als würde er beim geringsten Anlass zerbröseln. Anders das zentrale röhrenförmige Mittelstück, von dem die Sachverständige gesprochen hatte. Es besaß gewissermaßen Griffe an beiden Enden und erinnerte damit an eine alte, runde Schmucknadel aus Metall.

»Diese Frau hat etwas gesagt, das mich fasziniert hat. Sie meinte, dieses Metallstück sei merkwürdig und außerdem ungewöhnlich dick, und deshalb frage ich mich, ob vielleicht etwas darin ist.«

»Cool«, sagte er in dem Bemühen, amerikanisch zu klingen.

»Ich dachte, es wäre den Versuch wert, einen Blick darauf zu werfen, aber ganz, ganz vorsichtig, und zu sehen, ob einer der beiden Griffe als Deckel oder Stopfen gearbeitet sein könnte. Schraubverschlüsse sind eine moderne Erfindung, damals gab es sie noch nicht.«

»Die Herausforderung«, meinte er, »wird sein, wie die Hand Halt findet, ohne die Rolle zu berühren.«

»Exakt.«

»Lass mich den Werkzeugkasten holen. Ich bin gleich wieder da.«

Sie lächelte und nickte, und während sie in der Kammer wartete, fiel ihr ein, wie sie mit Wynona zum ersten Mal hier gewesen war, in diesem Geheimraum, in dem Priester, die lange begraben und vergessen waren, eine Zuflucht gefunden hatten. Ihr ging auf, dass dies eine der letzten Gelegenheiten sein könnte, mit ihren Schätzen allein zu sein. Gleichzeitig schoss ihr durch den Kopf, dass Nathan wahrscheinlich noch nie in seinem ganzen Leben einen Werkzeugkasten angefasst hatte. James machte ein paar kürzlich verlorene Punkte gut. Er brachte den Kasten mit – er war aus Metall, länglich und schwarz, verkratzt und schwer – und stellte ihn auf den Arbeitstisch, um mit jungenhafter Begeisterung darin abzutauchen.

»Ich hätte dich nie in die Handwerkerschublade gesteckt«, sagte sie und legte ihm versöhnlich die Hand auf die Schulter.

»Du kannst *verkrachter Klempner* auf die Liste dazuschreiben«, sagte er.

»Verkrachter Künstler, verkrachter Klempner – eine ziemlich verkrachte Existenz offenbar.«

»Nicht, solange du da bist.«

»Schauen wir mal, ob du das in den nächsten Tagen immer noch denkst.«

Ohne Vorwarnung überfiel sie eine wahre Flut aus Bildern von Carmensina, die berauscht vom Triumph dank der Frucht ihres Leibes war und alles nur Erdenkliche unternahm, um ihren gut aussehenden und nur allzu nachgiebigen Ehemann zu entwaffnen und zufriedenzustellen. Lauras gerade wiedergewonnene Umgänglichkeit mäßigte sich.

James fixierte am einen Ende des Mittelstücks einen verstellbaren Schraubenschlüssel, den Laura festhielt, und einen

Klemmhebel am anderen Ende, den James ergriff, und gemeinsam zogen sie ebenso behutsam wie erfolglos in entgegengesetzte Richtungen, bis Laura schon nervös aufgeben wollte. Aber James bestand darauf, dass sie weitermachten.

»Man kann es wahrscheinlich röntgen«, sagte sie, »ohne Schaden anzurichten. Das hier ist zu riskant.«

»Laura, das zu arrangieren wird Wochen, wenn nicht Monate dauern. Willst du wirklich so lange warten?«

Sie hatte keine Ahnung, woher er diese Zeiträume nahm, und vermutete zu Recht, dass er sie einfach erfand, um weitermachen zu können. Er war hartnäckig, und das gefiel ihr. Sie bedachte ihn mit einem skeptischen Blick.

»Lass mich noch einen Versuch machen«, beschwor er sie.

»Bitte sei vorsichtig.«

»Bin ich.«

Aber er holte einen Hammer heraus und wickelte ihn in das Seidentaschentuch, das kunstvoll drapiert in der Brusttasche seiner Jacke gesteckt hatte.

»Das meinst du nicht ernst!«

»Nur ein paar leichte Klopfer. Halte dein Ende fest und schau weg, wenn du musst.«

Zwei Dinge geschahen. Mit dem vierten und härtesten »Klopfer« auf den oberen Griff schlug er ihn sauber ab. Laura schrie fast. James stieß ein lautes »Verdammt!« hervor. Aber das Zweite, was passierte, war, dass sich das hohle Innere der Röhre zeigte und darin eine zweite, viel kleinere Schriftrolle zum Vorschein kam sowie ein gefaltetes Stück Pergament.

»Heilige Scheiße«, flüsterte Laura, während sie hineinstarrte, den Schraubenschlüssel noch immer fest im Griff.

»Du hattest recht« war alles, was er herausbrachte.

Er lehnte sich zurück und tauschte mit einer Hand den Hammer gegen eine langhalsige Kombizange aus. Die kleine Schriftrolle war um einen bröckeligen Holzstift gewickelt. James packte die Rolle mit der Zange und zog sie so langsam heraus, als wollte er eine Atombombe entschärfen. Sobald sie die Röhre verlassen hatte, legte er sie so sanft wie möglich auf das Handtuch, das auf dem Arbeitstisch neben dem Werkzeugkasten ausgebreitet war. Dann fingerte Laura vorsichtig das gefaltete Pergament heraus.

»Die Schriftrolle sieht so aus, als wäre sie nicht zu retten«, sagte sie. »Aber ich hoffe, dass das Pergament vielleicht eine Übersetzung ist.«

Es war in so gutem Zustand, dass es auf dem Handtuch flach genug ausgestrichen werden konnte.

»Das ist Griechisch«, sagte sie.

»Für mich ist alles Griechisch«, gab er zurück.

»Ich erkenne die Handschrift des Schreibers. Ist das aufregend!«

James holte eine Flasche Pol Roger aus der Küche. Nachdem sie miteinander angestoßen und einen Schluck getrunken hatten, nahm sie das Stück Pergament auf und übersetzte es laut für ihn.

43

Nachdem mein wahrer Vater gestorben war, bestatteten wir ihn, wie er es sich gewünscht hatte, nackt und nur bedeckt mit der Erde des Weinbergs.

»Das ist unglaublich!«, sagte sie. »Das hat der Sohn verfasst – David.«

Sie fuhr fort:

Meine Mutter führte ihr Leben und ihren Alltag in der Villa fast zwei Jahre lang weiter. Doch während ihrer Witwenschaft begann sie, ihre Familie zu vermissen, ihre Schwester, ihren Vater und ihre Mutter, ihre Tanten und Onkel. Dass fast alle schon lange tot waren, schien sie nicht zu berühren. Mit jedem Monat, der verging, nahm ihre Sehnsucht zu. Und so geschah es, dass eine Frau, die das Reisen nicht mochte und Angst vor dem Meer hatte, beschloss, in ihr Geburtsland zurückzukehren.

Sie versuchte, mich dazu zu überreden, ebenfalls die Villa und die Weinberge zu verlassen. Aber ich stimmte nur zu, sie zu begleiten, bis sie sich eingerichtet hätte. Mein Leben, meine Heimat war hier auf der Insel, hier in der Villa, hier zwischen den Weinreben, auf den sonnenbeschienenen Hügeln umgeben von der Großen See.

Einige Tage bevor das Schiff auslief, beschloss sie, Yeshuas Überreste mit sich zu nehmen. Obwohl ich nicht begeistert war, gab ich ihrem Wunsch statt. Als wir die Kammer im

Minerva-Schrein öffneten, rochen wir keine Verwesung. Der Raum war kühl und rein. Der Holzsarg, der ihn barg, war immer noch fest versiegelt.

Die Reise gen Norden war voller Melancholie. Es gab keinen Lucca oder Octavius als Gesellschaft. Octavius konnte inzwischen nur noch mit einem Gehstock laufen. Ich hatte zwei starke Jugendliche aus dem Weinberg mitgenommen, die auf Abenteuer brannten. Nach vielen Tagen auf dem Wasser mit nur wenigen Anlaufhäfen in Hispania erschienen die graugrünen Klippen am Horizont. Meine Mutter weinte Tränen der Freude und Tränen des Schmerzes. Sie wünschte, Yeshua dort zu begraben, denn dort, so sagte sie, war er am glücklichsten und erfülltesten gewesen. Obwohl ich das nicht bezweifelte, wusste ich doch, dass sie auch über sich sprach. Sie war am glücklichsten mit ihm und ihrer Schwester dort gewesen und hatte sich erst mit der Zeit mit Yosef, dem Zinnhändler, abgefunden.

Das Dorf war wieder gewachsen, mindestens bis zur Hälfte seiner einstigen Größe, sagte meine Mutter. Zwanzig Jahre waren vergangen, seitdem sie von dieser Küste geflohen waren. Sie wurde wie eine Königin behandelt, und es war seltsam für mich, so viele Menschen zu sehen, die ihr ähnelten. Und es waren Männer dort, die sich an Yeshua erinnerten und mir Geschichten über ihn erzählten. Eine neue Begräbnisstätte wurde für ihn auf einer Lichtung in den Wäldern über der Bucht vorbereitet. Keiner der Dorfbewohner hatte je den Sarkophag einer Mumie gesehen. Sie behandelten ihn wie einen heiligen Gegenstand und begruben ihn am Ufer eines Teichs, neben einem –

Hier stolperte sie über ein Wort, das sie nicht kannte.

– einem Dingsda. All das erfreute meine Mutter sehr.

Sie zu verlassen war das Schmerzlichste, was ich je getan habe. Aber nach einigen Tagen zurück auf See begann ich, mich wieder ganz und frei zu fühlen, und die Vorstellung, in die Villa zurückzukehren, wo mein wahrer Vater begraben lag – dessen einziger Schrein die Weinreben waren, aus denen wir unseren Wein machen –, war eine Quelle tiefer Zufriedenheit. Ich habe meine Mutter nicht wiedergesehen und bezweifle, dass ich das je tun werde.

Ich habe mich mit dem alten Schreiber zusammengesetzt und ließ ihn diese Dinge aufschreiben und betraute ihn mit der Aufgabe, diese Worte und alles, was er für Yosef niedergeschrieben hatte, nach Judäa zurückzubringen, genau wie Yosef es von mir erbeten hatte. Er soll Miryam oder jemanden von Yeshuas Geschwistern aufsuchen und die Schriftrollen ihnen übergeben. Sein Schiff segelt morgen ab.

Ich werde bald heiraten und eigene Kinder haben. Daphne wird die Zeremonie abhalten. Der Lauf des Lebens hier spiegelt die Weinreben wider. Samen werden ausgebracht und gehegt, jahrein, jahraus, dann blühen sie und tragen Früchte, bevor sie sachte an der Sonne verdorren.

Voller Verwunderung ließen sie alles auf dem Handtuch liegen, gingen nach oben in Lauras altes Zimmer und tranken den Champagner aus, bevor sie sich noch einmal liebten. Keiner von ihnen beiden fühlte sehr viel beim Sex, aber sie waren glücklich. Als er einschlief, kurz vor zwei Uhr, zog sie sich wieder an und schlich auf Zehenspitzen hinaus. Während sie über die unfassbare Entdeckung nachsann, dass Christus irgendwo in Cornwall begraben liegen könnte, benutzte sie die Gästetoilette unter der Treppe im Erdgeschoss und wusch sich Hände und Gesicht. Sie war nur ein einziges

Mal, am Tag ihrer Ankunft, hier gewesen. Auch jetzt war kein Toilettenpapier da. Viel hatte sich seit jenem windigen Nachmittag ereignet, und es fühlte sich ungerecht für sie an, dass sie noch hier sein durfte und Wynona nicht. Bevor sie das Haus verließ, besah sie sich noch einmal ihre neue Entdeckung, aktivierte den Alarm wieder und verschloss die Büchertür in der Bibliothek. Draußen war sie rasch durchnässt vom feuchten Nebel, aber sie ließ sich Zeit, die Seeluft einzuatmen, bevor sie in den Land Rover stieg und zum Cottage zurückfuhr.

Sie wollte es nicht riskieren, Finn und Bidelia zu wecken, indem sie das Garagentor öffnete, um den Land Rover neben dem Morris Mini des Ehepaars zu parken, und so ließ sie ihn draußen in der Zufahrt stehen. Nur eine einzelne Lampe brannte in dem weitläufigen Wohnzimmer, und obwohl sie die einzige Person in dem großen Haus war mit seinen vielen Zimmern, mit Haupt- und Hintertreppe, alten Türen zu den Wäldern und Feldern, die im leisesten Windhauch rauschten, fühlte sie sich hier sicher. Sie ging in die Küche, um sich ein Glas Wasser einzuschenken. Das Licht, das sie hier einschaltete, kam aus Neonröhren, die unter den Geschirrborden angebracht waren, und es warf einen ätherischen Schein auf das gelbe Linoleum. Während sie in ihrer Tasche nach einer Schmerztablette als Vorsichtsmaßnahme nach all dem Alkohol suchte, klingelte ihr Telefon. Angesichts der späten Stunde dachte sie, es sei James, der aufgewacht war und sich fragte, wohin sie verschwunden war. Aber es war Nathan.

»Hallo?«

»Laura.«

Sie hörte ihm an, dass er getrunken hatte.

»Das bin ich.«

»Wo bist du?«

»England.«

»O mein Gott. Tut mir so leid. Habe ich dich geweckt?«

»Genau genommen bin ich noch immer auf«, antwortete sie.

»Wie geht's dir?«

»Gut. Es geht mir gut.«

»Das ist toll.«

»Und wie geht's dir?«, fragte sie und schluckte die Tablette.

»Gut. Du weißt schon: alles beim Alten.«

»Wie geht's Oksana?«

»Oksana. Gott. Woher kennst du ihren Namen?«

»Es schien mir logisch, danach zu fragen, wenn man bedenkt, wie ich sie kennengelernt habe.«

»O mein Gott.«

»Du hast getrunken.«

»Ein wenig. Nicht zu viel. Du kennst mich so gut. Besser, als mich je ein Mensch gekannt hat oder kennen wird.«

Ihr wurde klar, dass sie weder die Kraft noch die Geduld hatte, sich jetzt damit auseinanderzusetzen. »Was ist los, Nathan? Warum rufst du an, jetzt, nach all der Zeit?«

»Ich habe zu Abend gegessen, allein, bei *Knickerbockers*, und weißt du, ich habe dich vermisst. Und ich wollte mich dafür entschuldigen, dass ich so ein selbstsüchtiges Arschloch war.«

»Es ist ein bisschen spät dafür, aber okay. Ich habe es gehört. Entschuldigung angenommen. Wir waren beide nicht in der besten Form.«

»Meinst du?«

»Das meine ich.«

»Und bist du mit jemandem zusammen?«

»Das geht dich nichts mehr an.«

»Ich frage einfach nur.«

»Ich wollte gerade schlafen gehen. Ich hatte einen sehr langen Tag.«

»Okay. Gut. Großer Kuss.«

»Gute Nacht, Nathan.«

»Bonsoir, chérie.«

Sie drückte auf den Button mit dem roten Hörer, und da stand sie. Da stand sie entsetzt – entsetzt darüber, dass eine Beziehung, die so einen großen Teil ihrer besten Jahre eingenommen hatte, mit solch einem lahmen Gespräch enden konnte. Dann ging sie nach oben, duschte, zog einen frischen Pyjama an und schlüpfte ins Bett. Sie beschloss, so lange wie möglich zu schlafen. Morgen, der Carmensina-Tag, würde ein Krankentag für sie werden, ein Tag, um im Bett zu bleiben und am Nachmittag zum See hinunterzuspazieren. Es bestand keine Notwendigkeit, weiter als bis dahin zu denken. Indem sie die kleinere Schriftrolle gefunden hatte, hatte sie etwas Außergewöhnliches entdeckt, etwas Welterschütterndes. Das Leben war gut. Das Leben war so gut, dass sie das Fehlen ihres Computers gar nicht bemerkte.

44

Bidelia MacShane, geborene Clancy, wurde in Cork geboren und wuchs dort auf. Als sie sieben Jahre alt war und auf die St. Columba's Primary School ging, gewann sie den Maynooth-Katechismuswettbewerb. Sie konnte das gesamte Handbuch auswendig, bevor sie das Sakrament der Beichte empfing, und sie erhielt ihre erste heilige Kommunion in dem, was die Nonnen als Zustand der absoluten Reinheit bezeichneten. An dem Tag, da sie Laura beim Abendessen über die Schriftrolle und die Kodizes sprechen hörte, blitzte Seite zehn aus dem Katechismus in ihrem Gedächtnis auf. Und dort blieb sie, Woche um Woche, trotz Finns Rat, sie solle ihre Arbeitgeber und den amerikanischen Gast in ihre Gebete einschließen und wie bisher weitermachen.

Auf Seite zehn des Katechismus, den sie noch immer in der Schublade des Nachttischchens neben ihrem Bett aufbewahrte, stand der folgende Wechsel aus Fragen und Antworten, auf die alle guten Katholiken schworen.

F: An welchem Tag ist Christus von den Toten auferstanden?

A: Am Ostersonntag, dem dritten Tag nach seinem Tod, ist Christus mit Leib und Seele in seiner Glorie und Unsterblichkeit von den Toten auferstanden.

F: Wie lange ist Christus nach seiner Auferstehung auf Erden geblieben?

A: Christus ist vierzig Tage nach seiner Auferstehung auf Erden geblieben, um zu zeigen, dass er wahrhaftig von den Toten auferstanden ist, und um seine Apostel zu unterweisen.

F: Wohin ist Christus gegangen, nachdem er vierzig Tage auf Erden verweilte?

A: Nach vierzig Tagen ist Christus an Christi Himmelfahrt am Ölberg mit Leib und Seele in den Himmel aufgefahren.

F: Wo ist Christus im Himmel?

A: Christus sitzt zur Rechten Gottes, des Allmächtigen Vaters.

Dass die Schriftrolle und die Kodizes in einem sogenannten Priesterloch versteckt gewesen waren, wo man die Messe für die Gläubigen gelesen hatte, die um ihr Leben fürchten mussten, und Priester Zuflucht vor Verfolgung fanden, war pure Blasphemie und ein Stachel in Bidelias Fleisch. Aber das Blut in ihren irischen Adern und ihrem irischen Herzen begann zu kochen, als sie erfuhr, was in diesen Schriften stand. »Das Werk des Teufels« nannte sie es, wenn sie unter vier Augen mit Finn darüber sprach. Für sie war Wynonas Tod eindeutig ein Akt Gottes gewesen, eine Bestrafung und ein Zeichen. Darauf folgte die Verbannung, in die Carmensina sie schickte, eine Frau, die nicht fähig gewesen war, den armen James zum wahren Glauben zu bekehren. So war es ein Aufruf zum Handeln, als Laura beim Mittagessen mit den Frauen von Sotheby's alle Einzelheiten darlegte und Bidelia das ganze Ausmaß all dessen hörte wie auch den Preis, zu dem sie glaubten, diese Teufelei verkaufen zu können – ein Preis, der Carmensina Millionen Pfund verschaffen würde.

Finn protestierte. Er erinnerte sie an das achte Gebot: »Du sollst nicht stehlen.« Doch die Gebote stammten aus dem Alten Testament. In Bidelias Augen wurde alles andere verdrängt von der Liturgie, die sie so gut im Neuen Testament kennengelernt hatte, die ihren Glauben stark gemacht und sie durch die Unbilden des Lebens geleitet hatte. Das Teufelswerk zu stehlen war keine Sünde, sondern eher eine zu erfüllende Mission, eine Glaubensprüfung, die abzulegen war. Finn gab erst nach, als er sah, dass sie entschlossen war, es zu tun – mit ihm oder ohne ihn. Und es war sowieso Zeit heimzukehren, Zeit, nach Irland zu gehen, und wenn sie verfolgt und angeklagt wurden, nun, dann eben auch zum Teufel.

Obwohl Wynona ihnen viele Jahre zuvor gezeigt hatte, wie man ins Priesterloch kam, kannten sie den Alarmcode nicht. Als weniger als eine Minute vergangen war und der anhaltende Alarmpiepton einsetzte, verloren die MacShanes voller Angst, ertappt zu werden, die Nerven. Bidelia hatte einen von Wynonas mallorquinischen Einkaufskörben aus Stroh mitgebracht, und als der Alarm losging, warf sie die beiden Schriftrollen und die Kodizes hinein. Finn griff nach dem Handtuch und versuchte, den Lärm zu ersticken, indem er es auf den winzigen Lautsprecher presste. Sie entfernten sich, so schnell sie konnten, ohne sich die Mühe zu machen, das Bücherregal wieder an Ort und Stelle zu rücken. Das Handtuch fiel von selbst von dem Lautsprecher herunter, und der Krach, der nun lostobte, war es, der das andalusische Ehepaar schließlich aus dem Schlaf riss. Sie brauchten ein paar Minuten, um ihn zu seiner Quelle zurückzuverfolgen, denn sie hatten das Priesterloch nie gesehen. Dann mussten sie im oberen Stockwerk an viele Türen klopfen, bevor sie James im Tiefschlaf im Bett vorfanden. Das verschaffte den

MacShanes die Zeit, die sie brauchten, um den Inhalt des Strohkorbs in die Öltonne zu kippen, in der der Müll verbrannt wurde. Sie übergossen alles mit Petroleum aus einem in der Nähe stehenden Kanister und steckten es in Brand. James kam nach unten, lief ins Priesterloch, sah entsetzt, was fehlte, und gab in fliegender Hast den Code ein, um den Alarm verstummen zu lassen. Da hörte er, dass der Morris Mini der MacShanes das Anwesen verließ. Als er mit den Spaniern in die Küche kam, lockte sie ein widerlicher Geruch von brennendem Leder, Holz, Pergament und Papyrus nach draußen hinter die Stallungen, wo nur noch glühende Asche von seinem Familienschatz übrig war. Aufgebracht und verstört und nicht willens, zu akzeptieren, dass dies das Werk seiner treuen Bediensteten war, begann er, das unschuldige Paar neben ihm anzubrüllen, erbost, dass sie es nicht geschafft hatten, ihn früher zu wecken.

Er nahm ihren kleinen Wagen und fuhr voller Angst zum Cottage. Dort fand er Laura in Tränen aufgelöst auf dem Sofa im Wohnzimmer vor, wo sie wieder und wieder die Entschuldigung las, die Finn geschrieben und zusammen mit zweitausend Pfund als Entschädigung für den Verlust ihres Laptops in einen Briefumschlag gesteckt hatte. Sie war untröstlich und wollte nicht, dass er sie in den Arm nahm, und sie verfluchte sich selbst immer und immer wieder für die Paranoia, die sie davon abgehalten hatte, ihre Arbeit in der Cloud oder auf einem USB-Stick abzuspeichern. Die beiden Fotos, die sie noch in ihrem Smartphone hatte, waren ja nur kleine Ausschnitte.

Als sie und James zur Mittagszeit wieder in der Lage waren, eine Kleinigkeit zu sich zu nehmen, erschöpft vom Zorn und benommen vom Schock, stand Bidelia an der Reling des Oberdecks einer Holyhead-Fähre. Sie schlug das Zeichen des Kreuzes, beugte sich vor und ließ Lauras Laptop in die Irische See fallen. Als er unter Wasser verschwand und flüchtig wie ein kleiner Fisch schillerte, konnte sie fast spüren, wie Wynonas Seele aus dem Fegefeuer erlöst und auf Engelsflügeln gen Himmel geleitet wurde.

45

James verpflichtete das spanische Paar zur Geheimhaltung. Als Carmensina am Nachmittag eintraf, erzählte er ihr, dass Sotheby's die Dokumente nach eingehender Untersuchung für unecht erklärt hatte. Sie nahm die Nachricht mit stoischem Gleichmut auf, da sie kaum etwas über die Tests wusste, die James ein Jahr zuvor in Oxford hatte vornehmen lassen, den Preis nicht kannte, den Sotheby's aufgerufen hatte, und mehr als erfreut war, Lauras Arbeit diskreditiert zu sehen. James sagte ihr ebenfalls, dass er noch einmal über Finn und Bidelia nachgedacht und sie mit Rücksicht auf Carmensinas Wünsche entlassen hatte, zumal sie ja längst das offizielle Ruhestandsalter erreicht hatten. Diese Erklärung stellte seine Frau höchst zufrieden. In einer E-Mail informierte er Sotheby's darüber, dass die Familie nach reiflicher Überlegung beschlossen habe, die Dokumente von der Auktion zurückzuziehen.

Er brachte es nicht übers Herz, die MacShanes verfolgen zu lassen. Obwohl der Verlust der erhofften Millionen schwer zu verdauen war und ihn noch immer wütend machte und obwohl er mit Laura schrecklich mitlitt, war ein Teil von ihm insgeheim erleichtert, etwas vermieden zu haben, das ein fürchterliches Hauen und Stechen geworden wäre. Er versuchte, es philosophisch zu sehen, und erkannte, dass er ganz allgemein gesprochen zufrieden mit seinem Geld und seinem Besitz war.

Laura hingegen war am Boden zerstört. Sie verließ die Villa noch am selben Abend, während James und Carmensina zu Abend aßen. Sie nahm einen Flug von London nach Mallorca mit dem Vorsatz, nach Deià zu fahren und Wynonas Grab zu besuchen. Aber unterwegs überlegte sie es sich anders. Sie hatte sich ebenfalls jahrelang versprochen, das Grab ihres Vaters in Palästina zu besuchen – ein Versprechen, das sie noch einlösen musste. Es fühlte sich ungehörig an, Wynona den Vorzug zu geben. Und dann war da noch der Umstand, dass Palästina und Wynona plötzlich für sie miteinander verknüpft waren. Das Ganze bereitete ihr einfach zu viel Schmerz.

Stattdessen verbrachte sie die Nacht in Palma und fuhr am folgenden Tag nach Formentor, wo sie eine Woche am Strand verbrachte, Krimis las und ihre Wut in langen Schwimmeinheiten abreagierte. Anschließend flog sie nach Kalifornien, um ihren nunmehr achtzigjährigen Stiefvater in Carmel zu besuchen, der sich freute, sie bei seiner neuen Familie zu haben. Der Gedanke, fern von Cornwall beherbergt und beköstigt zu werden, lockte sie. Was sie allerdings überall bei sich trug, war der Ausdruck einer E-Mail von James, in der er sie einlud, Ende Januar eine Woche mit ihm in Venedig zu verbringen.

Eine Woche vor Weihnachten wurde Carmensina in ihrem Fitnessstudio in Barcelona schlecht, während sie auf dem Laufband joggte. An diesem Abend verlor sie ihr Baby. James brachte sie und ihre beiden Töchter auf die Familien-Masia im Empordà, um die Feiertage dort mit Carmensinas Eltern und Brüdern zu verbringen.

Etwa um die Zeit, da Carmensina ihre Fehlgeburt hatte, fanden italienische Archäologen nahe der Villa auf Sizilien die Überreste des der Minerva geweihten Tempels. Sie erreichten Laura in Kalifornien. Fasziniert und inzwischen bestrebt, alles, was mit dem Verlorenen in Verbindung zu bringen war, zu retten, buchte sie ihren Direktflug nach Venedig im Januar auf ein Ticket nach Palermo um und benachrichtigte James, dass sie von dort aus nach Venedig kommen werde.

Sie war mehr als bereit, ihren Stiefvater wieder zu verlassen. Als sie ihm anfangs einiges von dem erzählte, was ihr widerfahren war, fiel seine Reaktion ziemlich verhalten aus. Sein großes 08/15-Haus, praktisch bücherlos, war auf dem Gelände des Pebble-Beach-Golfplatzes am Rande des Fairway gebaut worden. Seine hellen Holztüren waren mit avocadofarbenen Teppichen bedeckt, die einem regelmäßig elektrostatische Schläge verpassten. Trophäen von Golfturnieren standen auf jeder ebenen Fläche im Wohnzimmer herum. Seine neue Frau und ihre erwachsenen Kinder aus einer früheren Ehe klebten den ganzen Tag an ihren Handys und sprachen nur über Sport, Diäten und Training.

Laura hatte Gerald Cuddihy II. um einiges hinfälliger angetroffen, als er beim letzten Treffen gewesen war. Er war der Mann, der das Herz ihrer Mutter im Sturm erobert hatte, der Laura in New York durch die Schule gebracht hatte, der verantwortlich für ihre finanzielle Unabhängigkeit war und ihr das Apartment in der Tenth Street geschenkt hatte, nachdem sie ihren Doktor gemacht hatte. Beim Dinner an Heiligabend, das sie nicht im Haus, sondern im nichtssagenden Speisesaal des Golfclubs einnahmen, sprach er öffentlich Lauras Unbehagen an. Als er einen Toast ausbrachte, beugte er sich zu ihr hinunter, legte seinen Arm um sie und verkündete: »Du musst uns alle schrecklich oberflächlich finden.«

Sie beschloss, sich ein paar Tage später zu verabschieden, um einem Kostümball an Neujahr zu entgehen. Am Morgen ihrer Abreise, als sie ihren Koffer in ihrem Zimmer packte, das am Fairway lag und einen Blick auf den Pazifik hatte, klopfte Gerald an die Tür, kam herein und ließ sich in einem Ecksessel nieder.

»Ich habe über das nachgedacht, was du mir erzählt hast, als du ankamst«, sagte er. »Über das, was in England passiert ist.«

Das war eine Überraschung. Sie hatte sich in ihrer Kindheit und Jugendzeit an seine neuenglische Verschlossenheit, seine Abneigung gegen Konflikte und Emotionalität gewöhnt. Sie vermutete, dass einiges davon das Ergebnis seiner früheren Profession, der Diplomatie, war, obwohl sie auch die Möglichkeit in Betracht zog, dass er vielleicht diese Profession so gut ausgeübt hatte dank seines ureigenen Wesens, dem der weiße angelsächsische Protestantismus über Generationen männlicher Vorfahren, die an Eliteschulen und Ivy-League-Colleges ausgebildet wurden, eingeimpft worden war. Sie schnallte sich mental an, denn wer konnte schon wissen, was unter seiner Oberfläche lauerte, auch wenn er nicht gerade bekannt dafür war, für seinen presbyterianischen Glauben zu brennen. Sie konnte sich nicht daran erinnern, jemals mit ihm über Religion gesprochen zu haben. Seine Mutter war der Sekte, der seine Familie angehörte, mit gewohnter Inbrunst beigetreten, aber er war ein stiller Mann geblieben.

»Es war gut, hier Abstand dazu zu gewinnen«, sagte sie. »Ich bin dir dafür sehr dankbar.«

»Durchblick ist selten schlecht«, erwiderte er.

Eine verlegene Stille trat ein. Er nahm eine der Vorhangkordeln in die Hand und begann, sie zwischen den Fingern hin und her zu rollen.

»Und was hast du also gedacht?«, fragte sie endlich.

»Dass ich dich bewundere«, erwiderte er.

Das kam so unerwartet, dass sie rot wurde.

»Danke schön«, gab sie zurück. »Das bedeutet mir viel.«

»Ich lebe hier draußen, weit weg von meinen Wurzeln, in diesem künstlichen Golferparadies«, sagte er. »Ich versuche, nicht zu viel darüber nachzudenken, denn es ist bequem. Aber wenn ich es doch tue, wird mir klar, wie zurückgezogen ich jetzt von der Welt lebe.«

»Du wirkst nicht unglücklich.«

»Nein. Nein, das bin ich auch nicht. Aber das bisschen Biss, das ich einmal hatte, habe ich verloren, und du hast ihn noch. Du lebst *in* der Welt. Du tust interessante Dinge. Ich bewundere dich dafür.«

Sie unterbrach sich beim Packen und sah ihn an.

»Viel von dem, was ich tue und wie ich dazu gekommen bin, es tun zu können, verdanke ich dir. Dessen bin ich mir sehr bewusst.«

Er freute sich sichtlich, winkte aber ab. Die Geste erinnerte sie an Wynona.

»Es klingt, als hättest du etwas ganz Außergewöhnliches gefunden. Etwas, das dich zu einer regelrechten Berühmtheit in deinem Fachgebiet hochkatapultiert hätte. Und dann wurde es dir wieder genommen. Und schau dich an. Du stehst noch immer auf den Füßen, arbeitest dich da durch, denkst dich da durch, überlegst, was als Nächstes zu tun ist. Ich bin sehr stolz auf dich.«

Seine Worte trieben ihr die Tränen in die Augen.

»Wie sehr wünschte ich, dass das alles wahr wäre.«

»Das ist es. Glaub einem alten Hasen. Ich kann es sehen.«

Innerlich schalt sie sich, dass sie diesen Mann so schnell nach ihrer Ankunft hier in eine Schublade gesteckt hatte, als jemanden, der frei von jeglicher Innenschau wäre. Die peinlich getrimmte, gepflegte, fast disneyartig künstlich anmutende Umgebung und die hyperamerikanischen Eigenarten seines Lebensstils hatten sie geblendet, hatten sie vermeintlich von jeder Bemühung entbunden, sich auf ihn einzulassen. Was sie eben gesagt hatte, um ihm eine Freude zu machen – dass diese Zeit fern von Cornwall gut für sie gewesen war –, traf tatsächlich zu, das wurde ihr jetzt klar. Und es stimmte auch, dass sie seinen Schutz als selbstverständlich hingenommen hatte. Als er aufstand und auf sie zukam, um sie zu umarmen, konnte sie plötzlich den Mann sehen, dem ihre Mutter verfallen war. Obwohl seine Umarmung eine amerikanische war – leicht, schnell, ohne sonstigen Körperkontakt –, kam sie von Herzen.

»Lass bald etwas von dir hören, ja?«, sagte er.

Sie läutete das neue Jahr in New York auf ihrer Terrasse ein, wo sie eine Flasche Champagner zusammen mit einer Freundin und Jean-Paul Bonnerive leerte, der auf einem ihrer Adirondack-Stühle in eine Decke gehüllt saß. Nachdem die Freundin auf eine Party weitergezogen war, erzählte Laura dem neunzigjährigen Franzosen alles, was sich zugetragen hatte. Sie hielt ihn für einen der wenigen Menschen, die ihr Glauben schenken und das Wunderbare an dem, was sie übersetzt hatte, zu schätzen wissen würden. Und das tat er. Er tröstete sie und schlug vor, dass sie – eine Absolventin der Columbia – ihm erlaubte, die Möglichkeit einer Anstellung an der Universität auszuloten. Er riet ihr auch, sich stehenden Fußes auf eine Assistenz an der American Academy in Rom zu bewerben, wobei er ihr ebenfalls behilflich sein konnte.

Eine Woche später, an einem sonnigen Wintermorgen, durchlief sie eine Welle der Erleichterung, als der Alitalia-Airbus auf dem Falcone-Borsellino-Flughafen von Palermo landete. Sie mietete einen Wagen und fuhr an die Südküste. Bei einer kleinen Bar an einem verlassenen Strand hielt sie an, um sich die Beine zu vertreten und einen Kaffee zu trinken. Das Museo Archeologico Pietro Griffo im Valle dei Templi zu finden war nicht allzu schwer. Dort traf sie den kleinen, schlanken und attraktiven leitenden Archäologen Nicola Carati.

»Möchten Sie zuerst in Ihr Hotel oder direkt zur Ausgrabung?«, fragte er.

»Was meinen Sie wohl?«

Er fuhr einen grünen Toyota-Geländewagen, dem sie folgte, bis sie nach einer halben Stunde die Grabungsstätte erreichten. Sie hatte befürchtet, dass sie zwischen moderner Bebauung eingezwängt sein könnte, und war erleichtert, als sie die Straße verließen und auf einen Schotterweg einbogen, der in die Hügel hinaufführte. Sie hielten neben drei Fahrzeugen und einem großen Gelände an, das mit Flatterband abgesperrt war, wie es an einem Tatort zum Einsatz kam.

Laura stieg aus und sog tief die mediterrane Luft ein. Die Sonne fühlte sich gut an. Es ging eine leichte Brise. Nicola beobachtete sie, ohne etwas zu sagen. Er wartete einfach und lächelte, dann ging er auf einem schmalen Pfad voran, bis sie die Überreste der Villa erreichten. Es gab nicht so viel zu sehen, zumeist zerbrochene Säulen, aber da war der Patio, den Joseph von Arimathia im Jahr 34 und Professor Aoyagi 1988 beschrieben hatten, das »schwarz-weiße Patiomosaik mit Neptun und seinem Dreizack auf einem Delfin stehend«.

»Jesus« war alles, was ihr dazu einfiel. In ihrem Kopf hämmerte: »Sie waren hier, sie waren tatsächlich *hier.*« Von all den Orten, die im Text Josephs von Arimathia beschrieben waren, fühlte sie sich diesem hier am nächsten. Während sie den Kodex übersetzt hatte, hatte sie sich am meisten mit Joseph von Arimathia identifiziert. Die Kraft und Menschlichkeit seiner Prosa hatten sie über die Jahrhunderte hinweg erreicht, ihm ihre Sympathie gesichert und dazu geführt, dass sie seinen Neffen mit derselben Ambivalenz betrachtete wie er. Und diese Villa, dachte sie, war der Ort, an dem *er* bestattet worden war und wo Daphne, Octavius und David wahrscheinlich ebenfalls begraben lagen.

»Kommen Sie«, sagte Nicola sanft. »Schauen Sie sich die Reste des Tempels an. Es wird Ihnen gefallen.«

Sie hatte sich im Geiste ihr eigenes Bild von Daphnes Tempel gemacht und sich den Aufstieg von der Villa aus mühsam und steil vorgestellt. Sie hatte den Tempel weit oben gesehen, weiß und makellos und mit einem spektakulären Blick über das Mittelmeer. Aber während sie Nicola folgte, geriet sie kaum ins Schwitzen. Der Hügel war niedrig und lag den Hauptgebäuden der Villa viel näher. Sie überlegte, ja hoffte, ob sich die Erde in den seither vergangenen Jahrhunderten zusammengezogen oder beruhigt haben könnte.

Wo der Hügel eben wurde, gab es nur spärliche Ruinen, aber der Blick enttäuschte sie nicht. Das Meer, weit und glitzernd, lag nun offen vor ihr, und obwohl sie es nicht sagte, hätte sie schwören können, dass sie südwestlich im klaren Januarlicht einen Teil der algerischen Küste sehen konnte.

»Ich habe es mir anders vorgestellt«, sagte sie.

»Das Erstaunliche ist, dass er überhaupt da ist. Wir haben ihn nur dank Ihnen entdeckt«, erwiderte er.

Sie verzog das Gesicht.

»Ich bin nur die Übersetzerin.«

»Trotzdem«, beharrte er.

»Konnten Sie eine Statue der Göttin finden?«

»Nein. Und ich bezweifle, dass wir das noch werden. Höchstwahrscheinlich wurde sie schon vor langer Zeit gestohlen oder weggebracht. Aber kommen Sie, sehen Sie sich das an.«

Sie folgte ihm in einen Graben. Er war zum Teil natürlichen Ursprungs, durch zweitausend Jahre Erosion entstanden. Nicolas Mannschaft hatte den Rest ausgehoben. Sie gingen an einer langen weißen Marmormauer vorbei, bis sie zu einem schmalen Eingang kamen. Sie folgte ihm hinein.

»Ich bin mir ziemlich sicher, dass das die Schlafkammer Ihrer Daphne ist.«

Er zündete eine kleine Laterne an. Ein Mosaik der Minerva bedeckte eine der Wände, und direkt neben ihnen fand sich ein erhabener Steinblock. Als sie nach unten griff und ihn berührte, traten ihr Tränen in die Augen. Sie konnte nichts dagegen tun. Sie sah Nicola an.

»Ich weiß nicht, warum«, sagte sie, »aber ich bin sehr bewegt.«

»Verstehe«, erwiderte er und reichte ihr die Laterne. »Ich lasse Sie allein.«

»Grazie«, bedankte sie sich.

Sie wusste sehr wohl, warum, denn alles, was sie zu verdrängen und vergessen versucht hatte, kehrte nun mit Macht zurück. All die Arbeit, die sie sich gemacht hatte. Deren magische Bedeutsamkeit. Das Ausmaß ihres Verlusts.

Sie setzte sich auf den Steinblock, auf dem Yeshua seine Unschuld an die noch halb schlafende Daphne verloren hatte. Soweit sie das beurteilen konnte, hatten hier William Blakes »Pfeile der Begier« ihren Zauber gewirkt, nicht als Waffen in der Schlacht, sondern als schlanke Spieße, die die Herrlichkeit der Lust weckten. Es war genau hier geschehen, vor langer Zeit, als sie jung und schön gewesen waren. Und hier hatte sich auch mindestens ein Jahrzehnt lang Christi Mumie befunden, bevor sie nach England gebracht wurde.

In diesem Moment fiel ihr das ihr unbekannte altgriechische Wort aus dem Pergament ein, das im Mittelstück der

Schriftrolle verborgen gewesen war: μέγας. Sie würde es nachschlagen müssen.

Die Archäologen nahmen sie zum Mittagessen in der Nähe mit. Eine von ihnen, eine Frau aus Turin, meinte, sie hätte sich so in den Ort verliebt, dass sie kurz davorstehe, sich hier eine Bleibe zu kaufen. Aber verheiratet und mit zwei schulpflichtigen Kindern wusste sie, dass sie sie wohl kaum nutzen würde. »Das meiste Land hier ist nicht zur Bauerschließung freigegeben«, erklärte sie. »Es ist gegen das Gesetz, ein völlig neues Haus zu errichten. Aber ich habe eine verlassene Schäferhütte auf einem Stück Land in der Nähe gefunden, mit eingestürztem Dach, wirklich eine Ruine – sie würde als bereits bestehendes Gebäude durchgehen, das man renovieren könnte.« Nach einigen Tassen Kaffee und einem Limoncello nahm sie Laura mit und zeigte es ihr. Von dort aus sah man auf die Villa. Laura war hingerissen. Die Frau verriet ihr, zunächst eher widerstrebend, wie viel Geld man dafür wollte und wen sie anrufen musste.

Laura aß allein im Hotel, dem *Villa Athena*, und schrieb James, er solle ihr eine Uhrzeit nennen, zu der sie später am Abend telefonieren könnten. Dann klappte sie ihren neuen Laptop auf, um das griechische Wort zu recherchieren, und fand, dass es »Megalith« oder auch »Trithillion« bedeutete, was einen Dolmen bezeichnet. Sie hatten den Mumiensarkophag in Cornwall am Ufer eines Teichs neben einem Dolmen bestattet. Das Wort für »Teich« konnte ebenfalls mit »See« übersetzt werden. Unwillkürlich krampfte sich ihr Magen zusammen. Konnte das sein? Sie ging rasch alle in Cornwall gelisteten Dolmen durch, und obwohl einige von ihnen aufs Meer blickten, schien keiner von ihnen an einem stehenden Gewässer errichtet zu sein.

Viele Gefühle bestürmten sie gleichzeitig. Sie verspürte dieselbe große Aufregung, die sie all die Wochen während der Übersetzung begleitet hatte. Sie verspürte die große Versuchung, es in die Welt hinauszuposaunen, um ihre Geschichte zu beweisen, für die es keine Textbelege mehr gab. Aber dann resignierte sie, als ihr klar wurde, um wie viel weiser es wäre, solch eine Entdeckung für sich zu behalten. Das, was Finn und Bidelia getan hatten, würde nur die Spitze des Eisbergs sein. Es sprach einiges dafür, die Dinge so zu lassen, wie sie waren, den Milliarden von Gläubigen den Trost ihrer Illusionen und Jesu Botschaft der Liebe zu lassen. Sie ging zur Minibar und schenkte sich ein Glas Wodka ein, prostete sich selbst im Spiegel zu, zufrieden mit all der Zeit, die sie mit diesem Wunder hatte verbringen dürfen. Als James anrief, lag sie schon im Bett.

»Ich habe dich hoffentlich nicht geweckt.«

»Ich bin zu aufgeregt zum Schlafen.«

»Weil du mich bald wiedersiehst?«

»Deswegen auch.«

»Und weswegen noch?«

Plötzlich beschloss sie, nichts zu sagen.

»Ich habe die Villa gesehen«, erwiderte sie stattdessen, »und die Überreste des Tempels. Es war überwältigend. Und ich habe ein kleines Haus gefunden und denke darüber nach, es zu kaufen, gleich daneben.«

»Wirklich?«

»Wirklich. Obwohl ein Haufen Arbeit nötig sein wird.«

»Wirklich«, wiederholte er. »Wie oft würdest du es nutzen?«

»Wer weiß? Aber wenn ich die Einladung der American Academy in Rom diesen Frühling annehme, kann ich mit der Renovierung anfangen.«

»Klingt vielversprechend. Und du wärest mehr in meiner Nähe.«

»Daran habe ich auch gedacht.«

»Wie ist das Hotel?«

»Sehr komfortabel. Schick. Teuer. Aber ich dachte, für nur eine Nacht ... Ich konnte auch wegen des Namens nicht widerstehen.«

»Athena – nach Athen? Wurde die Göttin nach der Stadt oder die Stadt nach der Göttin benannt?«

»Die Stadt wurde nach der Göttin benannt. Als Göttin der Weisheit und des Kampfes wurde sie in vielen griechischen Städten verehrt, aber besonders in Athen, und daher stammt ihr Name. Aber die Etrusker übernahmen die Gottheit und machten nach Gutdünken Minerva daraus.«

»Aha. Jetzt hab ich's verstanden.«

»Ich *musste* mich also regelrecht hier einquartieren, oder?«

»Absolut.«

»Kennst du die Geschichte der Minerva?«

»Ich habe keinen blassen Schimmer.«

»Möchtest du sie kennen?«

»Nichts würde mich mehr freuen. Ich finde deinen Unterricht sehr sexy.«

»Sie war die Tochter von Jupiter, der römischen Entsprechung von Zeus, dem höchsten aller Götter. Er begehrte eine Göttin namens Metis, vergewaltigte und schwängerte sie. Aber dann machte er sich Sorgen, sie könnte ihm einen Sohn gebären, der mächtiger als er selbst werden würde. Also lauerte er Metis auf, um das ungeborene Kind zu töten. Sie unternahm alles, um ihm zu entkommen, bis Jupiter sie durch eine List dazu brachte, sich in eine Fliege zu verwandeln, die er sofort verschlang.«

»Eine Fliege.«

»Ich habe keine Ahnung, warum, aber so will es der Mythos. Jedenfalls lebte sie in seinem Kopf weiter. Manche Leute glauben – und ich mag diese Deutung –, dass Jupiters Weisheit daher rührte, dass Metis in seinem Gehirn umhersummte. Während ihre Schwangerschaft fortschritt, bekam er furchtbare Kopfschmerzen, und um sich Erleichterung zu verschaffen, befahl er Vulcanus, dem Gott der Schmiede, mit seinem Hammer ein Loch in Jupiters Schädel zu schlagen. So wurde Minerva geboren, die in voller Kriegsrüstung seinem Kopf entsprang.«

»Wo haben sie dieses Zeug bloß erfunden?«

»Hey, sie waren gute Geschichtenerzähler, wie die Evangelisten auch.«

»Was hast du gerade an?«

»Wusstest du, dass das heilige Tier der Athene der Steinkauz ist? Er ist sogar mit seinem lateinischen Namen nach ihr benannt.«

»Was hast du gerade an?«

Sie trug einen Flanellpyjama und Socken, weil es eiskalt im Zimmer war.

»Wer sagt, dass ich etwas anhabe?«

46

James erwähnte Carmensina Laura gegenüber nur noch selten, um ein weiteres Gespräch darüber zu vermeiden, ob und wann er die Scheidung verlangen werde. Und zu seiner Erleichterung hatte Laura das Fragen aufgegeben. Sie sah keinen Sinn darin, ihm damit in den Ohren zu liegen, wenn die Gelegenheiten, gemeinsam Zeit zu verbringen, so spärlich gesät waren. Zumindest in der Theorie war es ihr das nicht wert, zwei Tage oder in diesem Fall vier Tage und Nächte voll guter Restaurants und Sinnenlust zu gefährden. Noch vielsagender war vielleicht – das ging ihr auf, als sich ihr Flugzeug im Anflug auf den venezianischen Aeroporto Marco Polo befand –, dass seine Ehe sie immer weniger störte.

Als sie am Anleger des *Hotel Excelsior* einen Schritt aus einem Vaporetto direkt in seine Arme tat, verbannte sie das ganze Thema aus ihrem Kopf. Hier waren sie, wiedervereint in Venedig, und erfüllten sich einen Traum, der in New York in der Nacht geboren worden war, als sie zum ersten Mal miteinander geschlafen hatten. Die Gelegenheit hatte sich geboten dank einer kleinen Konferenz, an der er teilnahm, einer Zusammenkunft von Verlagen, die die luxuriöse Location zum idealen Ort auserkoren hatten, um über ihre schrumpfenden Gewinne und ihren geringen Einfluss in der Welt zu murren. Seine einzigen Verpflichtungen waren der Eröffnungslunch an diesem Tag, am Tag darauf vormittags ein paar Meetings und das Abschiedsdinner am letzten

Abend. Sie wusste all das, bevor sie ankam, und hatte kein Problem damit. Zeit für einen Bummel und ein Essen allein zu haben reizte sie ebenso wie die Zeit, die sie mit ihm verbringen konnte.

Das Hotel, ein klassischer Fünfsternekoloss, war im maurischen Stil erbaut – sechs Etagen mit kunstvollen, alhambraähnlichen Fensterrahmen und -bögen, die über einen beheizten Swimmingpool und den Lido blickten. Ihr Zimmer, eine Junior-Suite in Beige und Braun, lag im dritten Stock. Das Bett war gewaltig und über und über bedeckt mit Kopf- und Dekokissen. Sie war enttäuscht, dass weit und breit keine Badewanne zu sehen war, aber die bodengleiche Dusche war riesig und mit einer Marmorbank ausgestattet, auf der man Platz nehmen konnte.

James wollte sofort Sex, noch vor seinem Lunch mit den Verlegern. Sie machte der Gedanke nicht wirklich an, aber sie gab nach, weil es ihrer beider Fantasie entsprach, wie dieses Stelldichein zu beginnen hätte. Es war okay, überstürzt und routinemäßig, aber es ließ sie beunruhigt zurück. Eigentlich war sie froh, als er aus der Suite eilte. Sie versuchte, es vor sich herunterzuspielen, aber der Nachgeschmack blieb. Während seines Mittagessens mit lauter männlichen Gesprächspartnern, bei dem er zu viel trank, packte sie sich warm ein, unternahm einen Spaziergang am verlassenen Strand und aß sparsam in einer Pizzeria. Erschöpft von ihren Flügen war sie eingeschlafen, als er zurückkehrte. Sie liebten sich wieder, und obwohl es diesmal besser war, fühlte sie sich dabei, als würde sie sich außerhalb ihrer selbst befinden und als wäre sie mit einem Fremden zusammen. So etwas passierte ihr zum ersten Mal bei James. Sie duschten zusammen und brachten einander auf den aktuellen Stand über die Entwicklungen in ihrem Leben, wieder ohne auf Einzelheiten in Bezug auf den Status quo seiner Ehe einzugehen. Endlich fühlte sie sich in seiner Gesellschaft wieder gut, bis nach ihrer Rückkehr aufs Zimmer, gerade als sie zu Bett gegangen waren, ein Anruf von Carmensina von der Rezeption durchgestellt wurde, da James sein Handy ausgeschaltet hatte.

Sie kontrollierte ihn offenbar und lauschte auf das geringste Hintergrundgeräusch, das ihre Befürchtungen bestätigen könnte. Laura drehte sich auf die Seite und bedeckte ihren Kopf mit einem Kissen. Dann schlüpfte sie lautlos hinaus ins Wohnzimmer. Sie hörte ihm an, dass er sich alle Mühe gab, für Carmensina gut gelaunt zu klingen, aber um Lauras willen auch nicht zu gut gelaunt. Sie ging hinaus auf den schmalen Balkon. Tief unter ihr lag der beleuchtete Pool. Der Strand war dunkel. Musik wehte von einem Restaurant irgendwo heran. Es war kalt und roch nach einer winterlichen See, die ruhig und schwarz war, hier und da mit kleinen Lichtern von Booten gesprenkelt. Sie kehrte ins Zimmer zurück und setzte sich in ihren Sessel, während sie versuchte, sich die Absurdität dieses Arrangements nicht einzugestehen. Sie versuchte, nicht wütend zu werden, ihm nicht zuzuhören. Sie wollte ihn nicht irgendetwas Liebevolles sagen hören, selbst wenn er seine Frau damit nur beruhigen wollte.

Als das Telefonat zu Ende war, blieb Laura, wo sie war. Er ging ins Badezimmer, um sich einen Morgenrock zu holen, und kam dann in den Salon, um sie im Dunkeln sitzend vorzufinden.

»Tut mir so leid«, sagte er.

Zunächst erwiderte sie nichts. Sie sah ihn an, wie er da vor ihr stand.

»Ich nehme an, das war zu erwarten«, sagte sie.

»Natürlich ist sie misstrauisch.«

»Und mit Grund. Ich möchte nicht in ihrer Haut stecken. Andererseits vermisst sie dich vielleicht einfach und wollte deine Stimme hören.«

»Vielleicht. Aber ich glaube es nicht.«

Sie blickte zu Boden.

»Ich glaube nicht, dass ich das hier kann«, sagte sie.

Es kam einfach aus ihr heraus.

»Ich habe doch gesagt, dass es mir leidtut.«

»Es ist einfach zu stillos. Ich hätte gar nicht kommen sollen.«

»Laura.«

»Ich glaube nicht, dass du sie verlassen wirst.«

»Das weißt du nicht.«

»Ich glaube es nicht, und weißt du, was noch schlimmer ist?«

»Was?«

»Ich glaube, dass es mir nichts mehr ausmacht.«

»Was meinst du damit?«

»Ich weiß nicht, ob es das an diesem Punkt noch wert wäre. Es fühlt sich nicht richtig an. Ich war so begeistert von diesem Trip, davon, dich wiederzusehen, Venedig, das ganze Programm. Aber die Realität fühlt sich ganz anders an.«

Zu dem Sessel, in dem sie saß, gehörte ein Polsterhocker. James beugte sich vor, zog ihn zu sich heran und ließ sich ihr gegenüber nieder.

»Vielleicht brauchen wir einfach nur ein bisschen Schlaf«, meinte er. »Ich lasse die Meetings morgen aus, und wir können den Tag zusammen verbringen.«

Er griff nach ihrer Hand, und sie ließ sie ihm. Sie dachte daran zurück, wie sie ihn das erste Mal gesehen hatte, in Wynonas Salon, dachte zurück an ihren Drink im *Wounded Hart*, ihr Treffen an der Bar im *Bowery Hotel*, den Sex im

Cottage in Cornwall. Sie sah auf ihre Hände, die im Dunkeln ineinander verschränkt waren.

»Komm ins Bett«, sagte er.

Am folgenden Morgen war sie nicht mehr da. Der Anblick der Nachricht auf seinem Nachttischchen zog einen Adrenalinausstoß und ein »Scheiße« nach sich. Aber der Inhalt der Nachricht hätte schlimmer sein können.

> *James, ich habe beschlossen, mir ein eigenes Zimmer in einem anderen Hotel zu nehmen. Sobald ich weiß, welches es ist, sage ich dir Bescheid. Du kannst dort so viele der übrigen drei Nächte mit mir verbringen, wie du willst, aber mit ausgeschaltetem Telefon. Wenn du zum Schlafen ins* Excelsior *zurückgehen willst, verstehe ich das. Aber ich brauche etwas Unabhängigkeit. Ich entdecke gerade, dass mir diese Geliebtenrolle ein bisschen zu weit geht. Außerdem ist mir dein Hotel zu groß und protzig. Ich hatte mir uns irgendwo vorgestellt, wo es einfacher, kleiner und offen gestanden geschmackvoller ist. Geh zu deinen Meetings, und wir treffen uns später.*
> *Alles Liebe, Laura*

Minuten später saß er unter der Dusche auf der Marmorbank und zwang sich, einmal mehr über Scheidung nachzudenken. Es fühlte sich brutal an. Alles fühlte sich brutal an. Laura hätte in diesem Augenblick zusammen mit ihm in diesem schicken Hotel sein sollen, und sie beide hätten einander unter dem heißen Wasserstrom umarmen sollen. Carmensina ging es im Großen und Ganzen gut. Seit dem Verlust des Babys hatten sich die Dinge zwischen ihnen zum Besseren gewandt. Was war falsch daran, Laura hin und wieder zu treffen, wenn sich die Gelegenheit dazu bot? Niemand sollte darunter leiden müssen. Sie waren alle erwachsen. So etwas passierte und war seit Urzeiten passiert. Sicher war eine Lüge da und dort besser als das spießige Beharren auf jener Ehrlichkeit, die den Leuten ein Messer ins Herz stieß. Laura war keineswegs verpflichtet, mit ihm zusammen zu sein. Sie war so frei wie ein Vogel und konnte gehen, wohin sie wollte, aber warum jetzt, nachdem sie so lange auf diesen Urlaub gewartet hatte, warum jetzt nur wegen eines Anrufs zur Unzeit?

Um es ihm leichter zu machen, suchte sie zuerst am Lido nach einem Zimmer, aber kein Hotel war nach ihrem Geschmack. Als der halbe Vormittag herum war, fand sie ein Boutiquehotel mit fünf Zimmern, dessen Anblick ihr gefiel, in der Nähe des Canal Grande im Stadtteil Santa Croce. Sie checkte ein und nahm das einzige Zimmer, das zu dieser Stunde schon bezugsfertig war. Es war hell und gemütlich und hatte ein großes Bett. Dann kehrte sie ins *Excelsior* zurück, um den Koffer zu holen, den sie an der Rezeption untergestellt hatte. Es war kurz vor der Mittagszeit, als sie ankam. Sie wollte keinen Kontakt zu James aufnehmen, bevor sie sich nicht in ihrem eigenen Zimmer eingerichtet hatte, und war nervös, sie könnte ihm über den Weg laufen. Aber sobald sie ihren Koffer hatte, ging sie zum Konferenzsaal, wo sich die Verlagsvertreter versammelt hatten, und warf einen verstohlenen Blick durch ein Bullauge in der Tür.

Sie sah viele Männer. Männer jeden Alters, jeder Statur und Größe. Männer mit langem Haar, kurzem Haar und Männer ohne ein einziges Haar. Darunter waren Männer, die ziemlich stylish aussahen, ziemlich attraktiv waren, und viele andere, die ihr auf der Straße nicht aufgefallen wären. Zu ihrer Überraschung brauchte sie einige Sekunden, um James unter ihnen zu finden. Zuerst dachte sie, dass er vielleicht die Veranstaltung hatte ausfallen lassen oder auf der Toilette war und jederzeit zurückkommen und ihr auf die Schulter tippen könnte. Doch dann entdeckte sie ihn mitten unter den anderen, wie er dem Redner lauschte. Der war ein farbloser alter Mann, und auf eine große Leinwand hinter ihm war ein Kreisdiagramm in den Grundfarben projiziert. Der Raum war ebenfalls farblos und ähnelte Hunderten in großen Hotels auf der ganzen Welt, mit raumhohen Trennwänden, rotem Teppich und Klappstühlen. Sie unterzog James einer eingehenden Prüfung und sah einen modernen berufstätigen Mann aus Barcelona, einen Ehemann und Vater zweier kleiner Töchter. Es fiel ihr schwer, den Jungen in ihm zu erkennen, der mit Wynona auf Mallorca schwimmen gegangen war, den attraktiven Halbbriten und Halbkatalanen, der ihren Brandy in jenem kornischen Pub getrunken hatte, und den Burschen, der einen Werkzeugkasten ins Priesterloch geschleppt hatte.

Auf dem Vaporetto zurück zur Haltestelle San Stae, die Arme über den Teleskopgriff ihres Koffers gelegt und von selfiebesessenen Touristen umringt, erkannte sie, dass weder sie noch James sich maßgeblich verändert hatten. Sie waren noch immer dieselben, die sie bei ihrem ersten Drink im *Bowery Hotel* gewesen waren. Aber warum fühlte sich alles dann so anders an? War es eine Frage der Umstände oder eine verstörende Mahnung, wie kapriziös die menschliche Leidenschaft sein kann? Alles, was sie ganz sicher wusste, jetzt und hier, da sie über das Wasser glitt, war, dass für sie diese Affäre zu Ende war. Sie begehrte ihn nicht mehr. Und sie hatte es schon gestern gespürt, kaum dass sie allein auf ihrem Zimmer waren, Stunden vor Carmensinas Anruf.

In ihrem neuen Hotel setzte sie sich in einen Sessel und starrte auf ihr Smartphone. Sie war sich nicht sicher, ob sie ihr Versprechen halten und ihm mitteilen sollte, wo sie war, oder ob sie ihn anrufen und ihm sagen sollte, was sie fühlte, um sich mit ihm zu einem Gespräch zu verabreden, wie es erwachsene Menschen führen. Unfähig, sich zu entscheiden, ging sie aus.

Als er sie anrief, stand sie in der Sala dell'Albergo der Scuola Grande di San Rocco und starrte zu einem von Tintorettos Deckengemälden empor, der *Glorie des heiligen Rochus*. Sie hatte vergessen, das Handy stummzuschalten und schämte sich für den Lärm, den es machte. Das Gespräch anzunehmen war der schnellste Weg, den sie kannte, es zum Schweigen zu bringen, und während sie das tat, ging sie hinunter in den Eingangsbereich im Erdgeschoss.

»Hey«, sagte sie.

»Laura.«

»Hallo, James.«

»Es ist schön, deine Stimme zu hören.«

Es war auch für sie schön, seine Stimme zu hören, aber sie sagte nichts darauf.

»Hast du ein Hotel gefunden, das dir besser gefällt?«, fragte er.

»Ja.«

»Gut. Tut mir leid, wie es gestern Abend gelaufen ist.«

»Mir auch.«

Eine kurze Stille trat ein.

»Wir entschuldigen uns schon wieder beieinander.«

Er meinte es nett, als Erinnerung an die kurze, aber intensive Geschichte, die sie gemeinsam hatten.

»Wie war dein Meeting?«, fragte sie, um dieses Thema abzuwürgen.

»Gut. Langweilig. Und jetzt bin ich fix und fertig.«

»Ich spiele Touristin. Es gefällt mir.«

»Gut. Das freut mich. Aber wann können wir uns treffen?«

Sie zögerte.

»Ich bin mir nicht sicher«, erwiderte sie.

»Wie meinst du das?«

Sie stand nun vor Tintorettos *Mariä Himmelfahrt.* In dem Gemälde verlässt Maria, von einem Windstoß in die Lüfte erhoben, die Apostel ihres Sohnes und beginnt ihre Auffahrt in den Himmel. Das Gefühl der Schwerelosigkeit, das sich vermittelte, konnte Laura nachempfinden.

»Ich weiß es nicht«, sagte sie. »Ich weiß nicht, wie ich es meine.«

»Du bist noch immer böse.«

Wieder zögerte sie.

»Es ist schlimmer als das«, sagte sie dann.

Er stand in der Junior-Suite draußen auf dem Balkon, auf den sie sich am Abend zuvor geflüchtet hatte. Der Tag war klar und mild, und eine graue Adria lag im Süden unter ihm.

»Du hast jemanden getroffen«, mutmaßte er. »Und es fällt dir schwer, es mir zu sagen.«

Sie lächelte, wiewohl nervös. Sie dachte an Nicola Carati, den Archäologen in Palermo, der gut aussah und zu dem sie sich nicht hingezogen gefühlt hatte, der aber plötzlich in diesem Moment wie aus dem Nichts für andere Möglichkeiten stand.

»Nein«, widersprach sie. »Ich habe niemanden getroffen.«

»Dann meinst du, dass du von selbst meiner überdrüssig geworden bist. Der Kitzel ist weg.«

»Ich wollte nicht, dass das passiert«, sagte sie.

»Aber es ist passiert.«

»Ich bin mir nicht sicher.«

»Und wir haben es nicht mal zu *Harry's Bar* geschafft.«

»Es tut mir leid.«

»Du willst mich also nicht sehen? Du glaubst nicht, dass wir die Scherben wieder zusammensetzen können?«

»Ich weiß es nicht.«

Er versuchte, ruhig zu bleiben, nicht zu verzweifelt zu sein oder zu klingen.

»Ich bin jedenfalls hier«, sagte er. »Du weißt, wie du mich erreichst. Ich bin hier für dich. Bitte ruf mich an, wenn du ein bisschen klarer siehst, ja?«

»Okay.«

»Ich liebe dich wirklich«, fügte er hinzu.

»Okay.«

Er ging wieder hinein und setzte sich in den Sessel, in dem sie gesessen hatte. Er rief sich ins Gedächtnis, was ihm nach Wynonas Beerdigung auf dem Rückflug mit Carmensina von Mallorca nach Barcelona durch den Kopf gegangen war. Er erinnerte sich an seine Sorge von damals, dass Laura – wenn sie die Übersetzung beendet hatte – womöglich ihre Gefühle zu ihm und die Situation überdenken könnte, in die er sie brachte. Er saß da und versuchte, sich der Erkenntnis zu verschließen, dass seine Ehe nur noch hielt, weil er Laura hatte. Er wollte nicht darüber nachdenken, was aus ihm und seiner kleinen Familie ohne sie werden würde.

Laura war ebenfalls in sich gegangen und meinte zu wissen, was geschehen würde – dass er jemand anderen finden würde, jemanden, der anpassungsfähiger war und günstiger gelegen wohnte. Statt zu weinen, ging sie weiter durch den Saal und blieb vor einem weiteren Gemälde stehen: der *Anbetung der Könige*. Es gefiel ihr nicht besonders, und sie fragte sich, warum Tintoretto so hoch gehandelt wurde, einmal abgesehen von der Tatsache, dass er Venezianer war.

Die Szene war dunkel und verwirrend. Mit Ausnahme des Mannes ganz links, der in einen roten Mantel gehüllt war und von dem sie annahm, dass es sich um Josef, Yeshuas Vater, handelte, blickte eigentlich niemand auf das Neugeborene. Und im Hintergrund, durch eine Lücke in der Stallwand, entdeckte sie eine Gruppe von Berittenen, die wie Zeitgenossen des Malers aussahen. Das Einzige, was ihr gefiel, waren die pummeligen Engel, die über der Krippe schwebten. Sie ging zurück auf die Straße. Das Gebäude, Venedig, ganz Italien und der Rest der Welt war voller Kirchen und Bilder von Christus. Ihr Joseph von Arimathia wäre verärgert und bestürzt darüber gewesen.

Sie aß spät zu Mittag und kehrte auf ihr Zimmer zurück. Sie wusste nicht, was sie tun sollte. Obwohl sie sich einsam fühlte, hütete sie sich davor, einzuknicken und James zu sich zu bitten. Entweder würden sie am Ende streiten oder sich gegenseitig noch trauriger machen, als sie es ohnehin schon waren. Sie verbot es sich, ihn anzurufen, und während sie in der Nähe des Hotels ihr Abendessen einnahm und eine ganze Flasche Weißwein trank, rief er sie zweimal an, aber sie ging nicht ans Telefon und hörte auch seine Nachrichten nicht ab. Dann schrieb er ihr, dass er sie verstand, und das machte sie wütend.

Im Bett erhielt sie eine E-Mail von Pierre, ihrem Kollegen in Paris, mit einem Link zu einem TED-Talk, auf den er gestoßen war. Die Rednerin war eine Astrophysikerin, die für die NASA arbeitete, eine Frau, die erklärte, dass alle Atome in unserem Körper von den Sternen stammen, welche sich zum Teil am anderen Ende der Galaxie befinden. Laura war ganz gefesselt und sah sich den Talk zweimal an. Sie musste an Lukrez denken, der bereits die Existenz von Atomen vorausgesagt und vor den Gefahren religiösen Wahns gewarnt hatte. Sie dachte an die Winzigkeit der Erde im Vergleich zur Weite des bekannten Universums und daran, wie relativ alles war und wie kurz das menschliche Leben. Die Astrophysikerin erwähnte, dass sich die Erde mit 1.670 Stundenkilometern um die eigene Achse dreht, während sie mit 108.000 Stundenkilometern um die Sonne kreist, und dass sich das gesamte Sonnensystem um das Zentrum der Galaxie mit 792.000 Stundenkilometern bewegt. All diese Bewegungen, all diese Geschwindigkeiten setzten sich unvermindert fort, während sie in ihrem Hotelbett in der Nähe des Canal Grande lag. Es machte ihr gleichzeitig Angst und freute sie. Es machte ihr Angst, weil es besagte, dass das Leben beliebig und bedeutungslos war. Und es freute sie, weil es wahr und wundersam war und ein Weckruf, das Beste aus ihrem Leben zu machen.

Einmal mehr bedauerte sie ihre Rückkehr nach New York, bei der sie Nathans Geliebte und James getroffen hatte. Wenn sie in Cornwall geblieben wäre, hätte Wynona das auch getan. Wynona wäre noch am Leben. Vor allem hätte Laura vielleicht nie mit James geschlafen. Finn und Bidelia hätten womöglich nie getan, was sie getan hatten. Die Schriftrollen und Kodizes und Lauras Übersetzungen wären unangetastet geblieben. Aber welchen Sinn hatte eine solche Reue, fragte sie sich. Was geschehen war, war geschehen. Die Verstimmung und der Treuebruch, die auf Nathans Konto gingen, waren ebenso real wie die Anziehungskraft, der sie erlegen war, was James betraf. So, dachte sie, ist eben das Leben. »Zuerst fühlen wir, dann fallen wir.« Es konnte sogar wieder passieren. Sie wusste, dass sie das Glück hatte, in einer Zeit zu leben, in der sie beide Geschichten mit beiden Männern real erleben und als Übergangsrituale erfahren konnte. Sie war nicht dazu verdammt, sich an den einen oder anderen zu ketten. Eine erfüllendere Liebe zu jemand anderem war immer noch möglich. Das hatte Wynona bei ihrem ersten gemeinsamen Abendessen zu ihr gesagt, und Jean-Paul Bonnerive hatte es ebenfalls gesagt, als sie ihn in seinem Apartment besuchte.

Es regnete in dieser Nacht und den ganzen folgenden Vormittag. Sie buchte ihren Flug um, checkte aus dem Hotel aus und bestieg ein Vaporetto, das ans Festland fuhr. Von dort aus würde sie ein Taxi zum Flughafen nehmen, um nach Palermo zu fliegen, wo die Sonne schien. Sie würde die verlassene Schäferhütte kaufen und sie zu einem kleinen Haus umbauen lassen, von dem aus sie die Villa und die Ruinen von Daphnes Tempel betrachten konnte. Sie würde darüber nachdenken, ob sie die Biografie Eleonores von Kastilien schreiben sollte. Sie würde weitermachen und versuchen, James zu vergessen. Sie würde versuchen zu vergessen, dass Christi Überreste in Cornwall begraben lagen. Und sie würde es mit Joseph von Arimathia halten: Sie würde die Jahreszeiten auskosten, all ihre Sinne und ihr Leben.